古典文獻研究輯刊

五 編

曾 永 義 主編

第 17 冊

梁啓超的傳記學

廖 卓 成 著

自傳文研究

廖 卓 成 著

國家圖書館出版品預行編目資料

梁啓超的傳記學 廖卓成 著／自傳文研究 廖卓成 著 ── 初
版 ── 新北市：花木蘭文化出版社，2012〔民 101〕
目 2+94 面／目 2+152 面；19×26 公分
（古典文學研究輯刊 五編；第 17 冊）
ISBN：978-986-254-938-4（精裝）
1. 傳記文學 2. 自傳 3. 文學評論
820.8   101014722

ISBN-978-986-254-938-4

古典文學研究輯刊
五 編 第十七冊   ISBN：978-986-254-938-4

梁啓超的傳記學／自傳文研究

作　　者　廖卓成／廖卓成
主　　編　曾永義
總 編 輯　杜潔祥
出　　版　花木蘭文化出版社
發 行 所　花木蘭文化出版社
發 行 人　高小娟
聯 絡 地 址　新北市永和區中正路五九五號七樓
　　　　　　電話：02-2923-1455／傳眞：02-2923-1452
網　　址　http://www.huamulan.tw 信箱 sut81518@gmail.com
印　　刷　普羅文化出版廣告事業
初　　版　2012 年 9 月
定　　價　五編 20 冊（精裝）新台幣 33,000 元

梁啓超的傳記學

廖卓成　著

作者簡介

廖卓成，祖籍廣東高要，1960 年在澳門出生。1978 ～ 1992 年讀臺灣大學中文系。曾任教僑
光商專、世新學院，擔任臺北師院語文教育系主任和臺灣文學研究所所長（2002 ～ 2005），並
在臺大兼授大一國文 15 年。現為國立臺北教育大學語文與創作學系教授，主授兒童文學，著有
《敘事論集──傳記、故事與兒童文學》、《童話析論》（2000、2002 臺北大安出版社）、《兒童文
學批評導論》（2011 年臺北五南出版社）等書，近年研究兒童傳記，獲國科會特殊優秀人才
獎勵。

提　要

　　本論文探討梁啟超的傳記主張和實踐。他在《中國歷史研究法補編‧人的專史》之中，有
五萬多字討論傳記的各種問題。理論之外，他還撰寫了七十五萬字的傳記，行文快捷而文采
動人，主題顯豁而見解獨到，又能表彰幽隱，令偉人的精神長留天壤之間。不過，頭緒繁多的
理論和篇幅龐大的作品，都不可能是十全十美的。他對傳記體裁的分類方式、藉傳記保存傳主
文章的主張、提倡中外偉人合傳、以傳織史的構想等等，都尚有可議之處；而傳記作品中偶然
流露的意氣之言、太過重視傳主背景、對傳主各方面記載不夠均勻、考證傳主事蹟欠精確等等，
都是美中不足之處。

目次

第一章 緒 言

　　敘述人的生活始末的文字叫傳記；傳記學是以傳記爲研究對象的學科。本論文以梁啓超對傳記的見解、主張和實踐，作爲研究的範圍。

　　傳記一詞，由來已久，古人泛指文字記載，如《漢書・楚元王傳》：「信口說而背傳記，是末師而非往古。」並非專指敘述人物生平事蹟的文字；今人所謂傳記，專指記述人物生活始末的文字，本文卽採這樣的定義。《四庫全書總目提要・史部傳記類》以《晏子春秋》爲傳記之始，其實是有問題的；《晏子春秋》內容記載晏子諫齊君的話，是對話錄，雖然可以由此得到晏子生平事蹟的一些材料，却只是零星的，不能算是成篇的傳記。《論語》和佛家語錄、宋人語錄等等，也都只是傳記材料；現存最早的傳記，見於《史記》中。《史記》大部分的列傳和部分的本紀、世家，都是傳記；一篇所記或不只一人，則稱爲合傳、類傳。傳記叙述人的生活始末，但所記不必定屬完整，任何自傳都不會是完整的一生。如僅叙述某人生活的片段，則爲佚事、印象記一類，也可算是傳記之屬。傳記有多種體裁，如史傳、家傳碑志、年譜、學案等等；從不同的觀點著眼，可以有不同的分類。

　　「傳記學」一詞，晚近才出現。事實上，以傳記爲對象，進行學術研究，尙在萌芽階段，還沒有形成學科的學術傳統；民國以後才逐漸出現以傳記爲對象的學術研究，才有獨立的傳記觀念。

　　梁啓超本人並沒有使用「傳記學」一詞。不過，實際上他對傳記的各種問題，都曾提出深刻的看法，和具體的主張——怎樣去寫傳記。梁氏《中國歷史研究法補編》有〈人的專史〉五萬餘言，而他自己說：「人的專史，卽舊史的傳記體，年譜體，專以一個人爲主。」〔註1〕所討論的，都是傳記的問題。

〔註 1〕　《中國歷史研究法補編》頁 2，台北，商務印書館，民國 65 年。

梁氏於主張之外，又有實踐，他寫過七十五萬字的傳記作品〔註2〕。本論文針對其傳記理論和寫作，進行研究；梁氏其他學術及生平事蹟之與傳記學無關的，則不討論。

傳記理論除了指引人認識傳記的本質外，同時著重的是撰寫傳記方法的講求。古人寫作傳記的方法和心得，如果能夠揭示給來者，便可以令後人撰寫傳記的藝術精益求精；可惜前人只呈現作品，很少將傳記的寫作方法昭示後人。傳記理論的講求，實有其重要性。梁氏是史學家，熟讀史傳，本身又有豐富撰寫經驗，從而討論傳記的各種問題，特別是寫作方法，當然有極高的價值。

但梁氏對前人傳記的了解，是否正確無誤？他提出的方法是否完全適合現在的傳記寫作？值得遵從之處何在？有無需要檢討針砭之處？這些問題都亟需要深入的研究，俾使後人對梁氏傳記學有批判性的了解，而也正是本論文的寫作目的。

本論文的材料，論梁氏傳記理論部分，主要根據《中國歷史研究法補編》，並且從梁氏《飲冰室合集》〔註3〕鈎稽出和傳記有關的零星意見。論梁氏傳記作品部份，根據《飲冰室合集》中所載傳記〔註4〕，寫作時間則追查原發表刊物，如《時務報》、《清議報》、《新民叢報》等，並參考李國俊《梁啓超著述繫年》。關於梁氏生平事蹟，以丁文江《梁任公年譜長編》、張朋園《梁啓超與清季革命》、《梁啓超與民國政治》為主要依據。

本論文的寫作方法，首先整理出梁氏的傳記理論，然後逐一論述其傳記作品的優缺點，並且配合他生活和當時世局的轉變，製成〈梁啓超年表〉（見〈附表一〉），有助於以寫作背景來解釋其傳記作品風貌先後不盡相同的原因；而將梁氏撰寫傳記的三十三年分為五期，指出每期各具特色。〈梁啓超年表〉之外，又製成〈梁啓超傳記文字篇幅統計表〉（見〈附表二〉），表列每篇大約字數及初刊時的刊物名稱卷號，以及在《飲冰室合集》中的卷數，對研究梁啓超的學者，應該略有便利。逐一論述作品之後，更進而檢討其傳記理論與作品，既彰顯他值得後人遵從的主張，亦指出其意見中可待商榷之處。並且比較他同時及前後學者對傳記的主張，以顯示梁氏在中國傳記學上的獨特地位。

〔註2〕 請參考本論文〈附表二〉。
〔註3〕 民國21年中華書局出版，包括文集十六冊，四十五卷；專集二十四冊，一百零三卷。本論文依據民國49年的重印本。
〔註4〕 有單行本的，則依據單行本。

第二章　梁啓超的傳記理論

　　梁啓超的傳記理論，大部分見於《中國歷史研究法補編》之〈人的專史〉，約五萬八千字。此書是梁氏弟子周傳儒、姚名達記錄梁氏於民國十五年十月六日至十六年五月底在清華的演講而成，據姚名達跋語，全書曾經梁氏校閱，故可視同梁氏自著。《中國歷史研究法補編》（以下簡稱《補編》）最初由商務印書館出版（民國廿二年），下文引《補編》之頁數，根據商務人人文庫本（民國六十五年臺五版），此本較中華書局單行本爲佳。本章主要根據《補編》和《飲冰室合集》各處鈎稽得的資料，歸納整理出梁氏的傳記理論。

第一節　傳記的分類

　　梁氏認爲傳記可以分成五種：

一、列傳

　　列傳一詞，來自《史記》。梁氏說：「凡是一部正史，將每時代著名人物，羅列許多人，每人給他作一篇傳。所以叫做列傳。」（《補編》頁 52）

二、年譜

　　年譜是中國傳記獨具的形式，最古的年譜，當推宋元豐七年呂大防做的《韓文年譜》、《杜詩年譜》。年譜最初發生的動機，是讀者覺得那些詩文感觸時事的地方太多，不知道時代背景，不易讀得懂，所以做年譜來幫助讀詩文。梁氏認爲年譜體裁的好處，在將譜主的生平行事詳細地記錄下來，使其首尾畢見，鉅細無遺。無論記載事業的成功，思想的改變，器物的發明，都要用年譜體裁，才能詳細明白。（《補編》頁 53～54、92～93）

年譜又可以從四個不同的觀點去分類：

（一）自傳的或他傳的；他傳的又分同時人做的和異時人做的。

（二）創作的或改作的。

（三）附見的或獨立的。

（四）平敘的或考訂的。

不同的年譜，會有不同的作法。（《補編》頁 93～101）

三、專傳

梁氏自謂，「專傳」一詞是他始撰的，指「獨立成為專書」的傳。他對以前的專傳不滿意，認為不過是長篇的行狀；有名的《慈恩三藏法師傳》，也只是粗製的史料，不是組織完善的專書。他心目中理想的專傳，「是以一個偉大人物對於時代有特殊關係者為中心，將周圍關係事實歸納其中；橫的豎的，網羅無遺。比如替一個大文學家作專傳，可以把當時及前後的文學潮流分別說明。此種專傳，其對象雖止一人，而目的不在一人。」（《補編》頁 54）

四、合傳

合傳的體裁，創自司馬遷，而梁氏分析合傳，共有三種：

（一）兩人以上，平等敘列；無所謂輕重或主從。如〈管晏列傳〉、〈屈賈列傳〉。

（二）一人為主，旁人附錄。如〈孟荀列傳〉。

（三）許多人平列，無主無從。如〈仲尼弟子列傳〉。

梁氏很推崇合傳體裁，認為「能夠包括許多夠不上作專傳而有相當貢獻，可以附見於合傳中的人。其作用不單為人，而且可以看當時狀況。」所以主張常用這種體裁。（《補編》頁 56～57）

五、人表

人表一體，創於《漢書·古今人表》，梁氏認為：「凡人名夠不上見於列傳的，可用表的形式列出。『人名別錄』亦即可為其中的一種。」（《補編》頁 58）

梁氏認為，五種傳記之中，以年譜和專傳最為重要，合傳則是很好的體裁。（《補編》頁 54～57）

梁氏又論及列傳、專傳、年譜之間的差異：

一、列傳和專傳的分別

列傳以一部書記載許多人的事蹟，一篇只是全書中很小的一部分；專傳

以一部書記載一個人的事蹟，一篇卽是全書。(《補編》頁 53)

列傳裏，傳主的事涉及旁人的，會分割在旁人的傳中；專傳則不然，凡是和傳主有直接或間接關係的事，都在傳中講清楚。(《補編》頁 55)

二、列傳和年譜的分別

列傳不須依傳主一生事蹟發生的先後來敘述，可爲着行文的方便，或強調重點，而提上按下，對傳主事蹟的排列比較自由；年譜則必須完全依照事情發生的先後，一年一年的寫下去，不可有絲毫的改動。(《補編》頁 53)

三、年譜和專傳的分別

年譜要按年敘述，不能提前抑後；許多批評的議論，亦難插入；一件事直接或間接的關係，更不能盡量納入年譜中。專傳却和列傳一樣，不必按年代先後敘述，可全以輕重爲標準；而內容所包，則較年譜豐富；無論直接或間接，無論議論敘事，都可網羅無遺。(《補編》頁 55)

第二節　傳記的對象

梁氏認爲值得爲他作傳的人物有七種：

一、思想及行爲所關係的方面很廣大，可以作時代或學問中心的人；如杜甫。

二、所做的一件事情或一生性格有奇特處，可以影響當時與後來，或影響不大而值得表彰的人；如《史記》有〈魯仲連傳〉，《漢書》有〈楊王孫傳〉。

三、在舊史中沒有記載，或有記載但太過簡略的人；如墨子、荀子、吳敬梓。

四、因從前史家的偏見或私嫌，而被錯誤記載的人；若細究其原因，又可分爲三種：

（一）史家完全挾嫌，造事誣衊；如范曄。

（二）史家不認識他的價值，或把他的動機看錯了，因此所記的事蹟，便有偏頗，不能得其眞相；如王安石。

（三）史家爲陳舊觀念所束縛，把從前人的身分地位全看錯了；如曹操。

五、皇帝的本紀及政治家的列傳，有許多過於簡略，應當從新作過；如秦始皇、諸葛亮。

六、有許多外國人，不管他到過中國與否，只要與中國文化或政治有密
　　切關係，都應當替他們作傳；如釋迦牟尼、馬可孛羅、利馬竇、朗
　　世寧、琅威爾等等。

七、近代學術事功比較偉大的人；如年羹堯、章學誠。尤其是最近的人，
　　如西太后、袁世凱、蔡鍔、孫文，都是清末民初很重要的人物。他
　　們一經死去，蓋棺論定，應有好傳述其生平。及早替他們作傳，雖
　　不免雜點偏見，但多少尙有眞實資料可憑。若不及早作，將來連這
　　一點資料都沒有，便更感困難了。（《補編》頁 59～70）

他又認爲，有兩種人不應作傳：

一、帶有神話性的；如黃帝、達摩等。

二、資料太缺乏的；如屈原。

他認爲這兩種人雖然偉大奇特，但絕對不應替他們作傳；若勉強去作，
亦是渺渺茫茫，無從索解，或是徒充篇幅而涉及武斷。（《補編》頁 70～71）

梁氏列舉了以上七種值得作傳的人和兩種不值得作傳的人，並謂：這是
就專傳而言，其餘三種傳記——列傳、年譜和合傳，可以類推。（《補編》頁
72）他在〈合傳及其做法〉那一章裏，所講的都是合傳的對象，不是合傳的
作法。梁氏認爲，可以合在一起作傳的人，有兩大類：

一、超羣絕倫的偉大人物；兩人能作比較的，可作合傳。

這一類人，又可分爲四小類：

（一）同時的人，事業性質相同或相反的；如王安石和司馬光。

（二）不同時人，事業性質相同的，如漢武帝和唐太宗。

（三）專在局部方面，或同時，或先後，同作一種工作的；如劉知幾、
　　　鄭樵、章學誠。又如公孫述、劉備、李雄、王建、孟知祥。

（四）本國人與外國人性質相同，事業相同的；如孔子和蘇格拉底、墨
　　　翟和耶穌、屈原和荷馬、清聖祖和俄大彼得及法路易十四。（《補
　　　編》頁 84～87）

二、代表社會一部分現象的普通人物，可作合傳。

正史中的儒林、文苑、遊俠、刺客、循吏、獨行等列傳，就爲這一類人
而立。他們在歷史上關係的重要，不下於第一類的偉大人物。這種合傳，專
寫某團體或某階級的情狀；其所注意之點，不在個人的事業而在社會的趨勢；
而其需要立傳與否，端視時代之不同而定。這一類又可分爲五小類：

（一）凡學術上、宗教上、藝術上，成一宗派者；例如〈姚江王門弟子傳〉。

（二）凡一種團體，於時代有重大關係者；例如宋代的元祐、慶元黨案。

（三）不標名號，不見組織，純為當時風氣所鼓盪，無形之中，演成一種團體活動者；例如晉代的清談。

（四）某種階級或閥閱，在社會上極佔勢力者；例如六朝的門第。

（五）社會上一部份人的生活，如有資料，應當搜集起來；例如藏書家和印書家，單指一人，不能說有多少影響；若把一代（如清代）的藏書家、印書家作合傳，便可以知道當時書籍的聚散離合，而一代文化的發達與衰謝，亦可以看出一斑；這和學術上的關係極為重大。（《補編》頁 87～92）

第三節　傳記的作法

梁氏對於五種傳記的作法，除人表（人表其實不算傳記）外，在《補編》中都有專章敘述，對年譜的作法講得最詳細和最具體，專傳也講得很多，合傳那一章則只是講對象——那些人可以合在一起作傳，並沒有講具體的作法。不過，各種體裁的傳記，作法多有相通之處；最明顯的，年譜和列傳體裁相差最遠，作法雖然不同，卻不是截然相異的。譬如動筆之前，先研究傳主的價值在哪一方面，再決定比重分配，是年譜和列傳都須考慮的。本節分兩部分敘述梁氏對傳記作法的主張，只是為了行文方便；必須合起來看，才能了解他對傳記作法的整個主張。

壹、列傳與專傳的作法

梁氏論列傳和專傳的作法，未有列出明顯的步驟，但歸納其主張，得出幾點寫傳的原則，排比來看，大致上是幾個步驟：

一、選自己熟悉的傳主作傳

寫傳要衡量自己是否熟悉傳主的事業，最好是學文學的人作文學家的傳，學哲學的人作哲學家的傳。（《補編》頁 78）

二、以傳主的著作為最基本資料

搜集寫傳的資料，要先從傳主的文集入手，然後看他其他的著作，再旁及有關人物的著作；寫年譜也是這個辦法。（《補編》頁 245）

三、寫傳要有綱領

寫長篇的專傳，要先有著述目的和綱領，全篇才有一貫的精神，才能駕馭繁雜的資料。（《補編》頁157）

四、要平均敘述傳主的各方面

寫傳之前，先研究清楚傳主的價值在哪一方面，若是多方面，就要分別輕重：重的寫得多，輕的寫得少；若是各方面輕重相等，就要平均敘述。（《補編》頁72）

五、要登錄傳主的著作

傳主是文學家，要登錄他的代表作，可以保存作品，不怕失去；傳主是政治家，要登錄他的奏議和著作；若傳主身兼政論家和文學家，與其登他的文章，不如登他的政論——譬如賈誼。若不登傳主的著作，則可轉錄後人客觀的批評，而且是要評論傳主整體，而不是批評枝節的；譬如《舊唐書‧杜甫傳》把元稹一篇李杜優劣的文章完全登上。（《補編》頁73～75）

六、要描寫傳主個性

作傳要寫出傳主和別人性格不同之處，凡足以表現傳主個性的言論行事，無論大小，總要淋漓盡致委曲詳盡的極力描寫，令傳主的人格躍然紙上，絕不愛惜筆墨。（〈作文教學法〉頁17～18，《飲冰室專集》之70）

七、專傳要有附錄收載存疑的資料

寫傳採用資料，要經過鑑別和取捨，別擇資料之後，有問題而不用的資料，要另做附錄來記載。這樣一方面免得貪多務博的人又撿起丟棄的材料當寶貝，而另一方面，能夠保存這些資料，亦有留待後人考見當時人心理和社會狀態的價值。（《補編》頁147～150）

上述七點之外，梁氏又提到：若兩人同作一件事，而又都有獨立作列傳的價值，就要考慮這件事要分在何人名下較適當。譬如：左光斗被魏忠賢陷害，繫在獄中，門生史可法冒險去看他，死時又收他的屍，這事記在左光斗傳中比較適宜；因為這件事在史可法的豐富事蹟之中，佔的比重較小。（《補編》頁79～80）

貳、年譜的作法

梁氏很鼓勵人做年譜，他認為為景仰的古人下過一番功夫做年譜，可更

深入了解譜主的偉大，得到深微的感動，不知不覺的發揚志氣，向上努力。而且可以藉着克服做年譜時面對的種種困難，修養做學問的性情，訓練做歷史的方法。另一方面，做年譜只要有史學就夠了，不必有文章技術，很可以嘗試。(《補編》頁 127～128)

梁氏認爲年譜可以從自傳或他傳、創作或改作、附見或獨立、平叙或考訂四個不同觀點去分類，作法各有所重。譬如自傳年譜主要是刪繁存要，不大需要考證的工夫；改作的年譜可以利用原作的大間架；附見於文集的年譜應少引譜主文章，務求簡潔，而離集獨立的年譜則越詳越好；譜主事蹟沒有複雜糾紛的問題，可用平叙式的，重點在搜羅的豐富，去取的精嚴，不在考訂方面；若譜主事蹟太少，要從各處鈎稽；或舊有記載完全錯誤的，便要採用考訂的方式。總之，動筆之前先要決定採取哪一種，才可以下手去進行。(《補編》頁 93～101)

梁氏對於年譜的體例和格式，講得很詳細，茲分述如下：

一、關於記載時事——譜主的背景

做年譜之前，要研究譜主受了時事的影響多大？其人創造或參與的時事有哪些？才可以定年譜裏時事的成分和種類。不但要注意多少詳略的調劑，而且要注意大小輕重的叙述。(《補編》頁 103、107)

二、關於記載時人

要看譜主的價值，不能不注意和他有關係的人，但一般年譜在這方面常令人不滿意；尋常年譜除了家族之外，只記載和譜主有直接關係的人（如詩文的贈答，會面的酬酢。）其實應該擴大到有間接關係的人，體裁不應太拘束。譬如朱子雖然沒有祭文祭陸象山，《朱子年譜》仍然應該記載陸象山的卒年。年譜記載時人，可用三種體裁：

（一）和譜主關係最密切的人，可以替他做一篇小傳。

（二）和譜主有關係而事蹟不多的人，可各隨他的性質，彙集分類，做一種人名別錄。

（三）姓名可考，事蹟無聞，而曾和譜主交際的人，可以分別做人名索引。

此外，梁氏又舉他自己寫的《朱舜水年譜》爲例，認爲在年譜中記載時人的做法很恰當。(《補編》頁 108～110)

三、關於記載文章

記載文章的標準，要看年譜體裁是獨立的，還是附見的。附見文集的年譜，不應記載文章；獨立成書的年譜，非載重要的文章不可。

記載文章的體例，以張穆《顧亭林年譜》最好。這個年譜對譜主整篇的文章並沒有採錄多少，卻在每年敘事既完之後，附載那年所做詩文的篇目。譜主的文集沒有，而在別處見到的遺篇逸文，只要知道是哪一年的，也記錄出來。年譜的文體既很簡潔，又能使讀者得依目錄而知文章的先後，對於閱讀譜主文集，十分方便。

方面多的譜主，要兼採他各方面的文章。純文學家的年譜，不能詳錄作品，只能載其目錄，或選最好作品記載一二，若收錄太多，便變成集子了。若譜主文章篇目太多，不能分列各年之下，可另作一表，附在年譜後。（《補編》頁 111～113）

四、關於考證

考證的工夫，本來是任何年譜所不免的，但不一定要寫出考證的過程，尤其是平敘體的年譜，縱使年代的先後不免要費考訂的功夫，但也不必寫出來。（《補編》頁 98）

如果一定要寫出考證的明文，有三種辦法：

（一）像王懋竑《朱子年譜》，另做一部考異，說明某事為何擺在某年，或兩種傳說，那種是真的。年譜的正文，並不隔雜一句題外的話，這樣看起來很方便。考證很多的年譜最應該用這種方法，既可備參考，又可省讀者精神。

（二）把考證的話附在正文中，或用夾注，或低兩格。這樣可使讀者當時就知道某事的差異說法和去取的由來，免得另看考異的麻煩。大概考證多的，可另作考異，不十分多的，可用夾注或低格的附文。但也有例外，有些年譜根本就靠考證才成立，雖然考證明文很繁雜，也不能不分列在年譜各年之下。

（三）把前人做的年譜原文照抄，遇有錯誤處加按語說明，像箚記體一樣。

總之，年譜裏考證的詳略，隨作者針對事實的大小決定，本來是不拘一格的。（《補編》頁 113～115）

五、關於批評

梁氏認為，不管是做史或是做傳記，都不應該下批評，只要把真相呈現就夠了。（《補編》頁 105、115）不過，他又認為，能夠代表一部份人意思或有特殊見解的批評，都值得附錄；因為可以看出譜主的偉大，和後人的感想。但是記載批評的話，不可偏重單方面，只錄褒或只錄貶。而且與其用自己的批評，不如用前人的批評，更不要放入正文中，要放附錄裏。胡適《章實齋年譜》正文中有很多胡氏批評譜主的話，便不符合年譜的原則。（《補編》頁120～121、115～116）不過，梁氏又說：「有時為讀者的方便起見，或對於譜主有特別的看法，批評幾句也不要緊。」（《補編》頁 115）

六、關於附錄

考證和批評的文字，最好都放入附錄。凡是不能放入年譜正文的資料，都可佔附錄的一部分，譬如譜前和譜後。譜前可記載生前的家況、先世、父母兄弟的行事或小傳。譜後可載譜主對後世的影響、譜主後人的事功；因為這些事既然發生於譜主歿後，自然不能放入正文中。

梁氏很強調譜後的重要性，認為如果年譜自譜主死後便無什麼記載，一定看不出譜主的全體，因而貶損年譜本身的價值。他舉例說，如果做釋迦牟尼的年譜，「尤其要很用心的做譜後。凡是佛教各派的分化，傳播，變遷，反響，都不妨擇要敘入。不必年年有，不必怕篇幅多。甚至紀載到最近，也沒有什麼不可以。」他又舉自己做的《朱舜水年譜》為例，認為譜後所記，萬不可少；假如年譜沒有譜後，是不能成為佳作的。

除了譜前、譜後可作附錄外，譜主不能繫年的事蹟，普通有規則的行事，瑣屑而足顯真性情的言論，都可彙輯做附錄，譬如劉伯繩《劉蕺山年譜》所創的〈雜事〉一體；使讀者既明白譜主的大體，又了解譜主的小節。

譜主的主要文章和重要言論，也可以放入附錄，可使年譜正文簡單明朗；尤其是學者的年譜，更應該附錄主要文章和言論。譬如王懋竑在《朱子年譜》正文之後附錄了〈朱子論學切要語〉，這種方法可以通用。總之，只要明白了年譜可以多作附錄的原則，儘可創造新的體裁。附錄愈多，年譜愈清楚。（《補編》頁 117～121）

七、關於格式

年譜由年表變來，因為有時一年的事太多，一個格子不夠用，才索性不分格，不要格子的年譜就是現在通行的年譜格式。沿用分格的年譜，就和年

表差不多。年譜的格式，主要有這兩種，另外還有變體的，茲分述如下：

（一）分格的年譜：替古人做年譜，若事蹟很少，適宜用這一種。譬如《孟子年譜》可橫分四格：

第一格：記西曆紀元前幾年或民國紀元前幾年。

第二格：記孟子幾歲。

第三格：記孟子直接的活動。

第四格：分記鄒、魯等各國和孟子有關的時事。

適合做分格年譜的人有兩種：

1. 古代事蹟很簡單的人，本身不能獨立成一年譜。

2. 杜甫、顧炎武、朱之瑜一類關心時事的人，只受了政治的影響，沒有創造政治的事實。

這兩種人，倘把時事和他的活動混合，一定兩敗俱傷；倘分開，既可醒讀者眼目，又可表現譜主受了時事的影響。

（二）一般通行的年譜：就像做文章似的，一年一年做下去。敘事的體例，可以分兩種：

1. 平叙體

以一年爲單位，第一行頂格，寫某朝某年號某年譜主幾歲。第二行以下低一格，分段寫譜主的直接活動，時事，詩文目錄。這種體裁的好處，在有一事便記一事，沒有取大略小的毛病。

2. 綱目體

這一體是《王陽明年譜》首創，第一行和平叙體相同；第二行也低一格，標一個很大的綱；第三行以下低二格，記這個綱所涵的細目。一事完了，又重新作別事的綱，繼續記別事的目，也分別低一格二格。

但綱目體有本身的困難：到底要多大的事情才可作綱？有綱無目，或有目無綱，可不可以？這些如果做得不好，會造成專記大事而忽略小事。假使大事小事都有綱目，則又顯得不相稱。雖然有上述的困難，梁氏仍主張用綱目體。

（三）變體的年譜：有一種人，有替他作年譜的必要，而其年代却不能確定，無法很整齊的按年排列，則可以作變體的年譜，譬如王國維作《太史公繫年考略》。對於事蹟零碎的譜主，最適用變體的年譜，雖然無首無尾，也可略爲推定事蹟先後，看出他生平的一部分，總比沒有要好。（《補編》頁 121～124）

此外，梁氏又提倡合譜，合譜的對象比合傳嚴格，必須是同時代的人；因爲年譜是按年敘述的。他又舉朱熹、陸九淵爲例，說明合譜的三個好處：

（一）可以包括一時的學界情形。

（二）公平的敘述，不致有所偏袒。

（三）時事時人免得做數次的記載。

他又舉出王安石、司馬光可以合譜，曾國藩、胡林翼可以合譜，甚至互不熟悉的顧炎武、王夫之、黃宗羲、朱之瑜也可以合譜。(《補編》頁 124～126)

第四節　傳記的功能

梁氏雖然沒有明顯的討論傳記的功能，但歸納他散見於《補編》的主張，仍然可以尋出他對傳記功能的看法。梁氏說：「正史就是以人爲主的歷史」(《補編》頁 40)，而傳記也是以人爲主的，所以透過傳記最容易了解歷史。因此，他主張：「每一時代中須尋出代表的人物，把種種有關的事變都歸納到他身上。一方面看時勢及環境如何影響到他的行爲，一方面看他的行爲又如何使時勢及環境變化。」(《補編》頁 42)這些代表人物，就是他心目中理想的專傳的對象，梁氏說：

> 我的理想專傳，是以一個偉大人物對於時代有特殊關係者爲中心，
> 將周圍關係事實歸納其中；橫的豎的，網羅無遺。比如替一個大文
> 學家作專傳，可以把當時及前後的文學潮流分別說明。此種專傳，
> 其對象雖止一人，而目的不在一人。(《補編》頁 54)

寫傳的「目的不在一人」，而在傳主的整個時代背景——當時的歷史；由此可以看出，梁氏心目中的傳記功能，不僅以忠實記載傳主本人爲滿足，更要編織歷史。他更有一個具體而壯麗的構想，就是用一百篇傳代表整個中國文化，以傳記編織整部歷史。他說：

> 我常常發一種稀奇的思想，主張先把中國全部文化約莫分爲三部：
> （一）思想及其他學說（二）政治及其他事業（三）文學及其他藝
> 術，以這三部包括全部文化，每部找幾十個代表人，每人給他做一
> 篇傳。這些代表須有永久的價值，最少可代表一個時代的一種文化。
> 三部雖分，精神仍要互相照顧。各傳雖分，同類的仍要自成系統。
> 這樣，完全以人物做中心，若做的好，可以包括中國全部文化在一
> 百篇傳內。(《補編》頁 129～130)

梁氏又進一步說明以傳織史的好處：

　　一、將專門知識趣味化、普通化。

　　二、透過人物，較易了解歷史。

但也有兩種困難：

　　一、上古文化幾乎沒有人可以做代表，只好參用文物史的辦法，做一篇
　　　　〈上古的文化〉。

　　二、中古以後，常有種種文化是多數人的共業，沒有領袖，只好把多人
　　　　平等敘列在一篇合傳內。（《補編》頁 130～132）

　　他更具體的列出值得做傳的人物一百多人（《補編》頁 133～146），有的
做專傳，有的做合傳，有的做附傳，只有藝術家一項，因為梁氏沒有很深的
研究，而且資料不足，所以舉不出代表人物。

　　梁氏認為傳記的功能，除了發揚讀者志氣外（《補編》頁 42），更重要的，
是編織歷史，作為史書的一部分。

第三章　梁啓超傳記作品述評

　　梁啓超第一篇傳記作品〈記江西康女士〉發表於光緒廿三年（1897），最後一篇絕筆未完稿的《辛稼軒先生年譜》撰寫於民國十七年（1928），從二十五歲到五十七歲去世時爲止，卅三年之間，他寫了五十一篇、七十五萬字的傳記〔註1〕。這些傳記，可以從體裁區分爲四類，即：傳、年譜、學案和墓誌銘。其中，以傳的分量最多，也最精采。梁氏的傳記作品，大致而言，可以分成五個時期：

　　第一期：廿五歲至廿八歲（1897～1900）
　　第二期：廿九歲至卅三歲（1901～1905）
　　第三期：卅四歲至卅八歲（1906～1910）
　　第四期：卅九歲至四七歲（1911～1919）
　　第五期：四八歲至五七歲（1920～1929）

　　這五個時期之間都有一段空隙，沒有撰寫傳記。爲什麼如此呢？也許從他生活和當時世局的轉變，可以尋出合理的解釋；而且，不單只可以解釋他爲何在某一年沒有撰寫傳記，還可以更進一步，解釋他傳記作品爲何在各時期呈現不同的面貌。以下將會結合梁氏生活背景和當時局勢，分期敍述並評論他的傳記作品。讀者請同時參看本論文〈附表一〉及〈附表二〉。

第一節　第一期：撰寫舊式短傳

　　梁氏從廿五歲至廿八歲（光緒廿三年～光緒廿六年，1897～1900）這四

〔註1〕見本論文〈附表二〉。

年間，共有下列十篇傳記作品：〈記江西康女士〉、〈記東俠〉、〈三先生傳〉、〈譚嗣同傳〉、〈康廣仁傳〉、〈楊深秀傳〉、〈楊銳傳〉、〈林旭傳〉、〈劉光第傳〉、〈偉人訥爾遜軼事〉。其中〈偉人訥爾遜軼事〉寫訥爾遜少年時，爲名譽心而冒大風雪上學一事，藉此激勵國人重視名譽心，奮發自強，短短五百餘字，議論與敘述相等，所敘僅止一事，不及傳主一生，不算很正式的傳，姑繫於此。

〈記江西康女士〉雖不以「傳」名篇，實際上是傳記，是梁氏第一篇傳記作品。本篇開首有一段議論：「中國女學之廢久矣……記曰：『人不學，不知道。』羣二萬萬不知道之人，則烏可以爲國矣！梁啓超持此論以憂天下，鄒凌翰曰，請語康女士。」〔註2〕然後才引出傳主本人：「女士名愛德，江西九江人……」篇末亦有梁氏一段議論，提倡女學以強國。傳曰：「女士無他志念，惟以中國之積弱，引爲深恥。」此不惟傳主康女士之所恥，亦梁氏之所恥也。

〈記東俠〉是合傳，記四個日本愛國志士，其中三人，包括一女子，皆爲國而死。本篇前後皆議論，篇幅與敘述四人生平之文字相等，對傳主的記載很簡略。此傳重點在借東俠以激勵國人，不僅傳其人事蹟。寫此傳的翌年，戊戌政變，譚嗣同爲國流血前，勸梁氏逃走所說：「程嬰、杵臼，月照、西鄉，吾與足下分任之！」〔註3〕其中月照、西鄉之事，見於此傳。

〈三先生傳〉亦是合傳，記一行乞興學之張先生、一捨己救人之伶人何先生、一冒死直諫慈禧太后之宦官寇君。此三人皆擇善而行，奮不顧身；雖所處卑下，而其行誼足爲士大夫所法。本篇首尾亦有梁氏議論，篇末論曰：「使天下得千百賢如三先生者，以興新法，何事不舉？以救危局，何難不濟？以屬士氣，何氣不揚？」〔註4〕爲梁氏命意所在。以上三傳，首尾都有議論，以激發國民愛國心爲主旨。

戊戌政變，梁氏亡命日本，乃有譚嗣同等死難六君子之傳。〈譚嗣同傳〉是六君子傳中篇幅最長的，除了詳述傳主殉難經過之外，於其學術思想亦頗有論述，符合梁氏於《中國歷史研究法補編》中所主張的，對傳主各方面要平均敘述的傳記理論〔註5〕。傳中的空白格子，大概原是維新同志的姓名，梁氏不願洩露，以免株連。

〔註2〕 《飲冰室文集》（以下簡稱《文集》）之一，頁 119。台北，中華書局，民國49年。

〔註3〕 《戊戌政變記》頁109。台北，中華書局，民國68年。

〔註4〕 《文集》之一，頁118。

〔註5〕 《補編》頁75。

〈康廣仁傳〉寫傳主少年事，很能描狀，足以見其性情爲人。傳中先敘傳主生平、氣質、性情、死義經過，並記載臨刑前之曠達語，復論其學，然後追敘其少年時數事：抗顏爲童子師，規模嚴整有度；鋤盡樓前敗蕉，以免徒亂人意；盡取閣上所藏祖先所爲帖括，付之一炬。所記軼事，很能凸顯出傳主剛斷之氣質；頗爲符合梁氏晚年強調的，對傳主性格要極力描寫的傳記理論〔註6〕。又傳中所載康有爲險爲飛磚打中之軼事，可補《康南海自編年譜》之未備。

其餘四篇傳，所記則遠爲簡略；大概由於譚嗣同、康廣仁與梁氏交情最誠摯，所以二人之傳最爲精采動人，篇幅亦較長。六篇傳的篇末，都有梁氏「論曰……」而六篇都不記載傳主生年，大概是模仿史傳作法，史傳多不載傳主生年——以其與歷史無關，只有本紀會記載皇帝出生時間。除了〈譚嗣同傳〉之外，皆不載傳主年歲。

梁氏於這一時期所寫的都是短篇，前三篇議論與敘事相等，藉傳記激勵愛國思想，後六篇紀念死難同志，風格偏向舊式列傳，其中譚、康二傳，特別動人。這一時期的最後一年（1900），梁氏在檀香山經營保皇會事，又因治疫原故，滯留檀島；而且有一華僑妙齡女子何蕙珍，很仰慕他，願以身相許；梁氏發乎情，止乎禮，婉拒之。旋卽因爲唐才常起義，於七月間趕返中國，而唐已敗死，梁氏轉往新嘉坡晤康有爲，八月遊澳洲，路途奔波，所以廿八歲（1900）這一年，完全沒有傳記創作；往後便是傳記寫作的第二期——最燦爛時期。

第二節　第二期：傳記寫作顚峰

梁氏從廿九歲至卅三歲（光緒廿七年～光緒卅一年，1901～1905）這五年中，傳記作品最豐富，共有十六篇，以下將分年敘述。

壹

梁氏廿九歲（1901）這一年，共有五篇傳記作品：〈霍布士學案〉、〈斯片挪莎學案〉、〈盧梭學案〉、〈南海康先生傳〉、《論李鴻章》。

前三篇是西人學案，學案和一般史傳不同，史傳注重生平事蹟，學案則

〔註6〕 〈作文教學法〉，《飲冰室專集》（以下簡稱《專集》）之七十，頁17～18。台
　　　　北，中華書局，民國49年。

著重傳主的學說。沒有其他事業,只有學說足以傳世的傳主,寫他的傳也往往成爲學案形式。學案的特色,先略述傳主時代及生平事蹟,然後詳細叙述他的學說,往往可以分成兩部份來看。

〈霍布士學案〉叙述傳主生平文字,不過寥寥數語,頗嫌簡略。篇首一大段論述當時學風,並簡述傳主的學說及其影響,生平亦在其中,皆用小字。正文引述霍氏學說,並低一格加按語以抒己見,既述其學說前後整齊之處,復論述其前後矛盾之處,然後綜論之。最後則有一大段按語,以荀子性惡、禮論及墨子尚同之說與之相比較,而斷語曰:

> 霍布士者,泰西哲學界政學界極有名之人也。生於十七世紀而其持論乃僅與吾戰國諸子相等,且其精密更有遜焉,亦可見吾中國思想發達之早矣!但近二百年來,泰西思想進步,如此其驟,而吾國雖在今日,依然二千年以上之唾餘也,則後起者之罪也。(《文集》之六,頁95)

梁氏介紹西哲學說,用意在激勵國人奮發向上之愛國心。〈斯片挪莎學案〉篇幅甚短,而叙述傳主之生平較詳,篇中多叙述其補正霍氏之說,無梁氏按語;大概此篇之作,不過前篇之餘緒耳。

〈盧梭學案〉體例與〈霍布士學案〉類似,叙傳主生平遠較前二學案爲詳,低一格之按語僅二則,較〈霍布士學案〉之按語爲少,因梁氏部份意見已見於正文中。梁氏撰寫〈盧梭學案〉,不僅要介紹一種學說,更希望盧梭的「立國之理論」〔註7〕將來能在中國成爲「立國之事實」〔註8〕,所以「願天下讀者勿姑妄聽之也」〔註9〕。以上三篇西人學案,主要目的是激勵國人之愛國心,不僅介紹西人學說。

〈南海康先生傳〉的傳主是梁氏的老師,當時康有爲四十四歲。本傳共分九章:

一、〈時勢與人物〉

二、〈家世及幼年時代〉

三、〈修養時代及講學時代〉

四、〈委身國事時代〉

〔註7〕《文集》之六,頁99。

〔註8〕同上。

〔註9〕《文集》之六,頁110。

其中第七章分量最重，佔全篇十分之四強。一至四章敘生平，五至八章述其學說，而篇中頗多梁氏之議論，顯然是評傳性質。康氏為梁氏之師，但梁氏於傳主缺點，不為之諱，曰：「其舉動或失於急激，其方略或不適於用，常有不能諱者……先生生平言論行事，雖非無多少之缺點，可以供人摭拾之而詆排之者。」〔註 10〕全篇首尾兩章議論最多，以「康南海為先時之人物」起結，亦是對傳主之論斷。

《論李鴻章》又名《李鴻章》或《四十年來大事記》〔註 11〕是中國第一本用西人傳記體裁寫的長傳，成書於光緒二十七年十一月〔註 12〕，距傳主李鴻章去世，僅一個多月。本書〈序例〉曰：

> 此書全仿西人傳記之體，載述李鴻章一生行事，而加以論斷，使後之讀者，知其為人。
>
> 中國舊文體，凡記載一人事蹟者，或以傳，或以年譜，或以行狀，類皆記事，不下論贊，其有之則附於篇末耳。然夾敘夾論，其例實創自太史公，《史記》〈伯夷列傳〉、〈屈原列傳〉、〈貨殖列傳〉等篇皆是也。後人短於史識，不敢學之耳！著者不敏，竊附斯義。

梁氏所謂「全仿西人傳記之體」，大概是指評傳，本書既敘既論，確是評傳性質。所謂「史識」，據梁氏自己的解釋，就是「歷史家的觀察力」〔註 13〕。梁氏認為一般人缺乏觀察力，所以寫傳不敢多下論贊；他自信觀察力敏銳過人，所以敢於夾敘夾論，直追史遷。梁氏對傳主一生事業的看法，有獨到的見解〔註 14〕，不同流俗。他在〈緒論〉一開始就說，天下惟庸人無咎無譽，舉天下而譽之，不一定是豪傑；舉天下而惡之，也不一定就是奸雄；因為所謂天下人，大多是庸人，沒有敏銳過人的觀察力，看不出李鴻章的功過，所

〔註 10〕　《文集》之六，頁 95。

〔註 11〕　《新民叢報》第一號，頁 117，藝文印書館，民國 55 年。

〔註 12〕　《論李鴻章》頁 2。台北，中華書局，民國 60 年。

〔註 13〕　《補編》頁 27。

〔註 14〕　《論李鴻章》頁 3～4。

以他感歎說：「孟子曰：『知人論世』。世固不易論，人亦豈易知哉！」〔註15〕梁氏論李鴻章，精見迭出〔註16〕；他對傳主的批評，或有待商榷，要皆不隨流俗盲目毀譽，確有其過人觀察力。

《論李鴻章》對當時形勢及背景，析論頗詳，不僅限於傳主之出身經歷，因為梁氏以為「四十年來，中國大事，幾無一不與李鴻章有關係，故為李鴻章作傳，不可不以作近世史之筆力行之；著者於時局稍有所見，不敢隱諱，意不在古人，在來者也。」〔註17〕梁氏又說：「此編非徒為李鴻章作行狀。蓋以李鴻章時代之歷史，實為中國數千年來未有之變局，而一國之事，幾無不與李鴻章有關係，故此書又名《四十年來大事記》云。」〔註18〕所以本篇對當時政事記載特詳；平吳之役，載湘軍事蹟頗多（湘軍與李鴻章之淮軍有密切關係）；全錄〈馬關條約〉、〈中俄密約〉、〈辛丑和約〉，也是基於此一觀點。

本書的〈緒論〉與〈結論〉最精采，全篇精神，於此可以概見。至於傳主的遺聞軼事，或有不足之處，蓋由於此書是評傳性質，以議論為長，而不以搜羅鉅細靡遺見勝；而且構思至完稿僅一個多月，身在日本，參考書籍亦有限，自難完備。梁氏於此，已自見之，他說：「恨時日太促，行篋中無一書可供考證，其中記述謬誤之處，知所不免。」〔註19〕又說：「惜著者與李鴻章相交不深〔註20〕，不能多識其性行事實，又越在海外，所據之書籍不多，或不免有遺漏舛誤之處，然此書既非為李鴻章一人而作，則讀者但求其精神可耳。九方皋之相馬，不必惟牝牡驪黃之是問也。」〔註21〕本書之長處，確在其「精神」——對傳主的論斷，及對時局的洞見，而不在網羅傳主資料之宏富。對於李鴻章的歷史地位，一生事業的功過，固然見仁見智，可有不同的看法；但梁氏的論斷無所憑藉，獨出己見，是其勝處。總結而言，梁氏自述此書「其論李也，於常人所共非謗者而訟直之，於常人所共不察者而責備之，處處皆有特識，而於數千年來羣治之積習，及數十年來朝政之失宜，所以造

〔註15〕 《論李鴻章》頁 3。
〔註16〕 《論李鴻章》頁 4～5、33、39、67、85、90。
〔註17〕 《論李鴻章》頁 1。
〔註18〕 同註 11。
〔註19〕 《論李鴻章》頁 1。
〔註20〕 不單只「相交不深」，更是政敵，梁氏甚至想派人行刺李鴻章。見丁文江《梁任公年譜長編》頁 100。台北，世界書局，民國 61 年。
〔註21〕 同註 11。

成今日之結果者，尤三致意焉。」〔註22〕最是知言。

貳

梁氏卅歲（1902）那一年，共有五篇傳記作品：〈匈加利愛國者噶蘇士傳〉、〈張博望班定遠合傳〉、〈意大利建國三傑傳〉、〈近世第一女傑羅蘭夫人傳〉、〈三十自述〉。這一年正是《新民叢報》創刊，前四篇都刊於《新民叢報》。

梁氏寫〈匈加利愛國者噶蘇士傳〉，希望國人奮起仿效愛國者噶蘇士，他說：

> 噶蘇士者，實近世一大奇人也。其位置奇，其境遇奇，其興之暴也奇，其敗之忽也奇。要之，其理想、其氣概、其言論行事，可以爲黃種人法，可以爲專制國之人法，可以爲失意時代之人法。孟子不云乎：『奮乎百世之上，百世之下，聞者莫不興起也。』而況於親炙之者乎？噶蘇士之歿，距今不過十年，吾儕去豪傑若此其未遠也。
> 嗚呼！讀此傳者可以興矣！（《專集》之十，頁1）

此外，傳中對噶蘇士與名將古魯家兩雄相厄〔註23〕，不勝歎惜；梁氏所歎惜的，或許不在異國匈牙利的命運，而在他的祖國——他與孫中山一度可能之合作，不幸終於決裂，不能集中力量以救中國。戊戌政變，梁氏亡走日本，曾與孫中山接觸，一度幾乎有合作的可能，後來因爲種種原因，合作不成〔註24〕。1900年三、四月間，宮崎寅藏因居香港之便，往新嘉坡訪康有爲，再商兩派合作之事，而康有爲因爲傳聞宮崎曾赴粵謁李鴻章，誤會其奉命行刺，遂請英官逮之下獄，於是兩派更無合作之可能〔註25〕；其後兩派裂痕加深，更互相攻訐。1902年梁氏寫〈噶蘇士傳〉，可能感慨兩派未能合力救國，所以不免於傳中發抒感歎。同年寫的〈意大利建國三傑傳〉，亦可看出梁氏強調三傑不能通力合作之害〔註26〕。

〈意大利建國三傑傳〉爲瑪志尼、加里波的、加富爾三人之合傳。梁氏寫此傳，不純爲紀念相去千里之異國三傑；和〈噶蘇士傳〉一樣，是要鼓舞

〔註22〕 同上。
〔註23〕 《專集》之十，頁22～23。
〔註24〕 張朋園《梁啓超與清季革命》頁119～139，台北，中央研究院近代史研究所，民國71年。
〔註25〕 丁文江《梁任公年譜長編》頁139～140。台北，世界書局，民國61年。
〔註26〕 同註24，頁231。

國人取法外國之建國英雄〔註27〕，奮起以救中國。此傳開首即曰：「梁啓超曰：天下之盛德大業，孰有過於愛國者乎！」〔註28〕梁氏以愛國為國民最高道德，時時刺激同胞之愛國心，而又憂心國民妄自菲薄，所以於全傳結束，堅其信心，梁氏說：

> 嗚呼！我輩勿妄菲薄我祖國，勿妄菲薄我眇躬。苟吾國有如三傑其人者，則雖時局艱難，十倍於今日，吾不必為祖國憂。彼意大利之衰象困象險象，夫豈在吾下也！苟吾躬而願學三傑其人者，則雖才力聰明遠下於彼等，吾不必為眇躬怯。舜何人？予何人？有為者，亦若是也！抑意大利有名之三傑，而無名之傑尚不啻百千萬，使非有彼無名之傑，則三傑者又豈能以獨力造此世界也。吾學三傑不至，猶不失為無名之傑，無名之傑徧國中，而中國遂為中國人之中國焉矣。（《專集》之十一，頁61）

梁氏以鼓勵人心為撰寫〈意大利建國三傑傳〉之目的，是很明顯的。既以振奮人心為目的，宜乎下筆常帶情感，故傳中動人文字，屢見不鮮。略舉如下：

> 加里波的入議場，鮮血淋漓，冑鎧全赤，既折既缺之刀，插半鞘而未入，乃拍案厲聲曰：「今日舍遷都他處，別圖恢復之外，更無他圖。」雖然，大聲不入於耳。除瑪志尼外，無一人贊成之者，此新羅馬國會上蠕蠕然百五十顆之頭顱，惟以乞降免難為獨一無二之善後策，而所謂達官顯吏，已紛紛挈其孥以遁於城外，加里波的憤鬱不能自制，復提孤軍襲敵，卻之於第二戰鬪線之外。驀然同首，一片慘白之降旛，已懸於桑安啓羅城上，夕陽西沒，萬種蒼涼。（《專集》之十一，頁21～22）
>
> 八月三日，僅得達佐奇耶海岸，而相隨伴者，惟夫人及少數之親友而已。可憐此絕世女豪傑，以臨蓐久病之身，仗劍從軍，出入於九死一生之裏，至是為追兵所襲，困頓幾不得步，倚所天之肩，逃至一小森林，忽分娩一死兒，暈絕一小時頃，僅開猩紅之淚眼，啓蠟黃之笑臉，撫將軍之手，道一聲「為國珍重」而長暝。嗚呼！英雄英雄！臨十萬大敵，而英雄之心緒，曾無撩亂；經終日拷訊，而英

〔註27〕　《專集》之11，頁1～2。
〔註28〕　同上，頁1。

雄之壯淚，曾無點滴，至是亦不得不腸百結而淚如傾矣！（《專集》
之十一，頁 23）

此外，梁氏又點出「古之欲就大業者必有所養」〔註 29〕，告訴讀者，傳主何
以能夠超凡絕俗，成其爲偉人；符合他後來傳記理論所主張的：「最要緊的是
看歷史人物爲甚麼有那種力量。」〔註 30〕

〈近世第一女傑羅蘭夫人傳〉沒有分節，和其他三篇外國人傳不一樣；〈匈
加利愛國者噶蘇士傳〉分十二節，〈意大利建國三傑傳〉分廿六節，另有〈發
端〉和〈結論〉，〈新英國巨人克林威爾傳〉亦分七章。在遣詞方面，〈近世第
一女傑羅蘭夫人傳〉不如〈意大利建國三傑傳〉激烈，而頗有想像之詞，如
述羅蘭夫人臨刑之感想，梁氏說：

羅蘭夫人乘囚車以向於斷頭臺，其時夫人之胸中，浮世之念盡絕，
一種清淨高尚不可思議之感想，如潮而湧，羅蘭夫人欲記之，乞紙
筆而吏不許，後之君子憾焉。（《專集》之十二，頁 11）

傳主臨刑前的心中感想，當然不可能告訴後人。梁氏沒有直接閱讀西文資料
的能力〔註 31〕，他寫〈羅蘭夫人傳〉可能根據日文的〈羅蘭夫人傳〉，類似的
想像之詞，已經有點小說的筆法了，未知是梁氏所據之書原有，抑或是他所
發明的？

〈張博望班定遠合傳〉共分十節，一至六節叙張騫，七至九節寫班超，
第十節爲結論。其中第三節〈張博望之略傳〉，傳中又有傳，頗爲突兀。全轉
詳細叙述當時西域形勢，篇幅遠過於叙述傳主本身事蹟，而重點似在議論—
—尤其是〈結論〉，梁氏慨歎「霸者快一己自大之私意，驚一時皮相之虛榮。」
〔註 32〕遂令張騫班超之人格事業不能發揚光大，未能使中國成爲全世界主人
翁。

〈三十自述〉是梁氏唯一的自傳，爲他第一次結集出版的《飲冰室文集》
（何天柱編，廣智書局出版，1902 年）而作，是研究梁氏早年生活的最基本
資料。其中自叙其出生，則記載當時最近之中外大事，具體指出時代背景，
而記述自己十八歲時，以舉人身分，拜秀才爲師之經過，是傳主一生中之關

〔註 29〕　《專集》之 11，頁 10。又見於〈噶蘇士傳〉中，《專集》之十，頁 7。
〔註 30〕　《補編》頁 41～42。
〔註 31〕　張朋園《梁啓超與清季革命》頁 37，台北，中央研究院近代史研究所，民國
　　　　　71 年。
〔註 32〕　《中國偉人傳五種》頁 17，台北，中華書局，民國 57 年。

鍵性時刻，亦全傳最精采動人處。附錄的〈我之爲童子時〉一文，可能是四十二歲左右的作品，八百餘字，記幼年說謊被母親責打一事。

參

梁氏卅一歲（1903）這一年，有兩篇傳記作品：〈新英國巨人克林威爾傳〉、〈黃帝以後第一偉人趙武靈王傳〉。

〈新英國巨人克林威爾傳〉有〈叙論〉，無〈結論〉，共分七章：

一、〈克林威爾之家世及其幼時〉

二、〈克林威爾之時代〉

三、〈克林威爾之修養〉

四、〈查理士與國會之初衝突〉

五、〈查理士與國會之再衝突及克林威爾之初爲議員〉

六、〈無國會時代之克林威爾〉

七、〈短期國會與長期國會〉

只叙述到「自此以往，而全英國乃爲克林威爾獨占之舞臺。」〔註33〕傳主往後之事蹟尚多，本篇似是未完成的作品。

〈黃帝以後第一偉人趙武靈王傳〉對傳主趙武靈王爲李兌、公子成圍困餓死的經過（見《史記·趙世家》），竟然隻字不提，就一篇傳記來說，這是很不完整的。梁氏的筆墨都在寫傳主拓邊事業，用意在鼓動國民向外發展之雄心。所附的〈李牧傳〉很短，多襲用《史記》之文，加上梁氏自己一段結論，無甚深意。

肆

梁氏卅二歲（1904）那一年，有兩篇傳記作品：〈明季第一重要人物袁崇煥傳〉、《中國之武士道》。

〈袁崇煥傳〉對背景叙述很詳細，邊事的來龍去脈，都交代清楚，傳主死後，更有一節〈袁督師死後之東北邊事〉，益發襯托出傳主在明末地位的重要。篇末則慨歎今日國難，急於明季數倍，却欲求一袁崇煥而不可得。

《中國之武士道》嚴格來說，不是創作。梁氏採集春秋戰國以迄漢初，先民之有武德者，抄錄史書原文，加上自己按語〔註34〕，鼓吹尙武精神。書中所

〔註33〕 《專集》之 13，頁 20。

〔註34〕 《中國之武士道·凡例》，台北，中華書局，民國 60 年。

錄人物，只記載其英勇事蹟，並不叙述傳主的其他方面，不是很正式的傳。

伍

梁氏卅三歲（1905）那一年，有兩篇傳記作品：〈中國殖民八大偉人傳〉、〈祖國大航海家鄭和傳〉。

〈中國殖民八大偉人傳〉對傳主記載非常簡略，其中兩個傳主的事蹟，根據口頭傳說記載，只有寥寥廿九個字。全篇三千餘字，梁氏議論佔三分之一，鼓勵國民崇拜效法殖民英雄，以競爭生存於世界之上。

〈祖國大航海家鄭和傳〉歷數鄭和所經之地，結語與〈張博望班定遠合傳〉相似；感歎人主不圖實質利益，努力殖民以強國，而徒以虛譽爲滿足。

梁氏作品中的西人學案、西人傳記，都撰寫於此五年中，而且《論李鴻章》更是中國第一部西式長傳。這一期的傳記作品，從篇數及數字而論，都是最豐富的，而且題目都很醒目，如：〈意大利建國三傑傳〉、〈中國殖民八大偉人傳〉；或在傳主名字上加上形容詞片語，如：「匈加利愛國者」、「近世第一女傑」、「新英國巨人」、「黃帝以後第一偉人」、「祖國大航海家」。這些傳都刊登於《新民叢報》，報紙標題要吸引讀者，所以出現這些題目。其他時期的傳記作品，沒有這種現象。這五年之中，以梁氏卅歲（1902）《新民叢報》創刊那一年發表的西人傳記最富煽動性，鼓吹愛國思想最明顯。這一期是梁氏傳記創作的巔峰時期。

第三節　第三期：撰寫古人長傳

梁氏從卅四歲到卅八歲（光緒卅二年～宣統二年，1906～1910）這五年，是他寫作傳記的第三期，這一期開始的兩年，沒有傳記作品。原因可能是他先是忙於和革命派論戰，接著因爲清廷下詔預備立憲，又忙於組織政聞社，所以無餘力撰寫傳記。直到光緒卅四年（1908）政聞社被查禁，政治事業受挫，他才又有時間專心著述〔註35〕。這一時期共有五篇傳記作品：〈清光祿大夫禮部尚書李公墓誌銘〉、《王荊公》、《管子傳》、〈嘉應黃先生墓誌銘〉、〈張勤果公佚事〉。其中〈張勤果公佚事〉記咸同間一將軍畏妻故事，佚事雖附於傳記之屬，而本篇不過筆記趣談之流而已，姑繫於此〔註36〕。

〔註35〕　參考本論文〈附表一〉。
〔註36〕　〈張勤果公佚事〉附錄於宣統二年的〈雙濤閣日記〉之後，故繫於此年。

〈清光祿大夫禮部尚書李公墓誌銘〉的傳主是李端棻，梁氏十七歲中舉人，主考官李端棻很器重他，以堂妹妻之。這篇墓誌銘開首敘述二人關係，然後才敘述傳主先世、傳主本人的經歷、具體的政績、主張、爲人、生卒年壽，而以七言銘作結。

〈嘉應黃先生墓誌銘〉的傳主是梁氏忘年摯友黃遵憲，本篇開首很特別：「國家自甲午喪師以後，勢益不競……」〔註37〕先敘述傳主的變法維新事業，並歎惜戊戌難作，事業失敗，然後才敘述傳主名諱、先世、經歷、政績、著述、詩歌，而雜以梁氏之嗟歎：

> 嗚呼！以先生之明於識，練於事，忠於國，使稍得藉手，其所措施，豈可限量！而乃使之浮沉於羣吏之間者且數十年，晚遭際會，似可稍展其所蘊矣，而事變忽起，所志終不遂；且乃憂讒畏譏，流離失職而死，此豈天之所爲耶？（《文集》之44上，頁5～6）

此既歎逝者，亦梁氏自傷之詞也。

《王荊公》是梁氏傳記作品中第一長篇，凡十五萬字。梁氏在〈例言〉裏說：「本書以發揮荊公政術爲第一義，故於其所創諸新法之內容及其得失言之特詳，而往往以今世歐美政治比較之，使讀者於新舊知識，咸得融會。」本書的重點確在這一方面，大部分的篇幅都在敘述傳主的政術。然而，本書的另一重點，是要爲傳主辨誣，對王荊公的歷史地位重新評價。

雖然梁氏在〈自序〉裏強調說：「非欲爲過去歷史翻一場公案」，卻又忍不住說：「而流俗之詆諆荊公，污衊荊公者，益無以異於斥鷃之笑鵬，蚍蜉之撼樹也！」〔註38〕其實本書另一重點在摧陷廓清歷來對王安石不實的記載，梁氏在〈例言〉說：

> 《宋史》記熙豐事實者，成於南渡以後史官之手，而元人因而襲之，皆反對黨之言，不可徵信。今於其污衊荊公處皆一一詳辯之，別爲〈考異〉若干條。

梁氏在傳中費大力氣撰寫十九條〈考異〉，就是要爲傳主「翻一場公案」。傳主在梁氏心目中地位崇高，他甚至推尊王安石爲三代以下僅有之完人〔註39〕，自少年時初知有學問，卽服膺其人，想替他作傳〔註40〕。梁氏

〔註37〕《文集》之44上，頁4。
〔註38〕《王荊公·自序》，台北，中華書局，民國67年。
〔註39〕《王荊公》頁1。

在傳中有一段話，可以推翻他自己在〈自序〉中所說的：「非欲爲過去歷史翻一場公案」。梁氏在傳中說：

> 然則居今以傳荊公，欲求如克林威爾所謂「畫我當畫似我者」，不亦戞戞乎至難之業哉！雖然，以歷史上不一二見之哲人，匪直盛德大業，黮沒不章，抑且千夫所指，與禹鼎之不若同視，天下不復有眞是非，則禍之中於世道人心者，將與洪水猛獸同烈。則夫闢邪說拒淫辭，揚潛德發幽光，上酬先民，下獎來哲，爲事雖難，烏可以已，是則茲編之所由作也。（《王荊公》頁 5～6）

這才是他寫《王荊公》的動機。基於此一動機，他首先辯論《宋史》對王安石的記載不足信，並援引陸象山、顏習齋之說以張其軍，引蔡上翔《王荊公年譜考略·自序》以固其說〔註41〕，又破朋黨乃君子小人之爭的舊說，認爲只是士大夫意氣之爭，以相傾軋〔註42〕。傳中屢見梁氏爲傳主辯護之詞，而下筆爲文，難抑其不平之氣，往往流於感情用事，多偏激之詞〔註43〕。

梁氏罵邵伯溫「鬼蜮之醜態」，謂當時言論家「無人心」、後之論史者「無目」，《宋史》爲「無一而不妄」之「穢史」〔註44〕，都不免過甚其詞，有失冷靜。他又批評司馬光「不負責任」、「惡功名之不出自我，而傾人以自快取私。」「以國家大計爲其洩憤復仇之具」〔註45〕，都不是持平之論，而對傳主誇張溢美之詞，則不只一見。梁氏說：

> 若乃於三代以下求完人，惟公庶足以當之矣。（《王荊公》頁 1）
>
> 其於撥亂世反諸正也，宜若反手然。（《王荊公》頁 14）
>
> 秦漢以後，其能知國家之性質，至誠惻怛以憂國家者，荊公一人而已。（《王荊公》頁 36）
>
> 而我中國自秦漢迄今二千年，前夫公者後夫公者，無一人能見及者也。（《王荊公》頁 43）
>
> 若其學識之精卓，規模之宏遠，宅心之慈仁，則眞隻千古而無兩也。（《王荊公》頁 66）

〔註40〕　同註38。
〔註41〕　《王荊公》頁 3～8。
〔註42〕　《王荊公》頁 16。
〔註43〕　《王荊公》頁 41、57、96、134、137。
〔註44〕　同上。
〔註45〕　《王荊公》頁 67、87、124。

很明顯的,梁氏這種寫法,和他晚年提出傳記理論時所主張的「據事直書,不必多下批評」,「但描寫這個人的眞相,不下一句斷語。」〔註46〕並不相符。《王荊公》雖無「評傳」之名,寫法却是評傳式的;從他傳中有傳(全書分廿二章,第四章是〈荊公略傳〉)更可說明這一點。此外,傳主的去世,在第十四章叙述,似乎距離全書之結束,過於遙遠。梁氏在書中大量引用傳主著作──尤其是奏議,倒很符合他晚年傳記理論所主張的:「作政治家的傳,第一要登載他的奏議和他的著作。」〔註47〕綜合全書而言,梁氏對傳主多有獨到看法,然而行文過於情緒化,屢見溢美溢惡之詞,有失持平客觀態度。

《管子傳》亦以發揮傳主政術為主,梁氏說:「本編以發明管子政術為主,其他雜事不備載。」〔註48〕所以對管子生平事蹟,只簡略叙述,而對管子政術則特別重視經濟政策,佔全書七分之三篇幅。《管子傳》引《管子》之原文,幾佔全傳一半篇幅,梁氏對《管子》一書大膽假定,「度其中十之六七為原文,十之三四為後人增益。」「且即非自作,而自彼卒後,齊國遵其政者數百年,然則雖當時稷下先生所討論所記載,其亦必衍『管子』緒論已耳。吾今故據管子以傳管子。」〔註49〕然後大量引用。《管子傳》叙管子治術,用意亦在加強國人之自信心,謂現時泰西新說,於中國春秋時已經萌芽〔註50〕,使國民堅信中國文化所固有者,原不遜於泰西所有,唯在奮起自強而已。

梁氏傳記中只有兩篇寫古代人的長傳──《王荊公》和《管子傳》都是這一時期寫的。政治事業受阻,專心著述,才有充裕時間寫出如許長篇。二傳有一共通點,都在發揮古人政術,供後人參考,以為改革現況所資,非徒為古人翻案而已;而尤其注重財政與經濟,亦可反映梁氏愈來愈重視這兩方面。

第四節　第四期:傳記寫作低潮

梁氏從卅九歲到四十七歲(宣統三年~民國八年,1911~1919)這九年間,只有八篇短傳:〈番禺湯公略傳〉、〈南海王公略傳〉、〈新會譚公略傳〉、〈邵陽蔡公略傳〉、〈麻哈吳公略傳〉、〈貴定戴公略傳〉、〈都勻熊公略傳〉、〈永川

〔註46〕　《補編》頁115。
〔註47〕　《補編》頁74。
〔註48〕　《管子傳‧例言》,台北,中華書局,民國65年。
〔註49〕　《管子傳》頁3。
〔註50〕　《管子傳‧叙論》頁1。

黃公略傳〉，而且都撰寫於民國五、六年間，前五篇是紀念討袁之役死難同志（蔡鍔積勞成疾而卒於討袁之後），後三篇紀念討伐張勳復辟之役死難同志，每篇最長不過四百字，沒有議論。這八篇都不是力作。

　　梁氏傳記寫作的第四期，從宣統三年到民國八年（1911～1919）這整整九年是他傳記創作的低潮時期，若非爲了紀念死難同志，恐怕連上述八篇短傳亦不可得。宣統三年，梁氏忙於運動立憲，八月武昌起義之後，他從日本趕返奉天，欲藉吳祿貞、張邵曾、藍天蔚等人的部隊控制北京外圍地區，阻止袁世凱入京，然後再在北京發動政變，然計畫未能付諸行動，已告失敗〔註51〕，他返回日本。這一年忙於奔走，無暇撰寫傳記。民國元年歸國後，組織政黨、任司法總長、幣制局長、討伐袁世凱、力主對德宣戰、討伐張勳、任財政總長，一連串繁劇的政治活動，不遑著述；縱有撰作，亦多與當時政事有關，已無餘力撰寫傳記。其間雖主編《庸言》、《大中華》，然以民國已經建立，當初藉傳記鼓動人心之動機已經消減，遂無心撰寫傳記。

　　民國六年底，梁氏辭財政總長，退出實際政治活動，一度眈於碑刻之學，翌年春夏間，專心寫作通史，年底赴歐遊歷，民國九年歸國後，則進入傳記寫作的第五期。

第五節　第五期：撰寫學術傳記

　　梁氏從四十八歲到五十七歲（1920～1929）這十年間，有十二篇傳記作品：《孔子》、《墨子學案》、〈番禺湯公墓誌銘〉、〈陶淵明年譜〉、《朱舜水先生年譜》、〈蔣母王太夫人墓誌銘〉、〈戴東原先生傳〉、〈玄奘年譜〉、〈亡友夏穗卿先生〉、〈悼啓〉、〈朱君文伯小傳〉、《辛稼軒先生年譜》。此外，又有三篇和人物有關的文章〔註52〕，因爲不算傳記，所以不在討論之列。

　　《孔子》一書雖無「學案」之名，據梁氏自白：「《孔子學案》約四萬言。」〔註53〕其實就是學案。《孔子》一書以學說爲主，對於傳主生平事蹟，所叙甚

〔註51〕　張朋園《梁啓超與清季革命》頁200，台北，中央研究院近代史研究所，民國71年。
〔註52〕　〈陶淵明之文藝及其品格〉，《陶淵明》頁1～21，台北，中華書局，民國69年。
　　　　　〈情聖杜甫〉，《文集》之38，頁37～50。
　　　　　〈屈原研究〉，《文集》之39，頁49～69。
〔註53〕　〈近著第一輯序〉，《文集》之39，頁48。

簡；梁氏也說：「本書並非史傳，所以不必詳考事蹟。」〔註54〕可能正因爲重點不在傳主生平，所以沒有〈附錄〉收載存疑的資料——這是他後來提出傳記理論時所主張的〔註55〕。

　　梁氏四十九歲撰寫《墨子學案》，他很嚮往墨子，至遲在二十五歲已號爲「任公」〔註56〕，就是仰慕墨子「爲身之所惡以成人之所急」〔註57〕的精神。墨子事蹟難考，《墨子學案》當然亦以學說爲主，只有兩頁談到傳主生平。

　　〈番禺湯公墓誌銘〉是梁氏爲同門湯叡而作，討袁之役，湯氏往說龍濟光反袁，殉難於海珠善後會議。本篇以傳主名諱籍貫開始，和常見墓誌銘相類，而重點叙其死義經過，銘詞後半部句法參差，而鏗鏘動人，其詞曰：

> 包胥力能復楚，魯連義不帝秦，功在天下，而災逮其身；是之謂志
> 士仁人無求生以害仁，百世之下，將亦有感於斯文。（《文集》之 44
> 上，頁 16）

〈陶淵明年譜〉是梁氏養病時所作，費時五日完成〔註58〕。據篇首梁氏自白，他覺得歷來記載譜主卒年六十三歲的說法錯誤，所以發憤著成此譜。通觀〈陶淵明年譜〉，重點在考辨譜主卒年僅五十六歲，並非詳記譜主的全面，以致把他認爲缺少了就不可能成爲佳作的譜後都忽略了〔註59〕。梁氏對譜主卒年的考證並非堅確不移，楊勇對他說法的批評〔註60〕，頗有值得參考之處。

　　《朱舜水先生年譜》是梁氏得意之作，他談到年譜作法時，兩次舉此譜爲例〔註61〕，認爲記人和譜後都很恰當，符合他的傳記理論。但仔細閱讀《朱舜水年譜》，不盡如梁氏理想處頗多，梁容若謂「其中實有疏失，不能踐其

〔註54〕　《孔子》頁 1，台北，中華書局，民國 60 年。
〔註55〕　《補編》頁 146～157。
〔註56〕　丁文江《梁任公年譜長編》（以下簡稱「丁編《梁譜》」）光緒二十五年（梁氏二十七歲）謂：「從這時候起『任公』一號才聞於世。」（頁 95）其實兩年前梁氏已有「任公」之號：丁編《梁譜》光緒二十三年（梁氏二十五歲）引譚嗣同銘：「任公之研佛塵贈」可證（頁 47）。此銘又見於《譚嗣同全集》頁 501（華世出版社，台北，民國 66 年）。此外，「任公」一名又見於丁編《梁譜》光緒二十四年所引的天津《國聞報》（丁編《梁譜》頁 49）。
〔註57〕　孫詒讓《墨子閒詁》卷 10〈經上〉：「任，士損己而益所爲也。」〈經說上〉：「任，爲身之所惡，以成人之所急。」台北，世界書局，民國 64 年。
〔註58〕　《陶淵明》頁 21，台北，中華書局，民國 69 年。
〔註59〕　梁氏很強調譜後的重要，見《補編》頁 119。
〔註60〕　楊勇〈陶淵明年譜彙訂〉，香港，《新亞學報》7 卷 1 期，民國 54 年 2 月。
〔註61〕　《補編》頁 110、119。

所言者。」〔註62〕指出譜中記載和譜主有關的人物和譜後，兩方面都詳略失宜；對譜主詳於紀行，略於紀學；所據的譜主著作，版本較次；紀年又拘泥書法；而且對一些重要問題沒有提出答案。除了梁容若所批評的各點以外，《朱舜水年譜》另有一些小疏誤〔註63〕。不過，梁氏是最先爲朱舜水作年譜的學者〔註64〕，前無憑藉，自是難能可貴。

〈蔣母王太夫人墓誌銘〉的傳主是梁氏門人蔣方震（百里）的母親，本人沒有事業可記，梁氏只能叙述賢德，並將其子的成就歸功於母教。他叙述傳主事蹟及言語之前說：「方震語啓超曰……」〔註65〕如此不但語有所本，所叙若有失實之處，執筆者或可免諛墓之譏。

〈戴東原先生傳〉乃梁氏爲紀念戴震二百年誕辰而作，梁氏自白：

> 本篇以洪、段二氏爲主，參以諸家。其本集及他文集筆記中有可取
> 材者亦附入焉……體例依前代史稿，專採前人成文，不自撰一語，
> 時或爲行文便利起見，竄易增加數字而已。私見所及，則別爲案語，
> 綴各段之後。〔註66〕

他的案語都低一格，不會和正文相混，正文採他人成文處，其下以小字註明出處。此傳的優點是能照顧到傳主學術的各方面，不僅說明戴震的小學和考據的貢獻，更能強調他在義理之學方面的成就，的確能夠平均叙述傳主的各方面〔註67〕。

梁氏據《玄奘傳》撰寫〈玄奘年譜〉〔註68〕，重點在考證譜主的生卒年壽〔註69〕，並不詳載譜主的各方面。梁氏於譜主遊歷之地，一一縷舉，旅途所費時間，一一記錄，用意在確考譜主遊印歲月，以推算其年壽。此譜用綱

〔註62〕　梁容若〈讀任公著「朱舜水年譜」〉，台北，《大陸雜誌》7 卷 9 期，民國 42 年 11 月。
〔註63〕　《朱舜水年譜》頁 3：「先生娶葉氏……繼娶陳氏，生女高。兩夫人來歸及卒年……皆無考。」（台北，中華書局，民國 60 年）其實陳夫人的卒年可考：頁 6 云：「女高生於是年或明年」注引〈行實〉謂高六歲喪母，則陳夫人卒年並非不可考。此外，頁 8 倒數四、五兩行的「甲申年」似爲「癸未年」。
〔註64〕　據王德毅編《中國歷代名人年譜總目》，台北，華世出版社，民國 68 年。
〔註65〕　《文集》之 44 上，頁 17。
〔註66〕　《戴東原》頁 1，台北，中華書局，民國 68 年。
〔註67〕　《補編》頁 77～79。
〔註68〕　見於〈支那內學院精校本玄奘傳書後──關於玄奘年譜之研究──〉，《專集》之 68〈見於高僧傳之支那著述〉附錄三。
〔註69〕　《專集》之 68，頁 62。

目體，頗爲明朗〔註 70〕，內容則甚簡，譜前、譜後、時人、文章都付闕如。
梁氏自白：「右譜稿簡陋已甚，不足爲著述。因讀校本偶感輒書，爲將來改作
之藍本耳。」〔註 71〕

〈亡友夏穗卿先生〉不是正式的傳，屬人物印象記一類，可附於傳記之
屬。梁氏也說：

> 我將來打算做一篇穗卿的傳，把他學術全部詳細說明──但不知道
> 我能不能，因爲穗卿雖然現在才死，然而關於他的資料已不易搜集，
> 尤其是晚年──現在只把我所謂「三十年前印象」寫寫便了。(《文
> 集》之 44 上，頁 19)

可見他不認爲本篇是傳。〈亡友夏穗卿先生〉記述梁氏和夏僧佑交往情形，和
夏氏的性格，寫得很生動。

〈悼啓〉是梁氏爲剛去世的妻子而作，篇末云：「略陳行誼，不敢溢美，
海內君子，寵以哀誄，俾塞兒曹哀思，不勝大願。」〔註 72〕顯然是事略一類，
雖不以「傳」名篇，自是傳記之屬。篇中記傳主送別梁氏赴軍討袁之語，曰：
「上自高堂，下逮兒女，我一身任之，君但爲國死，毋反顧也。」〔註 73〕最
爲慷慨動人。

〈朱君文伯小傳〉分兩段，前段平舖直敘其生卒及經歷，後段寫梁氏印
象及感慨，很簡略。寫完這篇傳，隔了三年，才有《辛稼軒先生年譜》之作。

《辛稼軒先生年譜》是梁氏最後一篇著作，只寫到辛棄疾六十一歲，尚
缺七年未竟。此譜的格式，第一行記某年譜主幾歲，第二行低一格記譜主事
蹟，另行低一格考證，再下一行和譜主事蹟齊格有編年詞（或詩、文），下一
行低一格亦有考證。但每年事蹟都非常簡略，只有一兩行，或寥寥數字，往
往只是引錄《宋史》本傳。考證却很詳細，編年詞的考證尤其詳細，其後或
附有「辨妄」〔註 74〕，是更深入的考證。梁氏把很多可以放在第一行的譜主
事蹟，在考證部分敘述，甚至放入編年詞的考證裏；把譜主事蹟放在煩瑣的
考證文字裏敘述，令人讀來很不分明。梁氏寫此譜重在稼軒詞的編年，而不
是譜主的生平事蹟。

〔註 70〕 梁氏主張年譜宜用綱目體，見《補編》頁 123～124。
〔註 71〕 《專集》之 68，頁 79。
〔註 72〕 《文集》之 44 上，頁 25。
〔註 73〕 同上。
〔註 74〕 《辛稼軒先生年譜》頁 39，台北，中華書局，民國 58 年。

《辛稼軒先生年譜》的考證，時有錯誤；明顯的如譜主和夫人年歲的差距：梁氏不知道譜主夫人是范邦彥之女、范南伯之妹，僅憑稼軒〈浣溪沙・壽內子詞〉的「壽酒同斟喜有餘，朱顏卻對白髭鬚，兩人百歲恰乘除。」假定譜主夫婦年歲相差不少，恐與事實不符〔註75〕。此外，記事過於簡略，或漏而不載〔註76〕，不足以顯示譜主爲人。又誤讀譜主〈上梁文〉〔註77〕，臆改「閉糶」、「強糶」〔註78〕，尤其可議。顧隨認爲他「每多臆斷」，並且批評他的《辛稼軒先生年譜》說：

> 於稼軒帥湖南，再帥江西，帶湖第宅落成，及落職歸里諸大端，未
> 能考定其歲時。生平遺事軼聞，搜羅未盡。至於稼軒友人之生卒年
> 月，過往踪跡，更多遺而未舉，或語而不詳。〔註79〕

這是很中肯的批評。不過，梁氏此譜屬稿於民國十七年九月十日，至十月十二日病重擱筆，前後僅一月，譜未成而疾大作，遂成絕筆〔註80〕。倉卒未成之作，又在病中，自難理想。

　　梁氏第五期的傳記寫作，隨著他退出政壇，專心教育文化事業而轉趨於學術性；學案和年譜的寫作，從體裁上反映了此一轉變。雖然他在第二期也寫了三個學案，但那三個1901年寫的西人學案，是藉着介紹西方新學說，來鼓動人心要求改革，和歐遊之後的孔子、墨子學案純作學術探討不同。年譜

〔註75〕參考鄭騫《辛稼軒年譜》頁3～5，台北，華世出版社，民國66年。

〔註76〕譜主知滁州的政績頗有具體足稱之處，梁氏竟然隻字未提。下列數事亦值得
　　　記載：
　　　一、監湖南鄉試，取士得趙方。
　　　二、朱熹知南康軍，以歲旱遣人購米於江西，爲前任安撫扣留，得譜主解禁。
　　　三、陸九淵來信論及江西吏治廢弛，官吏貪暴，期望譜主嚴加整頓。
　　　四、譜主客舟販牛皮過南康軍，被朱熹拘沒入官。
　　　五、譜主觴客於滕王閣。
　　　可參考鄭騫《辛稼軒年譜》。

〔註77〕梁氏以爲〈上梁文〉是新居將成時作；其實上梁謂主房上梁，按照普通建築
　　　習慣，主房上梁之後，才修築其餘房舍，上梁文多作於工程開始之時，故〈上
　　　梁文〉通篇皆初動工時語。參考鄭騫《辛稼軒年譜》頁61～72。

〔註78〕《宋史》本傳載辛棄疾治江右饑荒，榜通衢曰：「閉糶者配，強糶者斬。」義
　　　不可通，梁氏臆改下句爲：「強糴者斬。」（梁氏《辛譜》頁25）揣測其意，「強
　　　糴」或可勉強解釋爲「強迫存米之人糶米」，文意亦甚迂曲，不若根據辛啓泰
　　　《辛譜》所引《朱子大全集》作「閉糶者配，強糶者斬。」閉糶謂囤積居奇，
　　　不肯出售；強糶謂劫米。參考鄭騫《辛稼軒年譜》頁64、66，〈補正〉頁5。

〔註79〕顧隨〈辛稼軒先生年譜序〉，見鄭騫《辛稼軒年譜》。

〔註80〕丁文江《梁任公年譜長編》頁773～774。台北，世界書局，民國61年。

只出現在第五期,早年藉傳記激勵愛國思想,不採用年譜體裁,很可能和年譜不宜於批評議論有關;傳比較容易插入議論〔註81〕,宜於鼓動人心,梁氏歐遊之後的傳記作品,學案抉發先秦孔墨學說之幽隱,年譜則考訂人物之生卒行事、詩詞編年,清季慷慨激昂、聞者莫不興起的動人傳記,已不復繼起了。

〔註81〕 《補編》頁 55:「年譜……許多批評的議論,亦難插入……若做專傳……無論議論敘事,都可網羅無遺。」

第四章　梁啓超傳記理論與作品的檢討

第一節　梁氏傳記理論的檢討

壹、值得取法之處

　　梁啓超的傳記理論，可取之處頗多。他論傳記的對象，能注意羣體及易被忽略的重要人物，而且強調不要選自己不熟悉的傳主去作傳；這都是很好的見解。在具體作法方面，有七點可以取法：

　　一、以傳主著作爲寫傳的最基本資料。

　　二、寫長傳要有綱領。

　　三、極力描寫傳主的個性。

　　四、應客觀敘述，不下批評。

　　五、敘傳主各方面要均衡。

　　六、一事兼涉兩人時，宜詳於事蹟較少者傳中。

　　七、專傳應有附錄收載存疑的資料。

　　其中以第一、三、四、七項值得特別注意，茲詳論如下。

　　梁氏論傳記寫作，應以傳主的文集及其他著作爲基本資料，進一步蒐集與傳主有關人物的著作〔註1〕；這是非常好的主張。歷代正史列傳爲人詬病記載不實的主要原因，就是寫傳的人只根據墓誌銘、家傳和行狀，實際上這三類傳記都是有褒無貶的。墓誌銘（同類的還有墓表、神道碑、神道表、阡表

〔註 1〕　《補編》頁 245。

等等）常過分誇張碑主德行，多半是重金敦請文士執筆，作者對死者未必熟悉，只有根據家屬提供的事略一類的資料，所以寫出來的總是頌揚之詞；大文學家也不例外，如蔡邕、韓愈，都不免諛墓之譏。家傳是死者後裔所作，旨在紀念逝者盛德善行，以訓子孫，自然要爲先人隱過。行狀多爲生前僚屬執筆，以供史館取材，亦難免隱惡揚善，多言長德善政。凡此三類私家碑傳，隱惡溢美，性質上有其限制。史官根據這樣的材料去了解傳主，自然不夠客觀，不夠全面；但歷代列傳每失於此。梁氏精通史學，深諳其弊，主張透過傳主作品以觀察其人心志，值得遵從。

梁氏強調寫傳必須運用觀察力和想像力，對於足以表現人物性情的言論行事，無論大小，總要淋漓盡致委曲詳盡的極力描寫，使傳主個性、人格都躍然紙上〔註2〕。《史記》描寫人物，各人有各人性情狀貌，栩栩如生；後代正史列傳缺乏對傳主性格的描寫，不免千篇一律，大爲遜色。梁氏的主張，正好針對了後代正史的缺點。

梁氏論傳記寫作，只要把傳主言語行動忠實描寫就夠了；作者把傳主的眞相客觀呈現，讀者自然會了解傳主的地位和價值，不必多下批評；一下批評，就淪爲二流作者〔註3〕。假如不能避免批評，寧願用別人的批評勝過用自己的話，而且要放入附錄中〔註4〕。梁氏雖然強調不下批評，但他的態度不夠堅定〔註5〕；其實，只要客觀呈現事實而不下批評，是很正確的寫傳態度，梁氏態度不妨更堅定。

梁氏以爲寫作專傳，蒐集資料經過鑑別和取捨後，有問題而不用的資料，可以另做附錄來記載，免得貪多務博的人又撿起丟棄的材料當寶貝，同時還可以保存這些可以考見當時人心理和社會狀態的資料〔註6〕。梁氏雖然只是舉孔子傳爲例，其實這方法可以推廣運用在其他資料有問題的傳記上。這樣可以向讀者或後來想重做此傳的人顯示：並非沒有發現這些資料，只是不可靠，所以不採用。

在年譜的作法方面，梁氏的主張有七點值得取法：

〔註2〕　《飲冰室文集》之70，頁17～18，〈作文教學法〉。
〔註3〕　《補編》頁105、115～116。
〔註4〕　《補編》頁121。
〔註5〕　《補編》頁115：「有時爲讀者的方便起見，或對於譜主有特別的看法，批評幾句也不要緊。」
〔註6〕　《補編》頁147～150。

一、作年譜先要考慮是附見於文集或獨立成篇的。

二、年譜宜用綱目體。

三、先衡量譜主與時事的關係，再決定記載背景大事的詳略。

四、記載時人，可依與譜主關係疏密而用小傳、人名別錄或索引的方式；
　　其對象不必限於直接交遊者。

五、年譜應有譜前、譜後和附錄。

六、考證文字宜入附錄。

七、年譜應附作品編年篇目。

其中以第五點最值得注意。梁氏認為年譜除了從生到卒的正文外，還應該有譜前記載譜主先世、父母、兄弟和生前家況，有譜後記載譜主對後世的影響，以及譜主後人的事功。此外，還可以有各種附錄，記載正文不能容納的資料；譬如不能繫年的事蹟，和考證的文字。梁氏強調年譜不妨多作附錄，既可容納資料，又可保持正文明朗，不致蕪雜〔註7〕。這方法可以普及一般傳記，不必以年譜為限。

貳、有待商榷之處

梁氏的傳記理論雖然大多可從，却非全無可議之處，茲一一縷析如下：

一、傳記分類尚有可議

梁氏將傳記分為五類：（一）列傳、（二）年譜、（三）專傳、（四）合傳、（五）人表〔註8〕。以上分類並不恰當：首先，合傳不應與列傳、專傳並列於同一層次；其次，人表不算傳記。

列傳可以是獨傳或合傳，專傳照梁氏自己的說法，也可以是合傳〔註9〕，既然列傳和專傳都可能是合傳，三者就不應平放同一層次，梁氏却在同一層次用了兩個分類標準。

再者，梁氏對專傳的界定並不清楚。他說列傳是全書一部分，專傳則獨立成書〔註10〕。似乎列傳與專傳的分別，以這篇傳是否為史書的合成部分為

〔註7〕　《補編》頁118～121。

〔註8〕　《補編》頁52。

〔註9〕　《補編》頁134：「專傳也並不是很呆板的拿一人作主，也可平敘二人，參用合傳的體裁。」可見梁氏心目中的專傳不等於只記一人的長傳。

〔註10〕　《補編》頁53：「列傳與專傳不同之點：專傳以一部書記載一個人的事蹟；列傳以一部書記載許多人的事蹟。專傳一篇即是全書；列傳一篇不過全書中很小的一部分。」《補編》頁54：「專傳獨立成為專書。」

判準；但梁氏論傳記對象時，曾舉《史記‧魯仲連傳》爲專傳之例〔註11〕，而〈魯仲連傳〉只是《史記》的一部份，是一篇列傳。此外，人表只記載人名，至於生平事蹟，全部闕如，只能看作史書的表，不應列入傳記中。

追究梁氏對傳記分類欠妥的原因，可能由於他要照顧的方面太多，結果顯得混亂。他對正史中數量龐大的傳記予以歸類，遂總稱之爲列傳，認爲都是史書一部分，不能獨立成書〔註12〕。「專傳」一詞是梁氏始撰的〔註13〕，不僅指稱從前正史以外的傳，而且還代表梁氏心目中理想的新式傳記〔註14〕。傳記的分類，既要照顧從前及新式的專傳，又要兼及史書內外的傳記，同時還要強調合傳是好體裁，把合傳獨立標舉上來和列傳、專傳平列；如此就難免弄得犬牙交錯，劃分不清。

二、以傳記保存文章已無必要

梁氏論傳記作法，文學家的傳要轉錄傳主代表作品，既可看出傳主文學價值，亦可保存作品以免散失；並舉《史記‧司馬相如傳》爲例〔註15〕。此一見解有待釐清：轉錄傳主重要代表作品以顯示其文學價值，固然可行；假藉史傳以保存文章，在古代或不失爲良法，在現代則不必。

史傳中記載傳主的文章，《漢書》較《史記》更爲明顯。班固網羅經術及政論文章，一一載入傳中，文學家的代表作品，亦斟酌收錄；反而人物的生平事蹟則甚簡，彷彿點綴而已。這是保存其人嘔心瀝血的文字，而略其無關宏旨的生平〔註16〕。就此一觀點而言，傳中稍爲記載傳主文章並無不妥。

然而，現代人寫傳，應以傳主思想人格及生平事蹟爲中心，引錄文章，以有助於說明傳主思想行事爲限；文學家也不例外。要了解傳主的文學作品，大可直接讀他的文集；傳中不必引錄太多文章，只要指出重要代表作的篇名就夠了。至於保存傳主文章的責任，更不必由傳記來負擔，現代出版業發達，

〔註11〕 《補編》頁60。
〔註12〕 列傳傳主的事蹟不完全記載在他的傳中，必須比觀書中相關列傳，才能讀到傳主全部事蹟。梁氏曾舉〈諸葛亮傳〉爲例，見《補編》頁53。
〔註13〕 《補編》頁54：「專傳亦可以叫做專篇，這個名詞是我杜撰的，尚嫌他不大妥當；因爲沒有好名詞，不妨暫時應用。」
〔註14〕 《補編》頁54～55。梁氏的「專傳」似指用新方式撰寫的獨立長篇傳記。
〔註15〕 《補編》頁73～74。
〔註16〕 參考杜維運〈傳記的特質和撰寫方法〉，《傳記文學》卷45、5期、頁41下，台北，民國73年11月。

傳主的文章不用假藉傳記來保存〔註17〕。

三、合傳太泛

梁氏很推崇合傳的體裁，他認為合傳可以把有關人物聚在一處，加以說明，比較單獨敘述一人更能表示歷史真相〔註18〕；而且可以包括許多不夠分量為他單獨作傳的人〔註19〕。其實，梁氏所謂的合傳，包括了合傳和類傳。他認為合傳可以分兩大類：「第一類，超羣絕倫的偉大人物，兩下有比較者，可作合傳。第二類，代表社會一部分現象的普通人物，許多人性質相近者，可作合傳。」〔註20〕第二類就是類傳（或稱叢傳）。梁氏對兩大類合傳的對象講得很詳細〔註21〕，他論第二類合傳的對象，大體可從；論第一類合傳的對象，却失之太泛。

梁氏認為以下四種情形都可以作合傳：

（一）同時的人，事業性質相同或相反。

（二）不同時人，事業性質相同。

（三）專在局部方面，或同時，或先後，同作一種事業。

（四）本國人與外國人事業性質相同〔註22〕。

這樣的條件，實在過於寬泛；只要事業性質相同，不問同時不同時，中國或外國，都可以合傳，時間與空間都不必考慮。假使同時的人，事業性質不必相同、連相反的也可以合傳。

再從梁氏所舉的實例來看，王安石與司馬光合傳的好處是省去重複敘述時代背景〔註23〕，凸出兩人主張的不同與及黨爭一事的經過〔註24〕。然而，兩人畢生事蹟之可記者，不限於黨爭一事，司馬光撰《資治通鑑》與王安石的文學成就都值得記述，把焦點放在兩人相關的黨爭一事上面，容易忽略其他。從政治史的觀點看，黨爭一事或許是兩人最值得敘述之事，但從史學史

〔註17〕 參考汪榮祖〈梁啓超新史學試論〉，《中國史學史論文選集》頁963，杜維運、黃進興合編，臺北，華世出版社，民國65年9月。

〔註18〕 《補編》頁81。

〔註19〕 《補編》頁56～57。

〔註20〕 《補編》頁84。

〔註21〕 《補編》之〈人的專史〉第四章〈合傳及其做法〉全是講怎樣的人可以聚在一起作合傳。

〔註22〕 《補編》頁84～87。

〔註23〕 《補編》頁84。

〔註24〕 《補編》頁125。

的觀點而言，司馬光編撰《資治通鑑》一事，何嘗不值得大書特書？從文學史觀點看，王安石爲唐宋古文八大家之一，也很值得記載。着眼於兩人同是北宋變法、黨爭的代表人物這一點關係去做合傳，雖然彰顯一事，却使讀者忽略傳主各有其他方面的貢獻和價值。傳記作者不應該只引導讀者從單一觀點去看傳主。

梁氏又認爲下列中外人物可以合傳：

（一）孔子、蘇格拉底

（二）墨翟、耶穌

（三）屈原、荷馬

（四）清聖祖、俄大彼得、法路易十四〔註25〕

其實梁氏上列可以合傳的人，相同之點甚少，他忽視了各人相異之處。而且他注重詳細敍述傳主的時代背景，孔子和蘇格拉底背景不同，勢必分別敍述，則合傳免於重複寫背景的優點也不存在〔註26〕。二人時代雖然相若，但是互相沒有影響，墨翟與耶穌，屈原與荷馬也各不相干。若勉強牽合，雖然可以找出疑似的地方，但畢竟小同大異，離則雙美，合則兩傷。

梁氏自幼熟讀《史記》，三十歲時，於《史記》之文，尚能成誦十之八九〔註27〕。他對合傳的主張，可能受到《史記》合傳的影響；而中西人物合傳的構想，或得自布魯達奇《希臘羅馬名人傳》啓發〔註28〕。他不僅強調合傳體裁，更進而主張合譜〔註29〕，但他對合譜的條件，要求比較嚴格，必須是同時人──年譜本身有按年紀事的特性，不同時代的人不能合在一起。梁氏也主張爲王安石、司馬光做合譜，但上述缺點，仍然存在。

合傳並非不可行，但要謹愼爲之。梁氏爲第二大類合傳所舉各例〔註30〕，雖較第一大類妥當，仍需仔細研究，例如〈姚江王門弟子傳〉，若傳中各人價值均在傳承王學方面，沒有其他可紀之事，固然可以合傳。一般而言，方面多的大人物之間小同大異，不宜合傳。作傳之初，必須作深入的傳記研究，

〔註25〕　《補編》頁87。

〔註26〕　梁氏曾舉王安石、司馬光合傳爲例，認爲合傳可以省去重複敍述傳主背景，見《補編》頁84。

〔註27〕　〈三十自述〉：「十二歲……家貧無書可讀，惟有《史記》一……王父、父日以課之，故至今《史記》之文，能成誦八九。」（《文集》之11，頁16）。

〔註28〕　《補編》頁81～83。

〔註29〕　《補編》頁124～126。

〔註30〕　《補編》頁87～92。

發覺二人關係非常密切，才值得考慮用合傳體裁。

四、「以傳織史」〔註31〕構想的缺陷

梁氏構想用一百篇傳來組成全部中國文化史〔註32〕，此一想法過於樂觀。他本人也理解到這一構想有兩個困難：

（一）上古文化幾乎沒有人可以做代表。

（二）中古以後，常有種種文化是多數人的共業，沒有領袖。

所以他想出做一篇〈上古的文化〉補救第一個缺點，用類傳補救第二個缺點，甚至如《詩經》不知作者姓名，可分成若干類，稱爲「某類的作者」，結合各類組成一傳，以包括此種文化〔註33〕。

既然需要上述補救方法，可見百人傳難以充分代表全部文化。歷代正史雖然稱爲紀傳體，其實都不是只有人物傳記。以《史記》爲例，部份本紀並非人物傳記，世家多以國爲單位，四夷列傳亦非個人傳記；此外，更有書、表二體。天文、地理、物產、經濟、社會、禮俗、制度、法律等，都是人物傳記難以全面記載的，所以歷代正史都不能缺少書或志。梁氏冀圖用一百個代表人物來記載整部中國文化史，實難以勝任。

梁氏的傳記觀念，深受史學的影響。自《史記》首創紀傳體，歷代正史大體因襲《史記》體裁，傳記遂以列傳形式成爲歷代正史主幹，亦由此一直在史學的龐大陰影下發展。梁氏對列傳的意識很濃厚，常把單篇獨立的傳記看成是史書的列傳——史書的一個構成部分。他主張的專傳，是單行的長篇，本已衝決藩籬，獨立於傳統史書之外，但他却仍然構想用百篇專傳編織整部中國文化史。由此可見，梁氏缺乏獨立的傳記觀念。

第二節　梁氏傳記作品的檢討

梁啓超的傳記作品，優點頗多，可概括爲下列各點：

一、文采動人——特別是早期鼓吹愛國思想的傳記。

〔註31〕 「以傳織史」一語爲筆者用以概括梁氏用百篇傳來組成中國文化史的構想。
　　　　 筆者此語受 Richard C. Howard〈近代中國傳記寫作的發展〉一文啓發（蕭啓
　　　　 慶譯），見《文星》63 期，台北，民國 52 年 1 月。原文 "Modern Chinese
　　　　 Biographical Writing," 刊於 Journal of Asian Studies, Vol. 21, No. 4, Aug. 1962.
〔註32〕 《補編》頁 129～132，可參看本論文第二章第四節〈傳記的功能〉。
〔註33〕 《補編》頁 130～131。

二、提倡新體——他在 1901 年寫的《論李鴻章》，可能是中國第一本評
傳式的長傳〔註34〕。

三、表彰幽隱——他寫《王荊公》，對傳主重新評價；寫《朱舜水年譜》，
表彰傳主鮮爲人知的行誼；寫〈鄭和傳〉，肯定傳主的價值；都受到
後人注意。梁氏選擇傳主，能注意到重要而爲人忽略的人物。

四、主題顯豁——他的傳記常有敘論和結論（長傳更獨闢專章），點出全
傳精神所在。

五、見解獨到——傳中常有梁氏議論，雖不盡可從，要皆獨抒己見，不
入流俗窠臼。

梁氏的傳記作品雖然精采動人，其中亦有可議之處，舉其要者，約有四端：

一、議論批評太多，偶或失諸意氣。

梁氏晚年，主張寫傳只要客觀呈現事實，不必多下批評〔註35〕，但他於
清末寫的傳記，却充滿議論及批評，個人情緒，時時流露於傳中。他的議論
雖然精采迭出，其中不免有意氣之言，溢美溢惡，不一而足；《王荊公》一書
最爲明顯〔註36〕。

二、太過注重背景

傳記應以人爲主〔註37〕，敘述背景只爲幫助了解傳主。梁氏的傳記作品
往往費大筆墨寫背景，對傳主本身的描述反而較少，最明顯是〈張博望班定
遠合傳〉與〈趙武靈王傳〉〔註38〕，他想透過傳主去寫當時歷史，却失去傳
記應有的重心。

三、對傳主的記述不夠全面

梁氏所寫傳記，各有注重之點，其長傳尤其明顯。如《論李鴻章》偏重
政事，對於傳主性行事蹟，記載不多；《王荊公》及《管子傳》皆以發揮政術

〔註34〕 毛以亨《梁啓超》頁 10：「用西洋人成法，而撰長篇傳記者，實自任公開始。」
香港、亞洲出版社，民國 46 年（民國 71 年台北國家出版社翻版，易名《維
新奇士梁任公》）

〔註35〕 參考本章第一節。

〔註36〕 參考本論文第三章，第三節。

〔註37〕 陳蒼多譯《傳記面面觀》（André Maurois 著）：「傳記作家把一個人當做一個
中心人物，使那個時代的事件隨著這個人開始和結束；這些事件必須全部環
繞他而運行。」（頁 81～82）台北，商務印書館，民國 75 年。

〔註38〕 參考本論文第三章，第二節。

為主，都不夠全面。雖然梁氏於二書序例自述其宗旨，然而，讀一長傳而未能了解傳主全面，未免美中不足。

四、史實考證，有欠精確。

梁氏歐遊之後寫的幾個年譜，於史實考證，略欠精確〔註 39〕，時或失於武斷，不免小疵。

此外，梁氏於清末以傳記作為鼓吹愛國思想的工具，此事尚有可議之處。他在〈意大利建國三傑傳〉開首第一句說：「天下之盛德大業，孰有過於愛國者乎！」〔註 40〕愛國當然是崇高的動機，但就傳記的獨立性而言，不免有貶之為工具之嫌。不隱惡揚善，忠實而全面地表現傳主本來面貌，是傳記的目的。傳記可以有不同的功用：可以鼓勵人見賢思齊，奮發向上；也可以鼓吹愛國思想；但必須忠於事實，不曲不隱。如果為了達成某種目的而隱瞞不利的資料，便違反傳記原來的目的。梁氏雖然未至於歪曲事實，後人若取法他，以傳記為鼓吹愛國思想的工具，也必須在忠於事實的原則下，謹慎為之。

〔註 39〕　參考本論文第三章，第五節。
〔註 40〕　《專集》之 11，頁 1。

第五章　梁啓超在傳記學上的地位

第一節　梁啓超以前的傳記學

中國的傳記源遠流長，從司馬遷《史記》開始，傳記以列傳的形式，構成歷代正史的主幹。正史之外，崛起於漢末的碑傳文字，包括墓誌銘、神道碑等，歷久不衰。六朝重視門第，耆舊傳、先賢傳、家傳等大量出現，從《隋書·經籍志》的著錄，可見一斑。又隨著佛教的傳播，僧傳蜂起，自東晉到趙宋，絡繹不絕。行狀雖起源甚早，至唐宋始大盛；宋代佳作迭出，其中不乏長篇鉅製。而年譜之作，始於宋代，極盛於清；民國以後，迄今不衰〔註1〕。此外，唐宋以來，文集中亦常見單篇之傳〔註2〕。

傳記雖然如此發達，但歷代討論傳記的文章卻不多。傳記一直在史學的陰影下發展，歷來很少以傳為單獨的討論對象，是無足為奇的。

〔註1〕 參考王名元《傳記學》第一、二章。台北，牧童出版社，民國66年。
〔註2〕 以清代為最多，漢至唐以前則甚少。以明人張溥所編《漢魏六朝百三名家集》為例，以「傳」名篇之作，只有下列各篇：
　　　　鍾會〈生母張夫人傳〉、〈成侯命婦傳〉
　　　　夏侯湛〈外祖母憲英傳〉
　　　　陶淵明〈晉故征西大將軍長史孟府君傳〉
　　　　蕭統〈陶靖節傳〉
　　　　江淹〈袁明傳〉、〈自序傳〉
　　　　王僧儒〈太常敬子任府君傳〉
　　　　庚信〈周使持節大將軍廣化郡開國公丘乃敦崇傳〉
　　　　此外，阮籍〈大人先生傳〉雖以傳名篇，卻不是傳記──是發揮老莊思想的論文。袁淑〈真隱傳〉亦類似，雖然提到戰國鬼谷子，也不算是傳記。

　　劉知幾《史通・列傳》只是討論「紀」、「傳」的關係和體裁，劉氏之後的史家，就史書之體例，寫史的方法，詳予剖析者，並不乏人；而論寫傳之方法，以傳記各種問題為討論對象的文字，却並不多見。文集之中，間有一二提及碑傳文辭，所論偏重文章修辭〔註3〕。直到南宋黃幹撰寫一萬六千字的〈朱子行狀〉，於篇末答覆當時人對這行狀的批評，提出他撰寫行狀的幾個原則和方法，才開始有稍具條理的討論傳記（行狀也是傳記的一種）作法的文字。

　　當時對〈朱子行狀〉的批評，大約有四點：
一、「言貴含蓄，不可太露；文貴簡古，不可太繁。」
二、「年月不必盡記，辭受不必盡書。」
三、「告上之語，失之太直；記人之過，失之太訐。」
四、「奏疏之文，紀述太繁，申請之事，細微必錄；似非行狀之體。」
黃幹則不同意這些批評，並且針對以上四點，提出自己的看法：
一、「工於為文者，固能使之隱而顯，簡而明」；「顧恐名曰含蓄而未免於晦昧，名曰簡古而未免於艱澀；反不若詳書其事之為明白也。」
二、傳主之「用舍去就，實關世道之隆替，後學之楷式。年月必記，所以著世變；辭受必書，所以明世教。」
三、「責難陳善，事君之大義」，人主都可以容納，寫傳的人更不必隱諱。至於記人之過，其事亦見於獄案或章奏，天下後世所共知，既不必隱諱，也隱瞞不住。
四、古人若得君行道，有事實可紀，則奏疏可以不述；傳主進不得用於世，其所可見者唯有其言論。至於申請之事雖然細微，但人受其利；而且可以反映出傳主理明義精，處置事情，無不當於人心〔註4〕。

　　黃幹的原意雖是針對〈朱子行狀〉而言，却可看作對傳記作法的一般主張，很值得注意。

　　黃幹之後，類似的文字，並不多見。顧炎武《日知錄》曾論及誌狀不可妄作，其言曰：

〔註3〕　如歐陽修〈論尹師魯墓誌〉，見《歐陽永叔集》之《居士外集》卷23，上海，商務印書館，民國25年。〈論尹師魯墓誌〉提到行狀、墓誌也用互見之法，可窺見《史記》列傳互見之法對碑傳的影響。
〔註4〕　黃幹〈朱子行狀〉，《黃勉齋先生文集》頁188，台北，青山書屋，民國46年。

誌狀在文章家爲史之流，上之史官，傳之後人，爲史之本。史以記
事，亦以載言。故不讀其人一生所著之文，不可以作。其人生而在
公卿大臣之位者，不悉一朝之大事，不可以作。其人生而在曹署之
位者，不悉一朝之掌故，不可以作。其人生而在監司守令之位者，
不悉一方之地形土俗，因革利病，不可以作。今之人未通乎此，而
妄爲人作誌，史家又不考而承用之，是以牴牾不合。（《日知錄》卷
21〈誌狀不可妄作〉）

顧氏此文值得注意的是，他主張寫傳之前，先要熟讀傳主的著作；而且，若
不熟悉與傳主有關的各方面知識，不要輕易下筆。

　　顧氏之後，趙翼曾論及「傳」的名義：「古書凡記事立論及解經皆謂之傳；
非專記一人事蹟也。其專記一人爲一傳者，則自遷始。」〔註5〕但並未作進一
步討論。

　　章學誠對傳記有較多論述，《文史通義》有〈傳記〉篇，大旨有四點：

　一、古代「傳」、「記」不分，都是解經之書；其後支分派別，以錄人物
　　　者稱「傳」，叙事蹟者爲「記」。

　二、破「不居史職，不可爲人作傳」〔註6〕之說，並舉出古代已有私傳。

　三、破「不爲見生之人立傳」之說。

　四、〈毛穎傳〉一類俳諧游戲之作，不能算是正式傳記。

　　章氏又有〈古文十弊〉，主旨雖在討論古文辭義例，所舉則多爲傳記之
例，總括其意，記事務求忠實，文辭則次要，記言要恰如其人口吻。又有
〈墓銘辨例〉，論證墓誌銘的體例，「銘」可以比「誌」長，尤其在沒有傳
主的資料或缺乏值得記載之言行的情況下，若勉強爲文，便只好在銘的部
分做文章。

　　此外，章氏又論及撰寫碑誌行狀時，如何採擇傳主子孫提供的資料，他
說：

夫誌狀之文，多爲其子孫所請，其生平行事，或得之口授，或據其
條疏，非若太常諡議，史官列傳，確然有故事可稽，案牘可核也。
採擇之法，不過觀行而信其言；卽類以求其實；參之時代，以論其

〔註5〕趙翼《二十二史箚記》卷一〈各史例目異同〉，台北，華世出版社，民國66
　　　年。

〔註6〕顧炎武認爲若非身居史職，不應爲人立傳，其說見《日知錄》卷21〈古人不
　　　爲人立傳〉（台北，文史哲出版社，民國68年）章學誠反對顧氏之說。

世：核之風土，而得其情；因其交際，而察其游；審其細行，而觀
其忽；聞見互參，而窮虛實之致，瑕瑜不掩，而盡揚抑之能；八術
明，而春秋經世之意曉然矣。〔註7〕

上述各篇之外，章氏對傳記的零星討論，散見《文史通義》及《文集》中，
歸納而得下列各點：

一、年譜有補於論世知人之學〔註8〕，而人物要有關於一代風教，才值得
替他作年譜；作者也要了解譜主一代的風教，才可下筆〔註9〕。

二、撰寫傳記，必須先求傳主著作，了解其人之後，才可下筆〔註10〕。

三、非其子孫所請，不應擬作其人碑誌〔註11〕。

四、碑誌敘事忌用浮言套語，官制應用原名，敘遠祖在前代者，應當寫
清楚朝代〔註12〕。

五、引用傳主文章，遇到艱澀的文句，不妨稍微改易增損，以求顯朗〔註
13〕。

章學誠和顧炎武都認為作傳之先，一定要熟讀傳主著作，了解其人，才
可下筆；而且還要對傳主所處的環境有深入的了解。這兩點，梁啓超提出自
己的傳記主張時，都加以強調〔註14〕。

梁啓超以前，討論傳記的文字，大體如上所述。大抵史學發達，各家
討論對象在史實、史書體例等各方面，並未有獨立的傳記觀念，所以沒有
以傳記為獨立的討論對象；而史家立傳，只呈現成品，並不詳言其寫傳的
過程及方法，故歷代討論傳記之文字，如此寥寥；章學誠雖有較多觸及，
亦僅限於零星討論，未成系統。對傳記各種問題作有系統討論者，自梁啓
超開始。

〔註7〕 〈金君行狀書後〉，《章實齋先生文集》頁272，台北，文華出版社，民國57
年。

〔註8〕 《文史通義》外篇二〈韓柳二先生年譜書後〉。

〔註9〕 〈劉忠介公年譜叙〉，《章實齋先生文集》頁249，台北，文華出版社，民國
57年。

〔註10〕 《文史通義》外篇三〈又與朱少白〉。

〔註11〕 《文史通義》內篇三〈點陋〉。

〔註12〕 《文史通義》外篇三〈答某友請碑誌書〉。

〔註13〕 《文史通義》外篇三〈又與朱少白論文〉。

〔註14〕 《補編》頁103、107、245。

第二節　梁啓超同時的傳記學

　　梁啓超同時代的胡適，是中國傳記學的重要人物。胡適小梁氏十八歲，但他注意到中西傳記的差異，却在梁氏提出傳記理論之前〔註15〕。胡氏的傳記主張，見於下列五篇文章：

　　一、《胡適留學日記》一九一四年九月二十三日

　　二、〈章實齋年譜序〉民國十一年

　　三、〈南通張季直先生傳記序〉民國十八年

　　四、〈四十自述序〉民國二十二年

　　五、〈傳記文學〉民國四十二年演講記錄

　　其中第三、四篇距梁氏逝世（民國十八年一月）未遠，而第五篇的發表時間已不算和梁氏同時；不過，爲了叙述方便，也一併討論。

　　胡適於 1910 年留學美國，在 1914 年九月二十三日的日記裏，比較中西傳記，認爲中國的傳記不如西方。這篇日記最值得注意的地方，不是中西傳記的逐點比較；那些比較並不深入，所論的優點與缺點往往只是一體的兩面（譬如記載「詳細」，自然就會「篇幅太多」），而且列傳是整部史書的一小部分，本質上與獨立成書的西方長傳難以相提並論。再者，傳主性格沒有影響到歷史，篇幅短小的列傳當然不能詳述性格。至於鉅細靡遺的長傳，當然篇幅鉅大，閱讀費時。

　　值得注意的地方，是他看出西方的傳記，不獨記載傳主的人格，更記載傳主人格進化的歷史〔註16〕。其後他寫《章實齋年譜》，冀圖用中國獨具的年譜體裁，去達到這個目標。《章譜》最值得注意的地方，是胡氏努力描繪出譜主思想的變遷沿革——卽「人格進化的歷史」；而不是胡氏對章學誠的批評。

　　胡適在〈章實齋年譜序〉中，自白此譜之創例有三：

　　一、摘錄譜主著作，以見其人思想主張的變遷沿革。

　　二、摘錄譜主批評時人的話，既可見譜主見解，又可作當時思想史的材
　　　　料。

　　三、對譜主作批評。

　　摘錄譜主著作並非創舉，清人年譜已多摘錄譜主著作以見譜主思想。但

〔註15〕　胡適在一九一四年《胡適留學日記》中注意到中西傳記的差異，梁啓超在民
　　　　　國十五年才講演《中國歷史研究法補編》。
〔註16〕　《胡適留學日記》頁 165，台北，遠流出版社，民國 75 年。

胡氏不僅以此表現譜主思想，更要顯出思想的「變遷沿革」，強調「動」——「動」與「靜」是他在《留學日記》裏分別中西傳記的心得〔註17〕，他希望《章譜》兼有西方長傳的佳處。

《章實齋年譜》最受非議之處，是胡氏對譜主的批評，胡氏有鑑於舊傳記隱惡揚善、忌諱說眞話的缺點，所以對譜主多下批評，希望藉此提倡說眞話、不忌諱的寫傳風氣，取法西方傳記寫實的精神（其實西人傳記並非全無忌諱的缺點）；但胡氏的評語往往流於輕薄〔註18〕。批評畢竟是蛇足，寫傳只要忠實呈現，判斷大可留給讀者。梁氏不贊成胡氏對譜主下批評，尤其不該下在正文裏，認爲這不是年譜的正軌〔註19〕。他主張把批評放入附錄。

胡氏又分析西方傳記的優點及其原因，並以此反觀中國傳記，論斷中國傳記不發達的原因有四：

一、不崇拜偉人。

二、多忌諱，不肯說眞話。

三、文字障礙，四六駢文及古文義法不宜於傳神寫眞。

四、缺乏保存史料的公共機關〔註20〕。

其實這四點並未充分解答問題，中國傳記不發達的主要原因，應該與正史採用紀傳體有關。列傳作爲史書一部分，有他本身的精神與責任，異於單篇獨行的傳可以發揮文學趣味。而史學發達，史書以外的碑傳也受到史傳的影響，後來又反過來影響傳記，於是文學性的傳記就更不容易蓬勃發展了。

胡氏把傳記看成文學，所以才會說中國傳記不發達。他認爲文學性的傳記不發達，而不是指傳記體的文章不發達；否則正史列傳汗牛充棟，何來不發達？他說：「傳記是中國文學裏最不發達的一門。」〔註21〕又使用「傳記文學」一詞，指稱「傳記的文學」〔註22〕；又認爲《晉書》之中所以有不少好的傳記文學，由於採用了未經史官嚴格審別的小說，才會寫成傳記小說〔註23〕，由此可

〔註17〕 同上。

〔註18〕 《章實齋先生年譜・何序》頁24，台北，商務印書館，民國69年。

〔註19〕 《補編》頁116、120。

〔註20〕 前三點見於《南通張季直先生傳記・序》，台北，學生書局，民國63年。第四點見於〈傳記文學〉，《胡適演講集一》頁208，台北，遠流出版社，民國75年。

〔註21〕 同上《南通張季直先生傳記・序》，類似語句又見於〈傳記文學〉中。

〔註22〕 《四十自述・序》，台北，遠東書局，民國73年。

〔註23〕 〈傳記文學〉，《胡適演講集一》頁199，台北，遠流出版社，民國75年。

見，他心目中的「傳記文學」就是指富有文學趣味的傳記。不過，筆者認爲，一篇傳記有沒有文學趣味，是不易判定的；兩極端的易於分辨，中間的則很難劃分，大部分的傳記，只能指出其文學趣味的強弱，不易論斷其有無；甚至連所謂強弱，都很難定一個標準。

胡適的傳記觀念，深受西方影響；梁啓超則不然。梁氏雖曾提及西方傳記〔註24〕，並且用西方評傳體裁寫《論李鴻章》〔註25〕，但他受西方傳記觀念的影響不深，最明顯是他用大篇幅詳論年譜的撰寫方法，而年譜一體根本是西方沒有的。其次，他強調專傳，乍看與西方長傳相似，其實精神面貌，並不相同。梁氏心目中的專傳，目的是傳主整個時代——透過傳主了解歷史；西方長傳目的在個人，歷史背景只有在牽涉到傳主時，才會被提及，甚至會用傳主觀點去描寫當時事件。傳記和歷史的區分，是西方傳記理論所強調的。縱然梁氏心目中的專傳受西方長傳啓發，他的主張仍然與西方長傳大相逕庭——用百人傳編織歷史，絕非西方傳記精神，純是梁氏獨具之見。

胡適把傳記看作是文學的一門，無形中視之爲一個獨立的研究對象，而不是史學的附庸或寫史的一種體裁，這是胡氏最值得注意之處。從傳記獨立發展的觀點看，這是梁氏不及的地方。此外，胡氏又大方提倡自傳的寫作，貢獻良多。

不過，胡氏雖然提倡寫文學趣味的傳記，但他自己却未能充分實踐，他寫的傳記，文學趣味常爲考據興趣所掩，《四十自述》是自傳，資料不必多加考證，宜於發揮文學性，他本來也希望「從這四十年中挑出十來個比較有趣味的題目，用每個題目來寫一篇小說性的文字。」〔註26〕但他「究竟是一個受史學訓練深於文學訓練的人」〔註27〕，寫完了第一篇精采的〈我的母親的訂婚〉，全書「就不知不覺的拋棄了小說的體裁，囘到了謹嚴的歷史敘述的老路上去。」〔註28〕胡氏其他的傳記作品，一般而言，重證據，好議論，胡氏表白自己意見的話太多——和忠實呈現傳主的面貌無關，遠不如梁氏於清季所撰傳記之慷慨動人。

〔註24〕　《補編》頁 41、81、92、146，及《論李鴻章・序例》。
〔註25〕　《論李鴻章・序例》，台北，中華書局，民國 60 年。
〔註26〕　同註 22。
〔註27〕　同上。
〔註28〕　同上。

胡氏主張撰寫傳記要用白話，方便傳神寫眞，而不要忌諱，是很好的原則，但他不如梁氏提出具體的寫作方法，也未有觸及傳記的分類、對象等問題，這幾方面都遠不及梁啓超。

第三節　梁啓超以後的傳記學

梁啓超以後，迄今有不少傳記作品出現，但不容易指出梁氏的具體影響。不過，仍然可以透過梁氏以後出現的傳記理論，襯托出他在傳記學上的地位。梁氏以後，提出傳記主張而較重要的，有朱東潤、王名元與杜維運，下文將敘述其理論特色，並與梁氏比較，以評估梁氏在傳記學上的地位，至於只有傳記作品而沒有發表傳記理論的作家，雖然其主張可能已融入作品中，以其難以確指，故暫不論列。

壹、朱東潤

朱東潤關於傳記理論的文章〔註 29〕，以《張居正大傳·序》最重要。從所見的資料來看，朱氏深受西方傳記理論的影響。他認爲傳記兼具歷史與文學二者〔註 30〕，明確強調了傳記的特殊性質。梁啓超的傳記觀念，偏向於歷史；胡適則強調其文學性，並使用「傳記文學」一詞，朱氏可能受胡氏啓發，

〔註29〕 朱氏有關傳記方面的文章，就筆者所見，有下列各篇：
　　　一、〈大慈恩寺三藏法師傳述論〉，《文史雜誌》創刊號，重慶，民國 30 年。
　　　二、《張居正大傳》，開明書店，民國 34 年。序寫於民國 32 年 8 月，其中有很豐富的傳記主張，現在市面容易購得的是民國 57 年台灣版，序被刪去。
　　　三、〈論自傳及法顯行傳〉，《東方雜誌》39 卷 17 號，重慶，民國 32 年 11 月。
　　　四、《陸游傳》，台北，華世書局，民國 73 年。序寫於民國 48 年，其中談到傳記的性質。
　　　五、〈論傳記文學〉，《復旦學報》（社會科學版）一九八〇年三月，上海。
　　　筆者論朱氏傳記理論，根據以上五篇，另有下列幾篇，惜未搜羅得到：
　　　一、〈關於傳敘文學的幾個名詞〉，見王名元《傳記學》頁 5 所引。
　　　二、〈中國傳敘文學的過去與將來〉，《學林》8 期，民國 30 年 6 月，見王名元《傳記學》頁 151 所引。
　　　三、〈中國傳敘文學之進展〉
　　　四、〈傳敘文學之前途〉
　　　五、〈傳敘文學與人格〉
　　　六、《八代傳敘文學述論》，十餘萬字，以上四篇見《張居正大傳·序》所引。
〔註30〕 《陸游傳·序》頁 1，台北，華世書局，民國 73 年。

同時他曾有系統地閱讀西方傳記理論和作品〔註 31〕，西方對傳記是文學抑或歷史的爭論〔註 32〕，亦影響他強調傳記本質兼具二者。

朱氏認為傳記是否成功，不完全決定於材料，更與寫法有關〔註 33〕，他強調傳記要敘述人性，例如《法顯行傳》不僅記載事蹟，更可看到傳主面對悲歡離合、生死無常而慨然生悲，是人性真相的敘述〔註 34〕。他反對評傳或小說式的寫法，認為評傳割裂傳主整體〔註 35〕，小說式寫法則易流於虛構，雖然較生動，却有損真實性——因為傳記不僅是文學，也是歷史〔註 36〕。

他反對評傳，曾經猛烈抨擊梁啓超的《王荊公》，他說：

> 梁啓超作〈意大利建國三傑傳〉、〈噶蘇士傳〉、〈張博望班定遠合傳〉，雖然沒有打開傳記文學的新路，但是確實把傳記文學的眼界放寬了，不能說沒有什麼成就。最可惜的是他的《王荊公評傳》〔註 37〕，從傳記文學看，這實在是一種倒退，是把王安石這個偉大的政治理想家進行了一次大切八塊的處理……評傳是傳記文學的支流，不但國內，在國外也是有的，例如《托爾斯泰評傳》、《契訶夫評傳》，大都就其生平及著作綜合敘述，使人一目了然，從他們的生活中了解他們的著作。可是這本《王荊公評傳》却是大切八塊，使人無法理解王安石和他在學術和政治上發展的必然關聯〔註 38〕。

可見朱氏反對評傳的激烈態度。

既然小說和評傳都不是恰當的寫傳方式，究竟怎樣的傳記才是當時最迫切需要的呢？朱氏認為當時〔註 39〕最應該提倡的是有來歷、有證據、不忌煩瑣、不事頌揚的傳記。他以為中國的傳記寫作還未經過謹嚴的階段，暫時談

〔註 31〕　《張居正大傳・序》頁 1，開明書局，民國 34 年。

〔註 32〕　杜維運〈傳記的特質和撰寫方法〉頁 41，《傳記文學》卷 45，第 5 期，台北，民國 73 年 11 月。

〔註 33〕　同註 31，頁 10。

〔註 34〕　〈論自傳及法顯行傳〉頁 58～59，《東方雜誌》39 卷 17 號，重慶，民國 32 年 11 月。

〔註 35〕　〈論傳記文學〉頁 8～9，上海《復旦學報》（社會科學版）一九八〇年三月。

〔註 36〕　同註 31，頁 11。

〔註 37〕　原書沒有「評傳」二字，但寫法類似評傳。

〔註 38〕　同註 35。

〔註 39〕　當時是民國三十二年。

不到史特拉齊式的簡易寫法，若勉強模仿，只會寫出含譏帶諷，似小說而非小說的傳記〔註40〕。他主張有來歷、有證據、不忌煩瑣，所以在《張居正大傳》中引用了大量的奏議和詔書，那些文章很多套語和贅詞，其實不必引用太多，他應該鎔裁奏議詔書的文字，有重要或警策的，才照錄原文；但他卻為了有根據而不避煩瑣，不免有損全書文字的和諧一貫。

他既然強調傳記內容要有來歷，自然重視資料的來源和鑑別。從顧炎武、章學誠以至梁啓超，都強調以傳主著作為基本資料，因為透過著作，最容易看出傳主的心志，遠較旁人記載為直接。朱氏肯定傳主著作的重要，且更進一步，指出其中的限制：

一、年齡高大，對於早年的回憶，不免印象模糊。

二、事業完成，對於最初的動機，解釋不免遷就。

三、對於事的認識，不免看到局部而不見全體。

四、對於人的評判，不免全憑主觀而不能分析。

不過，他有信心只要細心推考，仍然可以從矛盾的記載中，發掘傳主的真相〔註41〕。

在文體方面，朱氏認為傳記宜用語體文，這應該是胡適的影響，但他指出用語體文的限制——本文和引證用兩種文體會不和諧，而且語體文的語彙太貧乏，有時要借用文言語彙或自創新詞〔註42〕。

朱氏又強調對話的重要，認為是傳記的精神所在，有根據的對話要充分利用，而且為求傳神，要把文言紀錄的對話翻回白話——司馬遷引用帝堯的話已開先例。對於古人的說話，現代的傳記作者未必有清楚的概念，但只要注意避免用現代特有的文法和語彙，以及稗販的幽默，總可以掌握個大概，而且從文獻記載所知，皇帝說話也跟普通人一樣〔註43〕。

朱氏的傳記主張，處處有西方傳記的影子，甚至寫第一部傳記《張居正大傳》，就是為了把西方傳記的寫法介紹到中國來〔註44〕。不過，他對西方傳記理論並非全盤接受；例如法國傳記作家莫洛亞主張用小說寫法〔註45〕，朱

〔註40〕 同註31，頁3～4。

〔註41〕 同註31，頁7。

〔註42〕 同註31，頁10。

〔註43〕 同註31，頁10～13。

〔註44〕 同註31，頁14。

〔註45〕 莫洛亞（André Maurois）著，陳蒼多譯《傳記面面觀》第六章〈傳記與小說〉，台北，商務印書館，民國75年。

氏雖讀其書〔註46〕，却不接受他的主張；西方特有的評傳寫法，他也激烈反
對。由此可見他對西方傳記理論，是經過批判才接受的。他的《張居正大傳》
寫得相當成功，能特別注意到傳主心理、性格和遺傳，文筆也生動，雖然引
文稍多，但整體上很能做到文學和歷史的平衡，較之梁氏作品更進一步。在
傳記理論方面，他對個別問題的討論——如傳主的對話、語體文寫傳的限制
等，可補梁氏的不足；不過，從筆者及見的資料來看，他並未有提出一套體
大思精的傳記理論，而且中國特有的年譜一體，也是他所忽略的。

貳、王名元

　　民國三十七年，王名元發表《傳記學》一書，約六萬六千字，是結集
他在中山大學任教「傳記學」一科之講稿而成〔註47〕，爲現存第一本討論
傳記學的專書。除此之外，未見王氏有其他作品，似乎也沒有撰寫過有名
的傳記。

　　王氏的傳記觀念，比較偏向文學。他很反對評傳，說：

> 評是評，傳是傳，傳記文學的成功，以及他的優點，是在羅列事實，
> 用文學的技巧，活鮮鮮地寫出來，使讀者自己去判斷，犯不着再在
> 傳記中，畫蛇添足，發爲武斷的結論，以引起讀者的厭惡。〔註48〕

他反對評傳的原因，可能由於評傳着重評論，缺乏文學趣味。另一種學術形
式的傳記——年譜，被他歸入歷史方面〔註49〕，可見他把傳記視同爲文學的
一個門類。這可能是受胡適的影響。

　　他也受到梁啓超很大的影響，《傳記學》第四章〈傳記的作法〉完全襲用
梁氏《中國歷史研究法補編》中論傳記的對象和作傳的方法兩部分，只是填
入一些別的例子罷了。他第三章〈傳記寫作的條件〉所舉的五項條件（傳神
寫眞、刻劃時代、應用文學技巧、從平凡處着筆、要有程序系統），其實就是
寫作的方法，不應該和第四章分立，但由於他在第四章襲用梁氏的架構，而
缺少鎔裁之工，只好分立兩章了。

　　他也受朱東潤的影響，把傳記分爲自傳和他傳兩大類〔註50〕，着眼於傳
主與寫傳者是否爲一人。他也引用朱氏說法，有部分却竄易字句而未注明出

〔註46〕　同註31，頁1。
〔註47〕　王名元《傳記學・序》，台北，牧童出版社，民國66年。
〔註48〕　王名元《傳記學》頁27。
〔註49〕　《傳記學》頁27。
〔註50〕　《傳記學》頁5、7。

處〔註51〕。

王氏論中國過去的傳記寫作，既指出其中多詭異傳說、多虛美、多曲隱，却又同時頌揚過去傳記作家如何認真不苟，絕不引存疑傳說〔註52〕，顯然自相矛盾。他把他傳分為十一類，但其中別傳、行狀、家傳都可以算作專傳，四者不應並列於十一類之中；而且人表一類不算傳記〔註53〕。文字方面，遣詞誇張煽情，亦非學術論著之體〔註54〕。

王氏傳記理論的特色，是強調傳記的科學研究〔註55〕。《傳記學》第五章〈傳記學與其他科學的關係〉幾乎佔全書三分之一篇幅，其綱目如下：

第五章　傳記學與其他科學的關係
　　第一節　傳記學與文學的關係
　　第二節　傳記學與史學的關係
　　第三節　傳記學與生理學的關係
　　第四節　傳記學與心理學的關係
　　第五節　傳記學與品格教育的關係
　　第六節　傳記學與電影的關係
　　第七節　傳記學的科學研究

其中文學、史學只能看作「學科」，不應視為「科學」，生理學和心理學固然是輔助學科，對傳記學有幫助，而雖然閱讀偉人傳記使人奮發向上，有助於品格教育，但後者似非學科（王氏於文中亦不視之為一門學科），電影則是傳記的表現媒介之一。傳記學與六者之間的關係，是幾種不同類的關係，不宜同等並列。又各節內容鬆散，頗有大而無當之言。其中論及內科醫學、

〔註51〕《傳記學》頁 61～62，論對話引項羽叔姪對話一段，見於朱東潤《張居正大傳・序》頁 10～11。同頁舉海瑞進諫一事，見《張居正大傳》頁 60～61。《傳記學》頁 17，敘法顯一段，見朱氏〈論自傳及法顯行傳〉頁 58（《東方雜誌》39 卷 17 號，重慶，民國 32 年 11 月）。王氏在《傳記學》參考書目中也沒有列出上述資料。

〔註52〕《傳記學》頁 52～53。

〔註53〕《傳記學》頁 36～49。

〔註54〕最明顯如《傳記學》頁 57～58：「可憐的中國同胞們啊！你們因為缺乏了一般的智識水準，沒有了解到個人和環境的關係，更沒有認識個人和民族國家的交連，遂聽天由命，任憑了命運之神來播弄你們，並且忍受一切的痛苦，期待着那有如『水滸式』的典型英雄人物，從天上降到地下來，甚且降到你們的頭上，來拯救你們，來解放你們，那是多麼的痴心妄想啊！多麼的枉費心思呀！」

〔註55〕《傳記學・序》頁 1、3。

解剖學……等學科與傳記學有「極密切」的關係〔註56〕，語涉誇張；認爲「凡是一位理想的傳記家，同時也必須是一位生理學家，最少也應該是一位準生理學家。」〔註57〕則不知學問甘苦。生理學對傳記學當然略有幫助，但要身兼生理學家談何容易！傳記學家應有輔助性知識，而且也不妨廣博；但不必身兼生理學家，也不可能同時是各方面的專家。

　　王氏《傳記學》一書，多湊合他人見解，缺乏創見，結構亦欠謹嚴，其中論傳記作法，爲傳記學重要課題，而王氏此部分竟然完全襲用梁氏理論的架構，只攙入新的例子；統而言之，他在傳記學上的成就，難與梁氏相提並論。

參、杜維運

　　杜維運於民國七十三年發表〈傳記的特質和撰寫方法〉〔註58〕，文長萬言；另有《趙翼傳》凡廿八萬字〔註59〕。

　　杜氏的傳記觀念，偏向於歷史，他說：

> 傳記基本上是歷史的，披上文學的外衣，僅爲一種粉飾。「文學家不應當讓其撰寫傳記」，西人如此疾呼，卽基於文學家虛幻而不尊重事實的理由。〔註60〕

他甚至說：

> 傳記是歷史，不是文學，傳記文學四個字是不太通的。〔註61〕

不過，他並不排斥文學成分，認爲「寫傳記一定要有文學氣息」〔註62〕，並且更進一步討論說：

> 傳記學家根據無限資料以寫成的傳記，應有其藝術性。資料蒐集的辛酸過程及資料考證的瑣碎艱難，到傳記出現時，如果全部消失，

〔註56〕　《傳記學》頁146。
〔註57〕　《傳記學》127～128。
〔註58〕　《傳記文學》卷45，第五期，台北，民國73年11月。原刊於香港《明報月刊》一九八四年十月號。又收入《聽濤集》，台北，弘文館出版社，民國74年。又收入其《史學方法論》增訂本第十五章，台北，三民書局，民國75年。
〔註59〕　台北，時報出版社，民國72年。此書獲得民國74年第十屆國家文藝獎（傳記文學類）。
〔註60〕　〈傳記的特質和撰寫方法〉頁39中欄。
〔註61〕　訪談錄〈風流儒雅亦吾師〉，杜維運《聽濤集》頁327，台北，弘文館出版社，民國74年。
〔註62〕　同上。

無影無踪，所見者爲渾如天成的藝術品，不着人工痕跡，則傳記才
算徹頭徹尾的成功了。所以傳記學家係自史學家始，以文學家終。
自史學家始，傳記才不流於虛誕；以文學家終，傳記才顯其神奇。
傳記學家（或史學家）的文學天才，則自其駕馭資料的能力表現出
來，自其筆鋒的傳神、境界的昇華表現出來，而三者皆以圓融爲依
歸。〔註63〕

從上文可知，杜氏認爲傳記的文學成分必須建立在堅強鞏固的史學基礎上。
梁啓超沒有討論傳記和文學之間的關係，胡適則使用「傳記文學」一詞，把
傳記看作是文學的一個部門，卽傳記體裁的文學，到了朱東潤，指出傳記兼
具歷史和文學的特質，而杜維運則更進一步闡析傳記的本質，主張傳記以史
學始，以文學終，但基本上是歷史而非文學，甚至認爲「傳記文學」這個觀
念不通。傳記是文學還是歷史的爭論，在西方已有幾百年之久〔註64〕，從梁
氏稍後的胡適開始，都受到西方影響而探討此問題，並提出主張，將傳記的
本質釐清。

杜氏雖然認爲傳記基本上是歷史，卻指出二者有差別，他說：

傳記學家密切注意人物的性格，史學家則在人物的性格影響到歷史
時，才密切注意人物的性格；傳記學家的世界，人物是重心，他儘
可能的呈現，將人物性格的各方面和盤托出，不憚其繁；史學家則
不能如此，他無暇將人物的細節，一一寫到歷史上去，他的工作園
地遼闊，他必須知道精簡與衡量，尤其重要者，他必須嚴肅，不能
將無意義者寫入，不能將過於瑣碎者寫入。傳記學家應是專業化的
史學家，而史學家則應珍視傳記學家的成果。〔註65〕

這段話不僅討論史學家和傳記學家的分別，同時也揭示出傳記和歷史的分野。

杜氏和朱氏、王氏對評傳和年譜的態度都一致——反對評傳而忽略年
譜，而梁氏用西人傳記體例寫《論李鴻章》，可能是中國人寫的第一部評傳
〔註66〕，而且還寫了四個年譜，提倡年譜的寫作，甚至很詳細而具體的討
論年譜的寫法〔註67〕。杜氏在文中沒有提及年譜，對於評傳，他說：「近人喜

〔註63〕 同註60，頁42下欄。
〔註64〕 同註60。
〔註65〕 同註60。
〔註66〕 見本論文第四章第二節。
〔註67〕 見梁氏《補編》頁92～128。

寫評傳，將傳主分割成很多片段，逐一評論，傳主的整體性和諧性不見了，傳記也變成評論而失去其爲傳記了。」〔註68〕

　　杜氏強調寫傳必須以傳主著作爲最基本資料，不僅梁氏已經如此主張〔註69〕，早在清初的顧炎武，已有類似見解，乾嘉時代的章學誠亦有同樣主張〔註70〕。杜氏又認爲考證文字不宜混入傳記正文中，也和梁氏一致〔註71〕。他又認爲寫傳應該畢羅事實，不着褒貶，這仍然與梁氏的主張相似〔註72〕。而對於西方盛行的心理傳記，杜氏抱懷疑態度，認爲只能提供參考，絕不可以作爲傳記學家的主宰〔註73〕，他寫《趙翼傳》也避免用心理分析〔註74〕。

　　杜氏論長傳與短傳寫法的差異，頗得其要。他認爲寫長傳以詳盡爲原則，必須旁徵博采，巨細靡遺，而下筆時瑕瑜不掩；善惡美醜，皆不諱言。對於傳主性格要細膩分析與描繪，尤其應注意其性格變化，早年和晚年有何不同。更要將傳主放在大時代潮流中，對時代背景細緻敘述。至於撰寫短傳，貴識其大者，擇其要者；而且隱惡揚善，盡量傳其人光明一面，而略其小惡，以免小奸小惡充斥青史。人物性格，則簡單描寫。長、短傳以外，又有類傳，寫法介乎二者之間〔註75〕。傳記重視性格的描寫，梁氏已先杜氏言之〔註76〕；而注意傳主一生性格的變化，胡氏亦曾提出〔註77〕。至於敘述傳主背景，更爲梁氏理論與作品特色〔註78〕。

　　綜觀杜氏的傳記主張，對傳記與歷史、文學之間的關係，剖析入裏；論長傳短傳寫法的分別，扼要得當；其餘所論，亦大多可從。但其中部分意見，梁氏已提出在前；而年譜一項，爲中國特有體裁，杜氏則未嘗論及；惟文長僅萬言，所論自難完備。在實際寫作方面，杜氏《趙翼傳》蒐羅資料頗爲完備，對傳主史學成就，亦有深入研究，寫傳之前的研究很充實，但在文學表現方面，則有可議之處。傳中引用傳主詩文，似嫌過量，有損全書的和諧。

〔註68〕　同註60，頁43上欄。
〔註69〕　見本論文第四章第一節。
〔註70〕　見本論文本章第一節。
〔註71〕　見本論文第二章第三節之貳。
〔註72〕　同註69。
〔註73〕　同註60，頁40中欄。
〔註74〕　《趙翼傳・序》頁12，台北，時報出版社，民國72年。
〔註75〕　同註60，頁39～41。
〔註76〕　見本論文第四章第一節。
〔註77〕　見本論文本章第二節。
〔註78〕　見本論文第四章。

其實部分詩篇雖然透露傳主生活情形，只需酌量引用重要或精采詩句，不必全篇引錄。傳記作家有責任鎔裁資料，如果要表示言必有據，可以在敘述語句下加注，於每章之後注出所據詩文篇目及卷數。而文辭方面，似亦夾雜而未純，敘述亦欠生動，較梁氏、朱氏為遜色。杜氏的傳記寫作，在史學基礎方面，確能踐其所言；在文學表現方面，未能達到其「渾然天成」的理想。

以上分別敘述了梁氏以前、同時及其後學者討論傳記問題的情形，並且比較梁氏和他們的主張，指出其淵源影響，藉此透顯出梁氏在傳記學上的獨特地位。從上述的比較可以看出，梁氏之前，學者對傳記只有零星的意見，其中章學誠論及較多，但只散見於文集與《文史通義》中，仍然是零星的討論，未成系統。他同時的胡適，其後的朱東潤、王名元、杜維運，都對傳記提出各自的主張，他們都能夠把傳記看作獨立的研究對象。但除了王名元以外，都沒有成系統的看法，只能在個別問題上較梁氏有更進一步的見解；沒有人像他一樣，對傳記的分類、值得作傳的對象、傳記的作法等，都有獨到的主張。尤其傳記的作法，是傳記學的重要課題，梁氏不僅對列傳、專傳，論列其寫作方法，更對中國獨有的傳記體裁——年譜，列舉了非常詳細具體的撰寫方法。胡適雖然推崇年譜體裁，並在《章實齋年譜·序》中自言其三項創例，但對年譜作法，未曾論及，而其後朱、王、杜三位，更是根本忽略。王氏雖然寫出現存第一本討論傳記學的專書，有系統地討論傳記各種問題，但嚴格而言，王氏《傳記學》未臻謹嚴學術論著的水準，見解亦缺少創見，多湊合他人意見而成；單就其中論傳記對象及作法兩部分全襲梁氏之說而言，已經不足以和梁氏相提並論。若在今日來論斷梁氏在傳記學上的地位，就傳記創作來看，朱氏的寫作成就，或許已經超過他了；但就傳記理論的整體來衡量，到現在還沒有人比得上他。

第六章　結　論

　　傳記是中國歷代正史的主幹，因此一直受史書的影響，難以自由發展；史學家也缺乏獨立的傳記觀念，雖然在討論史書的各種問題時，偶或觸及傳記，却未曾以傳記爲專門討論的對象，更遑論對傳記作系統的研究了。反觀西方，沒有以紀傳體爲正史的強大史學傳統，傳記遂得以自由發展，成爲一個獨立的文學部門，並且產生了長篇的傳記。中國雖然在唐代就有八萬餘言的《玄奘傳》，却直到十九世紀末，仍然沒有發展出獨立的長篇傳記，這與中國正史採用紀傳體有關（另一史學傳統——編年體却啓發了按年記事的年譜體裁）。西方長傳和中國列傳不僅篇幅有別，更有精神上的基本差異。西方長傳詳載傳主所有事蹟，不用互見法，而且獨立成書；列傳則是全書一小部分，常用互見法，只看某人的傳，看不到他的全貌，有些和他有關的事會分見別人傳中，《史記》尤其明顯。

　　梁啓超活躍於清季言論界，以介紹西學爲己任，雖然未嘗留學歐美，也不諳西文，但他曾經接觸過西方傳記，而且在光緒二十七年（1901）用西方傳記體裁撰寫長傳《論李鴻章》，這是中國第一本有名的西式長傳，凡六萬餘言。但梁氏的傳記觀念却一直受到史學觀念的束縛，所以稱傳記爲「人的專史」，和「事的專史」、「文物的專史」並列爲史的一種；不過這樣仍然無礙於他對傳記的實質討論。在《中國歷史研究法補編》之中，〈人的專史〉部分佔五萬餘言，討論傳記的各種問題，舉凡傳記的體裁、分類的特質、各體間的差異、傳主的選擇、體裁的配合、以及具體的寫作方法等等問題，都有詳細的討論；特別是年譜作法部分，自宋至今，像他那樣詳細討論的，尚未見更有其人。

　　梁氏的貢獻不僅在年譜一方面，對於各體傳記的作法，他都提出很好的具體主張，如：寫傳要以傳主著作為最基本資料、要大力描寫傳主人格個性、對傳主要客觀敘述而不必下批評、專傳應有附錄以便收載存疑的資料、年譜要有譜前譜後和附錄等等，不勝枚舉；都值得後人取法。當然這不全是他的創獲，其中有發揮前人見解之處，但經過他的強調，特別易為人注意。理論之外，他還撰寫了七十五萬字的傳記，行文快捷而文采動人，主題顯豁而見解獨到，又能表彰幽隱，令偉人的精神長留天壤之間。

　　不過，頭緒繁多的理論和篇幅龐大的作品，都不可能是十全十美的。他對傳記體裁的分類方式、藉傳記保存傳主文章的主張、提倡中外偉人合傳、以傳織史的構想等等，都尚有可議之處；而傳記作品中偶然流露的意氣之言、太過重視傳主背景、對傳主各方面記載不夠均勻、考證傳主事蹟欠精確等等，都是美中不足之處。

　　梁氏在傳記理論和作品兩方面所顯露的缺點，部分和他對傳記功能的看法有關。他在清末以建立新中國自任，大聲疾呼：「天下之盛德大業，孰有過於愛國者乎！」所以寫的傳記多帶有鼓動人心的目的。民國建立之後，這種動機自必轉淡，加上忙於實際政治，傳記創作就大為減少了；只有紀念討袁及討伐張勳復辟二役死難同志的幾篇短傳。直到他退出政壇，赴歐遊歷之後，專心著述和教育文化事業，才又重新撰寫傳記；這時候他過着專職的學術生活（雖然仍然關心政治），遂多撰寫以年譜、學案為主的學術傳記。此際他有過偉大的構想，準備選一百個人做代表，為他們作一百篇傳，以代表整部中國文化史；由此可見他仍然欲藉傳記達到更高的目的。不過，無論是假藉傳記鼓吹愛國思想，或是以傳織史，理想雖然崇高，却不免有損傳記的獨立性。由此亦可看出，梁氏始終缺乏獨立的傳記觀念。

　　假如我們認為長傳是很好的傳記體裁，就必須維持獨立的傳記觀念，把傳記作為獨立的研究對象；如此，傳記才會繼續蓬勃發展。儘管仍然以傳記作為正史的主幹，却要認識他不是史書的附庸，不僅是寫史的一種技巧，更是一種獨立的文類。關於這一點，就傳記的立場而論，梁氏不如胡適。不過，胡適及其後的朱東潤、杜維運等，雖然在個別問題上，有較深入的見解，但都沒有系統的傳記理論；王名元寫出現存第一本討論傳記問題的專書《傳記學》，却多襲用梁氏說法，而缺乏創見。梁氏之前，學者對傳記問題只有零星意見，他固然是首先提出系統傳記理論的學者，而朱東潤雖然在傳記寫作上

更進一步，但在傳記理論方面，迄今未有人全面超越他；梁啓超在中國傳記學上的地位，是獨一無二的。

附表一　梁啟超年表

紀　年	背景大事	個人行事	傳記作品	備　註
同治十二年癸西（一八七三）一歲	同治帝親政。《西國近事彙編》創刊。雲南回亂平。法軍陷河內。	正月二十六日，梁氏出生。		李鴻章五十一歲。張之洞三十七歲。康有為十六歲。孫中山八歲。
同治十三年甲戌（一八七四）二歲	《萬國公報》發刊。			
光緒元年乙亥（一八七五）三歲	慈安、慈禧再度垂簾聽政。馬嘉理案起。籌辦南北洋海防。			

光緒二年丙子 （一八七六） 四歲	文祥卒。 淞滬鐵路通車。	祖父日與言古豪傑哲人嘉言懿行。
光緒三年丁丑 （一八七七） 五歲	晉豫大旱。 拆除淞滬鐵路。	
光緒四年戊寅 （一八七八） 六歲	左宗棠平定新疆。	從父讀，受中國史略，五經卒業。
光緒五年己卯 （一八七九） 七歲	日本以琉球為沖繩縣。 崇厚與俄訂立《伊犁條約》。 李鴻章延請德人練兵。	
光緒六年庚辰 （一八八○） 八歲	設天津水師學堂。 美國加州排斥華僑。 李鴻章主張聯俄贈日。	始學為文。
光緒七年辛巳 （一八八一） 九歲	曾紀澤改訂《伊犁條約》。	能綴千言。
光緒八年壬午 （一八八二） 十歲	父執譽為神童。	
光緒九年癸未 （一八八三） 十一歲	中、法於安南正式交戰。	得讀張之洞《輶軒語》、《書目答問》，始知有所謂學問。

光緒十年甲申（一八八四）十二歲	恭親王亦訴罷政。奕劻管理總理衙門。張之洞督粵。設新疆行省。	中秀才。埋首於科舉帖括之學。熟讀《史記》、《漢書》、《古文辭類纂》。能成誦。父慈而嚴，常訓之曰：「汝自視乃如常兒乎？」	
光緒十一年乙酉（一八八五）十三歲	美國慘殺華工。左宗棠卒。設台灣行省。袁世凱任駐韓商務委員。	始治段、王訓詁之學，大好之。	
光緒十二年丙戌（一八八六）十四歲	英併緬甸。		蔣中正生。
光緒十三年丁亥（一八八七）十五歲	修築台灣鐵路。中、英西藏衝突。	肄業於學海堂，放棄帖括之學。從事於詞章、訓詁之學。母親逝世。	
光緒十四年戊子（一八八八）十六歲	頤和園成。康有為上書請求變法。北洋海軍成立。		
光緒十五年己丑（一八八九）十七歲	慈禧太后歸政光緒。	中舉人。主考李端棻妻以堂妹李蕙仙，長梁氏四歲。	

光緒十六年庚寅（一八九〇）十八歲		會試落第，歸途經上海，得讀《瀛環志略》，始知有五大洲和其他國家。頻喜上海製造局所譯西書，但無力購買。 認識陳千秋。 拜秀才康有為為師，得知陸王心學及西學梗概，從此放棄舊學，退出學海堂。	康有為《新學偽經考》刻成。 胡適生。
光緒十七年辛卯（一八九一）十九歲	二月，俄築西伯利亞鐵路。 六月，郭嵩燾卒。 七月，長江一帶哥老會謀舉事。	從康有為學於廣州長興里萬木草堂。讀《宋、元、明儒學案》及《二十四史》《文獻通考》等，一生學問，得力於此。 接觸佛學。 協助康有為撰《孔子改制考》。 入京結婚，向妻子學習官話。 認識廣仁、夏僧佑。	
光緒十八年壬辰（一八九二）二十歲		祖父去世。 會試落第後，偕妻子鄉居一年多，於國學外，讀江南製造局所譯之書，及各星軺日記、《格致彙編》等。	

光緒十九年癸巳（一八九三）二十一歲	冬，講學於東莞。 長女思順（令嫻）出生。	康有為中舉人。
光緒二十年甲午（一八九四）二十二歲	六月，中日戰爭。 九月，起用恭親王。 十月，興中會成立於檀香山。 客居京師，與名士往還。中日戰事起，感憤時局，多所吐露，但人微言輕，不受重視；於是埋首讀譯書，治算學、歷史、地理等。	
光緒二十一年乙未（一八九五）二十三歲	三月，中日和議成。 四月，康有為聯合三千公車上書。 五月，台灣獨立抗日。 六月，《中外公報》刊行。 七月，強學會創辦於京師，十一月被封禁。 九月，孫中山於廣州起事失敗。 十二月，袁世凱練「新建陸軍」。 二月入京會試，經上海時，曾考慮就某書院教席，以其有西文教師，可以兼學西文；其事未果。三月，代表廣東公車上書。六月，主撰《中外公報》。居京師強學會數月，任書記。盡讀會中所藏中譯西書，益斐然有述作之志。擔任李提摩太秘書凡兩年，得聞西方政治、歷史，認識譚嗣同。	康有為中進士。
光緒二十二年丙申（一八九六）二十四歲	七月，《時務報》開辦於上海。 九月，孫中山在倫敦蒙難。 十一月，《知新報》開辦於澳門。 主撰《時務報》，言論主張廢科舉、興學校、中西學並重。八、九月間曾從馬建忠學習拉丁文。	

	讀嚴復所譯《天演論》。 黃遵憲將出使德國，奏請以梁氏同行；後使事輟，未果。 伍廷芳出使美、日、秘，奏請以梁氏爲參贊，力辭之，專任報事。 致力佛學。 認識黃遵憲、馬良、馬建忠、嚴復、容閎、章炳麟。 今、明兩年間，曾與譚嗣同、夏僧佑嘗試提倡一種新體詩。		
光緒二十三年丁酉 （一八九七） 二十五歲	四月，直隸總督王文韶等奏請起用梁氏，力辭之。 張之洞欲招致幕府中，辭之。 讀譚嗣同《仁學》。 六月，創辦大同譯書局於上海。 秋冬間，創辦大同譯書局於上海，又倡設女學堂。 十月，主講湖南時務學堂。 認識唐才常。 梁氏此時已有「任公」之號。	十月，湖南時務學堂開辦。 十月，德佔膠州灣。 十一月，俄艦入旅順，中國有瓜分之憂。	

年歲	時事	譜主事蹟	參考
光緒二十四年戊戌（一八九八）二十六歲	二月，俄索旅順、大連。 三月，康有為成立保國會。 閏三月，法佔廣州灣。 四月，恭親王奕訢卒。 四月，中英九龍租借條約成。 四月，光緒帝召見康有為等。 五月，詔廢八股取士。 五月，設京師大學堂。 八月六日，戊戌政變，梁氏避入日本公使館。 八月十三日，六君子就義。 十月，《清議報》創辦於日本。	冬，孫中山薦梁氏任日本橫濱中西學校校長，康有為以其專任《時務報》事，改薦徐勤往。 春，大病幾死，離湖南赴上海就醫，病癒入京隨康有為奔走保國事。 四月，聯合公車上書請廢八股，幾乎被其他公車毆擊。 五月十五日，光緒帝召見。 八月，逃亡到日本。 梁氏抵日不久，時務學堂學生十餘人赴日追隨他。	〈譚嗣同同傳〉
光緒二十五年己亥（一八九九）二十七歲	六月，康有為成立保皇會於拿大。 十二月，清室建儲，慈禧謀廢光緒。	稍能讀日文，思想為之一變。 與昔日湖南時務學堂師生唐才常、蔡鍔等一起讀書論革命，物質生活雖苦，精神異常快樂。 與孫中山往來甚密，謀商兩黨合作而未果。 取一日本名吉田晉，以避內地耳目。	〈康廣仁傳〉 〈楊深秀傳〉 〈楊銳傳〉 〈林旭傳〉 〈劉光第傳〉 〈偉人訥耳遜軼事〉

年	大事	事蹟	著作	備註
光緒二十六年庚子 （一九〇〇） 二十八歲	四月，義和團入北京。 五月，清廷下詔對各國宣戰。 六月，南省與各國訂立保護商教章程，不受亂命。 七月，八國聯軍入北京，慈禧光緒出奔。 七月，自立軍舉軍事失敗，唐才常死難。 閏八月，孫中山於惠州起事失敗。	接眷來日。 十一月，經檀香山欲赴美洲，因治疫故，滯留半年。		傳記寫作第一期結束。
光緒二十七年辛丑 （一九〇一） 二十九歲	七月，《辛丑和約》成。 九月，李鴻章卒。 九月，袁世凱任直隸總督。 十一月，《清議報》停刊	在檀香山會入三合會。 春夏居檀香山，有華僑女子何蕙珍仰慕梁氏，欲婚之，梁氏發乎情，止乎禮，辭之。 七月，以勤王事急返國，抵達上海至常已在漢口失敗被執，遂往新嘉坡會晤康有為。 八月，遊澳洲。	《霍布士學案》 《斯片挪莎學案》 《盧梭學案》 《南海康先生傳》 《論李鴻章》	傳記寫作第二期開始。
光緒二十八年壬寅 （一九〇二） 三十歲	正月，《新民叢報》出版。 九月，劉坤一卒。 十月，《新小說》報出版。	主撰《新民叢報》。 十月，初結集數年來文章出版《飲冰室文集》。	《匈加利愛國者噶蘇士傳》 《張博望班定遠合傳》 《義大利建國三傑傳》 《近世第一女傑羅蘭夫人傳》 《三十自述》	

年代	時事	生平	著作	備註
光緒二十九年癸卯（一九○三）三十一歲	十一月，華興會成立。十二月，日俄開戰。	正月遊美洲，十月返日本，言論轉趨溫和。	〈新英國巨人克林威爾傳〉〈黃帝以後第一偉人趙武靈王傳〉	日俄開戰於十二月二十四日，西曆為一九○四年二月。
光緒三十年甲辰（一九○四）三十二歲		正月赴港，經上海返日本。九月，伯姊去世。	〈明季第一重要人物袁崇煥傳〉《中國之武士道》	
光緒三十一年乙巳（一九○五）三十三歲	六月，中國同盟會成立。八月，廢科舉。八月，清廷出洋考察五大臣遇刺。十月，《民報》發刊。	忘年摯友黃遵憲卒。	〈中國殖民八大偉人傳〉〈祖國大航海家鄭和傳〉	傳記寫作第二期結束。
光緒三十二年丙午（一九○六）三十四歲	立憲、革命兩派激烈辯論。七月，清廷下詔預備立憲。	曾有留學歐洲之議，未果。梁氏此時反對種族革命，主張政治革命。		傳記寫作第三期開始。
光緒三十三年丁未（一九○七）三十五歲	四月，孫中山於黃岡、七女湖起事，皆失敗。五月，徐錫麟於安慶起事失敗。六月，秋瑾被捕，死義。七月，《新民叢報》停刊。八月，孫中山於欽州起事失敗。八月，設資政院。	二月，清廷法部尚書戴鴻慈為法部與大理院權限事，曾寫信請教梁氏。十月，姜兄李端棻卒。		

年歲	事件	說明	著作
光緒三十四年戊申（一九〇八）三十六歲	九月，政聞社成立於東京。 九月，設諮議局。 十月，《政論》出版。 正月，政聞社本部由東京遷上海。 三月，孫中山再於欽州起事，失敗。 四月，孫中山於河口起事，失敗。 七月，各省代表請清廷開國會。 七月，清廷查禁政聞社。 八月，清廷下詔定期九年立憲。 九月，《民報》被封。 十月，光緒帝及慈禧太后開，宣統帝繼位，載灃攝政監國。 十月，熊成基於安慶起事，失敗。	政聞社解散後，專心著述，但不放棄政治事業。	〈清光祿大夫禮部尚書李公墓誌銘〉 《王荊公》
宣統元年己酉（一九〇九）三十七歲	八月，張之洞卒。 九月，各省諮議局開幕。 十一月，各省代表第一次國會請願運動。	是年梁氏意態蕭索，生活困窘，專以讀書著述為業。曾學德文。常秘密代替憲政編查館各大吏撰寫憲政文字，約計二十餘萬言。	《管子傳》 〈嘉應黃先生墓誌銘〉

年歲	生平事蹟	著作／言論	傳記寫作
宣統二年庚戌 （一九一○） 三十八歲	正月，《國風報》出版。 正月，孫中山於廣州起事，失敗。 二月，汪兆銘行刺攝政王，失敗。 七月，國會請願同志會開辦。 九月，資政院開幕。	〈張勤果公佚事〉 梁氏在《國風報》的言論，比以前切實，頻得康有為稱道；但從十月以後，言論遂趨於激烈。政治日益腐敗， 二月，生計甚窘，至十月好轉。 十一月，曾有發起國民常識學會之舉，未果。 本年進行開放黨禁之事甚力，卒無所成。	傳記寫作第三期結束。
宣統三年辛亥 （一九一一） 三十九歲	三月，孫中山於廣州起事失敗，七十二烈士殉難。 四月，清廷成立皇族內閣，並宣佈鐵路國有政策。 八月十九日，武昌革命成功。 八月二十三日，清廷起用袁世凱。 十月，外蒙獨立。 十月，載灃退位。 十一月，孫中山當選臨時大總統。	二月，赴台灣作一月遊。 九月返國，欲有所活動，二十一日到瀋陽，而吳祿貞已於十七日被刺死，失望東返日本。 九月二十六日，袁世凱任梁氏為法律副大臣，拒之。	傳記寫作第四期開始。
民國元年壬子 （一九一二） 四十歲	二月，清帝退位。 二月，袁世凱任臨時大總統。 三月，臨時約法完成。	九月，歸國。	

民國二年癸丑 （一九一三） 四十一歲	十月，國民黨成立。 十一月，《庸言報》出版。 三月，宋教仁被刺死。 五月，進步黨成立。 七月，二次革命。 九月，熊希齡內閣成立。 十月，袁世凱當選正式總統。 十一月，袁氏取消國民黨籍議員資格。	九月，任熊內閣司法總長。
民國三年甲寅 （一九一四） 四十二歲	三月，開約法會議。 五月，設參政院。 七月，中華革命黨成立。 八月，歐戰爆發，中國宣佈中立。	二月，辭司法總長，任幣制局總裁，十二月辭。
民國四年乙卯 （一九一五） 四十三歲	正月，《大中華》出版。 正月，日本提出二十一條。 八月，籌安會成立。 十二月，袁世凱接受帝制。 十二月，雲南獨立，護國軍興。	正月，主撰《大中華》。 二月，任袁世凱政治顧問。 三月，考察沿江各省司法教育。 四月，返籍省親。 六月，與馮國璋入京勸諫袁民勿稱帝。 八月，發表〈異哉所謂國體問題者〉一文。 十二月，南下從事倒袁運動。

			〈番禺湯公略傳〉 〈南海王公略傳〉 〈新會譚公略傳〉 〈邵陽蔡公略傳〉
民國五年丙辰 （一九一六） 四十四歲	三月，袁世凱取消帝制。 四月，廣州有海珠之變，湯叡殉難。 五月，護國軍務院成立。 六月，袁氏羞憤卒，黎元洪任總統。 六月，恢復民元約法。 七月，撤消軍務院。 八月，國會恢復。 十月，蔡鍔病逝於日本。	五月，任軍務院政務委員長兼撫軍。	
			〈廬陵吳公略傳〉 〈貴定戴公略傳〉 〈都勻熊公略傳〉 〈永川黃公略傳〉
民國六年丁巳 （一九一七） 四十五歲	五月，督軍團叛變。 六月，解散國會。 七月一日，張勳擁宣統復辟。 七月，馮國璋代理總統。 七月，段祺瑞內閣成立。 七月，川滇軍衝突，戴戡遇難。 八月，對德宣戰。 九月，廣州非常國會選舉孫中山為軍政府大元帥。 十一月，段內閣總辭。	七月一日，通電反對復辟，與康有為決裂。 七月十九日，任段內閣財政總長。 力主對德宣戰。 十一月，辭財政總長。 冬，治碑刻之學甚勤。	
民國七年戊午 （一九一八） 四十六歲	八月，北京有新國會。 九月，徐世昌當選總統。 歐戰結束。	春夏間專力爲作通史，用力過勤，八九月患嘔血病。 認識胡適。十二月二十八日，與蔣百里、丁文江等六人赴歐，在船上會習法文。	

年代	國內外大事	著作	生平活動	傳記寫作
民國八年己未 （一九一九） 四十七歲	正月，巴黎和會討論山東問題。 五月，五四運動。 六月，北京大捕學生，各地罷工罷市。 六月，拒絕對德和約簽字。 十月，中國民黨成立。 十月，外蒙取消自治。		遊英、法、比、荷、瑞、意、德及各處戰地。	傳記寫作第四期結束。
民國九年庚申 （一九二○） 四十八歲	七月，直皖戰爭。 八月，陳獨秀等籌組中國共產黨。	《孔子》	三月返抵上海。 此後注力教育及著述、放棄直接的政治活動。	傳記寫作第五期開始。
民國十年辛酉 （一九二一） 四十九歲	四月，廣州國會選係中山為大總統。 七月，湘鄂戰爭。	《墨子學案》	秋，應天津南開大學之聘，講中國文化史。	
民國十一年壬戌 （一九二二） 五十歲	四月，直奉戰爭。 六月，徐世昌辭職，黎元洪復職。 六月，奉直議和。 六月，陳炯明叛變。 八月，國民黨改組。	〈番禺湯公墓誌銘〉	春，在清華講學。 四月起，應各學校與團體之請，為學術演講多次。 十一月，講學過勞患心臟病，但講演泛未全停。	
民國十二年癸亥 （一九二三） 五十一歲	十月，曹錕賄選總統。 十二月，中國青年黨成立。	〈陶淵明年譜〉 《朱舜水先生年譜》 〈蔣母王太夫人墓誌銘〉	正月，發起創辦文化學院於天津。 四月，養病於北京西郊翠微山。	

民國十五年丙寅 (一九二六) 五十四歲	民國十四年乙丑 (一九二五) 五十三歲	民國十三年甲子 (一九二四) 五十二歲	
三月，中山艦事件。 七月，蔣中正誓師北伐。 十二月，國民政府北遷武漢。	二月，廣州政府東征。 三月，孫中山逝世於北京。 五月，五卅慘案。 七月，國民政府在廣州成立。 八月，廖仲凱被刺死。	正月，國民黨第一次全國代表大會。 正月，籌備軍官學校。 四月，泰戈爾來華。 九月，二次奉直戰爭。 十月，國民軍成立。 十一月，孫中山北上。 十一月，段祺瑞任臨時執政。	
三月，因便血病劇去右腎。 耶魯大學欲贈名譽博士，以病辭。 十月六日開始講《中國歷史研究法補編》，至翌年五月底。 秋冬間，接辦司法儲才館事。	九月初，主持清華研究院。 任北京師範圖書館長。	七月，曾寫作勸告曹錕打銷謀作總統之意。 十月，與同志發起戴東原二百年生日紀念會。 四月，摯友夏僧佑卒。 九月，喪偶。	〈戴東原先生傳〉 〈玄奘年譜〉 〈亡友夏穗卿先生〉 〈悼啟〉 〈朱君文伯小傳〉

民國十六年丁卯 (一九二七) 五十五歲	三月,革命軍克服南京。 四月,南京國民政府成立。 五月,南京政府北伐。 八月,共黨在南昌暴動。	八月,開始《中國圖書大辭典》工作。	康有為卒。
民國十七年戊辰 (一九二八) 五十六歲	六月,北伐軍克北京。 十二月,東三省易幟服從中央。	三月,長子思忠結婚。 六月,辭清華研究院事。 十月,疾作,《辛稼軒年譜》遂成絕筆。	《辛稼軒先生年譜》
民國十八年己巳 (一九二九) 五十七歲		一月十九日卒。	傳記寫作第五期結束。

附表二　梁啟超傳記文字篇幅統計表

寫作時間	傳記作品	字　數 〔註1〕	出　處		傳記寫作第一期：撰寫舊式短傳
光緒二十三年（1897）二十五歲	記江西康女士	830	時務報 21 冊	文集〔註2〕之一	傳記寫作第一期：撰寫舊式短傳
	記東俠	2100	時務報 39 冊		
	三先生傳	2400	知新報 34 冊		
光緒二十四年（1898）二十六歲	譚嗣同傳	3400	清議報 4 冊專集〔註3〕之一		
光緒二十五年（1899）二十七歲	康廣仁傳	3100	清議報 6 冊	專集之一	
	楊深秀傳	1700	清議報 7 冊		
	楊銳傳	860			
	林旭傳	900			
	劉光第傳	690	清議報 8 冊		
	偉人訥爾遜軼事	520	清議報 29 冊，專集之二		
光緒二十六年（1900）二十八歲					

〔註1〕 字數的計算，千字以內的作品，計算至個位，如〈江西康女士〉確實字數八二八，個位數四捨五入，算作八三〇字。
　　　 千字以上的作品，按頁數計算，如〈三先生傳〉篇幅三頁半（超過十頁的作品，半頁亦算作一頁），以三・五乘以每頁六八八字（《飲冰室合集》句點不佔格）得二四〇八字，十位數四捨五入，得二四〇〇字。萬位數作品則以百位數四捨五入。
〔註2〕 《飲冰室文集》省稱《文集》。
〔註3〕 《飲冰室專集》省稱《專集》。

光緒二十七年 （1901） 二十九歲	霍布士學案	4100	清議報 96、97 冊	文集之六	傳記寫作第二期：傳記寫作顛峰
	斯片挪莎學案	1000	清議報 97 冊		
	盧梭學案	9600	清議報 98～100 冊		
	南海康先生傳	23000	清議報 100 冊		
	論李鴻章	62000	新民叢報刻本，專集之三		
光緒二十八年 （1902） 三十歲	匈加利愛國者噶蘇士傳	18000	新民叢報 4、6、7 號，專集之十		
	張博望班定遠合傳	12000	新民叢報 8、23 號，專集之五		
	意大利建國三傑傳	42000	新民叢報 9、10、14～17、19、22 號，專集之十一		
	近世第一女傑蘿蘭夫人傳	9600	新民叢報 17、18 號，專集之十二		
	三十自述	4100			
光緒二十九年 （1903） 三十一歲	新英國巨人克林威爾傳	14000	新民叢報 25、26、54、56 號，專集之十二		
	黃帝以後第一偉人趙武靈王傳	5500	新民叢報 40、41 號合刊，專集之六		
光緒三十年 （1904） 三十二歲	明季第一重要人物袁崇煥傳	17000	新民叢報 46～50 號，專集之七		
	中國之武士道	48000	廣智書局單行本，專集之二十四		
光緒三十一年 （1905） 三十三歲	中國殖民八大偉人傳	3400	新民叢報 63 號，專集之八		
	祖國大航海家鄭和傳	8300	新民叢報 69 號，專集之九		
光緒三十二年 （1906） 三十四歲					傳記寫作第三期：撰寫古人長傳
光緒三十三年 （1907） 三十五歲					
光緒三十四年 （1908） 三十六歲	清光祿大夫禮部尚書李公墓誌銘	1700	文集之四十四（上）		
	王荊公	150000	廣智書局單行本，專集之二十七		
宣統元年 （1909） 三十七歲	管子傳	58000	專集之二十八		
	嘉應黃先生墓誌銘	1400	文集之四十四（上）		
宣統二年 （1910） 三十八歲	張勤果公佚事	590	專集之二十九		

宣統三年 （1911） 三十九歲				傳記寫作第四期：傳記寫作低潮
民國元年 （1912） 四十歲				
民國二年 （1913） 四十一歲				
民國三年 （1914） 四十二歲				
民國四年 （1915） 四十三歲				
民國五年 （1916） 四十四歲	番禺湯公略傳 南海王公略傳 新會譚公略傳 邵陽蔡公略傳	250 170 160 400	文集之三十四	
民國六年 （1917） 四十五歲	麻哈吳公略傳 貴定戴公略傳 都勻熊公略傳 永川黃公略傳	190 280 160 100	文集之三十四	
民國七年 （1918） 四十六歲				
民國八年 （1919） 四十七歲				
民國九年 （1920） 四十八歲	孔子	47000	專集之三十六	傳記寫作第五期：撰寫學
民國十年 （1921） 四十九歲	墨子學案	60000	專集之三十九	
民國十一年 （1922） 五十歲	番禺湯公墓誌銘	1000	文集之四十四（上）	

民國十二年 （1923） 五十一歲	陶淵明年譜 朱舜水先生年譜	18000 41000	專集之九十六 專集之九十七	術傳記
民國十三年 （1924） 五十二歲	蔣母王太夫人墓誌銘	1400	文集之四十四（上）	
	戴東原先生傳	8300	一月十九日晨報副刊，文集之四十	
	玄奘年譜	16000	專集之六十八	
	亡友夏穗卿先生	4100	四月二十九日晨報副刊，文集之四十四（上）	
	悼啓	1000	文集之四十四（上）	
	朱君文伯小傳	690	文集之四十一	
民國十四年 （1925） 五十三歲			文集之三十四	
民國十五年 （1926） 五十四歲				
民國十六年 （1927） 五十五歲				
民國十七年 （1928） 五十六歲	辛稼軒先生年譜	42000	專集之九十八	
民國十八年 （1929） 五十七歲				

附表三　每期傳記作品篇幅比例表

傳記寫作 時　　期	每期所佔 時　　間	字　　數	百分比
1	4 年	16,500	2.2
2	5 年	280,600	37.4
3	5 年	211,690	28.2
4	9 年	1,710	0.2
5	10 年	240,490	32
合計	33 年	750,990	100%

參考書目

甲、專書

一、

1. 《飲冰室合集》（民國 21 年初版）台北，中華書局，民國 49 年。

2. 《中國歷史研究法補編》（民國 22 年初版）台北，商務印書館，民國 65 年。

3. 《中國歷史研究法・附補編》（民國 25 年初版）台北，中華書局，民國 70 年。

4. 《戊戌政變記》，台北，中華書局，民國 68 年。

5. 《論李鴻章》（民國 25 年初版）台北，中華書局，民國 60 年。

6. 《中國之武士道》（民國 25 年初版）台北，中華書局，民國 60 年。

7. 《中國偉人傳五種》（民國 25 年初版）台北，中華書局，民國 57 年。

8. 《王荊公》（民國 25 年初版）台北，中華書局，民國 67 年。

9. 《管子傳》，台北，中華書局，民國 65 年。

10. 《孔子》（民國 25 年初版）台北，中華書局，民國 60 年。

11. 《墨子學案》（民國 25 年初版）台北，中華書局，民國 60 年。

12. 《陶淵明》，台北，中華書局，民國 69 年。

13. 《朱舜水先生年譜》，台北，中華書局，民國 60 年。

14. 《戴東原》，台北，中華書局，民國 68 年。

15. 《辛稼軒先生年譜》（民國 25 年初版）台北，中華書局，民國 58 年。

16. 《中國歷史研究法》（民國 11 年初版）台北，商務印書館，民國 65 年。

（以上皆梁啓超著）

二、

1. 《維新奇士梁任公》（原名《梁啓超》，香港，亞洲出版社，民國 46 年。）
   毛以亨著，台北，國家書局，民國 71 年。

2. 《梁任公年譜長編》（原名《梁任公先生年譜長編初稿》，民國 47 年初版。）
   丁文江編，台北，世界書局，民國 61 年。

3. 《梁啓超與清季革命》（民國 53 年初版）張朋園著，台北，中央研究院近
   代史研究所，民國 71 年。

4. 《梁啓超與民國政治》（民國 67 年初版）張朋園著，台北，中央研究院近
   代史研究所，民國 70 年。

5. 《民國康長素先生有爲、梁任公先生啓超師生合譜》，揚克己編，台北，商
   務印書館，民國 71 年初版。

6. 《梁啓超著述繫年》，李國俊編，上海，復旦大學出版社，民國 75 年。

7. 《梁啓超》（Joseph R. Levenson 原著，書名 Liang Ch'i-ch'ao and the Mind of
   Modern China）張力譯，台南，長河出版社，民國 67 年初版。

三、

1. 《時務報》，台北，京華書局影印，民國 56 年。

2. 《清議報》，台北，成文出版社影印，民國 56 年。

3. 《新民叢報》，台北，藝文印書館影印，民國 55 年。

4. 《國風報》，台北，漢聲出版社影印，民國 64 年。

5. 《康南海自編年譜》，康有爲著，台北，廣文書局，民國 60 年初版。

6. 《譚嗣同全集》，清・譚嗣同著，台北，華世出版社影印，民國 66 年初版。

7. 《張蔭麟文集》，張蔭麟著，台北，中華叢書委員會，民國 45 年。

8. 《中國近百年政治史》，李劍農著，台北，商務印書館，民國 71 年重印。

9. 《近代中國史事日誌》，郭廷以編著，台北，中央研究院近代史研究所，民
   國 52 年。

10. 《中華民國史事日誌》一～二冊，郭廷以編著，台北，中央研究院近代史
    研究所，民國 68～73 年。

11. 《中國政治思想史》，蕭公權著，台北，中國文化大學出版部，民國 74 年
    新版。

12. 《立憲派與辛亥革命》（民國 58 年初版）張朋園著，台北，中央研究院近
    代史研究所，民國 72 年。

13. 《清季的立憲團體》（民國 60 年初版）張玉法著，台北，中央研究院近代
    史研究所，民國 74 年。

13. 《中國現代史》，張玉法著，台北，東華書局，民國 66 年初版。

四、

1. 《漢魏六朝百三名家集》，明・張溥編，台北，文津出版社，民國 68 年影印。

2. 《史通釋評》，唐・劉知幾撰，清・浦起龍釋，民國・呂思勉評，台北，華世出版社，民國 64 年影印初版。

3. 《歐陽永叔集》，宋・歐陽修著，上海，商務印書館，民國 25 年。

4. 《通志略》，宋・鄭樵著，台北，里仁書局，民國 71 年（影印民國 25 年的版本）。

5. 《黃勉齋先生文集》，宋・黃榦著，台北，青山書屋，民國 46 年初版。

6. 《困學紀聞》，宋・王應麟著，上海，商務印書館，民國 24 年初版。

7. 《原抄日本知錄》，明・顧炎武，台北，文史哲出版社，民國 68 年再版。

8. 《思復堂文集》，清・邵廷采著，台北，華世出版社影印，民國 66 年。

9. 《鮚埼亭集》，清・全祖望著，台北，華世出版社影印，民國 66 年。

10. 《廿二史劄記》，清・趙翼著，台北，華世出版社，民國 66 年。

11. 《章氏遺書》，清・章學誠著，（劉承幹「吳興劉氏嘉業堂」刊本，民國 11 年初版。）台北，漢聲出版社影印，民國 62 年初版。

12. 《文史通義》，清・章學誠著，台北，華世出版社影印，民國 69 年初版。

13. 《章實齋先生文集》，清・章學誠著，台北，文華出版社，民國 57 年初版。

14. 《歷代自敘傳文鈔》，郭登峯編，台北，商務印書館，民國 54 年台一版。

五、

1. 《中國史學通論》（民國 32 年初版）朱希祖著，南京，獨立出版社，民國 36 年。

2. 《中國史學史》，李宗侗著，台北，華岡出版社，民國 68 年新一版。

3. 《中國史學論文選輯》（一）（二），杜維運、黃進興編，台北，華世出版社，民國 65 年。

4. 《中國史學論文選輯》（三），杜維運、陳錦忠編，台北，華世出版社，民國 69 年。

5. 《西洋史學史》，蔡石山著，台北，環球書社，民國 71 年。

6. 《清代學術論集》，羅炳綿著，台北，食貨出版社，民國 67 年初版。

7. 《清代史學與史家》，杜維運著，台北，東大圖書公司，民國 73 年初版。

8. 《史學方法論》，杜維運著，台北，自刊本（三民書局經銷），民國 72 年。

六、

1. 《傳記與文學》，孫毓棠著，正中書局（出版地不詳），民國 32 年初版。

2. 《近代名人傳記選》，朱德君編，上海，文信書局，民國 37 年初版。

3. 《傳記學》，（民國 37 年初版）王名元著，台北，牧童出版社，民國 66 年。

4. 《什麼是傳記學》（民國 56 年初版）劉紹唐等著，台北，傳記文學出版社，民國 74 年。

5. 《聽濤集》，杜維運著，台北，弘文館出版社，民國 74 年初版。

6. 《傳記面面觀》（原名 Aspects of Biography, André Maurois 著）陳蒼多譯，台北，商務印書館，民國 75 年初版。

7. 《中國歷史人物論集》（原名 Confucian Personalities, Arthur F. Wright 編）中央研究院中美人文社會科學合作委員會編譯，台北，中山學術文化基金董事會出版，正中書局印行，（民國 62 年初版）民國 65 年。

8. 《文體論》（民國 20 年初版）薛鳳昌著，長沙，商務印書館，民國 28 年。

9. 《文體論纂要》（民國 31 年初版）蔣伯潛著，台北，正中書局，民國 48 年。

七、

1. 《清章實齋先生學誠年譜》（原名《章實齋年譜》，民國 11 年初版。）胡適著，姚名達訂補（初版未有訂補），台北，商務印書館（初版似在民國 20 年），民國 69 年。

2. 《四十自述》，胡適著，台北，遠東圖書公司，民國 73 年。

3. 《胡適撰集》，胡適著，台北，文星出版社，民國 55 年。

4. 《胡適雜憶》，唐德剛著，台北，傳記文學出版社，民國 70 年再版。

5. 《胡適口述自傳》，唐德剛譯注，台北，傳記文學出版社，民國 72 年再版。

6. 《胡適秘藏書信選》正續編，梁錫華選注，台北，遠景出版公司，民國 71 年初版。

7. 《胡適之先生晚年談話錄》，胡頌平編著，台北，聯經出版公司，民國 73 年初版。

8. 《胡適之先生年譜長編初稿》，胡頌平編，台北，聯經出版公司，民國 73 年初版。

9. 《胡適作品集》，胡適著，台北，遠流出版公司，民國 75 年初版。

八、

1. 《清邵念魯先生廷采年譜》（原名《邵念魯年譜》，初版約在民國 17 年。）姚名達著，台北，商務印書館，民國 71 年。

2. 《辛稼軒年譜》（民國 27 年初版）鄭騫著，台北，華世出版社，民國 66 年補訂一版。

3. 《南通張季直先生傳記》（初版約在民國 18 年）張孝若著，台北，學生書局，民國 63 年。

4. 《張居正大傳》（民國 34 年上海開明書局初版，有長序。）朱東潤著，台北，開明書局，民國 73 年。

5. 《陸游傳》（民國 49 年初版）朱東潤著，台北，華世出版社，民國 73 年。

6. 《趙翼傳》，杜維運著，台北，時報出版公司，民國 72 年初版。

7. 《墨子閒詁》，孫詒讓著，台北，世界書局，民國 64 年。

8. 《中國歷代名人年譜總目》，王德毅編，台北，華世出版社，民國 68 年初版。

9. Joseph R. Levenson, Liang Ch'i-ch'ao and the Mind of Modern China, 1953, University of California Press, 1970. 台北，虹橋書店翻印，民國 67 年。

10. W. G. Beasley and E. G.. Pulleyblank, eds., Historians of China and Japan, Oxford University Press, 1961.

乙、期刊論文

一、

1. 〈讀梁任公著「朱舜水年譜」〉，梁容若撰，台北，《大陸雜誌》7 卷 9 期，民國 42 年 11 月。

2. 〈黎文生：梁啓超與近代中國思想〉（書評），王德昭撰，香港，《香港中文大學中國文化研究所學報》1 卷，民國 57 年。

3. 〈梁啓超與中國傳記學〉，李家祺撰，《東方雜誌》復刊 3 卷 2 期，台北，民國 58 年。

4. 〈梁啓超新史學試論〉，汪榮祖撰，台北《大陸雜誌》13 卷 6 期，民國 45 年 9 月。收入《中國史學史論文選集》，杜維運、黃進興編，台北，華世出版社，民國 65 年。

5. 〈期待另一個梁啓超──綜評四本有關梁啓超的著作〉，江振勇撰，台北，《國立台灣師範大學歷史學報》2 期，民國 63 年 2 月。

6. 〈梁著「中國歷史研究法」探源〉，杜維運撰，台北，《中央研究院歷史語言研究所集刊》51 卷 2 期，民國 69 年 6 月。

7. 〈梁啓超的生平與學術〉，黎東方撰，台北，《文星》復刊創刊號，民國 75 年 9 月。

二、

1. 〈史傳文研究法〉，張爾田撰，《學衡》39 期，（不詳時地）。

2. 〈論讀史傳文〉，林思進撰，《華西學報》3 期，（不詳時地）。

3. 〈誰是自敘傳的第一個作者〉，丁毅音撰，長沙，《東方雜誌》34 卷 22～

24 號合，民國 26 年 12 月。

4. 〈大慈恩寺三藏法師傳述論〉，朱東潤撰，重慶，《文史雜誌》創刊號，民國 30 年。

5. 〈論傳記文學〉，許羣撰，重慶，《東方雜誌》39 卷 3 號，民國 32 年 3 月。

6. 〈論自傳及法顯行傳〉，朱東潤撰，重慶，《東方雜誌》39 卷 17 號，民國 32 年 11 月。

7. 〈論傳記文學〉，湯鍾琰撰，《東方雜誌》44 卷 8 號，民國 37 年 8 月。

8. 〈評介「丁文江的傳記」〉，李敖撰，台北，《文星》63 期，民國 52 年 1 月。

9. 〈近代中國傳記寫作的發展〉（"Modern Chinese Biography, " Richard C. Howard, The Journal of Asian Studies. Vol. 21, No. 4, 1962, 8）蕭啓慶譯，台北，《文星》63 期，民國 52 年 1 月。

10. 〈傳記文學在英國〉（V. Nabokov 原作）李青松譯，台北，《文星》63 期，民國 52 年 1 月。

11. 〈傳記歷史乎？文學乎？〉，李家祺撰，台北，《東方雜誌》復刊 1 卷 9 期，民國 57 年 3 月。

12. 〈傳記的敘述方法〉，李家祺撰，台北，《東方雜誌》復刊 1 卷 12 期，民國 57 年 6 月。

13. 〈論傳記學的過去與展望〉，李家祺撰，台北，《現代學苑》6 卷 4 期，民國 58 年 4 月。

14. 〈姓、名、等等──治史初階，傳記篇之一〉，朱文長撰，新加坡，《南洋大學學報》3 期，民國 58 年。

15. 〈內容分析（Content Analysis）之幾種用於研究傳記、歷史的方法及其於中國材料底初步運用〉，古偉瀛撰，台北，《食貨雜誌》1 卷 12 期，民國 61 年 3 月。

16. 〈傳記文學的歸屬──究竟是文學還是史學？〉，徐梅屏撰，台北，民國 64 年 10 月 2 日《中央日報》4 版。

17. 〈論傳記文學〉，朱東潤撰，上海，《復旦學報》社會科學版，民國 69 年 3 月。

18. 〈朱東潤教授與傳記文學〉，王國安、葉盼雲撰，上海，《復旦學報》社會科學版，民國 69 年 3 月。

19. 〈心理學應用於中國傳記研究的一些問題〉，張瑞德撰，台北，《國立臺灣師範大學歷史學報》9 期，民國 70 年 5 月。

20. 〈年譜學與現代的傳記觀念〉，余英時撰，台北，《傳記文學》42 卷 5 期，民國 72 年 5 月。

21. 〈胡適對史學方法論及文化史的見解和貢獻〉，蔡學海撰，台北，《大陸雜誌》67 卷 2 期，民國 72 年 8 月。

22. 〈傳記的特質和撰寫方法〉，杜維運撰，台北，《傳記文學》45 卷 5 期，民國 73 年 11 月。

三、

1. 〈論史記五體及「太史公曰」的述與作〉，阮芝生撰，台北，《國立臺灣大學歷史學系學報》6 期，民國 68 年 12 月。

2. 〈論史記五體的體系關聯〉，阮芝生撰，台北，《國立臺灣大學歷史學系學報》7 期，民國 69 年 12 月。

3. 〈經史分途與史學評論的萌芽〉，逯耀東撰，台北，《大陸雜誌》71 卷 6 期，民國 74 年 12 月。

4. 〈姚名達先生傳〉，王綸撰，《國文月刊》74 期，民國 37 年 12 月。

5. 〈陶淵明年譜彙訂〉，楊勇撰，香港，《新亞學報》7 卷 1 期，民國 54 年 2 月。

四、

1. Shih-Hsiang Chen（陳世驤）, "An Innovation in Chinese Biographical Writing," *Far Eastern Quarterly* Vol. 13, Nov. 1953.

2. John A. Garraty, "Chinese and Western Biography: A Comparison," *The Journal of Asian Studies*, Vol. 21, No. 4, Aug. 1962.

3. Richard C. Howard, "Modern Chinese Biography," ibidem.

4. David S. Nivision, "Aspects of Traditional Chinese Biography," ibidem.

5. William Ayers, "Current Biography in Communist China," ibidem.

自傳文研究

廖卓成　著

作者簡介

廖卓成，祖籍廣東高要，1960 年在澳門出生。1978 ～ 1992 年讀臺灣大學中文系。曾任教僑光商專、世新學院，擔任臺北師院語文教育系主任和臺灣文學研究所所長（2002 ～ 2005），並在臺大兼授大一國文 15 年。現為國立臺北教育大學語文與創作學系教授，主授兒童文學，著有《敘事論集──傳記、故事與兒童文學》、《童話析論》（2000、2002 臺北大安出版社）、《兒童文學批評導論》（2011 年臺北五南出版社）等書，近年研究兒童傳記，獲國科會特殊優秀人才獎勵。

提　　要

　　本論文主要分析自傳文寫作。文中援引敘事學觀念，指出自傳雖然是敘述事件，但行文之中，有意無意的插入解釋或論斷，企圖引導、說服讀者，形成了有「你／我」關係的言談狀況。有時，作者顧慮讀者可能有的疑問，而介入正文讓敘述者預作回答和解釋。這使得自傳敘事形成了雙重層次，一個是執筆的「我」，時間指涉的定位是現在；另一個是被敘述的「我」，時間指涉的定位在過去。而且，用文字重現往事時，前人的敘述陳規會形成敘述格式，左右事實就範。此外，連綴事實、賦予情節時無可避免運用虛構和想像。自傳敘事沒有處處模仿史傳寫法，不少的自傳作品和史傳南轅北轍，歷代作家曾不斷努力創新敘事方式。自傳多姿多采的面貌，令人難以歸納出這一文學體類的基本特質，疆界也因而變動不居，定義和範圍莫衷一是，提供了讀者不斷討論的餘地。

目

次

第一章　緒　論

第一節　研究的動機與目標

　　中國的自傳源遠流長，而且歷久不衰；晚近以來，自傳的寫作與出版更是蔚然成風。他人的生命歷程總是引人入勝，這可能是傳記暢銷的原因；如果是夫子自道，作者敘述的不是他人，而是本人的生平實事，那就更吸引人了。然而，自傳的數量雖然很多，討論自傳的文章卻很少；縱然偶有論及，亦多偏重史實考辨，很少觸及其他方面。其實，如果從文學的觀點著眼，體裁和表現方式也是很重要的課題。而且，自傳觸及好些重要問題，很值得深入討論，卻一直罕有論文以此為研究對象；這正是撰者寫作本論文的動機。

　　撰者希望對中國歷來的自傳作比較全面的觀察，不僅著眼於內容事實，更注意這種作品的表現方式；換言之，不只看故事說甚麼，更去探討怎麼樣說故事。自傳的作者兼為傳主，「我」一方面執筆敘述，另一方面又是被敘述的對象，這中間耐人尋味之處，並不是「作者有沒有說謊」一言足以盡之的。首先，作者憑藉什麼掌握過去的真相？其次，他用文字重現生平時，文章的敘述陳規會不會形成格式，左右事實就範？而前人的自傳名作，是否影響到後來作者使用類似的敘事方式？復次，自傳中出現的「我」是否和諧一致？文字又是否僅止於敘述過去而已？

　　前人每以能否寫實傳真作為衡鑒自傳的標準；而真實與虛構，又被用作判別文學與歷史、傳記（包括自傳）與小說的不二法門。然而，絕對的真實是否可能掌握？真實與虛構是否壁壘分明？這些基本問題都不是不言自明

的。而自傳作為一種文學體類的疆界何在？自傳的寫作是否有共同之處，可以作為文類的特徵？自傳的定義與範圍，正是應該檢視的問題。自傳的範圍之內，又有那些不同的體裁；不同體裁的作品，內容是否各有不同的特色？自傳與他傳又有何不同？凡此種種，都是撰者準備探討的問題；也正是本論文的研究目標。

第二節　研究的材料與方法

撰者所根據的材料，古人自傳以郭登峰編的《歷代自敘傳文鈔》（約民國二十五年初版）與杜聯喆編的《明人自傳文鈔》為主，二書共九百餘頁；不過二書所採，有小部分逸出自傳範圍。二書之外，有東晉《法顯傳》和清人沈復《浮生六記》，及檢索各種文集所得的零篇。民國以前，搜羅力求完備；民國以來，自傳數量龐大，難以盡收，只能就興趣所及，儘量閱讀。翻譯及代筆的自傳，原則上暫不論述，或偶一觸及亦僅及其內容與體裁，不論其文字。

此外，他人為自傳作者所寫的傳記，和討論傳記與自傳的論文，都是撰者依賴的材料。不過，中國一向缺乏論傳記寫作的文章；古人有所觸及，多就史書體裁論及列傳，間有一言半辭及於文采與文章結構而已。求為有系統的討論，至梁啟超《中國歷史研究法補編》始得之，已經是民國十幾年了（撰者曾於五年前以《梁啟超的傳記學》為題撰寫碩士論文）。至於自傳，古人更罕有論及，求一論自傳文章，幾杳不可得。略有論述，皆民國以來之作，其中精采者，如張漢良論《浮生六記》，李有成論〈五柳先生傳〉，都是近十年間作品；而吳百益論中國自傳的英文專著《儒者的歷程：傳統中國的自傳性作品》，更是一九九〇年的新作。吳、張、李三先生論自傳及傳記之作，撰者都頗有參考；而三氏精見，頗受西洋論自傳之作所激發。近二十餘年，因為新興文學理論的影響，自傳研究一度成為顯學，相關著作如雨後春筍，所論雖不涉及中國自傳，撰者亦時時留意。

撰者並非很有意識地謹守某一種特定的研究方法。若就過程而言，發生興趣、選定題目之後，一再閱讀所及見之自傳作品，劃記其引人注目之處。同時，閱讀討論自傳各種問題的文章，致令撰者閱讀自傳時，特別注意所用的人稱，描寫的觀點，自稱之詞「我」是否內涵一致，所指涉的時間定位在

過去抑或現在，敘述者有沒有介入正文（text）之中。另一方面，在郭登峰原有的分類基礎上，試圖將現有的材料重新分類，並觀察各類的特色；既列舉同類的共通之處，更一一論述其中特殊的篇章。

此外，兩本自傳同敘一事，則注意比較其敘事矛盾處。而同一人的自傳與他傳，亦比較二者著眼之處有何不同。而不同時代的自傳，若敘述方式既皆特出而又先後相似，則考慮前者是否形成了敘述的格式，左右後者敘事時令材料遷就所遵循的寫作陳規；考察後者有無削足適履，則以自傳作者的其他傳記資料為參考。而論斷之前，時時不忘中國自傳在源遠流長的發展中，所具有的多采多姿的風格面貌，警惕自己避免為了推演出明確的論斷、而過度化約了參差的材料，也忽略了原來蓬勃多變的藝術形式。在研究過程中，也常常留意論自傳的成說和個人研究所得，是否扞格。大要而言，比較作品是用得最明顯的方法。

第三節　自傳的定義與範圍

在古代的中國，似乎沒有人曾認真的要為自傳下一個明確的定義，因為大家都不視之為獨立的文類。在圖書分類方面，自傳不獨立成類，各種文選也少有自傳類的，自傳總是隸屬在傳記類之下，零零落落，不會自成單元。直到現在，新出版的各朝傳記索引雖然分類為墓誌銘、序等等，仍無自傳一類。其實簡扼地說，自傳就是自述的傳記。這樣的定義優點是包容性大，缺點是據此不足以判斷一篇作品算不算自傳。如果要下一個能精確劃出自傳範圍的定義，就不是一件簡單的事了。自傳研究在近二、三十年的西方是一門顯學，學者也曾不斷努力嘗試給自傳下精確的定義，但迄今仍然沒有得出令人滿意的答案。無論看起來怎樣周延的定義，總可以發現有例外的情形；換言之，總可以找到一些被認為是自傳的作品，不符合所擬的定義。歐爾尼（Olney）就曾指出這樣弔詭的情形：儘管大家都知道什麼是自傳，卻沒有兩個人有一致的看法〔註1〕。

對於這個問題，幾位現代中國學者也曾論及；如張瑞德先生在《中國現代自傳叢書》總序〈自傳與歷史〉中說：

〔註1〕James Olney, " Autobiography and the Cultural Moment: A Thematic, Historical, and Bibliographical Introduction," Autobiography: Essays Theoretical and Critical, ed. James Olney（Princeton: Princeton UP, 1980）7.

「自傳」一詞，《辭海》定義爲「自述生平之著作」，在中國過去被稱爲「自敘」、「敘傳」、「自紀」、「自述」等。在英文裏面，autobiography一詞從語源來看，指的是「自己」（auto—）對於「個人生平」（bios）的「敘述」（graphia），也就是敘述自己生平的著作。這些定義都簡單明瞭，大家也都知道自傳是什麼東西，但是它到底包括那些形式的作品呢？屈原的〈離騷〉、陶淵明的〈五柳先生傳〉、劉（鄂）〔鶚〕的《老殘遊記》算不算是自傳？奧古斯丁（St. Augustine）的《懺悔錄》（The Confessions）和狄更斯（Charles Dickens）的《塊肉餘生錄》（David Copperfield）呢？對於這些問題，卻是眾說紛紜，迄無定論。……一般說來，研究歷史的人所關心的是自傳中所提供的史料，所以較傾向於寬廣的解釋，筆者也不例外。〔註2〕

引文中說：自傳「到底包括那些形式的作品呢？」答案可說眾說紛紜。站在史家的立場，視自傳爲史料，是多多益善；所以對於自傳的定義和範圍，傾向比較寬廣的解釋；但未對自傳下明確的定義。

另一位外文系出身的學者李有成先生在〈論自傳〉一文中引述了多位西方學者對自傳定義問題的看法，其中德曼（de Man）認爲：

經驗上和理論上，自傳是極不適合給予文類定義的：每一個個別的例子似乎都是標準的例外；自傳作品本身似乎總會遮蔽到臨近的甚至於與其格格不入的文類，最明顯不過的也許是，文類的討論在悲劇與小說方面可以獲致豐富的啓示價值，一涉及自傳，文類的討論就變得貧瘠不堪。〔註3〕

李有成以爲按照德曼之意，則「自傳的定義的確既無可能，也無多大意義。如此說來，自傳文本非但無從支持界定此一文類的努力，反而具有將之顛覆分化的傾向。」〔註4〕德曼在另一篇文章中〔註5〕，甚至懷疑自傳文類存在的可能。另一學者歐爾尼（Olney）不像德曼般否定自傳，但也認爲自傳「沒有

〔註2〕 張瑞德〈自傳與歷史〉，見《中國現代自傳叢書》（台北：龍文出版社，民國七十七年）序第一頁（原文無頁碼）。

〔註3〕 轉引自李有成〈論自傳〉，《當代》五十五期，頁二七。一九九○年十一月，台北。原文見 Paul de Man, The Rhetoric of Romanticism （New York: Columbia UP, 1984） 68.

〔註4〕 李有成〈論自傳〉，《當代》五十五期，頁二八。一九九○年十一月，台北。

〔註5〕 Paul de Man, " Autobiography as De-Facement." Modern Language Notes 94 （December 1979）: 919-930.

規律或形式條件來束縛未來的自傳作者」〔註6〕，無範可遵。所以他認為「不可能給自傳作出任何規範性的定義或文類界限」〔註7〕而李有成也有類似的看法：

> 自傳所涵蓋的文本既是如此繁雜廣泛，要為自傳下一個有意義的定義實非易事，因為有不少例外和變體踰越此一定義所劃定的疆界。不僅如此，這個事實也使得如何例舉或指認自傳文本難上加難（參考 Jay, Being 15）。這些困難一方面固然說明了何以我們無從陳述自傳的內在形式，但同時也宣示了，對自傳作者和讀者而言，這是一個充滿各種可能性的文類。〔註8〕

接觸過當代文學理論的學者大多有此共識：就是很難讓大多數的學者對自傳的定義有一致的共識。所以吳百益在他論中國自傳性作品的新著中就明確指出：「如果接受『自傳就是自己寫的傳』這一看法，讀者就可避開定義的難題。在各種論爭如此分歧的情況下，定義的問題沒有什麼可能。」〔註9〕

　　經由以上的論述，可見自傳難以精確定義；「自傳就是自述的傳記」這樣的定義雖然籠統，卻最有彈性、最易為人接受。但在討論某一篇作品算不算自傳的時候，不同的學者往往見仁見智，這樣的定義不足以排難解紛。而作為一篇學術論文，當然要有比較明確的研究範圍。撰者所指的自傳，相當於郭登峰《歷代自敘傳文鈔》上卷的四組「自敘傳」；「自敘傳」就是自傳〔註10〕。

〔註6〕 James Olney, "Autobiography and the Cultural Moment: A Thematic, Historical, and Bibliographical Introduction," Autobiography: Essays Theoretical and Critical, ed. James Olney （Princeton: Prinction UP, 1980） 3.

〔註7〕 James Olney, " Some Versions of Memory / Some Versions of Bios: The Ontology of Autobiography." Autobiography: Essays Theoretical and Critical, ed. James Olney （Princeton: Princeton UP, 1980）, 237.

〔註8〕 李有成〈論自傳〉，《當代》五十五期，頁二六。一九九〇年十一月，台北。

〔註9〕 Pei-yi Wu, The Confucian's Progress: Autobiographical Writings in Traditional China （Princeton: Princeton UP, 1990） x.

〔註10〕 朱東潤對此有所解釋：「古代自傳通常稱為自敘，有時寫作自序。敘是本字，序是假借字；說文，『敘，次第也，』又『序，東西牆也。』正和『傳』字一樣，在最古的時候，敘也是一種經典的訓解。易有序卦傳：詩有魯詩序，齊詩序，韓詩序，毛詩序。經序大抵祇言義理，但是有時也記事實：例如鄭風清人，毛詩序，『高克好利而不顧其君，文公惡而欲逐之，不能，使高克將兵而禦敵於竟，陳其師旅，翱翔河上，久而不召，眾散而歸，高克奔陳；』又如秦風渭陽，毛詩序，『康公之母，晉獻公之女，文公遭驪姬之難，未返而秦姬卒，穆公納文公，康公時為太子，贈送文公於渭之陽。』到了西漢，敘底作用，漸漸離經而獨立，不著重義理而著重事實。最先見於記載者，是司馬

至於下卷「準自敘傳」則不在範圍之內。下卷四組是書牘體、辭賦體、詩歌體、哀祭體、雜記體及附於圖畫等的自敘文。準此，杜聯喆《明人自傳文鈔》中的自訟、自贊、自祭文、家慶圖贊、畫像自贊、自誓文、自題小像等，皆不在撰者所指自傳之列。二書未收之文，而類似郭登峰《歷代自敘傳文鈔》上卷的，如《吳下冢墓遺文》中自撰的墓誌銘，和其他零星的自傳，則在本論文的研究範圍內。此外，《法顯傳》、《浮生六記》等都是撰者所認定的自傳。

現代的自傳，往往不自稱「自傳」，而冠以別致的書名，或稱作回憶錄，其實就是自傳。在外國，回憶錄（memoir）和自傳（autobiography）不太一樣〔註11〕。張瑞德也曾指出：「回憶錄和自傳不同之處，在於前者較重視作者所身處的社會和歷史背景，而較不重視個人的私生活，有時作者甚至很少提到自己……不過一般說來，自傳和回憶錄在中國的分別並不太大，通常用『自傳』這個名稱的較少，而用『回憶錄』的較多。」〔註12〕回憶錄之中，不太寫自己的事，只寫別人和社會大事的，不在本論文範圍之內；但也有稱作「雜憶」，不僅寫他人，亦多敘自己的行事（如錢穆《師友雜憶》），也可視為自傳。然而，如前所述，對個別作品的認定，必然難得一致，但撰者總儘量避免武斷。詩歌辭賦雖常有自述之辭，亦蘊含豐富自傳資料，畢竟敘事線索不很連貫，個人經歷的時間幅度和完整程度都不夠；而且，在詩體分類上，自傳詩也屬於抒情詩〔註13〕。吳百益書中雖有討論自傳性詩歌，但他書名副題是：「傳統中國的自傳性作品」，原文是 autobiographical writings，而不是 autobiography；所以可以包羅所有自傳性的作品。

至於比較缺乏連貫敘事的自撰年譜一體，本文也暫不討論。不過，撰者並非認為他絕不是自傳；事實上，廣義的傳記範圍，就包括年譜。而這種中國特有的傳記體裁（西方沒有），曾得到不少史學家的肯定。余英時先生就認為年譜並沒有西方史學家（如 Denis Twichett）所說的、不能連貫敘事的缺點。

相如自敘。」見所著〈論自傳及法顯行傳〉頁五五，《東方雜誌》第三十九卷，第十七期，民國三十二年十一月，重慶。

〔註11〕 Francis R. Hart, "Notes for an Anatomy of Modern Autobiography," New Directions in Literary History, ed. Ralph Cohen （Baltimore: Johns Hopkins UP, 1974） 247.

〔註12〕 張瑞德〈自傳與歷史〉第七頁（原文無頁碼），見《中國現代自傳叢書》序，台北，龍文出版社，民國七十七年。

〔註13〕 謝思煒〈論自傳詩人杜甫——兼論中國和西方的自傳詩傳統〉頁六八至六九，《文學遺產》一九九○年三月，北京。

他認爲把編年體發展到新高峰的《資治通鑑》，縱使今天讀來，也「決不會感到它不能連貫敘事或不能解釋史事的前因後果」，而現代西方貶斥編年史不遺餘力，影響所及，「對中國編年的史體（包括年譜在內）往往不能充份的欣賞。」〔註 14〕羅聯添先生也認爲自撰年譜當然是自傳〔註 15〕。而撰者以爲，年譜按年紀事，每年之間文字不必連貫，使得大部分的年譜成爲史料的淵藪（雖然自撰年譜已經不必考證傳主事蹟），有別於一般的傳，要經營文章。而本論文的討論重點，在自傳表現方式，尤其是生平和書寫之間的複雜問題。在形式上，自撰年譜（尤其是篇幅成冊的）畢竟和其他的自傳涇渭分明，而且數量龐大，亦宜另爲專文討論。此外，日記和年譜亦有相似之處，而每則的時間幅度更小，每日自成一則，記事亦更瑣碎，不宜與下文要討論的作品混爲一談，所以亦不論述。

〔註 14〕余英時〈年譜學與現代的傳記觀念〉頁十二至三，《傳記文學》四十二卷五期，民國七十二年五月，台北。

〔註 15〕這是吾師羅聯添教授審查本論文初稿時的口頭意見，時爲民國八十一年五月二十二日下午，地點是台大文學院中文系第一研究室。

第二章　自傳的各種體裁

　　撰者未嘗看到古人有論自傳體裁的文字，這可能由於古人並沒有視自傳爲獨立的研究對象，所以罕有注意他有那些不同的體裁。大概從胡適大力提倡開始，學者才比較注意自傳，郭登峰自言有一篇論自傳的論文，長三萬餘字，其中論及自敘傳的體裁〔註1〕；可惜迭經戰亂，文獻不易保存；此時此地，已難確考抗戰以前這方面的論文。就撰者所掌握的材料而言，民國二十五年郭登峰編的《歷代自敘傳文鈔》，可能是較早接觸這個問題的。郭登峰雖然沒有直接討論這個問題，但他對作品的分類，表示了他對自傳體裁的看法，他在〈編者的話〉中說：

> 本書所錄各作品，文體雖然複雜，但是按性質上說，不外『自敘傳』與『準自敘傳』兩種。從自敘的對象上看來，或係本人一生半生的綜述，或係敘述足以代表本人某種性格的一端或數端的事情。現在從形式上把這批材料分作兩卷八組：上卷的甲組，是單篇獨立的自敘文。乙組是附於著述的自敘文。丙組是自作的傳記。丁組是自作的墓誌銘。下卷的甲組，是書牘體的自敘文。乙組是辭賦體與詩歌體的自敘文。丙組是哀祭體，雜記體及附於圖畫的自敘文。丁組是自狀自訟與自贊。

〔註1〕　郭登峰《歷代自敘傳文鈔》的〈編者的話〉頁六：「書編竟，另撰論文一篇，對於自敘傳的來源及演變；自敘傳的體式及作法；自傳與他傳作法的比較，中外自敘傳作法的異同，都有詳細的論列。但文長三萬餘言，拿他作序，既嫌帽子太大，拿他作跋，又嫌尾巴太長，決計再加擴充，使牠獨立成冊，將來繼續付印，以餉閱者。」可惜找不到這篇長文，不知道有沒有出版。

　　《歷代自敘傳文鈔》出版之後十二年，王名元出版《傳記學》〔註2〕，他和郭登峰一樣，把自傳性作品分為自傳和準自傳兩大類，郭登峰對自傳所細分的四組，王名元完全遵循。至於準自傳，王氏分為七項：一，書牘體的自敘；二，哀祭體的自敘；三，雜記體的自敘；四，附於圖畫中的自敘；五，自狀、自訟、自贊；這五項都是《歷代自敘傳文鈔》原有的，只是把丙組一分為三。王氏第六項回思錄和第七項日記則是新加上去的。回思錄就是回憶錄，這名稱似乎是中國古代所缺的；而日記卷帙浩繁，如果納入準自傳之列，不免附庸蔚為大國，有喧賓奪主的後果。《歷代自敘傳文鈔》下卷乙組「辭賦體與詩歌體的自敘文」，被王名元排除在外。

　　撰者所認定的自傳，相當於郭登峰《歷代自敘傳文鈔》上卷的自敘傳，不包括下卷的準自敘傳。王名元分類中自傳一項和郭登峰相同，雖時代較近，仍不妨以郭登峰的分類作為討論的基礎。郭登峰所說的自敘傳也就是自傳，上一節已有論及；本論文沿用他的分類，只略作更動，使分類整齊而已。撰者把郭登峰丙組「自作的傳記」改稱「以『傳』名篇的自傳」，而把甲乙兩類合為一類（之下才分為獨立的和附於著作的兩小類），和墓誌銘類鼎足而三，在本章裏各立一節討論；這都是就名稱所作的分類。不能歸入以上三類的，則有第四節論其他的體裁；新體裁的《浮生六記》就在此節論述。

第一節　以「傳」名篇的自傳

　　這一類的自傳，有的題為「自傳」，有的只題為「某某先生傳」，根據篇中（往往是在傳末）所述是自撰的傳，而認定為自傳；也有篇中並未明言，而是時人或後人認定篇中所述就是作者自己，而被認定為自傳的。

　　以「自傳」為題的，應以唐代陸羽的〈陸文學自傳〉為最早。這是一篇比較接近史傳的自傳，作於二十九歲時〔註3〕。敘述方面，先敘姓名、相貌，還提到傳主有口吃，再概括性情、生活情調，然後從三歲時開始敘述，大致按時間先後為序，稱傳主為「子」，文中沒有用「我」，敘述者隱身於正文之後。文中敘其坎坷身世，雖記短短二十餘年間事，卻有顯明的生命歷程。篇

〔註2〕　此書有台灣牧童出版社民國六十六年翻印本，題「王元」撰，錯字頗多；未
　　　　悉初版於何時，但書前序寫於一九四八年。

〔註3〕　篇末云：「上元辛丑歲，子陽秋二十有九。」上元是唐肅宗年號。郭登峰所附
　　　　小傳於生年闕疑，按自傳逆推可知生於開元二十一年癸酉（西元七三三年）。

末記其著作名稱卷數。

　　稍晚於陸羽幾十年的劉禹錫有〈子劉子自傳〉，題目雖有點突兀（用「子」冠於「劉子」之前），敘述卻是近於史傳，先敘祖先（所謂漢景帝子中山靖王之後，據卞孝萱《劉禹錫叢考》之〈父系考〉，應是冒稱。）再從自己幼年說起，直到七十一歲寫傳為止，只記大事，不記自己的生平軼事。篇首曰：「子劉子，名禹錫。」自稱不會用「子」，這固然不是第一人稱，但下半篇就用自稱「予」來敘述。

　　就敘述內容而論，除了上述陸羽〈陸文學自傳〉、劉禹錫〈子劉子自傳〉比較接近史傳之外，要到金朝的王鬱〈王子小傳〉才又見類似之作，其後明胡應麟〈石羊生小傳〉、邵經邦〈弘齋先生自傳〉、韓文〈韓忠定公自傳〉（篇題諡號應為後人所加）、釋智旭〈八不道人自傳〉、清王韜〈弢園老民自傳〉都屬於此類。而明楊維楨〈鐵笛道人自傳〉、董斯張〈瘦居士自傳〉、高濂〈髯仙自傳〉、黃省曾〈臨終自傳〉、張大復〈病居士自傳〉等，雖不若上述各篇接近史傳，仍相去不遠，而所有以「自傳」為名的，都在上述之列，可見題為「自傳」的，大都比題為「某某（先生／居士）傳」的較接近史傳式敘述，生平事蹟較為明顯。

　　但為數最多的卻是像〈五柳先生傳〉這一類的自傳：

> 先生不知何許人也，亦不詳其姓字；宅邊有五柳樹，因以為號焉。閒靜少言，不慕榮利。好讀書，不求甚解；每有會意，欣然忘食。性嗜酒，家貧不能恒得。親舊知其如此，或置酒而招之。造飲輒盡，期在必醉；既醉而退，曾不吝情去留。環堵蕭然，不蔽風日；短褐穿結，簞瓢屢空；晏如也。常著文章自娛，頗示己志，忘懷得失。以此自終。贊曰：黔婁有言：『不戚戚于貧賤，不汲汲于富貴。』其言茲若人之儔乎？酣觴賦詩，以樂其志；無懷氏之民歟？葛天氏之民歟？（《全晉文》卷一一二，此文各本文字小異，「黔婁」一本作「黔婁之妻」。）

以這篇文章和史傳比較，馬上會發覺他雖然有敘有贊，和大部分的正史列傳貌似；卻沒有傳主的姓名、籍里、先世、履歷、事蹟等。敘述者只是靜靜地描寫「五柳先生」，傳文所涵蓋的時間或空間的幅度都非常之短小，沒有自幼至壯、從小到老的生命歷程。李有成先生指出〈五柳先生傳〉用的動詞都是靜態動詞，用靜態描寫而不用動態敘述，有事實（facts）而無事件（events），

沒有活動（movement）也沒有過程（progression），傳主個人歷史已被塗抹掉，對傳主的了解要參考無懷氏和葛天氏，是正文間互相指涉的（intertexually）。〔註4〕

以傳名篇的自傳，以〈五柳先生傳〉為最早，風格類似的自傳，其後絡繹不絕，晚陶潛幾十年的袁粲有〈妙德先生傳〉：

> 有妙德先生，陳國人也。氣志淵虛，姿神清映。性孝履順，棲沖業簡，有舜之遺風。先生幼夙多疾，性疏懶，無所營尚。然九流百氏之言，雕龍談天之藝，皆泛識其大歸，而不以成名。家貧嘗仕，非其好也。混其聲跡，晦其心用；故深交或迕，俗察周識。所處席門常掩，三逕裁通，雖揚子寂漠，嚴叟沈冥，不是過也。修道遂志，終無得而稱焉。又嘗謂周旋人曰：昔有一國，國中一水，號曰「狂泉」，國人飲此泉，無不狂，惟國君穿井而汲，獨得無恙。國人既並狂，反謂國主之不狂為狂；於是聚謀，共執國主療其狂疾，火艾針藥，莫不必具。國主不任其苦，於是到泉所酌水飲之；飲畢便狂。君臣大小，其狂若一；眾乃歡然！我既不狂，難以獨立，比亦欲試飲此水。（《全上古三代秦漢三國六朝文》之《全宋文》卷四四頁七）

這篇傳對傳主的敘述，不若〈五柳先生傳〉模糊，但其創作意圖遠超過史傳記錄事件的界限，這可從傳中有一半的篇幅（整個第二段）記錄傳主對「周旋人」所說的話看得出來；因為所謂「周旋人」顯然不是真實人物，只是虛設以便對話而已。這樣的一篇傳，接近〈五柳先生傳〉而與史傳有很大距離。不過，初唐王績的〈五斗先生傳〉更似〈五柳先生傳〉：

> 有五斗先生者，以酒德遊於人間。有以酒請者，無貴賤皆往；往必醉，醉則不擇地斯寢矣。醒則復起飲也。常一飲五斗，因以為號焉。先生絕思慮，寡言語。不知天下之有仁義厚薄也。忽焉而去，倏然而來；其動也天，其靜也地；故萬物不能縈心焉。嘗言曰：天下大抵可見矣。生何足養？而嵇康著論！途何為窮？而阮籍慟哭！故昏昏默默，聖人之所居也。遂行其志，不知所如。（《全唐文》卷一三二）

第一段尤其可見亦步亦趨的痕跡。第二段也和〈五柳先生傳〉相近，沒有事

〔註4〕 李有成，"Textualising the Autobiography Subject: Description, Narrative, Discourse." 第二章 Effacing the Subject: Wu-Liu Hsien-Sheng Chuan 台大外文研究所博士論文，一九八六年，自刊本。

件、動作，是靜態描述，唯一不同的地方是多了傳主的說話，藉此以見志。

自從陶淵明〈五柳先生傳〉以「先生不知何許人也，亦不詳其姓字」作為自傳的開始，其後大量的自傳以類似文字作為全篇的第一句，特別是以「傳」名篇的：如陸龜蒙〈甫里先生傳〉：「甫里先生者，不知何許人也；人見其耕於甫里，故云。」（《甫里先生文集》卷十六）鄭曼〈來無名先生傳〉：「先生不知何許人。」（《明人自傳文鈔》頁三四八）錢肅潤〈十峰主人傳〉：「主人不知何許人也，亦不詳其姓字。慧山龍峰有九，參差映帶，秀色可餐。主人居其間，遂自為一峰，號十峰云。」（《明人自傳文鈔》頁三五六）李昱〈識字耕夫傳〉：「識字耕夫者，不知其姓氏，亦不詳其何代人也。」（《草閣文集》頁一）孫七政〈滄浪生傳〉：「滄浪生者，不知何許人也。」（《明人自傳文鈔》頁一七六）清應撝謙〈無悶先生傳〉：「無悶先生者，不知何許人也。」（《歷代自敘傳文鈔》頁三〇八）清易順鼎〈哭盦傳〉：「哭盦者，不知何許人也。其家世姓名，人人知之，故不述。」（《歷代自敘傳文鈔》頁三二二）而清徐珂的〈白眼居士小傳〉不僅第一句說：「白眼居士者，眼多白，故以為號焉。」（《歷代自敘傳文鈔》頁三二七）其篇末贊曰：「宅殊五柳……」追摹〈五柳先生傳〉的痕跡更為明顯；這些作品似乎都受到〈五柳先生傳〉的敘述方式所左右。

〈陸文學自傳〉雖然在篇首也說：「陸子名羽，字鴻漸，不知何許人也；或云字羽，名鴻漸，未知孰是。」卻和上舉各例不同；陸羽是真的不知道自己姓名，《新唐書》卷一九六〈隱逸傳〉說他「不知所生，或言有僧得諸水濱，畜之。既長，以《易》自筮，得〈蹇〉之〈漸〉，曰：『鴻漸于陸，其羽可用為儀。』乃以陸為氏，名而字之。」而〈五柳先生傳〉及其繼作，都是知而不言，故意隱名的自傳。如果以一般史傳作標準，一篇傳的最基本資料，應該是傳主的姓名、籍里、履歷，生平事蹟等等，但以這樣的標準衡諸〈五柳先生傳〉這類的自傳，卻大部分都不相符。有的自傳雖然不以「不知何許人也」這種句子開頭，但和〈五柳先生傳〉一樣，沒有甚麼生命歷程，盡是寫傳主性情、尤其是閒適一面，如白居易著名的〈醉吟先生傳〉，傳主食祿數十年卻不言其任官履歷，說「忘其姓字鄉里官爵」，亦不言其文學。傳中盡寫他怡情養性一面，特別是他好酒樂醉的嗜好，佔一半的篇幅；如果讀本篇之前對他生平一無所知，僅憑此傳所述，唯見一醉吟之老先生，實難窺其人全貌。又陸龜蒙〈甫里先生傳〉，言其好耕，嗜茶，喜詩，好潔等，亦是描寫為主。

陸龜蒙還有另一篇自傳〈江湖散人傳〉，卻是用對話安排的議論：

散人者，散誕之人也。心散、意散、形散、神散。既無羈限，爲時
之怪，民束於禮樂者外之，曰：「此散人也。」散人不知恥，乃從而
稱之。或笑曰：「彼病子之散而目之，子反以爲其號，何也？」散人
曰：「天地大者也，在太虛中一物耳。勞乎覆載，勞乎運行；差之晷
度，寒暑錯亂。望斯須之散，其可得耶？水土之散，皆（《笠澤叢書》
卷一「皆」作「稽」）有用乎！水之散，爲雨、爲露、爲霜雪；水之
局，爲瀦、爲洳、爲潢汙。土之散，封之可崇，穴之可深，生可以
藝，死可以入；土之局，塓不可以爲埏，覺不可以爲盂。得非散能
通於變化，局不能耶？退若不散，守名之筌；進若不散，執時之權；
筌可守耶？權可執耶？」遂爲散歌散傳，以志其散。（《甫里先生文
集》卷十六）

像這樣用對話安排議論的情形，在以「傳」名篇的自傳中很常見，如宋柳開
〈東郊野夫傳〉和〈補亡先生傳〉〔註5〕、歐陽修〈六一居士傳〉、清徐珂〈白
眼居士小傳〉等，在其前則有〈醉吟先生傳〉，後半一大段都在爲他自己喝酒
辯護，而初唐王績的另一篇自傳〈無心子傳〉更是遠離習見的史傳：

東皋子始仕，以醉懦罷。鄉人或誚之，東皋子不屑也。退著〈無心
子〉，以見趣焉。無心子寓居於越，越王不知其大人也，拘之仕；無
喜色。泛若而從。越國之法曰：「有穢行者不齒。」俄而，無心子者，
以穢行聞於王；王黜之，無慍色。退而將遊於茫蕩之野，適績之邑，
而遇機士。機士撫髀而歎者三，曰：「嘻！子賢者而以罪廢。」無心
子不應。機士曰：「願受教！」無心子曰：「爾聞蜚廉氏之馬說乎？
昔者蜚廉氏有二馬：一者朱鬣白毳，龍骼鳳臆，驟馳如舞；終日不
釋鞍，竟以藝死。一者，重脛昂尾，駱頸貉膝，踶齧善蹶；棄而散
諸野，終年肥遁。是以鳳凰不憎山棲，蛟龍不羞泥蟠；君子不苟潔
以罹患，聖人不避穢而養生。」東皋子聞之曰：善矣盡矣，不可以
加之矣！（《全唐文》卷一三二）

東皋、無心、機士，都是寓意之辭，不是真名，篇中盡是議論之辭，完全沒
有事件；倒是寓言的意味濃厚，反而跟〈大人先生傳〉比較接近。此外有的

〔註5〕 郭登峰《歷代自敘傳文鈔》收了《宋文鑑》卷一四九邵雍的〈無名君傳〉，卻
漏收了同卷的〈補亡先生傳〉。

自傳似乎有生命歷程，但仔細讀來，恐怕仍是虛設之辭；如邵雍〈無名君傳〉：

> 無名君，生於冀方，老於豫方。年十歲求學于里人，遂盡里人之情；
> 己〔註6〕之淳十去其一二矣。年二十求學於鄉人，遂盡鄉人之情；
> 己之淳十去其三四矣。年三十求學於國人，遂盡國人之情；己之淳
> 十去其五六矣。年四十求學於古今，遂盡古今之情；己之淳十去其
> 八九矣。五十求學於天地，遂盡天地之情；欲求己之淳，無得而去
> 矣。（《宋文鑑》卷一四九）

這一段與其說是他真實的生命歷程，每隔十年一變；毋寧更易令人聯想到莊
子層出不窮的寓言故事。而且，從下文看來，通篇對話和議論，可見命意在
形器、體用、心跡等等哲學思想方面。總結而言，〈無心子傳〉論無心，〈醉
吟先生傳〉論飲酒，〈江湖散人傳〉論其散，〈無名君傳〉也有一半篇幅論無
名，這種以號名篇的自傳，大都在於解釋此號之由來，藉此見志而已，其意
固不在敘述平生之事蹟；只能見一斑，而不足以窺全豹。但這種自傳，在以
「傳」名篇的自傳之中，為數甚多；像史傳的，反而較少。

　　這類只描寫傳主一面或藉此抒懷述志的自傳，以陶淵明〈五柳先生傳〉
為開山之作，但他的自傳身份，並非沒有人懷疑；卞孝萱就把他和阮籍的〈大
人先生傳〉相提並論，認為他算不上是傳記〔註7〕。如果就史傳有姓名、生平、
履歷的標準而言，這樣的質疑是很有根據的。去掉了自己和父子親友姓名的
符號，又抹掉了生平事蹟，整個足以辨認傳主的時空網絡都解體了，傳主已
經不是特定的某一個人，而只是一個類相了。我們知道「江湖散人」也就是
「甫里先生」，因為在〈甫里先生傳〉中曾說：「人謂之江湖散人，先生乃著
〈江湖散人傳〉而歌詠之。」（《甫里先生文集》卷十六）至於甫里先生和陸
龜蒙之間的關係，其實在傳中看不出來；是由傳外的資料判定的。〈五柳先生
傳〉的「五柳先生」之所以是陶淵明，並不是他自己信誓旦旦的宣稱，而是
讀者的認定而已。在下文論自傳與他傳時，會再討論這個問題。

　　中國古代的自傳，篇幅大都不足以成冊，《浮生六記》以前的長篇自傳，
僅有《法顯傳》，長一萬四千字，而往往被人忽略了〔註8〕。《法顯傳》又稱為

〔註6〕　原文皆誤作「已」，《歷代自敘傳文鈔》改作「己」。觀引文末二句「欲求己之
　　　　淳，無得而去矣」，可知：作「己」是；作「已」誤。

〔註7〕　見《唐代傳記選粹》序頁九；孫致中譯注，天津，天津教育出版社，一九八
　　　　七年。

〔註8〕　吳百益的英文專書《儒者的歷程：傳統中國的自傳性作品》所收材料甚豐，

《佛國記》、《歷遊天竺記傳》等等很多不同的名稱，其實都是同書異名。《隋書・經籍志》並載一卷本的《法顯行傳》和二卷本的《法顯傳》，而今本跋云：「由是先所略者，勸令詳載。」可能先有一卷略本，再有今本二卷詳本〔註9〕。此書從法顯發願求經開始敘述：「法顯昔在長安，慨律藏殘缺，於是遂以弘始元年歲在己亥，與慧景、道整、慧應、慧嵬等同契，至天竺尋求戒律。初發跡長安，度隴，至乾歸國夏坐。」（頁二至三）從《法顯法師傳》所載年月推算，法顯出發時，已經近六十歲了〔註10〕，但自傳之中對於前數十年間的事都不記載；而且書中多記佛祖遺跡的傳說，不多記自己的事。在回程以前，和自己有關的事僅有下列數則：

> 住此冬三月，法顯等三人度小雪山。雪山冬夏積雪。山北陰中遇寒風暴起，人皆噤戰。慧景一人不堪復進，口出白沫，語法顯云：「我亦不復活，便可時去，勿得俱死。」於是遂終。法顯撫之悲號：「本圖不果，命也奈何！」復自力前，得過嶺。（頁五一）

> 法顯、道整初到祇洹精舍，念昔世尊住此二十五年，自傷生在邊地，共諸同志遊歷諸國，而或有還者，或有無常者，今日乃見佛空處，愴然心悲。彼眾僧出，問顯等言：「汝從何國來？」答云：「從漢地來。」彼眾僧歎曰：「奇哉！邊地之人乃能求法至此！」自相謂言：「我等諸師和上相承已來，未見漢道人來到此也。」（頁七二）

> 法顯於新城中買香、華、油、燈，倩二舊比丘送法顯上耆闍崛山。華、香供養，然燈續明。慨然悲傷，收淚而言：「佛昔於此住，說首愣嚴。法顯生不值佛，但見遺跡處所而已。」即於石窟前誦首愣嚴。停止一宿，還向新城。（頁一一三）

> 法顯去漢地積年，所與交接悉異域人，山川草木，舉目無舊，又同行分披，或散或亡，顧影唯己，心常懷悲。忽於此玉像邊見商人以晉地一白絹扇供養，不覺悽然，淚下滿目。（頁一五一）

以上四段引文之中，第一段和第四段特別流露出傳主的感情，曾被朱東潤和章巽（在《法顯傳校註》序中）徵引說明此傳的文學價值。最後敘浮海東還過程，有些驚險情節，才比較和個人活動有關。不過，跋（非出於法顯之手）

<hr />

卻沒有提到這本自傳：朱東潤曾有專文〈論自傳及法顯行傳〉介紹此傳，刊於東方雜誌三十九卷十七號，一九四三年十一月，重慶。

〔註9〕 章巽《法顯傳校註》序頁五至八，上海古籍出版社，一九八五年。

〔註10〕見章巽《法顯傳校註》〈附錄一〉，出發時年齡又見〈序〉頁一。

云：「因講習之際，重問遊歷。其人恭順，言輒依實。」法顯當初可能無意要寫一篇完整的自傳，而只是要敘述遊歷而已。《四庫全書》就把他以《佛國記》之名編入史部地理類。在敘述觀點方面，此傳稱傳主爲「法顯」，不用「我」，和大部分以「傳」名篇的自傳一樣。

在郭登峰《歷代自敘傳文鈔》所收錄的這種自傳（丙組：自作的傳記）中，多用史傳的敘述觀點，用「我」、「吾」等第一身自稱的不多〔註 11〕。而到了明代，才有王師道〈尋雲子傳〉用「吾」自稱。又陳所學〈一笑生傳〉篇末由第三人稱轉變爲「我」，陳際泰〈陳氏三世傳略〉（不只是記本人）偶用「予」字（三篇見於《明人自傳文鈔》頁三三、二三九、二四五），不過僅此寥寥少數而已。

用第三人稱敘述，有時是方便描寫傳主的外貌，尤其是贊美之詞，不好意思自說自誇。有時是敘事的需要，如林琴南〈冷紅生傳〉：「讀書蒼霞洲上。洲左右皆妓寮，有莊氏者，色技絕一時，夤緣求見生〔指傳主〕，卒不許。鄰妓謝氏笑之，偵生他出，潛投珍餌，館僮聚食之盡！生漠然不聞知。」（《歷代自敘傳文鈔》頁三三〇）如果用第一身來寫，就不能一方面曉得鄰妓的行動，同時又說自己「漠然不聞知」了。

民國以後題名爲自傳的，則大部分都用第一身來敘述，而且有很多長篇。這可能是受到西方文學的影響，國人比較敢於直接用「我」的口吻來敘述故事，而且看到國外有無數長篇鉅製的傳記，啓發了獨立的傳記文類觀念，較不拘泥於每篇傳只是史書的一小部分、必須節制篇幅的傳統看法。

第二節　自序（敘）、自述等

一、單篇獨立者

這一類的自傳，以魏曹髦〈自敘〉爲最早，不過，曹髦〈自敘〉只記述他出生時的禎祥，而那根本就不可能是他所自覺的；齊江淹〈自序〉才是最早而且最完整的作品。江淹〈自序〉從傳主幼年開始敘述，六歲、十三歲、弱冠及出仕後的事都有提及，敘事相當完整，而且稱傳主之名「淹」，不用「我」

〔註11〕除〈子劉子自傳〉下半篇用「予」之外，在篇中出現「吾」字的，如清王韜〈弢園老民自傳〉：「明末兵事起，吾家闔門殉國。」（頁一，見《弢華館詩錄》卷首）清徐珂〈白眼居士小傳〉：「今吾年三十有四」（《歷代自敘傳文鈔》頁三二七）

或「予」等自稱之詞；和史傳的敘述方式相同。不過，雖然不用「我」來敘述，有些地方仍能看出文字所指涉的不是「他」，而是執筆的「我」：譬如說到為建平王主簿，王有異志，他勸諫無效，被黜為建安吳興令，「地在東南嶠外，閩越之舊境也。爰有碧水丹山，珍木靈草，皆淹平生所至愛，不覺行路之遠矣。」（《江文通文集》卷十）最後一句就不是「他」的口吻，而是敘述者現身說法的第一身感歎語氣。又如篇末說：「仕，所望不過諸卿二千石，有耕織伏臘之資則隱矣。」「淹之所學，盡此而已矣。」都是類似的例子。

江淹之後，宋戴表元〈自序〉也是用同樣的敘述觀點，稱傳主為「先生」，代詞用「其」，這些都不是自稱之詞；但文中也透露了和第三人稱不和諧的語氣：「……既而以恩轉文林，即都督掾行戶部掌故、國子主簿，會兵變走避鄰郡。及丁丑歲，兵定歸鄞；至是三十四歲矣。家素貧，燬劫之餘，衣食益絕，乃始專意讀書，授徒賣文以活老稚。鄞居度亦不可久，遂買榆林之地而廬焉；如是垂三十年。執政者知而憐之，薦授一儒學官，因起教授信州。噫，老矣！」（《剡源戴先生集》卷首）〔註12〕這種感歎之詞，都是自述才會有的。

類似的情形，還有明文元發〈清涼居士自序〉，文長約三千字，從先世敘起，有鮮明的生平經歷，和史傳的敘述很接近，稱傳主為「居士」，而不用「我」；譬如：「居士姓文氏」「其仲子惠……居士五世祖也」「……諱林……居士曾祖也。」（《明人自傳文鈔》頁五）但當他繼續說下去時，卻露出自稱「我」：「文氏世武弁，自少卿公奮起科目，生三子宦學通顯，媲德儷義，望于當世。訖今衣冠禮樂代不乏人，皆我存心府君實肇基焉；可忘所自哉？」（頁六）此處不僅用了「我」，末句更用了史傳文中不會出現的詰問語氣（除非用在首尾的序論贊），脫離了客觀的敘述。接著他還用了「我祖」、「我考」等，但馬上又轉回篇首時的稱謂：「妣孺人錢氏，生二子：長為……次即居士。居士名元發，字子俳。」（頁六）回到旁述的觀點，有利於下文對傳主（也就是作者）孝行的敘述：

> 居士生有至性……錢孺人歿時，居士方九歲，伏屍踊擗。自始死至殮，三日夜不離尸側，亦不輟聲。迨浴尸既，俗云「若親子飲澡水者，即死無地獄之苦。」居士隨附盆飲水；觀者咸異之。（《明人自傳文鈔》頁六）

〔註12〕此文雖置於書首，或可列為「附於著作的自序（敘）」一類的自傳，但書前亦有《元史·戴表元傳》及各人（包括重刊者）的序文，而且從文章看來，沒有明顯證據可以確定是著作的序；故暫從郭登峰把他算作單篇獨立的自序。

這段文字，彷彿孝子另有其人，是作者目擊的對象，而不是他自己；不過如果用第一人稱來寫，不免有自伐之嫌，恐怕就不好措辭了。下文還有幾處地方透露出是自述：「當其時學本面牆，勤非鑿壁；乃試輒高等，人方以譽髦目之，而自亦不知其繆也。坐是滯于場屋者垂三十年，訖于無成，是豈獨其命之不逢哉？」（頁六）作者還是意識著傳主就是自己，此處不止用了感歎的語句，更不自覺的用了自謙之詞；如果傳主是他人，不會用「學本面牆，勤非鑿壁」的措辭。下文「三載考績，例得恩典；於是先父母及繼母二室人皆得贈卹。煌煌密章，賁〔《歷代自敘傳文鈔》頁二六作「降」〕茲黃土；幸矣幸矣！」（頁八）就非常明顯了。不過也有不易察覺的例子：

> 初居士為青衿時，與今相君申公有筆硯之舊。申公既貴，時居士尚家食，申公頗為推轂。及有浦江之選，即謝相君曰：「文生年踰四十，得憑閣下之靈，受一命為民社主，自今日以往，故不敢以不肖之身累閣下，負夙夕之知矣。」然相君于故舊意甚不薄，每部使臣及監司至浙者，多以居士為託。世無隻眼，遂以此為縣令〔傳主時任縣令〕重也，而煦煦然請間示恩，情態百出，殊為可厭。（《明人自傳文鈔》頁八）

最末一句「殊為可厭」不是引述傳主的話，而是直接的介入說話了。又如下文：

> 初博士和州二府君兄弟友愛，白首無纖芥，卻泊晚歲宦遊，南北阻絕，臨終皆以老年兄弟不得一執手為恨；今居士與上林公迺得以暮齡垂白，怡怡于于，徜徉於故山林壑，為吳人所羨豔也，不亦幸哉！
>
> （《明人自傳文鈔》頁九）

每在感歎、詰問、自謙之處，就有可能由第三人稱轉入自述的口吻，令史傳式的客觀旁述不能貫徹。不過，在這一類自傳中，用第三人稱的畢竟是少數；除了上述三篇之外，只有少數幾篇：黃鞏〈獄中自敘〉（《明人自傳文鈔》頁三○○）不用自稱，但篇末說明為文動機時顯出自述口吻；林大春〈自敘述〉（《明人自傳文鈔》頁一四二）通篇稱傳主「生」；陳朝典〈六十老人自序〉稱傳主為「老人」（《明人自傳文鈔》頁二四四）。又李堂〈堇山居士自述〉（《明人自傳文鈔》頁一○九），雖篇首稱傳主為「居士」但下文「先考」、「吾宗」、「吾鄞」，也是很明顯的。

　　這一類單篇獨立的自序，絕大部分用「我」、「余」、「予」等自稱，和以「傳」名篇的自傳大相逕庭。如劉峻〈自序〉，雖篇首稱其字「孝標」，但僅

此一見，之後接連用了八個「余」字自稱。他對自己的介紹，卻是通過和古人馮敬通的比較來告訴讀者的。他這篇傳，也和陶淵明〈五柳先生傳〉一樣，形成了自傳寫作的一個傳統，後來劉知幾《史通·自敘》、汪中〈自序〉、李詳〈自序〉、楊芳燦〈自序〉都用同樣的方式來寫作，後三篇步武之跡尤其明顯。下一章第四節再詳細討論。

　　劉峻之後，王筠〈自序〉亦有異於一般自傳。這篇〈自序〉沒有說到自己的姓名、籍貫，通篇只記一件事：

> 余少好書，老而彌篤，所遇見瞥觀，皆即疏記。後重省覽，懽興彌深，習與性成，不覺筆倦。自年十三四齊建武二年乙亥至梁大同六年，四十載矣。幼年讀五經，皆七八十遍，愛《左氏春秋》，吟諷常爲口實，廣略去取凡三過。五抄餘經及諸官《儀禮》、《國語》、《爾雅》、《山海經》、《本草》，並再抄子史諸集皆一遍，未嘗倩人假手，並躬自抄錄，大小百餘卷，不足傳之好事，蓋以備遺忘而已。（《王詹事集》頁九）

全文不長，只記他抄書之勤，不記他的先世（他是瑯琊王僧虔之孫）和個人任官的經歷：大同六年以前，他曾任昭明太子的太子洗馬、太子中舍人，丹陽尹丞、北中郎咨議參軍、中書郎、湘東王長史、太子家令、尚書吏部郎、太子中庶子、司徒左長史、貞威將軍、臨海太守、豫章王長史、秘書監、太府卿、度支尚書等（據《王詹事集》所附〈本傳〉）。也沒有提到他的文學造詣（昭明太子薨，他奉命爲哀冊文。）彷彿他一生就只會抄書而已。

　　單篇自序之中，最惹人注目的，可能不是所記履歷都在史傳中班班可考的馮道〈長樂老自敘〉（歐陽修在《五代史·馮道傳》論中直斥其「無恥」），而是所記軼事幾皆不可考的汪价〈三儂贅人廣自序〉。汪价是明末清初人，自傳文長近萬字，以篇幅而論，罕有其匹，可能因此他稱之爲「廣自序」。吳百益書闢專章（約十頁，兼論杜文煥〈元鶴野史傳〉和陳繼儒〈空青先生墓誌銘〉）討論此傳，他認爲：這篇是直到本世紀爲止最長的自序，就算他寫得短一點，仍是十分獨特的；因爲若以一般傳記的標準來看，他沒有什麼值得敘述之處。除了一八八〇年編的嘉定府志上有四行文字的傳外，找不到任何有關他的傳記資料。他的自傳全由一連串的軼事所構成〔註13〕。

〔註13〕 Pei-yi Wu, The Confucian's Progress: Autobiographical Writings in Traditional China （Princeton: Princeton UP, 1990） 166.

此外，〈梅顛道人傳〉的作者周履靖還有一篇自敘〈螺冠子自敘〉，也很特別。他的〈梅顛道人傳〉只寫他嗜梅成顛，篇幅較短，而〈自敘〉篇幅長得多；不過，有四分之一是著作目錄，直接談自己的篇幅只有八分之一。其餘都是引用別人稱贊他的句子，絕大部分為偶句；他的「自」敘，都是「他」敘；更談不上有甚麼生命歷程和事件。

不過，在這一類的自傳中，像周履靖〈螺冠子自敘〉的只是偶見的例子，大部分還是比較不遠離史傳，而有清楚的生平經歷；除了江淹〈自序〉、馮道〈長樂老自敘〉、戴表元〈自序〉、文元發〈清涼居士自序〉之外，尚有《明人自傳文鈔》所收的王時敏〈自述〉（頁四一）、李堂〈堇山居士自述〉（頁一○九）、林大春〈自敘述〉（頁一四一）、張洪〈自序〉（頁二一九）、黃鞏〈獄中自敘〉（頁二九九）、鄭舜臣〈自敘〉（頁三四○）、繆昌期〈自敘〉（頁三五九）、項忠〈自敘〉（頁二七四）、趙宧光〈趙凡夫自敘〉（頁三二六）、錢有威〈自序〉（頁三五四）等，與及《歷代自敘傳文鈔》所收清代陳祖范〈自序〉、汪士鐸〈自述〉、梁啟超〈三十自述〉等，都屬於這一類；其中有敘事很詳細的。此外，有的敘述也類似史傳，但所敘時間不長，如吳道行〈自序〉（頁八五），是作者經歷明末甲申國變，決志絕食殉帝前作，所記僅及上一年秋天以來之事。

另有一些是描寫性情方面的，如周復浚〈閒居自敘〉（《明人自傳文鈔》頁一三三），沒有姓名、籍貫、經歷、事蹟等，類似「某某先生傳」。陳朝典〈六十老人自序〉不寫六十年中經歷，而分寫其人性格思想各方面：

> 老人無用……一生傲骨睇人，舌無諛辭……此老人之性也。
>
> ……不喜市道……此老人之交也。
>
> ……不佞佛……此老人之行也。
>
> ……然介終如石……此老人之節也。
>
> 薦享以時，菜羹必敬。然而痛遺書之不存，傷杯棬之既沒。每一念至，嗚嗚不自休。此老人之恨也。
>
> 族姓衰落……此老人之憂也。
>
> ……寒餒惟書……善紹祖業……此老人之志也。
>
> 老人嗜酒輒醉……此又老人之癖也。
>
> ……詩成或鼓掌自笑……此老人之興也。
>
> 昊天不惠，自井田徙郭郊。祝融兩相，室人三易。……此又老人之窮也。（《明人自傳文鈔》頁二四四）

共寫傳主的十方面，類似的自傳很少會寫到這麼多方面的。而且傳中也不見時間或空間的轉變，沒有可資參考的年代，也沒有任何地名，甚至文中也看不出老人是六十歲。

上述的各種類型之外，也有好議論的自序，如宋楊萬里〈九日自敘〉（《歷代自敘傳文鈔》頁十七）、明談遷〈六十自壽序〉（《明人自傳文鈔》頁三三六）、清段玉裁〈八十自序〉（《歷代自敘傳文鈔》頁七一）等。楊萬里〈九日自敘〉沒有生平，只論其亡友所和陶詩，雖曰「自敘」，卻沒有談他自己。談遷的〈六十自壽序〉大談古代所謂「上壽」、「爲壽」只是敬酒，又譏俗人靡費祝壽等。段玉裁〈八十自序〉篇首有一段文字（類似序文）論以文爲壽，而感歎與議論過於敘述。這些都可以視爲自序的變體。

吳百益認爲：單篇獨立的自序，是自傳的次文類之中，最可作各種變化的（most flexible）。這種體裁源自附於著作的自序，後來才自成一體，不再附於著作〔註 14〕；不過他沒有對此加以論證。民國以來，自傳而稱作自序的，馮友蘭近年寫的《三松堂自序》是特出的例子。他說：「本書……揆之舊例，名曰《自序》。非一書之序，乃余以前著作之總序也。世之知人論世、知我罪我者，以觀覽焉。」（自序）

此書體裁頗特別，全書分成四部分，第四部分題爲〈展望〉，只有一章，即第十一章的〈明志〉，主要收他一九八二年接受美國哥倫比亞大學名譽博士時的答辭。其他三部分等於把生平說了三遍，而以第一遍的時間幅度最大；這三部分和各章的配合如下：

（一）社會

第一章　清末帝制時期

第二章　民國時期

第三章　一九四九年以後的時期

（二）哲學

第四章　二十年代

第五章　三十年代

第六章　四十年代

第七章　五十年代及以後

〔註14〕同上。

（三）大學

第八章　北京大學

第九章　清華大學

第十章　西南聯合大學

第一部像一般的自傳，只是把他一生分成三個時期來敘述。首章從出生說起，他的父親是一八九八年（戊戌）的進士，曾任縣官；他在這一章詳細敘述了當時從中進士到正式當知縣之間，要如何花錢活動的過程。他又細寫衙門的建築格局，並以微見著，解說故宮的形制。此外，還說明縣官的俸祿與收支，以及縣衙之中，各房師爺的職務與地位，家人的不同職司與收入等。這些自然不是一個當時不足十三歲的小孩（他父親去世時他才十三歲）所能了解，而是事後知識漸漸增長，回想前事才綜合貫通得來的結論。

他第二章曾提到袁世凱騙繳議員的證書，用話劇的形式寫出來，是很特別的。這一章也有相當的篇幅和他沒有直接的關係。而且，無可避免的，這章敘述到北大和第八章會略有重複。第三章敘述到與江青有關的一些事，不免有辯解的意味。這一章敘述到毛澤東和周恩來的去世。他的生平事蹟，可說大部分見於這三章。

第二部分是他學術生命的歷程，可堪玩味的是這樣的分章設計，是否暗示在一九四九以前他的哲學思想生機蓬勃，十年一變，有所突破，所以各以專章敘述，而之後則三十年停滯不前，可以一章概括呢？這樣的設計可以避免在敘述生活時插入大量學術問題的討論，把專門的哲學問題放在第二部分，可以一氣呵成的集中論述，不至於為了兼顧其他方面而進退失據。

第三部分則談他經歷過的三個學校，只談到西南聯大，即抗戰的結束，之後他雖仍在大學教書，但其後的情形就不談了；重點在這幾個學校的特色。可以說，這部分的時間幅度比較小，和他個人生活與思想的關係也不如前兩章。一個學者處身於學校之中，又擔任行政的工作，學校和他當然有相當的關係，但學校的事情又不完全算是一己之事，另立一部來敘述便可不相混淆了。雖然除了四、五、六章之外，都是他口述而由別人記錄，但篇章的安排應該仍是出於他自己，可以窺見作者設計自傳的匠心。

民國以來，作者比較敢於用「自傳」為名，雖然仍有不少作者稱自己的自傳為自述，最有名的如胡適的《四十自述》；但稱作自序的已漸覺稀少了。

二、附於著作者

　　這一類的自傳以司馬遷〈太史公自序〉為最早，這也是一般公認的最早的自傳。如果用現在的文體觀念來衡量，這篇自傳兼具了記生平的自傳和序著作的自序。現代鮮有作者在書前自序（古代往往在書後，而且算全書的一篇。）敘述自己一生經歷的，但在古代這樣的情形並不罕見。司馬遷〈太史公自序〉開首上推遠祖，及於顓頊：「昔在顓頊，命南正重以司天，火正黎以司地。唐虞之際，紹重黎之後，使復典之；至于夏商。故重黎氏世序天地。其在周，程伯休甫其後也。當周宣王時，失其守而為司馬氏。」重、黎既是二人，就不可能同為程伯休甫之祖；大概遠古難稽，不免含糊其辭。接著敘述祖先之中有事蹟可紀者，直到父親司馬談，並登錄了一大段他論六家要旨的話。然後才說到自己出生、教育、遊歷、任官等；繼而記其父臨終遺命，囑以修史，自己繼承父志，繼春秋而為史記。並藉著與上大夫壺遂的一番論辯，說出著述的宗旨，替自己辯護說：「余所謂述故事，整齊其世傳，非所謂作也。而君比之於春秋，謬矣！」其實他比於春秋之志是很明顯的。接著說到遭李陵之禍，不過只含蓄的說「幽於縲絏」、「身毀不用」，沒有明言慘受腐刑；然後急轉直下，引前人厄困而著書，「皆意有所鬱結不得通其道也，故述往事、思來者。」自己也是發憤著書，「於是卒述陶唐以來，至於麟止。自黃帝始。」一一臚列一百三十篇的述作之意（這一部分佔最多篇幅），最後總結五體述作之旨，而以贊語「太史公曰：余述歷黃帝以來，至太初而訖，百三十篇。」結束全篇。

　　這篇自傳固然對於生平事蹟有完整的敘述，但關於遭李陵之禍及所受刑罰，只一筆帶過。此事是司馬遷一生傷痛所在，「每念斯恥，汗未嘗不發背沾衣也。」觀《漢書・司馬遷傳》所載的〈報任少卿書〉可知其詳。而〈太史公自序〉中，對此畢生奇恥不多作書寫；揣測其意，大概此文重點在著作，所以多論其書，下筆之際，對心中大恨非常的自制。其後王充的《論衡・自紀》，敘事就奔放得多了。王充在傳中對自己過人之處，毫不忸怩的夸夸而談：

> 六歲教書，恭愿仁順，禮敬具備，矜莊寂寥，有巨人之志。父未嘗
> 笞，母未嘗非，閭里未嘗讓。八歲出於書館；書館小僮百人以上，
> 皆以過失袒謫，或以書醜得鞭。充書日進，又無過失……經明德就。
> 謝師而專門，援筆而眾奇，所讀文書，亦日博多。才高而不尚苟作；
> 口辯而不好談對：非其人終日不言。其論說始若詭於眾；極聽其終，

眾乃是之。以筆著文，亦如此焉；操行事上，亦如此焉。(《論衡校
釋》頁一一八〇)

他自述的德行還不僅止於此，他說擔任選用人才的官吏時，能夠不邀譽、不
關說，多揚人之長，少言人之短。對於在野賢能，不吝推薦；至於已有官職
的人如果犯錯，他也會設法解脫、開釋。而且又能自我要求，不好表現，「勉
以操行爲基，恥以才能爲名。」又不妄言，受謗也「不肯自明」，「位不進亦
不懷恨」，雖貧而有大志，而且意態自得，「得官不欣，失位不恨」(頁一一八
一)。逸樂時不放縱，貧苦時不氣餒，而又能用功讀書。至於爲人，則清重恬
澹，「遊必擇友，不好苟交。」(頁一一八二)論德而不論爵、齒。自述之後，
他又用問答方式，假設一個人向他問難，讓他可以藉此議論一番，更重要的
是爲自己的文章、著作辯護，這一部分佔最多的篇幅。他最受非議之處，是
在篇首對祖先惡行直書不諱，在對話末段又強調不肖祖先未嘗不可出佳子
弟；這種措辭往往被衛道者大加撻伐，劉知幾就曾在《史通‧敘傳》中批評
他〔註15〕。這兩篇都善用對話來引出作者的主張，不同之處是：司馬遷〈太
史公自序〉中的壺遂真有其人，是司馬遷的好朋友，司馬遷只是記錄他們二
人的對話；而王充《論衡‧自紀》中的「或曰……」可能全是王充虛設的，
文章經營的痕跡比較明顯。

　　班固繼《史記》而作《漢書》，篇末亦仿司馬遷〈太史公自序〉作敘傳，
亦先陳世德，次序其書。此傳亦從遠祖開始敘述，由楚令尹子文至其父班彪，
並載其文〈王命論〉，然後才談到自己，也錄自己的文章，後半篇序漢書一百
卷。傳中對先世記錄甚詳，而對自己生平的敘述卻只有聊聊數語：「有子曰固，
弱冠而孤，作幽通之賦，以致命遂志。其辭曰」(頁四二一三)「永平中爲郎，
典校秘書，專篤志於博學，以著述爲業。或譏以無功，又感東方朔、揚雄自
論以不遭蘇、張、范、蔡之時，曾不折之以正道，明君子之所守，故聊復應
焉，其辭曰：『賓戲主人曰……』」(頁四二二五)傳中全錄其〈幽通賦〉、〈答
賓戲〉，卻吝於多記自己的生平事蹟。單就此傳前半篇而論，篇幅亦甚長，但

〔註15〕劉知幾《史通‧序傳》：「然自敘之爲義也，苟能隱己之短，稱其所長，斯言
　　　不謬，即爲實錄。而相如自序，乃記其客遊臨邛，竊妻卓氏，以春秋所諱，
　　　持爲美談；雖事或非虛，而理無可取，載之於傳，不其愧乎？又王充《論衡》
　　　之〈自紀〉也，述其父祖不肖，爲州閭所鄙，而己答以瞽頑舜神，鯀惡禹聖。
　　　夫自敘而言家世，固當以揚名顯親爲主，苟無其人，闕之可也；至若盛矜於
　　　己，而厚辱其先，此何異證父攘羊、學子名母？必責以名教，實三千之罪人
　　　也！」

關於他本人的事，卻只知道他二十歲左右父親就去世了，他有志於學問著作，曾為郎；如此而已。難怪劉知幾批評他失當〔註16〕，而郭登峰也嫌他自紀太少，不把他錄入《歷代自敘傳文鈔》中〔註17〕。

班固之妹班昭的《女誡・序》自稱為「吾」、「鄙人」，是最早用這種明顯自稱的自傳，其後百餘年，曹丕《典論・自敘》亦使用「余」自稱。

這一體的自傳既是著作的序，大談其書是理所當然的，司馬遷〈太史公自序〉和王充《論衡・自紀》就以大部分的篇幅談著作，但曹丕《典論・自敘》同為附於著作的自序，卻對著作隻字未提，只是津津樂道他的騎射功夫，和他的劍法：

> 余又學擊劍，閱師多矣……嘗與……奮威將軍鄧展等共飲；宿聞展善有手臂，曉五兵。又稱其能空手入白刃。余與論劍良久，謂言「將軍法非也，余顧常好之，又得善術。」因求與余對。時，酒酣耳熱，方食甘蔗，便以為杖，下殿數交，三中其臂，左右大笑。展意不平，求更為之。余言「吾法急屬，難相中面，故齊臂耳。」展言「願復一交。」余知其欲突以取交中也，因偽深進，展果尋前，余郤〔卻〕腳剿，正截其顙。坐中驚視。余還坐，笑曰：「昔陽慶使淳于意去其故方，更授以祕術。今余亦願鄧將軍捐棄故伎，更受要道也。」一坐盡歡。（《全三國文》卷八頁八，據《漢魏六朝百三家集》校。）

得意之情，躍然紙上。統觀全傳，以騎射、擊劍兩事為主體；這種情節在史傳之中，只能算是軼事，除非和傳主一生重要事業有關，或是藉此具體顯現出其人格或大節所在，否則罕有佔全傳大半篇幅的。如李廣猿臂善射，平居

〔註16〕劉知幾《史通・序傳》：「蓋作者自敘，其流出於中古乎？案屈原〈離騷經〉，其首章上陳氏族，下列祖考，先述厥生，次顯名字；自敘發跡，實基於此。降及司馬相如，始以自敘為傳。然其所敘者，但記自少及長，立身行事而已；逮於祖先所出，則蔑爾無聞。至馬遷，又徵三閭之故事，放文園之近作，模楷二家，勒成一卷。於是揚雄遵其舊轍，班固酌其餘波，自敘之篇，實煩於代；雖屬辭有異，而茲體無易。尋馬遷《史記》，上自軒轅，下窮漢武，疆宇修闊，道路綿長，故其自敘，始於氏出重黎，終於身為太史，雖上下馳騁，終不越《史記》之年。班固《漢書》，止敘西京二百事耳，其自敘也，則遠徵令尹，起楚文王之世，近錄〈賓戲〉，當漢明帝之朝：苞括所及，踰於本書遠矣。而後來敘傳，非止一家，競學孟堅，從風而靡。施於家諜，猶或可通；列於國史，多見其失者矣。」

〔註17〕《歷代自敘傳文鈔》書前〈編者的話〉頁三：「至於班固的《漢書・序傳》，沈約的《宋書・自序》，李延壽的《北史・序傳》，皆敘述其先人的成分甚多，而敘述個人的成分甚少，實係家傳性質，並非自傳，故皆不錄。」

無他娛樂，皆以射為戲，好自射虎，能沈著等目標進入射程之內，度不中不發，但亦因此常令老虎太過接近，雖中的而亦往往為虎所傷，而將兵亦以此數困辱；可見射箭之於李廣，是一生關鍵所繫，所以《史記・李將軍列傳》不惜筆墨去細寫，但亦不至於像曹丕《典論・自敘》佔如許篇幅。吳百益認為這是他的創新之處，這比劍的插曲類似小說中的情節，在其後的十四個世紀之中都不復見自傳中如此仔細的敘述一件遊戲之事〔註18〕。曹丕一生事功不在劍術與騎射，卻以此為主，反而不去敘述其他大事，只在傳末說：「至若智而能愚，勇而能怯，仁以接物，恕以就下，以付後之良史。」可能他很有信心將來會被史家所記載，所以對於大事反覺毋待辭費，而專寫小事。

相對而言，葛洪《抱朴子・自敘》寫自己的事比較均衡，不至於詳小略大。此文近四十歲時作（文中云：「今齒近不惑」），篇幅頗長。亦由敘先世始，其遠祖於西漢時曾為荊州刺史（但不言其名或幾代之祖），直到他父親，有幾位祖先都有跡可紀，但重點仍在他自己。這篇自傳開始時像史傳寫法，稱傳主之名而不用「吾」等自稱，但隨後都是自述的口吻。

早期多敘先世的自序，以史書為最明顯，而其中不免附麗之辭；至於敘一己之事，亦往往夸飾失實，劉知幾《史通・敘傳》對此大加抨擊：

> 夫自媒自衒，士女之醜行，然則人莫我知，君子不恥，案孔氏《論語》有云：「十室之邑，必有忠信，不如某之好學也。」又曰：「吾每自省吾身，為人謀而不忠乎？與朋友交而不信乎？」又曰：「文王既沒，文不在茲乎？」又曰：「吾之先友，嘗從事於斯矣！」則聖達之立言也，時亦揚露己才，或託諷以見其情，或選辭以記其跡；終不衒衡自伐，攘袂公言。且命諸門人各言爾志，由也不讓，見嗤無禮。歷揚雄已降，其自敘也，始以誇尚為宗，至魏文帝、傅玄、陶梅、葛洪之徒，則又踰於此者矣。何則？身兼片善，行有微能，皆剖析其言，一二必載；豈所謂憲章前聖，謙以自牧者歟？又近古人倫，喜稱閥閱，其蓽門寒族，百代無聞，而騈角挺生，一朝暴貴，無不追述本系，妄承先哲。至若儀父、振鐸，並為曹氏之初；淳維、李陵，俱稱拓拔之始；河內馬祖，遷、彪之說不同；吳興沈先，約、

〔註18〕　吳百益認為曹丕《典論・自敘》另一創新之處是直接用第一人稱，這是有別於歷史敘述的。見 Pei-yi Wu, The Confucian's Progress: Autobiographical Writings in Traditional China （Princeton: Princeton UP, 1990） 46.其實班昭已經用過第一人稱了。

炯之言有異，斯皆不因眞律，無假寧楹，直據經史，自成矛盾。則
知揚姓之寓西蜀，班門之雄朔野，或胄纂伯僑，或家傳熊繹，恐自
我作故，失之彌遠者矣。蓋諂祭非鬼，神所不歆；致敬他親，人斯
悖德。凡爲敘傳，宜詳此理；不知則闕，亦何傷乎！

他主張「不知則闕」，是比較平實的態度。

劉勰《文心雕龍·序志》是極端重著作而略生平的，全文約千字，關於
他個人之事的僅有如下一事：「予生七齡，乃夢彩雲若錦，則攀而採之。齒在
踰立，則嘗夜夢執丹漆之禮器，隨仲尼而南行；旦而寤，迺怡然而喜，大哉
聖人之難見哉，乃小子之垂夢歟！」這唯一和傳主生平有關的記載，卻是兩
個夢！而且就文章結構而言，夜夢夫子是要引出下文以聖人及經典爲師的文
學主張，可以說只是論說的引子，而不是敘述其生平。

劉知幾《史通·自敘》雖從幼年嗜讀史書說起，也只觸及讀史、修史、
和史局同官意見不合，及史學抱負等，提到朋友也只說到他們了解他、足以
論史。全文可以分成五大段，末兩段一論漢《淮南子》以來著作，而對己作
《史通》期許甚高，有上踵《春秋》之志；另一段自比於揚雄，有四點相同
之處，但恐怕自己不若揚雄幸運，深懼己作湮沒不彰，不傳於後。統觀全文，
並沒有提到多少生平事蹟，重點都在著作上。其後直到清末，這類自序除了
宋李清照《金石錄·後序》、清范承謨《畫壁·自序》之外，一般都不多敘生
平。

李清照《金石錄·後序》記載了豐富的生平事蹟，後人主要從這一篇序
去了解她和趙明誠的生活，篇中所透露的生活瑣事，具體生動；雖然如此，
其實這些事情之所以被記錄下來，是因爲他們和《金石錄》這本書有關，其
他的事，都不記錄。後來的著作自序，縱有敘述生平，大多限於與著作有關
者；如明艾南英〈前歷試卷自敘〉、李鄴嗣〈自序〉、張岱《陶庵夢憶·自序》、
清葛芝《臥龍山人文集·自序》、金農《冬心集·自序》、彭紹升〈敘文〉、洪
亮吉《南樓憶舊詩·序》、黃安濤《慰託集·自序》、李慈銘《桃花聖解盦日
記·自序》等皆是。其中有的少敘生平，已經可算是接近現代不論生平的一
般書序了；但要定一個界限，卻不是一件容易的事，就單篇而論，某篇自序
算不算自傳，學者的意見難有定論〔註19〕。

〔註19〕譬如《明人自傳文鈔》就不收張岱《陶庵夢憶·自序》，這篇自序並沒有具體
有序的談自己的生平事蹟；但《明人自傳文鈔》並非全不收附於著作的自序，

　　清范承謨《畫壁‧自序》卻是其中很突出的一篇，他詳細記載了如何受皇帝厚恩，歷任浙江巡撫和福建總督的政績。於耿精忠叛變以前，自己竭力欲消弭於無形，以免兵災的苦心，敘述尤詳；對附逆的巡撫、提督，尤歡恨不已。最後被執，大罵不屈，但求速死而已，終於被囚獄中七百餘日，以詩罵賊，更爲此序以序壁上詩。據《清史列傳》本傳，他最後被害。范承謨忠於職守，義不臣賊而危在且夕，一心要把這段經過記錄下來，因此他寫《畫壁‧自序》的背景，大異於其他文集的序，所以才有這樣的不同。

　　民國以後，鮮以「自序」題其自傳的，而馮友蘭則有自傳曰《三松堂自序》，他在此書〈自序〉中說：

> 古之作者，於其主要著作完成之後，每別作一篇，述先世，敘經歷，發凡例，明指意，附於書尾，如《史記》之《太史公自序》，《漢書》之《敘傳》，《論衡》之《自紀》，皆其例也。其意蓋欲使後之讀其書知其人，論其世，更易知其書短長之所在，得失之所由。傳統體例，有足多者。

雖然他的《三松堂自序》是單篇獨立的自傳，但他上文論附於著作的自傳，是相當恰當的。不過，越到後代，「述先世，敘經歷」的用意就越淡，從葛洪《抱朴子‧自敘》以後，就少有敘先世之篇，甚至自己身世也不作有條理的全面敘述了。

第三節　自撰墓誌銘

　　墓誌銘大概由碑文演變而來，漢晉二代，立碑甚濫，後有詔禁立私碑，以往僭立私碑的風氣，變爲群趨於墓誌銘之作；墓誌銘遂大盛於六朝。當初不一定誌、銘兼具，或有誌無銘，而《南史‧裴子野傳》謂「湘東王爲之墓誌銘」則誌銘具備。墓誌銘埋於墓中，最初或防陵谷變遷，賴此令子孫知祖先所在〔註20〕。

　　自撰的墓誌銘，據郭登峰《歷代自敘傳文鈔》所錄，以隋李行之〈自爲

観其錄艾南英〈前歷試卷自敘〉、李鄴嗣〈自序〉兩篇可知。而編者杜聯喆平生最喜讀郭登峰《歷代自敘傳文鈔》（見《明人自傳文鈔》自序），該書有收錄張岱《陶庵夢憶‧自序》，可知杜氏並非無意遺漏，而是有意刪略。

〔註20〕參考范文瀾〈墓誌銘考〉，見其《文心雕龍注‧誄碑》篇後〈附錄〉（頁二三一）。台北，宏業書局翻印，民國六十四年。

墓誌銘〉為最早：

> 隴西李行之以某年某月終于某所。年將六紀，官歷四朝；道協希夷，
> 事忘可否。雖碩德高風，有傾先搆全，而立身行己，無愧凡心。以
> 為氣變則生，生化曰死。蓋生者物之用，死者人之終；有何憂喜於
> 其間哉？乃為銘曰：人生若寄，視死若歸。茫茫大夜，何是何非？
> （《全隋文》卷二十）

這篇墓誌銘很短，除了「官歷四朝」之外，並沒有敘述詳細的傳主生平，反
而議論死生；如果按照《文體明辨》所說：「其為文則有正、變二體，正體唯
敘事實，變體則因敘事而加議論焉。」〔註21〕則第一篇的自撰墓誌銘，就是
變體而不是正體了。和這篇時代很接近的是王績的〈自撰墓誌銘〉：

> 王績者，有父母，無朋友，自為之字曰無功焉。人或問之，箕踞不
> 對；蓋以有道於己，無功於時也。不讀書，自達理。不知榮辱，不
> 計利害。起家以祿位，歷數職而進一階；才高位下，免責而已。天
> 子不知，公卿不識，四十五十而無聞焉。於是退歸，以酒德遊於鄉
> 里，往往賣卜，時時著書。行若無所之，坐若無所據，鄉人未有達
> 其意也。嘗耕東皋，號曰東皋子。身死之日，自為銘焉。曰：有唐
> 逸人，太原王績。若頑若愚，似矯似激。院止三逕，堂唯四壁。不
> 知節制，焉有親戚？以生為附贅懸疣，以死為決疣潰癰。無思無慮，
> 何去何從？壟頭刻石，馬鬣裁封。哀哀孝子，空對長松。（《全唐文》
> 卷一三二）

這篇墓誌銘所提到的生平並不詳細，只有一、兩句說到他做過官，職位不高，
和退休後賣卜著書，和一般的墓誌銘比較起來，這篇自撰墓誌銘比較偏重性
情、生活情調的抒寫；生命歷程的敘述不算很具體。王績可算是很喜歡寫自
傳的人，他另有兩篇自傳：〈無心子傳〉和〈五斗先生傳〉，本章第一節曾徵
引。和前兩篇自傳比較起來，他自撰的墓誌銘已經算稍有生平事蹟的了；雖
然也還跟詳載生平的史傳有一段距離。而最像「正體唯敘事實」的，應該是
〈醉吟先生墓誌銘〉，其中「外以儒行修其身，中以釋教治其心，旁以山水風
月歌詩琴酒樂其志。」（《白居易集箋校》卷七一）數句，常被引用來論述白
居易的思想。不過，岑仲勉考證此篇並非白居易所作〔註22〕。敘述情形和〈醉

〔註21〕 徐師曾《文體明辨序說》頁一四九。香港，太平書局，一九六五年。
〔註22〕 岑仲勉〈白集醉吟先生墓誌銘存疑〉，見〈中央研究院歷史語言研究所集刊〉
第九本，民國三十六年。

吟先生墓誌銘〉相似的是其後韓昶（韓愈之子）的〈自爲墓誌銘〉，從少至老，井然有序，而觀其銘文，對一生不能無憾。又文中曰：「大中九年六月三日寢疾，八日終於任。年五十七。其年十二月十五日，葬孟州河陽縣尹村。」（《全唐文》卷七四一）必是後人所補。

和韓昶同時的杜牧也有〈自撰墓銘〉（有誌而僅言「墓銘」），作於他去世那年。篇首曰「曾祖某」、「祖某」、「考某」等，大概是等將來定稿時再塡上去，才讓石工刻石的。全文五百六十餘字之中，第一部分約二百字自述姓名、祖先、自己的科名、任官履歷等，接著一段談到曹操注《孫子》：「牧生平好讀書，爲文亦不由人。曹公曰：『吾讀兵戰書策多矣，《孫武》深矣。』因注其書十三篇。乃曰：『上窮天時，下極人事，無以加也，後當有知之者。』」這段文字在此上下文中出現，顯得有點突兀，因爲緊接著的下文二百餘字都在說自己的死亡之兆，也和《孫子》和曹操無涉，而在自傳之中，用如許篇幅比例談自我種種必死預兆的，亦罕有其匹。最後他所措意、臨終念念不忘的只是葬在少陵祖墳而已，不及其他：「以某月日葬於少陵司馬村先塋。銘曰：後魏太尉禺，封平安公，及予九世，皆葬少陵。嗟爾小子，亦克厥終。安于爾宮。」（《全唐文》卷七五四）

杜牧的〈自撰墓銘〉中提到自己死亡之兆，已用到一個「予」字自稱。其後，宋程珦（二程的父親）的〈太中自撰墓誌〉（傳主曾任太中大夫，篇題似爲後人所加；而文中記載傳主的葬日，爲後人增補。）開篇不久就用第一人稱：「予性質顓蒙，學術黯淺，不能自奮以嗣先世。」而篇末很特別：

> 予歷官十二任，享祿六十年；但知廉愼寬和，孜孜夙夜。無勳勞可
> 以報國，無異政可以及民；始終得免瑕謫，爲幸多矣。葬日切不用
> 干求時賢製撰銘誌。既無事實可紀，不免虛詞溢美，徒累不德爾。
> 只用此文刻於石，向壁安置。若或少違遺命，是不以爲有知也。（《伊
> 川文集》卷八，頁一，載於《四部備要》本《二程全書》第二冊。
> 郭登峰《歷代自敍傳文鈔》所載僅止此段，約爲原文五分之一。）

篇末的語氣相當嚴重，說如果子孫不完全按他的意思去辦他後事的話（葬日切不可干求時賢撰銘誌），就是不認爲他泉下有知。但這種話通常只用口頭交代即可，他卻要形諸筆墨。而且，這段臨終遺命佔了超過一半的篇幅，似乎比他的生平還重要。從文章來看，聽者固然是程顥、程頤等子孫，但既然發爲文章，就不只是要告訴隨侍在側的子孫而已了。或者作者本無意令第二段

遺命傳世，是後代子孫刊其文集時錄此，程頤在篇末跋云：「先公太中年七十則自爲墓誌及戒命於後，後十五年終壽。子孫奉命不敢違，惟就其闕處，加所遷官爵、晚生諸孫，及享年之數、終葬時日而已。醇德懿行，宜傳後世者，皆莫敢誌；著之家牒。孤頤泣血書。」則上引文（即郭登峰所錄墓誌的全文）可能只是篇末的戒命，而不是墓誌的本文。

明代有不少自撰墓誌銘。多於題目標明「自撰」或「自誌」，但有三篇篇題沒有標明：其中呂坤的〈大明嘉議大夫刑部左侍郎新吾呂君墓誌銘〉從開首至篇末以前都稱傳主爲「君」，出現「余」處，都放在傳主說的話裏，用「君嘗自言：」引出來；嚴守第三人稱的敘述，彷彿敘述者和傳主不是同一個人。但篇末訓誡子孫時卻說：「汝小子存心制行，無爲我辱。同堂孤寡，有無依者，身爲倚托，勿利其有。親戚窮乏，量力賑卹，無隕其生。無賣我必留書。無拂我生平意。違我一言，是爲不孝。」（《明人自傳文鈔》頁九一）出現了「汝」、「我」，不再是第三人稱的敘述。這篇墓誌銘先敘自己，敘完自己一生事蹟，才說到祖先、父母、兒女，連女兒、媳婦的的名字都提到，然後錄著作名稱，最後是對子孫交代後事。大體而言，呂坤自撰的墓誌銘和一般敘事的墓誌銘類似，其中敘生平的部分也和史傳的敘述無甚差異；而下述兩篇就很特別。

陳繼儒〈空青先生墓誌銘〉稱傳主爲「先生」，前幾行略述生平之後，用問答方式以見傳主的思想與性情，設問式的對話，一般都是問短答長。而最值得注意之處，是傳主去世時化作白虹。敘述者彷彿在場目擊傳主臨終奇景，但這當然是戲謔之言；因爲讀者從這篇墓誌銘之外的資料知道作者就是傳主。而作者唯有用這樣的敘事觀點才能敘述自己化虹昇天，如果用第一人稱來敘述，恐怕就難以措辭了。另一篇黃周星的〈笑蒼道人墓誌銘〉也有類似的情形，這篇自撰的墓誌銘也不用第一身敘述，而稱傳主爲「道人」，前半篇的敘述有明顯的生命歷程。之後稍稍轉入感歎，旁述的口吻就開始動搖，然後又用他人的口吻敘述，彷彿真的不知道傳主存亡。下文第四章第四節會徵引這兩篇自傳敘述傳主死亡的情形。

黃周星〈笑蒼道人墓誌銘〉曰「至今年庚申春道人行年七十而顏色猶兒也」，則此文作於投水自殺之年（參考篇首周慶雲爲他寫的小傳）。這篇墓誌銘結束時的敘述方式很特別，敘述者竟然直接對傳主用第二人稱說話：

> 因爲銘曰：笑蒼乎笑蒼乎，爾既不屑生前之富貴，獨不留死後之文
> 章乎？既不能飛昇於碧落，獨不當演夢於黃梁乎？而今竟若此，是

安得不心傷乎？然則爾之英風浩氣寧不可蟠五嶽而配三光乎？笑蒼
道人自撰。（周慶雲編《潯溪文徵》卷十五，頁九至十）

最末一句「笑蒼道人自撰」應該不是正文的一部分，而是篇後題記。銘文轉
變爲第二人稱，敘述者和傳主分裂爲二，稱傳主爲「爾」，這在自撰墓誌銘中
是少有的。其後清代張俊民的〈預爲墓誌銘〉也有這樣的敘述：

銘曰：汝幼喪父，長屢喪妻，老無子女。鰥寡孤獨，誰其與侶？愧
制行之有虧，多抑鬱而難語。雖帝天之可鑒，任族姓之醬茹。嗚呼
已矣！歸身地下，何恤爾汝？（《歷代自敘傳文鈔》頁三五六）

張俊民〈預爲墓誌銘〉除了這個特點之外，他在篇首還用了相當多的篇幅討
論寫墓誌銘這種行爲；其後王曇的〈虎邱山窆室誌〉篇首也有類似的文字。
不過，這種情形在明朝時的邵經邦〈弘齋先生自誌銘〉就有了；本論文第三
章第三節還會再徵引論述。

　　明代的自撰墓誌銘用第三身敘述的，除了上述三篇之外，還有徐渭〈自
爲墓誌銘〉（《徐文長三集》卷十六）。又沈嘉〈西溪生自誌〉也不用第一身敘
述，他稱傳主爲「生」，篇中只言其姓，不言其名、先世、籍貫，只說「沈氏
家於溪上，蓋已三百年矣。」他自名此溪爲西溪，但其地在何處則不說明。
篇末銘文則由誌文的「生」變爲第一身代詞「吾」：「銘曰：吾無以名，亦有
以名之，其生也某在斯，其死也某在斯。」（《明人自傳文鈔》頁一三〇）用第
三人稱敘述的自撰墓誌銘，往往到後來會轉變爲第一身敘述；譬如方鵬〈矯
亭先生生壙誌〉開始說：「先生姓方氏，名鵬，字時舉，矯亭其所自號。」篇
中則說：「未幾有忌我者，非例削去新銜，終身不錄。忌我者罷，臺諫薦剡交
上，而先生病且老，不可用矣。」（《國朝獻徵錄》卷七十，頁六十）由「先
生」變成「我」，又變回到「先生」。又如解胤樾〈拙史生自誌墓文〉文中稱
傳主爲「拙史」，但有一處說到洪承疇與吳甡得以成功，多賴傳主之助時說：
「二公得功成，無中尼，我之右也。」（《明人自傳文鈔》頁三二三）忘了和
前文一貫用「拙史」稱傳主。

　　也有雖不見「予」、「吾」等用語，仍露出自述口吻，如朱紈〈自撰壙志〉
篇末云：「竊自歎一介書生……」（《國朝獻徵錄》卷六二，頁四六）有的省略
對傳主用稱謂，但語氣很明顯是自稱，如羅欽順〈羅整庵自誌〉篇中有「奉
侍先公還鄉」、「先公竟捐館」（《困知記》末，頁四八八）的字句，仍可見是
自稱之詞。大體而言，自撰墓誌銘用第一身敘述的略多於用第三身者。

　　清代則有李塨〈李子恕谷墓志〉與王侃〈棲清山人墓誌〉用第三人稱敘述；但最長的自撰墓誌銘，毛奇齡七千餘字的〈自爲墓誌銘〉，也是用第一人稱自述〔註23〕。吳百益指出：這篇自傳和汪价〈三儂贅人廣自序〉的相似之處，是含有豐富的軼事。而且他敘事很詳細，重點卻和一般自撰的墓誌銘不同。他有很多篇幅寫避仇逃亡，過程曲折，整篇墓誌銘不像傳統中國自傳，而有如西方流浪者冒險小說（picaresque，一種小說文體），而且也打破了用經濟的文字去敘述的成規〔註24〕。

　　整體而論，自撰墓誌銘這一體自傳，比上兩節所述的自傳要多述生平，而除了較多用第一人稱外，敘述也和一般史傳相去不太遠；當然，如上所舉，別出心裁的作品仍是不罕見的。

　　民國以來，幾乎沒有再流傳自撰的墓誌銘了。

第四節　其他的體裁

　　在上一章論定義與範圍時，已經說明撰者所討論的範圍，不包括書信、辭賦、詩歌、祭文、自贊、自訟、圖像題辭、年譜等等；本章上幾節已經論述過自傳的幾種主要的體裁，但在主流之外，還有值得討論的作品。

　　首先是見於《明人自傳文鈔》中的塔銘，這是僧人的「墓誌銘」，因死後火化，藏骨於塔，故稱塔銘；釋景隆〈空谷隆禪師景隆自製塔銘〉云：「生事死葬，祭之以禮，孔子之教也。死而火化，安葬骨塔，釋迦之教也。古今依教，莫不皆然。」（《皇明名僧輯略》頁二一）他的塔銘和一般的墓誌銘相去不遠：

> 余生姑蘇洞庭黿山陳氏。父字顯宗，號月潭處士。母金氏。余諱景
> 隆，字祖庭，號空谷，生於洪武癸酉七月十二日。永樂壬辰從弁山
> 白蓮懶雲和尚受學參禪，湖海禪伯古拙和尚輩莫不參扣，雖以家居，
> 參究不替。庚子歲許令出家，從虎丘先師石庵和尚，收爲行童。洪
> 熙乙巳給牒爲僧。宣德二年從杭昭慶宗師得具戒。六年先師膺薦，
> 住持杭之靈隱，遂同至矣。七年往天目山禮高峰塔，憩錫一載，剋

〔註23〕見毛奇齡《西河合集》第六十一冊，卷十一〈自爲墓誌銘〉，清乾隆三十五年蕭山陸凝瑞堂刊本（台大文學院圖書館收藏）。

〔註24〕Pei-yi Wu, The Confucian's Progress: Autobiographical Writings in Traditional China （Princeton: Princeton UP, 1990） 174～7.吳百益此書第八章（佔十四頁）專論毛奇齡這篇自撰墓誌銘。

> 苦參究，忽有省會……九年……今老且病，死日在邇……
>
> 嗚呼，生死一夢，骨塔奚爲？蓋表佛法流芳……幻身雖滅，佛性不
> 遷……法界爲身，虛空爲口……無前後，無去來……（《皇明名僧輯
> 略》頁二一至二三）

第一段敘述他的出身，從籍貫、父母、自己生日說起，然後說到出家，與及
在禪門的經歷，直敘述到年老預卜葬地；有明顯的生平。雖然二十歲出家以
前的事沒有提到，但很多自傳也不太敘述少年時的事。從第二段開始，則宣
揚佛理，和生平無關。

景隆之外，釋眞一也有〈自製塔銘〉，篇首尤其特別：

> 余家無山水之鄉，性有山水之趣，耳醉西湖之名，星赴之，未見湖，
> 病七日幾死。曰寧扶我死湖中，無庸棺也。纔見湖，病幾去半，入
> 湖數武，頓忘其病，并忘其身。如熱病人食宣州梨，忽身心快然。
> 嗣後往還，三十餘年不厭。（《西溪梵隱志》卷四，頁三三）

其癡情西湖，無與倫比。他又說到家貧不曾讀書，而聞人誦讀，卻知好醜；
生於窮鄉，未嘗與縉紳先生交，遇縉紳亦不作「諂曲酸澀狀」，不作逢迎語，
而這樣縉紳反而多與之相契；「甚輕金，喜作有爲事。於事不甚諧，不諧多舛，
亦不怨不嗔，無奈何輒棄去。」他又說自己喜歡塑佛像，刻方冊佛經，種梅
花，和幹傭人作的粗活；晚年以賣筍、賣梅、賣茶、賣柴、賣經終其身。其
性情尤其像一狂生：

> 余性多躁，輕意怒罵人。生平唯卓左車知余，罵而復合，餘不知。
> 我性多傲，鄉先生或初濃後淡，獨黃寓庸自傲，又喜余之傲，遂定
> 爲生死交。一時負大名善知識法師，雖先輩亦不稱門下士。其門下
> 多生毀謗，余亦任之，無顧忌之意。遇江湖破衲僧，則視若弟昆，
> 坐談無倦，或解衣衣之，推食食之，見貧病人，悵然悲愍，有求即
> 應。（《西溪梵隱志》卷四，頁三三）

他說自己性躁易怒善罵人的時候，並非用懺悔前非的態度，文字所表現的，
是坦然述之、甚至可以說有點自負意味的，如果這出自久試不得一第的的老
秀才（譬如汪价），尚不足爲奇；但出自方外一僧之筆，就不免令人有點意外
了。不過，由此亦可見，自傳文字的敘述風格，倒未必有紅塵內外之分；尤
其是這篇完全沒有爲佛說教，不像景隆的自撰塔銘。另一方面，此篇無明顯
的生平經歷，也沒有姓名、籍里、父母、生年等，除了篇末說明撰寫此篇的

時間之外，也沒有其他可資參考的年月；而只有軼事和性情的描寫，接近自傳中忽略履歷而抒寫性情的那一類。

除了和墓誌銘同科的塔銘之外，另有好些作品與以「傳」名篇的自傳、單篇獨立的自序相近。

劉大夏〈壽藏記〉（《湖南文徵》卷十八），和墓誌銘沒有甚麼分別，有明顯的生平經歷，可算作自撰墓誌銘。而胡直〈新創吉水龍家邊壽藏志〉（《明人自傳文鈔》頁一六七），篇名似墓誌銘，全篇只有不到三分之一敘述他生平，不過二百餘字，其餘文字都是敘述他找到這塊墓地的曲折經過；重點在墓不在人。

王恕〈石渠老人履歷略〉（《王端毅公文集》卷六）四千餘字，篇幅並不簡略，只敘履歷，家人僅及姓名、贈封，重點在他本人的任官經歷，對治績記述尤其詳細。很多自傳也只說個人功名及政績，不多敘述家事，此篇實與一般自傳無異；敘述近於史傳。類似的有張瀚〈宦跡圖自記〉（《明人自傳文鈔》頁二二九），此篇記其履歷、任官政績，並非圖畫題贊，文約二千五百字，紀事亦相當詳細；只是不言家人而已。張錡〈遺稽行實〉（《明人自傳文鈔》頁二二六）雖不以傳為名，其實就是很像史傳的自傳。又王畿〈自敘行略〉（《明人自傳文鈔》頁五四）亦是自傳，傳主和王門高弟的王畿同名，此文詳載事蹟，近於史傳。而黃道周〈乞言自序狀〉（《明人自傳文鈔》頁二九五）從曾祖說起，細敘自己平生，可視為自撰的行狀；也可看作自傳。至於王錡〈自記〉（《明人自傳文鈔》頁五八）雖然篇名像傳，其實所記僅止於所藏之書籍玩好，不及其人，不算自傳。

袁了凡〈立命之學〉是曾經廣為流傳的《了凡四訓》之一，篇題似論，篇中有「汝母」、「汝之命未知若何」等語（《了凡四訓》頁十、十一），顯然為教訓子輩而作，但篇中卻相當詳細的談到自己的生平，從童年喪父習藝敘起，之後遇奇人預言他的將來種種皆驗，遂深信命運之說；後來又得遇有道禪師，矯以正道，由此積極行善，篤志踐履。其間種種經歷，所記甚詳，與自傳無異，不過以「命」貫穿全篇而已；若就內容而論，未嘗不可視作自傳。

孫樓〈紀黜〉（《明人自傳文鈔》頁一八一）專寫他屢次會試不第的經過，其間二十餘年；〈後紀黜〉記年已五十四歲，聽從他人勸告（本來猶豫，因神人托夢也贊同，意遂決。）放棄繼續努力成進士的希望，以老舉人身份就吏職，三年為同僚排擠辭官的經過，並記辭職後生活。兩篇以事為主，不及其他，重點和大部分的自傳不同。

　　楊爵〈處困記〉、〈續處困記〉（《國朝獻徵錄》卷六五，頁一三二）記錄傳主兩次入獄的獄中生活，他第一次入獄五年，出獄不久又被逮入獄三年，前後共八年之久。這兩篇只記載獄中情形，雖然傳主入獄前亦頗有值得記述的事蹟，譬如年輕時其兄遭人陷害，他徒步百里申冤，亦被逮，「獄中上書，辭意激烈，後尹見之」，奇而釋之，並資助、督促他讀書；應考時拾金不昧，並守而待客還，又不受酬；為官時清廉又敢力諫，而以此致禍〔註25〕。但兩篇〈處困記〉都不記這些事蹟，可見他沒有視此為自傳的意圖，僅是記獄中事。五年時間（第二篇記三年）就自傳來說，固然時間的幅度太小；可以不把他算作自傳。不過，也可能會有人不同意，譬如胡適給羅爾剛的《師門五年記》寫序時就曾說：「他現在寫了這本自傳，專記載他跟我做『徒弟』的幾年生活。」此外，他在〈詹天佑先生年譜序〉中，提到凌純聲的《四年從政回憶》，也說那是「一本可以作範本的自傳」〔註26〕。可見在胡適心目中，四、五年那麼短的自述也算自傳。

　　中國古代的自傳，大多為短篇，除了早期幾篇附於著作的自序之外，清代以前少有幾千字的自傳，《法顯傳》固然是長篇（萬四千字），所記生平則略少；直到清乾嘉年間，才有《浮生六記》一書，充滿個人生活細節的敘述；而直到清末，竟不復見如此長篇。此書雖名六記，學者多對今本後二記存疑。張景樵曾考訂後二記為偽作，他考證〈中山記歷〉的辦法是從《清仁宗實錄》入手，確定嘉慶五年曾派趙文楷和李鼎元出使琉球，然後再從李鼎元刊於嘉慶七年的《使琉球記》查出隨使的從客五人，姓名和〈中山記歷〉所記相同，就是缺少了沈復。而據〈坎坷記愁〉所載，嘉慶五年年底沈復極困頓，因擔保朋友借錢之累，為債主登門催逼，惹其父嫌怒，被逐出家門，芸娘病中與沈復往依錫山華氏。如果當年十一月他才返國，以欽使隨員的身份，應不至於馬上潦倒若此。其次，〈中山記歷〉的文字和《使琉球記》有不少雷同之處，很可能今本是據後者抄襲變造而成。至於〈養生記道〉，他認為「很像是雜採古今格言一類的書而成。所引都是陳言，見解都很庸俗。文字也不能與『浮生六記』相侔。」並指出其中有後出的《曾文正公全集》中的文字。〔註27〕

〔註25〕　參考吳時來〈監察御史贈光祿少卿斛山楊先生爵傳〉，《國朝獻徵錄》卷六五，頁一二九。台北，學生書局，民國五十四年。

〔註26〕　胡適《胡適書評序跋集》頁四八二及三七二，長沙，岳麓書社，一九八七年。

〔註27〕　張景樵〈談浮生六記佚篇〉，《古今文選》新第三〇〇號附錄二，總一六八〇至二頁。民國六十二年七月二十七日，台北，國語日報社。

　　此書體裁特別，分爲六篇，各記生平一個方面：閨房之樂、閑情之趣、
生活之坎坷、浪遊之快等；每篇之中，仍按時間先後敘述。他這樣的設計，
不啻把大部分自傳（尤其是步趨史傳的）都會或詳或略敘述到的先世、祖籍
的位置取消了；而且傳主個人的事業也無立足之地。換言之，如此的分題敘
事，把一般自傳（或傳記）慣常的敘述重點都扭轉過來。而從來就沒有自傳
作者像他那麼勇敢，用專題（六分之一的篇幅）細寫閨房之私，其中有些文
字，如：

> 余暗於案下握其腕，煖尖滑膩，胸中不覺怦怦作跳……芸曉粧尚未
> 臥，高燒銀燭，低垂粉頸……戲探其懷，亦怦怦作跳，因俯其耳曰：
> 「姊何心春乃爾耶？」芸回眸微笑，便覺一縷情絲搖人魂魄；擁之
> 入帳，不知東方之既白。（正文書局本頁三〇至一）
> 余曰：「動手但准摸索，不准捶人。」芸笑挽素雲置余懷，曰：「請
> 君摸索暢懷。」余笑曰：「卿非解人，摸索在有意無意間者耳。擁而
> 狂探，田舍郎之所爲也。」時四鬢所簪茉莉，爲酒氣所蒸，雜以粉
> 汗油香，芳馨透鼻。（頁四二）

雖然在古典文學之中不算驚人，但此等文字從前不會出現在自傳裏，只會出
現在士大夫貶斥爲小道的小說之中。不過，作者並沒有名其書爲「傳」，所以
亦不致引起衛道之士的批評。但歷來提到他的多稱他爲「自傳」；譬如林語堂
爲此書寫的序，趙苕狂寫的〈浮生六記考〉〔註28〕，都稱他爲「自傳」，齊益
壽先生也認爲他是自傳，更以紀傳體喻之：

> 《浮生六記》實作者的自傳。一般的自傳皆以時爲經，以事爲緯，
> 略似《春秋》編年的體裁。而《浮生六記》則以事爲經，以時爲緯，
> 將一生經歷，統括爲六個綱領，即所謂六記——〈閨房記樂〉、〈閑
> 情記趣〉、〈坎坷記愁〉、浪遊記快〉、〈中山記歷〉、〈養生記道〉……
> 各記分看則各自獨立，合看則俱爲一體之各個部分，其體裁頗似《史
> 記》紀傳之體。〔註29〕

《浮生六記》的確是自傳的創體，他以前的自傳雖然也有大力描寫閑情或遊

〔註28〕 見正文書局本《浮生六記》書前所附。林語堂說：「其體裁特別，以一自傳故
　　　　事……」（頁三）趙苕狂〈浮生六記考〉通篇稱之爲自傳。正文書局，台北，
　　　　民國六十七年。

〔註29〕 《古今文選》新第三〇〇號，總一六六九頁。民國六十二年七月二十七日，
　　　　台北，國語日報社。

歷的，卻不曾像他一樣分題處理，更不會把愛情放在最顯著重要的位置，而不重視履歷。如果視此書爲自傳的話，可以說，《浮生六記》不去記自傳常記的事，卻專門記別人不記的。歷來的自傳對於妻子，絕大部分只記其姓、其父爲誰，呂坤自撰的墓誌銘記錄了女兒的名字，甚至還記錄了媳婦的姓名（不僅是姓而已），但對妻子還是只說她的姓。不只是自傳不記夫婦之事，甚至史傳或文集之中的傳記，也絕少記載夫婦之愛的。提到傳主的母親或妻子時，都僅是寫其婦德一面，不會寫夫婦情愛細節的。連周作人在《知堂回想錄》中說到劉半農避難期間和太太吻別也唯恐觸犯忌諱〔註 30〕，可見不寫夫婦之私的成規至今仍有影響力；更何況從前？而《浮生六記》敢如此設計，實在是很大膽的創舉。但《浮生六記》分題敘述自己生平之事的方式，其後的自傳並沒有類似的繼作。

很多自傳的作者都覺得「傳」之名不勝負荷，他們覺得這是大人物才配用的書名，所以寧願用「自述」之名，其中或冠以姓名，如《沈宗瀚自述》、《沈怡自述》、《沈應懿凝自述》等；或冠以年齡，如：胡適的《四十自述》、牟宗三的《五十自述》；或兩者兼具的，如穆湘玥《藕初五十自述》、顧祝同的《墨三九十自述》（「墨三」是顧祝同的字），雖然名稱小有差異，其實都是自述，體裁和自傳沒有兩樣。自述之外，稱作回憶錄的也很多，回憶錄不是中國固有的體裁，這名稱應該是從西方來的。在西方，原名 memoir 的回憶錄和稱作 autobiography 的自傳略有不同，甚至會被排除在自傳之外〔註 31〕。通常回憶錄較偏重所參與和所聞見的國家社會大事，而不重在個人的事。但在近代中國，有的回憶錄固然仍保留這樣的分別，但大多數都只寫自己的事，和 autobiography 沒有分別。回憶錄之名爲自傳作者偏愛，他們似乎認爲自傳之名太嚴重；因爲古代只有偉大人物才有傳，才能成爲歷史人物。他們覺得

〔註 30〕　《知堂回想錄》頁三六六：「說到這裡，聯想所及不禁筆又要盆了開去，來記劉半農的一件軼事了。這些如教古舊的道學家看來，就是『談人閨閫』，是很缺德的事，其實講這故事其目的乃是來表彰他，所以乃是當作一件盛德事來講的。」說了這麼多「緒言」，不過是要寫在和劉半農避難期間（張作霖捕殺共產黨及其同情者），劉妻來探視，臨別時潛至門後親吻，剛巧被作者之妻窺見，「相與歎息劉博士之盛德，不敢笑也。」周作人《知堂回想錄》，香港，聽濤出版社，一九七〇年。

〔註 31〕　Francis R.Hart, "Notes for an Anatomy of Modern Autobiography," New Directions in Literary History, ed. Ralph Cohen （Baltimore: Johns Hopkins UP, 1974）247.

回憶錄比較沒有自命爲重要人物之嫌，比較謙虛；楊步偉的話很能反映這種
想法：

> 〔胡適鼓勵趙元任把多年不斷的日記寫出來，趙回答說：〕要說寫
> 回憶錄的話，倒是韻卿〔趙太太楊步偉字韻卿〕的幾十年的經過，
> 再加記憶力之強大，值得寫點出來。適之就拍手說，韻卿起頭來寫！
> 我當時回他，在中國的習慣不是須名人才配寫傳嗎？一個普通人哪
> 能來「傳」他自己呢？適之回我，哪有的話？人人都能寫的，你寫
> 自述麼或半生的回憶都可以。我說那些名稱也是你們大家常用的，
> 若是要我來寫，我還是來「傳」他一下吧，不管別人笑我罵我配不
> 配了。（楊步偉《一個女人的自傳》書首〈我寫自傳的動機〉頁一）

楊步偉原來的顧慮正代表了一般人對「傳」的感覺；而胡適見她如此，提議
寫自述或回憶（即回憶錄），可見他心目中也覺得這些名稱不如「自傳」鄭重；
胡適自己的自傳就稱自述（《四十自述》）。不過，和楊步偉一樣用自傳爲名的
也很多。回憶錄也和自述一樣，往往冠以名字（別號）、年歲，或兩者兼具。

　　此外有些作品不用上述名稱，但仍會被視爲自傳，如蔣夢麟的《西潮》，
據他自己說：「我原先的計劃只是想寫下我對祖國的所見所感，但是當我讓這
些心目中的景象一一展佈在紙上時，我所寫下的可就有點像自傳，有點像回
憶錄，也有點像近代史。」（頁五至頁六）而一般都稱他爲自傳〔註32〕。又如
錢穆《師友雜憶》，從名稱看，只是對師友的懷念，不是他個人的自傳；但書
中雖以此爲經緯，其實也記錄了他主要的生活及事業。他一生的生活與事業，
幾無一不與師友有關，實可視爲自傳。學者自述其求學、爲學經過的長篇文
字，雖無自傳之名，亦有可能被考慮爲自傳之一體，如顧頡剛《走在歷史的
路上》（原爲《古史辨》的長序），亦可視同他半生的自傳，因爲作爲一個學
者，沒有其他事業的話，他的爲學之路無異就是他的最主要生命歷程；相對
的，王利器的〈自傳〉（約一萬四千字）雖名爲自傳卻全是他七十年來的讀書、
求學、寫書、教學、研究等生活〔註33〕，基本上和顧頡剛所記載的範圍沒有

〔註32〕 如曹聖芬〈推薦蔣夢麟自傳〉，見於蔣夢麟《西潮》書首附錄，台北，中新書
　　　　局，民國六十七年。又如張瑞德在〈自傳與歷史〉（張玉法、張瑞德合編《中
　　　　國現代自傳叢書》代序）文中曾說：「筆者即曾利用蔣夢麟所著自傳《西潮》
　　　　一書」，台北，龍文出版社，民國七十八年。
〔註33〕 王利器《耐雪堂集》附編頁四六七至四八六，北京，中國社會科學出版社，
　　　　一九八六年。

不同；由此亦可見學者詳細寫學術生活和自傳無大差異。

　　比較以上所論的幾種自傳，其中以「傳」名篇的少用「吾」等自稱之詞，篇幅也都不長（像遊記的《法顯傳》是例外），似乎「傳」對作家而言，使用文字要經濟，保留了敘事務求簡要的成規；就像史傳的敘事一樣。不過，敘述的重點卻不見得會對史傳亦步亦趨，而且往往相去甚遠，如〈五柳先生傳〉等一系列的自傳，就和傳統史傳大相逕庭。而若就此類再作分別，則題為「自傳」的還算是比題為「傳」的較接近史傳。自撰墓誌銘則一般來說，接近非自撰的墓誌銘（毛奇齡的自撰墓誌銘是特例），敘事重點不至於和史傳有太大的距離。但自序（敘）或自述就不一樣了，篇幅有很長的，而班昭、曹丕以後，亦勇於用「余」、「吾」、「予」、「我」等自述之詞；敘述重點有接近史傳的，亦有別出心裁的（如曹丕《典論・自敘》、汪价〈三儂贅人廣自序〉）。而各體自傳若模擬史傳用第三人稱者，有時仍會或顯或隱的流露出自稱的措辭。

第三章　自傳的敘述與書寫

第一節　故事與言談

　　本節標題所用的「故事」（history，法文 histoire，譯作「故事」既符合法文原意、也適合本文需要。）一詞，是相對於言談（discourse）一詞而言，有時為了行文方便，亦稱作「歷史敘述」。本節用這兩個詞，語意限於邦維尼斯特（Benveniste）所提出的一組相對的語言學術語。

　　邦維尼斯特在《普通語言學問題》一書中有關法文動詞的分析，對研究自傳很有啓發，曾被廣泛引用。他在此書第十九章〈法文動詞時態的相互關係〉一文中，剖析出一個法文動詞的各種時態，並非同在單一系統，而是分佈在兩個相異而互補的系統中。每個系統只包含這個動詞的一組時態，而這兩個系統顯示出兩個不同層次的語調（two different planes of utterance），可以區分為「故事」（history，法文 histoire 兼有中文裏歷史和故事之意，包括給小孩子講的虛構故事。）和「言談」（discourse，亦有譯作「話語」或「言說」）。敘述故事（歷史）的語調，今天保留在書面語言中（口語已經不用），以敘述過去的事件為其特色。敘述（narration）、事件（event）、過去（past），這三個詞是同等重要的。敘述發生在特定時刻的事件時，說話者不會有任何介入；而事件能記錄下來，一定是屬於過去的。歷史敘述（historical narration）排除所有自傳式的語言形式（"autobiographical" linguistic form）。史學家不說「我」「你」和「現在」，因為史學家永不用言談的形式，而言談是存在於「我/你」這種人稱關係中的；歷史敘述中，只能找到第三人稱。〔註1〕

〔註1〕Emile Benveniste, Problems in　　General　　Linguistics, Trans. Mary Elizabeth Meek （Coral Gables: U of Miami P, 1971） 206-207.

　　至於言談的語調，一定假設了說話者和聽者，而且說話者企圖影響聽者。故事和言談的分別不等於書面語和口語的差別，因為言談不僅限於口語，也存在於書寫中。在選擇動詞時態方面，故事和言談是涇渭分明的。言談可用的時態較多，除了過去式之外，任何時態都可用，所用的三個基本時態是現在式，將來式和完成式；而這三者都是歷史敘述所排除的（過去完成式例外）。未完成式則是兩者一致使用。言談可以用動詞的所有人稱形式「我」「你」和「他」，無論明顯與否，人稱關係處處都是現在的〔註 2〕。只要略懂法文動詞變化，應該都能領略這樣的分別。張漢良先生對此亦有所說明：

> 西方近代語言學對文學言談的分析頗有發明。法國語言學家邦維尼斯特（Emile Benveniste）研究印歐語系，發現有兩個主要元素，人稱與時間。人稱可分為兩大類：（一）有我的（personal），即參與文學言談情況的第一人稱的我，以及聽話的你，情況的時間座標是恆常的現在，在此言談情況（discursive situation）中，說話者企圖影響聽話者。（二）無我的（a-personal），說話者隱身不見，讓過去的人或事（兩者皆為第三人稱）在一與言談情況切斷的過去時刻演出，因此無我的時間座標是過去式的。大體言之，第一類的語言用法是表達性的；第二類的語言用法是模擬性的。〔註 3〕

他論《浮生六記》（見所著《比較文學的理論與實踐》）就曾運用這觀念，而李有成先生〈論自傳〉一文也曾介紹。

　　中國過去的傳記，尤其是史傳，絕大部分都是用「無我的」第三人稱敘述，《史記》的〈世家〉之中雖有大量的第一人稱「我」出現，但出現之處都不是人物傳記〔註 4〕。前文一再提到敘述者和敘述觀點，於此有必要略作說

〔註 2〕　Benveniste 208.

〔註 3〕　張漢良《比較文學的理論與實踐》頁一五四至五。台北，東大圖書公司，民國七十五年。他在同書中又進一步說明：「『言談』設定一說話者和聽眾，前者並欲影響後者；它可以汎用於『所有的文類中只要有人宣稱自己是說話者，並根據人稱系統組織說話的內容』。自傳便是此中之一的文類。『敘述』體系則提供了另一種說話型式，『以敘述過去的事件為其特徵……敘述過去事件時，並未有說話者穿梭其間』。」（頁二七五）不過，他說「自傳便是此中之一的文類」，只是西方或中國近代的情形，中國古代很多自傳迴避自稱「我」一類的詞。

〔註 4〕　這種情形特別集中在三晉世家之中，如〈趙世家〉：「武靈王元年……九年，與韓、魏共擊秦，秦敗我，斬首八萬級。齊敗我觀澤。十年，秦取我西都及中陽……」〈魏世家〉：「哀王……十六年，秦拔我蒲阪……十七年……秦予我

明：敘述者（narrator）是說故事的人，不一定等於作者，譬如我們編寫童話故事哄小孩的時候，敘述者的思想和口吻都認同了小孩子，而不是拿著筆的那個成年人（作者）。敘述者和敘述觀點（point of view,或譯作「視點」）有密切的關係。無論較早的小說理論或新近的敘述學（narratology），敘述觀點的討論都佔極重要的地位。不過，幾位重要學者對敘述觀點的分析和所使用的術語，並不完全一致；比較扼要的說明，可以參考馬丁（Martin）的《當代敘事學》第六章和第五章的〈圖5b〉。而撰者在本論文所涉及的，僅止於最基本的、第一人稱敘述觀點和第三人稱敘述觀點的分別而已，對於各家理論深微細密之處，則不擬詳述。簡要而言，敘述觀點是敘述故事時所通過的觀點，即透過誰的觀點來說故事。第一人稱敘述觀點說故事時，敘述者用「我」（或文言的「吾」、「予」等）去講述自己的或別人的故事；以第三人稱敘述觀點說故事時都不用「我」，而用「他」（或「其」、「彼」等，或直接稱其名）談及所有的人物。

　　早期的自傳，用第一人稱的並不多，王靖宇先生就曾指出：

> 我們一旦大致區分出兩類不同的敘事者，我們將即刻看到在傳統中國敘事文作品中用第一人稱的為數極少。當然，在傳統中國作品中也有自傳和別的寫自己的作品類型（如自撰的墓志銘）。然而，有趣的是，大多數的自傳性作品中第一人稱都讓位給第三人稱。〔註5〕

撰者在上一章第二節之二曾提到，最早一篇明顯用第一人稱的自傳，是班固之妹班昭的《女誡·序》，她稱傳主時用「吾」、「鄙人」；其後百餘年，曹丕《典論·自敘》亦使用「余」第一身自稱。但其後仍有大量的自傳不用第一人稱的，尤其是以「傳」名篇的自傳，在《歷代自敘傳文鈔》中所收的多用第三人稱（《明人自傳文鈔》有幾篇用第一人稱的）。而且，這種情形也大量

蒲阪……二十三年，秦復予我河外……昭王元年，秦拔我襄城。二年，與秦戰，我不利。三年，佐韓攻秦，秦將白起敗我軍伊闕……」〈韓世家〉：「襄王四年……秦使甘茂攻我宜陽。五年，秦拔我宜陽……六年，秦復與我武遂。九年，秦復取我武遂……十一年，秦伐我，取穰。」這種情形應該不是司馬遷認同某一國，而可能是使用各國殘餘史料時，鎔裁未周，保留了資料本來自稱的口吻。而張大可論《史記》取材義例，也認為「年表、世家載各諸侯國史事用第一人稱『我』，不可能全部據秦史記回改，亦當是依据諸侯史記。」見《史記全本新注》頁三〇，西安，三秦出版社，一九九〇年。

〔註5〕王靖宇〈中國敘事文的特性——方法論初探〉頁十六，見於《左傳與傳統小說論集》，北京，北京大學出版社，一九八九年。

出現在不以「傳」名篇的其他各類自傳中，只是不如是之多而已。很多作者似乎刻意放棄自述姿態，而改用史傳式的第三人稱，泯除了言者和聽者的痕跡，讓聽者不覺得有人在向他解說；彷彿只是事實呈現在讀者眼前，全由讀者去理解事實，而作者（或敘述者）並沒有引導、介入於其中。這樣的設計，固然有其歷史發展的原因（譬如史傳先於自傳，後者模仿前者。）但也可能為了掩飾說話者出現在正文（text）中，藉此顯得比較客觀，消解了正文中「你/我」的對立。張漢良先生指出：

> 雖然敘述作品兼容並蓄有你我關係的言談和無你我關係的故事，而且，說穿了，故事根本便含攝於言談中，但是學者往往過分強調故事陳述的重要，而忽略了言談的存在。羅朗巴特指出，西方語言為敘述作品設計出一套時態系統，「目的在消除說話者的現在」。其實中文亦無二致。表面看來，中文缺乏時態的變化與人稱變化，某些傳統學者認為這些特徵能造成一個永恆現在的錯覺。但我們也可以反過來解釋，把這些特徵視為泯除言者（locutor）與聽者（allocutor）的策略，縱然雙方存在的符號在言談情景中昭然若揭。
>
> 消除你/我關係的語言設計，使得讀者特別注意被陳述的事物，而忽略了陳述行為本身。讀者關心陳述所召喚出來的世界，其中第三人稱的「他」作了某事，或某事發生在「他」身上；而不關心「你」在向「我」說某事。〔註6〕

中文文法雖然和法文不同，這樣的洞見仍有助於觀察中國的自傳。古代的自傳好用第三人稱敘述自己的生平，的確使人忽略作為敘述者的「你」正在向讀者「我」說故事。

在自傳之中，這樣的例子並不罕見，有時雖然不明顯（沒有用「我」等字眼），但仍可察覺，如〈醉吟先生墓誌銘〉：「凡平生所慕所感，所得所喪，所經所遇所通，一事一物已上，布在文集中，開卷而盡可知也。故不備書。」（《白居易集校箋》頁三八一五，這篇墓誌銘雖不是白居易所作，於此無妨。）是敘述者預見讀者會有疑問（為何不記某些事），而介入解說原因。又如清易順鼎〈哭盦傳〉：「哭盦者，不知何許人也。其家世姓名，人人知之，故不述。」（《歷代自敘傳文鈔》頁三三二）這也是敘述者直接向讀者解釋為何不言傳主

〔註6〕 張漢良《比較文學的理論與實踐》頁二五六至七。台北，東大圖書公司，民國七十五年。

之名。這些都是言談，而不是故事。

又如楊廷槙〈自狀文〉：「略述其概，庶幾當世之人感而弔之，雖死之日，猶生之年，或未即云沒爾。」「嗟乎！可以歸其趣之所歸矣。」「少讀書，見古忠義……未嘗不流連涕泗，踴躍歌呼，不能自已；其得天者然歟！」「嗟乎！此哀憐之文，遺其牝牡，相其天機，於孤愁落寞之中，表而著之者也，豈易得哉！」「由此觀之，敏耶否耶？倘所謂僻者非耶？夫工巧飾智，士習類然。楊子不求名，人亦鮮以名予之，士之達觀者耶？」（《晚明小品選注》頁二五九至六○）也屬此類。而篇末一大段的感歎議論，論有情無情，就更明顯是言談了。至於金王鬱〈王子小傳〉在述說一大串知己的姓名後，特別說明：「諸公隨得書，無次第。」（《金文最》卷五七，頁十一）這是對讀者（尤其是被提名而且可能看到此文的哀哀諸公）解釋作者對列名在後者並無不敬之意，簡直就像現在常看到的「排名不分先後」了。

以上都是在第三人稱觀點敘述之中，仍然掩不住「你/我」的言談狀況。這些例子都發自第三人稱敘述的自傳中，至於本來就用第一人稱來敘述的自傳，言談的狀況更加明顯，就不贅說了。

事實上，不止自傳會有這種情形，其他一些記言或敘事的文章都有這種情形，如《世說新語》就常有敘述者插入解釋的情形：

> 桓公入洛，過淮、泗，踐北境，與諸僚屬登平乘樓眺矚中原，慨然曰：「遂使神州陸沈，百年丘墟，王夷甫諸人，不得不任其責！」袁虎率爾對曰：「運自有廢興，豈必諸人之過？」桓公懍然作色，顧謂四坐曰：「諸君頗聞劉景升不？有大牛重千斤，噉芻豆十倍於常牛，負重致遠，曾不若一羸牸。魏武入荊州，烹以饗士卒，于時莫不稱快。」意以況袁。四坐既駭，袁亦失色。（〈輕詆〉十一）

引文的敘述方式，大體上是從旁客觀記述，敘述者似乎只是說出他所看到的，並沒有介入，但倒數第三句「意以況袁」，就和其他文字不在同一層次上，其他文字是表現的、記錄的、似乎沒有言者和聽者的「你/我」關係，而「意以況袁」就不在這層次上，這句是解說的、像注解似的，是為防讀者不了解桓公所說言外之意，敘述者直接的介入、插嘴向讀者作補充說明。《世說新語》雖以記言為主，類似的例子仍相當多〔註7〕。

〔註7〕如〈術解〉九：「桓公有主簿善別酒，有酒輒令先嘗：好者謂『青州從事』，惡者謂『平原督郵』。」這是一層，下文的「青州有齊郡，平原有鬲縣。『從

　　設計人物的對話，畢竟比較能夠避免敘述者的介入，所以自傳之中，如果想有所議論，幾乎無不使用對話，把議論之詞置諸傳主的話中，藉著引用其說而避免了介入議論；有時甚至不惜虛設問話的人，好讓傳主長篇大論的回答。這種例子極多，各體自傳中幾乎隨處可見。

第二節　自傳的兩種時間

　　自傳記載自己的生平，當然都是過去、而不是現在的。在閱讀自傳的時候，也都把焦點放在傳主過去的事情上，彷彿隨著文字的指向，一切都指涉著過往所發生的事件。但若仔細分析，卻可以發現在自傳的正文（text）中，處處指向現在。自傳正文所透露的，不僅是事件發生的過去，也是敘述時的「現在」；（當然相對於閱讀而言，這個所謂「現在」又成為「過去」了。）換言之，自傳指向兩種時間定位：一種是事件時間（過去），一種是敘述時間（現在）；而後者往往為人所忽略。今以《浮生六記》為例，指出自傳正文中的敘述時間。《浮生六記》之中比較明顯的例子如：「余憶童稚時……此皆幼時閑情也。」（〈閑情記趣〉篇首）敘述者說：「我回憶……」是在寫作時回憶，而「這是小時候……」說話時當然不小，不然不會如此口吻。又如：

> ……諸君子，如梁上之燕，自去自來。芸則拔釵沽酒，不動聲色，良辰美景，不放輕過。今則天各一方，風流雲散，兼之玉碎香埋，不堪回首矣！（頁五〇）
>
> 籬邊倩鄰老購菊，遍植之。九月花開，又與芸居十日。吾母亦欣然來觀，持螯對菊，賞玩竟日。芸喜曰：「他年當與君卜築於此……」余深然之。今即得有境地，而知已淪亡，可勝浩嘆！（頁四〇）
>
> 惜乎蘭亭禹陵未能一到，至今以為憾。（頁七〇）

兩段引文中的「今則……」、「今即……」、「至今」都是說現在而不是過去。又如〈閑情記趣〉寫芸娘提議「覓螳螂蟬蝶之屬，以針刺死，用細絲扣蟲項

事』言『到臍』，『督郵』言在『膈上住』。」是另一層解說。類似的如〈排調〉四十七：「昔羊叔子有鶴能舞，嘗向客稱之；客至，試使驅來，氄氋而不能舞，故稱比之。」〈任誕〉十九：「鎮西妖冶故也」〈排調〉六一：「仲堪眇目故也」〈言語〉七一：「即公大兄無奕女，左將軍王凝之妻也。」〈方正〉十四：「故事，監、令由來共車……監令各給車自此始。」等皆是第二層次的正文。又有一些記不同說法的，如〈言語〉四八「或云卞令」〈雅量〉四三「或云是劉道真」〈容止〉二十「或云謝幼輿言」和〈賞譽〉三四等等，不勝縷舉。

繫花草間，整其足，或抱梗，或踏葉，宛然如生。」沈復「如其法行之，見者無不稱絕。求之閨中，今恐未必有此會心者矣。」（頁四九）末兩句亦是寫作時間。又：「土人知余等覓地而來，誤以爲堪輿，以某處有好風水相告。鴻干曰：『但期合意，不論風水。』（豈意竟成讖語！）」（頁七四）作者自注之詞亦是敘述時間。

有時雖然沒有用「今」字，但文中的「預言」卻很可能只是「後見之明」而已，如：「余年十三，隨母歸寧，兩小無嫌，得見所作，雖歎其才思雋秀，竊恐其福澤不深。」（頁二九）「其形削肩長項，瘦不露骨，眉彎目秀，顧盼神飛；唯兩齒微露，似非佳相。」（頁三〇）所謂「福澤不深」、「似非佳相」恐怕都是因爲後來結果（恩愛夫妻不能白頭到老）的影響，使他回顧過去時，所產生出來的「後設預言」；當時所有的印象，可能只有「才思雋秀」與「顧盼神飛」一類好感。唯有立足現在而回顧過去，才能由果推因，才會憶起種種預兆；如果夫婦福壽俱全，大概記憶中的過去亦會爲之改觀。

此外，如敘述到他向芸娘「索觀詩稿……余戲題其籤曰『錦囊佳句』，不知夭壽之機此已伏矣。」（頁三〇）「獨怪老年夫婦相視如仇者，不知何意？或曰：『非如是焉得白頭偕老哉！』斯言誠然歟？」（頁三四）文字所透露的時間是現在。又如寫他與芸娘七月鬼節遊滄浪亭賞月，爲不明怪聲所驚，夫婦寒熱大作，抱病兩旬，說：「眞所謂樂極災生，亦是白頭不終之兆。」（頁三五）時間也屬於現在。又如：

> ……吾父稼夫公……揮金如土，多爲他人。余夫婦居家，偶有需用，不免典質；始則移東補西，繼則左支右絀。諺云：「處家人情，非錢不行。」先起小人之議，漸招同室之譏。「女子無才便是德，」眞千古至言也！（頁五四）

最後的感歎也是後來才領悟到「千古至言」的。有時似乎預爲伏筆，如：「余居長而行三，故上下呼芸爲『三娘』；後忽呼爲『三太太』。始而戲呼，繼成習慣，甚至尊卑長幼，皆以『三太太』呼之。此家庭之變機歟？」（頁五四）應該不是事件發生時就有此戒懼之心，而是寫作時才產生的。敘述者介入到敘事之中，最後一句屬上一節所說的「言談」範疇，而不是敘述故事。而像下文：

> 嗚呼！芸一女流，具男子之襟懷才識。歸吾門後，余日奔走衣食，中饋缺乏，芸能纖悉不介意。及余家居，惟以文字相辯析而已。卒

之疾病顛連，（齎）〔齎〕恨以沒，誰致之耶？余有負閨中良友，又
何可勝道哉！奉勸世間夫婦，固不可彼此相仇，亦不可過於情篤。

語云「恩愛夫妻不到頭」。如余者，可作前車之鑒也。（頁六五）

這一段更是直接訴諸讀者的言談，當然更是明顯指向現在了。

此外，中文雖然沒有動詞時態變化，但仍有一些時間指示詞，可以看出
敘述時間〔註8〕，卷三〈坎坷記愁〉曾敘述他因為人作保之累，為債主上門逼
討，惹得父親大怒，限令他三日之內搬離家中，不得已只好暫時投靠芸娘盟
姊夫家錫山華氏，今以記此事的頁五八、五九為例，說明時間的指涉：

安頓已定，華舟適至。「時」庚申之臘廿五日也。

「是夜」先將半肩行李挑下船。

旁有老嫗，「即前卷中曾賃其家消暑者」，願送至鄉；故「是時」陪
侍在側，拭淚不已。

解維後，芸始放聲痛哭。「是行也，其母子已成永訣矣。」「是日」
午未之交，始抵其家。

「自此」相安度歲。至元宵，僅隔兩旬，而芸漸能起步。「是夜」觀
龍燈于打麥場中，神情態度漸可復元。

引文中的引號為撰者所加，其中「是行也，其母子已成永訣矣。」屬於上文
所舉的同類例子，「即前卷中曾賃其家消暑者」則是為防讀者讀書不夠仔細，
介入的解釋。「自此」則是今之視昔之詞，在事件當時是不能預知將來相安度
歲的。其餘都是時間的指示詞。類似的「是年」、「時」、「是夜」、「是晚」、「是
日」等詞，書中甚多。

但有的例子並不如上述各例明顯，如〈浪遊記快〉曾記他與摯友鴻干遊
上沙村：「于是舟子導往。村在夾道中。園依山而無石，老樹多極紆迴盤鬱之
勢。亭榭窗欄盡從樸素，竹籬茆舍，不愧隱者之居，中有皂莢亭，樹大可兩
抱。余所歷園亭，此為第一。」沈復雖然沒有說明遊村的年月，但至遲不會
超過二十一歲，因為鴻干享年不過二十二歲，而又長沈復一歲（見前一頁）。
而「余所歷園亭，此為第一。」這不是一個二十一歲青年的口吻，而是頗有

〔註8〕 張漢良先生在〈匿名的自傳：「浮生六記」與「羅朗巴特」〉一文中，已指出
這一點：「『是夜』適指敘述者而非書中主人翁的時間定位。」「至於說中文裏
沒有動詞變化，這是不成問題的，因為總有些指示成分在暗示言談的時間。」
（頁二七五）這篇文章對撰者頗有啟發，很有參考價值。文見《比較文學理
論與實踐》，台北，東大圖書公司，民國七十五年。

閱歷的人的比較、回顧之詞。所以，這兩句話所透露的時間定位並不是遊玩的時間；換言之，那不是事件發生的時間，而是寫作時間。

自傳的正文，有時不僅指向現在，更指向敘述時的未來：「……有青君之書，駭悉逢森於四月間夭亡，始憶前之送余墮淚者，蓋父子永訣也。嗚呼！芸僅一子，不得延其嗣續耶！琢堂聞之，亦為之浩歎，贈余一妾，重入春夢。從此擾擾攘攘，又不知夢醒何時耳。」（頁六九）「有同習幕者，顧姓名金鑒，字鴻干……此吾第一知交也。惜以二十二歲卒。余即落落寡交。今年且四十有六矣，茫茫滄海，不知此生再遇知己如鴻干者否？」（頁七二）這兩段末句都是對將來的未知之詞，可見自傳所指，未必全是過去往事。

自傳中的時間指示詞透露出寫作的「現在」，例子當然不限於《浮生六記》。以《歷代自敘傳文鈔》為例，頁 5、23、33、35、37、71、78、94、96、98、153、205、275、277、292、300、317、319、340、343、347、352、354～356、358 都有類似的例子。又如《明人自傳文鈔》，也可在頁 12、31、40、100、157、233、276、301、342、359、374 等處看到「時」（即當時）、「是時」、「是夜」、「是年」、「是歲」、「是年春/夏/秋/冬」等字眼，如果細心再搜尋，當不止上述所舉而已。其實，自傳中一切「先父」、「先兄」、「先……」等詞，亦無不指示出：時間是寫作的「現在」，而不是事件進行的「過去」。甚至「吾母來歸」一類文字，亦如同口語「我媽媽認識我爸爸的時候」，都是後設之詞，所透露的是敘述時間，卻很容易為人忽略。其實史書之中，每多追書之詞，史家以後來的身分、爵位稱謂傳中人物。

現代的自傳作者有時會混淆了自傳的兩種時間。執筆為文，敘述有先後次序，如果事件時間和敘述時間不一致，一時失察，就可能出現以下的情形：

> 祖母頂不該的就是強迫我母親捨己子留乳哺小叔。我母親生下大哥，祖母恰好也產下小叔。她的乳水並不缺乏，就說缺乏吧，那時生活極其便宜，僱個乳母每月有一枚銀元的工資便可對付。她見我母乳濃，便把小叔抱來要我母親餵。……我大姊與五叔同年生，姊早生五個月，祖母又叫我母餵五叔，幸五叔羸弱，吸乳量不大，而我姊又已吸足了五個月的全乳，雖小時身體不甚好，長大也就強健了。（蘇雪林《浮生九四——雪林回憶錄》頁七至八）

如果依照敘述次序，「母親捨己子留乳哺小叔」在前，「祖母又叫我母餵五叔」在後，似乎她母親先哺小叔，然後「又」餵五叔。雖然她並沒有說明她大哥

與大姊孰長，書中提到兄姊都是男女各自排行的；但她前文提到：「我祖母生了九胎，三胎皆殤，只有六胎成立，胎胎都是男孩。」可見五叔較小叔為長。換言之，「祖母又叫我母餵五叔」之事應在前，作者並沒有按事件發生的時間敘述，「祖母又叫我母餵五叔」的「又」字，所承接的是下筆敘述的先後，而不是事件的先後。此處透露的是執筆為文時的敘述時間、而不是往事發生先後的時間。

第三節　對自傳寫作的關注

自傳是自述生平之作，作者努力要用文字來重現他的過去，而讀者也透過文字去觀看作者的生命歷程，注意他如何成長，如何成為今日的某某人，焦點往往集中在故事上面，而沒有留意到一個現象：其實從自傳文字本身來看，敘述者（或作者）對寫作自傳這一行為本身的關注，並不亞於過去所發生的事。在敘述一己生平之時，他常常解釋為什麼要如此敘述，為什麼不記載某些事，為什麼要從事這樣的寫作，有時還不惜打斷敘述，直接向讀者講述這些。約翰生（Johnson）就曾指出：「自傳比其他文類更傾向於談自己。」〔註9〕以下將舉例說明這些情形。

明邵經邦〈弘齋先生自誌銘〉費了很多的篇幅討論墓誌銘這種文學體裁，他首先論其源起：「古人墓誌之作，蓋慮千百年陵谷變遷，或耕或耨或樵或牧，棺槨可朽而石不與之俱朽，世代可移而銘不與之俱移。必得誌中所載，知其某代某人，或有官或無官，或有子孫與無子孫，慨然興嗟，相與掩覆蓋藏，不致遺棄暴露湮沒而蹴踏也。」接著論後世諛墓之風：「後世如有官者，其輝耀不足言矣，無官者而或誇大之。有德者其顯揚益無論矣，無德者而或矜詡之。反託於作者以取重。非託於作者以取重也，凡以作者，其人可重，其言必可重，不至於溢美過情以要虛譽而已也。而孝子慈孫，因或重厥祖父，往往稱家有無以為丐文之具，雖千百萬鎰，何足較哉？唐宋以來固已然矣。」他認為諛墓往往徒勞，而且這種風氣不可效法：「設有如是之人，或可諂諛一時，千百世可以諂諛乎哉？或可掩飾什佰人耳目，至千萬人可以掩飾乎哉？

〔註9〕 " The autobiography, more than any literary genre, tends to talk about itself. . . ." 轉引自 Francis R.Hart, " Notes for an Anatomy of Modern Autobiography, " New Directions in Literary History, ed. Ralph Cohen （Baltimore: Johns Hopkins UP, 1974） 226.

若貧無所厚遺，而相知相契，得其精神心術之眇末，氣概形容之近似，亦足以慰死者之心，人將信之無疑。至於相知者既稀矣，徒欲強人所不知以爲知，雖有高官大爵，何足取信？所遺者既寡矣，徒假繁辭曲說以求逞，雖韓柳歐蘇，何能得焉。嗚呼！此余所以痛心疾首不憚諄切，爲子孫告後世告也。」（《弘藝錄》卷三二，頁四至五）這些文字都在討論這種文體和他的寫作行爲，而不是敘述他的生平。

而清代的張俊民有〈預爲自誌銘〉，亦有類似的論述：「墓誌銘者，誌銘墓中之人也。其上則盛德大業不可磨滅之人；其次則雄才偉抱際會未逢溫溫未試之人；其下亦一技一藝名著鄉曲傳聞邦國之人。是其人雖已久遠，而望其邱隴，撫其松楸，愛之重之，將一草一木亦保護之而不忍傷矣。斯爲不愧誌銘。苟其不然，縱賦形天地之中，偷活祖父之庇，庸庸碌碌無所短長，與草木同腐可耳，又何必藉他人之諛詞，掠影捕風，飾無爲有，以取譏當時而貽笑後世哉？」（《歷代自敘傳文鈔》頁三五七）

不過，上述兩段都出現在篇首，從文章結構看來，或可視爲自傳的序文（雖然篇題沒有「并序」二字），亦即在自傳正文開始敘述生平之前，先說明寫作緣起、兼論此體由來的引言。如歸莊的〈自壽文〉：「以文壽人，非古也，況於自壽。享年高及年數之終而自壽，非古也，況方壯又非齊年而壽。方壯又非齊年而爲文以自壽，則自歸子始。」（《明人自傳文鈔》頁三六七，篇首）和清段玉裁的〈八十自序〉：「古有以文相壽者乎？曰無有也。古有以文自壽者乎？尤無有也。雖然，祝頌之辭，必曰曼壽，則相壽之始也。啓期三樂，惟人與年，則自壽之始也。今余之自序，猶啓期之意歟非也？」（篇首，《經韻樓集》卷八，頁三十；）也是類似的情形。又如清王曇〈虎邱山竁室誌〉：「飛鳥之跡，蟬脫之殼，騰蛇之灰，神龍之角；名之於人，亦猶是乎！盡綿上爲介推田，環會稽爲范蠡地，身名不滅，亦何藉乎一隴之松，一棺之石，置冢要離墓旁，求葬西門豹側哉？憂竹帛之不書，文章之不立；於是趙岐自爲壽藏，王樵預卜繭室，顏清臣自作墓誌，杜子夏臨終刻石。繄可哀也！」（《煙霞萬古樓文集》卷四，頁五八）亦可以視爲敘生命歷程之前的緒言。

但除了上述情形之外，有些文字，卻是針對讀者可能有的疑問，預爲解說或指引，而且並非出現在篇首；如羅欽順〈羅整庵自誌〉：「平生微言細行，動顧準繩，家庭子弟，當有能記之者。其世系之詳，一載於先祖考及先考神道之碑，茲不複出。」（《困知記》末頁）作者心目中的墓誌銘應該記載傳主

的先世，而他因爲先世的事蹟已見於各人的神道碑中，所以他不打算再重複說一次，但又恐怕讀者奇怪爲什麼他的自撰墓誌銘不記這些，於是讓敘述者現身說法，直接告訴讀者：其實他不是不知道要記這些，只不過已經記載在別的地方了。這些情形都顯示作者不僅在敘述自己的生平，更是非常關心寫作和讀者閱讀時可能有的反應。

　　類似的情形並非罕見，如李堂〈菫山居士自述〉：「家乘載宗枝紀事錄。」（《明人自傳文鈔》頁一〇九）徐渭〈自爲墓誌銘〉：「其祖系散見先公大人志中，不書。」《徐文長三集》頁一五五三）又如錢世揚〈畸人傳〉：「其先世具家乘中。」（《明人自傳文鈔》頁三四九）方鵬〈矯亭先生壙誌〉：「父節庵府君諱麟，例授福寧州幕賓，贈承德郎，禮部主事，詳見大宗伯顧公鼎臣、新建伯王公守仁所爲志表。」（《國朝獻徵錄》卷七十，頁五九。）都是如此。而劉大夏〈壽藏記〉：「三代之詳，則特刻於後，不敢漏書者，懼褻也。」（《湖南文徵》卷十八，頁十六）也屬此類。

　　有時不是關於祖先，而是有關自己事蹟的，如李堂〈菫山居士自述〉對自己在工部侍郎任內，往山東、河南治理黃河的事，沒有暢所欲言，只請讀者參考另一篇文章：「詳曹縣治河廳壁記。」（《明人自傳文鈔》頁一一二）如清易順鼎〈哭盦傳〉：「哭盦者，不知何許人也。其家世姓名，人人知之，故不述。」（《歷代自敘傳文鈔》頁三三二）又如清張俊民〈預爲自誌銘〉「配柴氏、衛氏、李氏、南氏、靳氏、王氏、賈氏。嗣子導。孫志颺、志觀。其中委曲，俱詳遺言，不贅。」（《歷代自敘傳文鈔》頁三六〇）而宋柳開〈東郊野夫傳〉則簡直有點像和讀者猜謎了：

> 東郊野夫，肩愈者，名也；紹先者，字也。不云其族氏者，姓在中也。家于魏，居鄰其郭之門左，故曰東郊也；從而自號之，故曰野夫也。（《河東先生集》卷二）

作者假設有的讀者會訝異他竟然連自己的姓都不寫，所以讓敘述者在此給予提示：我不是忘了說，而是已經說了；只不過不是直接說，而是把姓藏在「肩愈」二字中，即「比肩韓愈」，也就是柳宗元的「柳」。他針對一般自傳自行報上名來的陳規，故意玩弄一點文字遊戲，以別於呆板的敘述傳主姓名的方式，寫自傳而又針對這種文體的寫法作變化。

　　有時自傳中不記某事，並非因爲在其他文章裏已經記載，而是由於別的原因，則亦略作說明，如劉忠〈自製墓誌〉：

間嘗進元嗣諭之曰：「吾老且病，沒之日請葬祭諡贈，勿（千）〔干〕
名筆爲誄文詩輓；有一於是，吾不汝子矣。」文成，或者乃曰：「公
筮仕幾四十年，所歷非一官，各有所職，今何爲不書？」蓋予雖以
文翰著銜，其所職則啓沃輔翼，有關於上下者頗重大，予於是無一
能效焉，書之徒以自貽愧也。（見何良俊《四友齋叢說摘抄》卷一，
頁五八。篇首曰：「劉野亭自製墓誌，其略曰：『歸之日有先公敝屋
數楹⋯⋯』」應爲編者何氏之語，則所錄似非全文。）

當然眞正的理由是否如他所說，抑或別有忌諱，則不得而知，但可以確定的
是：他也認爲這件事某些讀者（本來就對他參與此事略有所知的讀者）一定
會認爲應該記載，所以他預爲解說之詞。

又如王直〈自撰墓誌〉只記大事，不記軼事，他也說：「平生事爲可見者，
當世君子自有公論。其蕪詞蔓說，不足以示人者，則藏於家。」（《明人自傳
文鈔》頁三二）傳主是明朝顯宦，官至吏部尚書，歷事數帝，天下矚目，或
許因此僅願以履歷示人，所以不錄生活、交遊等，但又覺得似乎也應該對讀
者有所解釋，於是作此說明。篇末他又說：「子孫之慶，後來書之者蓋未艾，
此不著。」

自傳既然是傳主所撰，當然不可能記錄自己的死亡（故爲遊戲之詞則另
當別論），但也有自撰墓誌銘爲了沒有記載自己死亡時日而作解釋的，如明張
岱〈自爲墓志銘〉：「死與葬，其日月尚不知也，故不書。」（《晚明小品選注》
頁二六七）和李穆〈鈍翁自撰墓志〉：「其卒其葬不能前知，故不書。」（《明
人自傳文鈔》頁一一四）又如徐渭〈自爲墓誌銘〉：「葬之所爲山陰木柵，其
日月不知也，亦不書。」（《徐文長三集》頁一五五三）作者還能執筆爲文，
當然不可能知道自己下葬的月日；實不必多此一說。不過，這可能是寫到誌
文結尾時，順著文勢以此收束記載生平的誌文。

有時不是爲了解釋何以不記某事，而是解釋爲何記某事，如王時敏〈自
述〉：「茲櫽括大略，聊寫一通藏之家廟，使後世子孫知我生平梗概。因而推
原於文肅太史之庭訓，力追古道，毋忝前徽，庶幾居策數馬，彷彿萬石之家
風云爾。」（《明人自傳文鈔》頁四六）這是解釋他爲什麼在自述之中，要說
到祖父（即「文肅太史」）的教誨的原故。又如張岱〈自爲墓志銘〉：

恐一旦溘先朝露，與草木同腐，因思古人如王無功、陶靖節、徐文
長，皆自作墓銘，余亦效顰爲之。甫構思，覺人與文俱不能佳，輒

> 筆者再：雖然，第言吾之癖錯，亦可傳也矣。（《晚明小品選注》頁
> 二六七）

則說明自己的自撰墓誌銘為何異軍突起、把敘述焦點放在癖錯上，迴異於一般的自撰墓誌銘。又如清沈復《浮生六記》：

> 余凡事喜獨出己見，不屑隨人是非，即論詩品畫，莫不存人珍我棄，
> 人棄我取之意：故名勝所在貴乎心得，有名勝而不覺其佳者，有非
> 名勝而自以為妙者。聊以平生所歷者記之。（頁七〇）

> 辛丑秋八月，吾父……病勢益重。余侍奉湯藥，晝夜不交睫者幾一
> 月。吾婦芸娘亦大病，懨懨在床，心境惡劣，莫可名狀。吾父呼余
> 囑之曰：「我病恐不起，汝守數本書，終非糊口計。我託汝于盟弟蔣
> 思齋，仍繼吾業可耳。」……余則從此習幕矣。此非快事，何記于
> 此？曰：此拋書浪遊之始，故記之。（頁七二）

第一段引文還可以看作該記〈浪遊記快〉的引言，而第二段則是預為答覆讀者可能有的疑問，即：既然本章標題是〈浪遊記快〉，所記應為快事；那為什麼又記不愉快的事？可見寫作自傳時，不僅關心自己的操行，更關注本身正在進行的寫作。

有時並不針對自己為何記不記載某事，而是就自己為何寫作自傳作解釋，如邵經邦〈弘齋先生自誌銘〉：「余所硜硜自述者如此。倘天假之年，得更有所著述，以垂不朽，或萬一聖恩賜環，不即死戎伍，便當按年補綴，毋庸改創也。」（《弘藝錄》卷三二，頁八至九四）如姚舜牧〈自敘歷年〉：「此不自敘，誰知牧前事而為之敘哉？」（《明人自傳文鈔》頁一六一）又如劉大夏〈壽藏記〉：

> 烏乎，嘗見士大夫家子弟愛其父兄者，俟其身後必求名儒大筆，鋪
> 張其行業，以志於其墓。作國史者，亦或憑而采之。予無似，承祖
> 宗世澤，竊科甲官祿前後四十年，在家在邦，無一事可述以傳者。
> 萬一後人私其所親，謬言以誤名筆，縱可欺人，獨不愧於地下也邪？
> 用是自述平生履歷而勒諸石，歸付兒祖生等藏之以俟他日。其詞雖
> 俚，其事則核，庶予之心安焉。（《湖南文徵》卷十八，頁十六）

其實除此之外，自傳正文中自述寫作動機的相當多（第六章還會提到）。也有為自己辯解時，顯得有點忸怩的，如張俊民〈預為自誌銘〉：

> 如斯人者，又何足誌且銘哉？而必自誌自銘者，誠以可誌可銘者，

使臨其穴者愛之敬之，取以爲世人勸；不可誌不可銘而強爲誌銘者，
亦使臨其穴者哀之憐之，用以爲世人戒，謂夫若人者既以自愧，又
欲以愧斯人，慎毋如若人之不可誌不可銘也。（《歷代自敘傳文鈔》
頁三五八）

夫何足誌何足銘？而顧自誌自銘者，即向者用爲人世戒，令人無若
余之不足誌銘云爾。（《歷代自敘傳文鈔》頁三六〇）

他似乎擔心讀者之中，會有人覺得他不配寫自傳，於是再三爲自己寫作自傳
的行爲辯護、說明。

　　以上這些例子，作者在正文中用議論，或在篇首，或在篇中，論述他所
正在從事寫作的該種文體，或論源流，或針砭歪風。又或針對自己的自傳中，
爲何沒有記載某一事件而預爲解說，讓敘述者在敘述生平的時候打斷故事，
而插入解說，或指示可以參考自傳之外的某某文章。這些都屬於本章第一節
所說的「言談」，第二節所說的敘述時間的「現在」。在這種情形之下，所關
注的已經不是生平故事，而是寫自傳的寫作行爲的本身了。

　　這種關注自傳寫作行爲的情形，在現代更是常見，今以《蔡廷鍇自傳》
爲例（傳主是一二八抗日名將）：

以我個人見解，是役之追擊戰略，似有錯誤之點，但高級司令官或
另有企圖，則不可知了。姑將我個人見解寫出，聽憑軍事家之批評。
（頁二四三）

……有失戰略要領。我見如是，仍盼軍事家予以指正。（頁二四四）

倘當時辦理兵站者說我負氣，而事實如此，我不得不說明。（頁二五
五）

當時各軍入贛勦赤，均有損失，惟我軍卻得此破天荒勝利，後閱赤
軍之十萬里長征記，內有「素著名之十九路軍蔡廷鍇，也不敢與我
赤軍戰」，未免過於誇大，謬於事實……我本不欲書此語奈作書者太
昧事實，是以多說幾句，長征記之作者，得無以我爲小氣耶。（頁二
八八）

這些文字都是針對他自己剛才所說過的話，再加以解釋，以免給讀者（尤其
是某些特定的讀者，譬如軍事家或讀過某書的）不好的印象；關注的是自己
寫自傳、敘述自己生平的行爲。又如：「……往博習醫院。到達後，該院長是
美國人（因我不懂英文，名字忘記了。）慇懃招待。」（頁三三二）括號裏的

文字是直接向讀者解釋、爲何連醫治他的醫生（有救命之恩）的姓名也說不出來。而「偕陸君唐文啓與『伯父』（忘記他姓名）同往。」（頁三三八）則大概是當時只稱呼其人綽號，所以說不出姓名，但恐怕讀者奇怪怎會有人名叫『伯父』？而作此說明，亦是關注到閱者可能有的反應。又如：

> 余未諳英語，所有應對均由麥秘書傳譯，如有錯漏，應由麥秘書負
> 責，余敘述墨氏之語，非自高身價，乃因在美國時，見某中文機關
> 報故作反面宣傳，謂余在意，碰了釘子等語，希圖混亂觀聽，毀我
> 名譽，故不得不將當時實情敘述，以明眞相。（頁三六五）

在這段文字之前，蔡廷鍇記載意大利的墨索里尼熱情接見他（一二八時，墨氏之婿駐上海，曾訪問國軍陣地，後來作者以平民身分環遊世界經意大利時，他促成墨氏與作者會面。）其中頗有異國領袖墨氏對他的讚美之詞，爲防自吹自擂之譏，同時反擊政敵對他的毀謗，所以有此聲明。

此外，在黃紹竑（桂系將領，與李宗仁、白崇禧齊名）《五十回憶》中，亦可以看到類似的情形：

> 總之，廣西統一運動之能迅速成功，固不僅限於上述的幾點意思，
> 而上述的道理，亦不止是廣西統一改革成功的主要原因，實爲整個
> 革命成功的重要因素。我在寫完統一廣西各戰役之後，特將這幾點
> 重要的意義敘述出來，亦兼作這個重要階段的結論。我想人們一定
> 不會批評我有所誇罷！（頁一三三）

作者在此所注意的，不僅是事件，更注意到自己敘述事件的文字，和讀者的反應。又如論省府各廳處是否應合署辦公後說：「這是我事後的看法，順便寫出來，以供研究本問題者的參考。」（頁三八四）又如第十章「新粵桂戰事」：

> 這裡所謂「新粵桂戰事」，自然是因爲以前曾經有過舊的粵桂戰事，
> 特別標出一個新字，以示區別……關於以往的事實，因爲我沒有主
> 動的參加，祇能在前面作概略的敘述，爲使寫作界限明顯起見，名
> 之曰「舊粵桂戰事」……因此我仍本著前面所說的立場與觀點，名
> 之曰「新粵桂戰事」。這是我在追述這一段事實的經過以前，要首先
> 聲明的。（頁二二三）

這有點像解題，也是注意寫作和避免讀者混淆而作的說明。又如：

> 我對於行政效率與法紀的問題，寫了許多好似題外的意見，其實這
> 並不是題外的文字，而是題內應有的文章啊！關於法紀年的意義及

其推行的要點，我已有文字發表、那是正面的說法。因爲意有未盡，
不能不在此加以補充說明。並將法紀年開始時所發表的那篇文字，
附錄於後，以備參考。（頁五六○）

這是辯解自己剛才所寫的文字並非離題。類似的情形如：

以上所寫許多回憶的往事，大都是我求學、從軍、從政的正面生活。
雖然其中也附帶描述了若干生活的側影，究竟是太簡略了。我想一
個人的生活，除了在事業上正面表現之外，業餘的成份還很多。這
種業餘的生活，不但關係個人的事業，亦足以影響整個的社會，所
以有把他寫出來的必要。（頁六五九）

這一段也是說明自己敘述某些事情是有必要的。

這種情形，在另一位軍人劉汝明（曾任七七蘆溝橋事變時二十九軍宋哲
元的副軍長、上將）的自傳《劉汝明回憶錄》中也可見到，如：

從軍以來，我自然也歷盡艱苦，後來僥幸也能開府建節。假使有人
爲我寫傳，一定會說我「幼懷大志，投筆從戎」等等，其實不是，
全然不是，我不過爲了求取一個職業，用來減輕母親的負擔，並希
望進而能養親撫幼而已。（頁一）

這一段強調自己當初走上戎馬生涯的偶然，同時針對常見的軍人傳記中的「神
話」：即一個後來成名的將領，從小天生註定會成爲將軍。他這麼說不啻預先
阻止了將來別人可能加諸自己身上的神話。他有時回顧自己剛說過的話，注
意讀者可能不同意他的說法，所以會有這樣的話：

說到這裡，我想也順便談談「帶兵之道」，誰都知道，要把兵帶好，
第一要「與士兵同甘苦」。這「同甘苦」三字，說來簡單，做起來可
並不簡單。不是說你和士兵穿一樣的粗布軍裝，吃一樣的大鍋飯就
算是同甘共苦了。而是要和士兵全心全意的打成一片，而且處處要
爲他們著想……當然我說的也許都是些落伍的帶兵之道，今天的軍
中應該更比我知道的多。（頁一四至一五）

此外，或是覺得自己剛才好像說得太多：「我所以如此詞費，確因感觸太深！
國家用金錢、時間，難得練成一個好兵……現在大家都已知道後勤重要，想
類此不幸的事，當永不會再發生。」（頁一三○至一三一）或是記錄對一件大
事的不同說法，但又不能肯定是否可靠，於是在敘述之後加上按語，如：

王書箴……曾經在曹錕的第三師當過砲兵連長，民國元年前的北京

兵變以後，才離開了第三師，據他自己說北京兵變還是他首先發難
的。他說北京兵變並不是如世所傳是袁世凱唆使的，而是當時軍隊
中一股不平之氣所激成。那時候軍隊沒有什麼中心思想，在與革命
軍作戰的時候，北洋軍隊都加發了恩餉的（也許是戰時軍餉），第三
師的九、十兩團開到北平駐防城內，這恩餉取消了，下級幹部與士
兵之間，便心想我們不打仗在北平守衛就不加恩餉？我們的餉反而
少了，於是大爲不滿，不平之氣也就油然而生。王書箴不知道爲什
麼事與上官衝突，氣憤之下便對東直門打了一砲（因爲這一連駐東
關），又對天打了一砲，不料這兩砲就使駐在北京的軍隊鬧了開來。
他這說法是不是事實的眞象，我也不得而知，好在是節外之話，姑
妄記之。（頁六六）

這牽涉到現代史上重要的事件眞相，他未敢只憑一人的說詞就信以爲眞，或
者是考慮到讀者可能會認爲他輕信人言，所以敘述完這個說法之後，語帶保
留的加上按語，既不致武斷，又能保存第一手的寶貴說法。以上所舉三位作
者都是軍人，不是作家，但仍然在字裏行間很關心自己的寫作。這些例子，
作者所關心的已經不限於生平和事件，更關注及於自己說故事的寫作行爲了。

　　類似的例子，在現代自傳中相當多，不一一縷舉。

第四節　前人作品的介入

　　撰者使用介入（mediation）一詞，意爲間接的、中間要經過媒介，而不
是直接的；亦即兩者之間有他者介入。相當於威廉士（Williams）分析此詞時，
所指的第二種意義〔註 10〕。自傳作者無法再生一個過去的自我，他只能夠用
文字去重現過去；一旦他執筆爲文，就是在寫作，寫文章難免會有章法。當
作者用文字去表達自己生平的時候，寫作成規可能會左右敘述，令作者剪裁
自己的事蹟來適合一個他選用的敘述方式。而前人的自傳名篇亦常常橫亙心
中，形成一個使人念茲在茲的敘述格式，介入到現在執筆的我和過去事件中

〔註 10〕Raymond Williams, Keywords: A Vocabulary of Culture and Society（New
　　　　York: Oxford UP, 1976）170～3.此詞有三個意思，第一個意思是：調解。
　　　　第二個意思是：間接、傳遞、要經過媒介、非直接的。第三個意思是：分開、
　　　　減半；已經罕用。至於此詞的歷史發展，可參看威廉士的原文；雖然他原來
　　　　並非針對自傳理論的用語作解釋，但這一觀念曾被學者用來研究自傳。

的我之間，使得自傳（用文字敘述出來的我）受到前人自傳（他人的生平）
的影響、干擾，作者好像在透過他人的事蹟，來表達自己，而不是直接的敘
述自己一生事蹟。本節重點正是論述這種情形。首先可以劉峻〈自序〉為例：

> 峻字孝標，平原人也。生於秣陵縣，期月歸故鄉。八歲遇桑梓顛覆，
> 身充僕圉。齊永明四年二月，逃還京師。後為崔豫州刑（嶽）〔獄〕
> 參軍。梁天監中，詔峻東掌石渠閣，以病乞骸骨，隱東陽金華山。（此
> 據《漢魏六朝百三名家集》之《劉戶曹集》，《全梁文》卷五七據《梁
> 書》卷五十本傳，無此段；《南史》卷四九亦無此段。）
>
> 余嘗自比馮敬通，而有同之者三，異之者四：何則？敬通雄才冠世，
> 志剛金石；余雖不及之，而節亮慷慨。此一同也。敬通值中興明君，
> 而終不試用；余逢命世英主，亦擯斥當年，此二同也。敬通有忌妻，
> 至於身操井臼；余有悍室，亦令家道轗軻。此三同也。
>
> 敬通當更始之世，手握兵符，躍馬食肉；余自少迄長，戚戚無歡。
> 此一異也。敬通有子仲文，官成名立；余禍同伯道，永無血胤。此
> 二異也。敬通膂力剛強，老而益壯；余有犬馬之疾，溘死無時。此
> 三異也。敬通雖芝殘蕙焚，終填溝壑；而為名賢所慕，其風流郁烈
> 芬芳，久而彌盛。（金）〔余〕聲塵寂寞，世不吾知，魂魄一去，將
> 同秋草。此四異也。所以力自為序，遺之好事云。（《劉戶曹集》頁
> 六至七）

劉峻（劉孝標，曾注《世說新語》。）不直接敘述自己的生平，卻要借助他人
的生平來說自己的過去。吳百益認為：令人奇怪的是，劉峻完全要透過自己
和他人（五百年前的古人）的比較來自我定位（self-definition）；這可能由於
當時仍未流行寫自傳，所以要找一個古人作為寫自序的藉口〔註11〕。

　　他用比較的方式，固然有其別出心裁之處，但有些事蹟，如：《梁書》說
他「好學，家貧，寄人廡下，自課讀書，常燎麻炬，從夕達旦，時或昏睡，
爇其髮，既覺復讀，終夜不寐。」（卷五十）《南史》更說他「居貧不自立，
與母並出家為僧尼，既而還俗。」（卷四九）還有以下兩事，因為馮敬通沒有
類似可資對比的事而沒有記載在《自序》中：「自以少時未開悟，晚更屬精，

〔註11〕 Pei-yi Wu, The Confucian's Progress: Autobiographical Writings in　Traditional
China　（Princeton: Princeton UP, 1990）　47.不過，後來清代的這類自序，就不
是這個理由能夠解釋的了。

明慧過人。苦所見不博，聞有異書，必往祈借。清河崔慰祖謂之『書淫』。於是博極群書，文藻秀出。」「峻兄孝慶時為青州刺史，峻請假省之，坐私載禁物，為有司所奏免官。」（《南史》卷四九，亦見《梁書》卷五十）這些事蹟，在一般的自傳之中，很可能會記載，但一經用比較方式，就顯得無地可容了。

唐劉知幾撰《史通》，其中有〈自敘〉，類似司馬遷〈太史公自序〉，是附於著作的自序，也是他的自傳。他在篇末也用比較同異的方式來概括自己的一生：

> 昔梁徵士劉孝標作敘傳，其自比於敬通者有三，而予輒不自揆，亦竊比於揚子雲者有四焉。何者？揚雄嘗好雕蟲小伎，老而悔其少作；余幼喜詩賦，而壯都不為，恥以文士得名，期以述者自命，其似一也。
>
> 揚雄草《玄》，累年不就，當時聞者，莫不哂其徒勞：余撰《史通》，亦屢移寒暑，悠悠塵俗，共以為愚，其似二也。揚雄撰《法言》，時人競尤其妄，故作〈解嘲〉以酬之；余著《史通》，見者亦互言其短，故作〈釋蒙〉以拒之，其似三也。
>
> 揚雄少為范竣、劉歆所重，及聞其撰《太玄經》，則嘲之以恐蓋醬瓿，然劉、范之重雄者，蓋貴其文彩，若〈長揚〉、〈羽獵〉之流耳。如《太玄》深奧，理難探賾，既絕窺踰，故加譏誚；余初好文筆，頗獲譽於當時，晚談史傳，遂減價於知己，其似四也。
>
> 夫才唯下劣，而跡類先賢，是用銘之於心，持以自慰。抑猶有遺恨，懼不似揚雄者有一焉。何者？雄之《玄經》始成，雖為當時所賤；而桓譚以為數百年外，其書必傳。其後，張衡、陸績果以為絕倫參聖。夫以《史通》方之《太玄》，今之君山，即徐、朱等數君是也；後來張、陸，則未之知耳。（《史通·自敘》）

他不僅以《史通》比《太玄》，更以自己的朋友和揚雄的相比，念茲在茲、渴望《史通》能夠如揚雄的著作般流傳千古，更憂心忡忡、深恐身後不得知己為之延譽。他不直接多敘述自己的生平，卻要和一千年前的人物比較並論，不無附驥而顯的企圖。不過，在今天，他身為一個偉大的史學評論家，在學術史上的地位，比較他所羨慕的揚雄，有過之而無不及。但是，他還不至於只用和古人的比較來書寫自傳，但到了清代，汪中〈自序〉用這種方式敘述平生時，就完全用比較了：

昔劉孝標自序平生，以爲比跡敬通，三同四異；後世誦其言而悲之。
嘗綜平原之遺軌，喻我生之靡樂，異同之故，猶可言焉……孝標嬰
年失怙，薦是流離，託足桑門，栖尋劉寶。余幼罹窮詬，多能鄙事，
賃春牧豕，一飽無時。此一同也。孝標悍妻在室，家道轗軻。余受
詐興公，勃谿累歲……此二同也。孝標自少至長，戚戚無懽。余久
歷艱屯，生人道盡……此三同也。孝標夙嬰羸疾，慮損天年。余藥
裹關心，負薪永曠……此四同也。

孝標生自將家，期功以上，參朝列者，十有餘人……余衰宗零替，
顧景無儔……此一異也。孝標倦遊梁楚，兩事英主……余簪筆備書，
倡優同畜，百里之長，再命之士，苞苴禮絕，問訊不通：此二異也。
孝標高蹈東陽，端居遺世……余卑棲塵俗，降志辱身……此三異也。
孝標身淪道顯，籍甚當時……余著書五車，數窮覆瓿……此四異也。
孝標履道貞吉，不干世議。余天譴司命，赤口燒城……此五異也。
嗟乎，敬通窮矣！孝標比之，則加酷焉；余于孝標，抑又不逮。（《述
學》補遺頁二三至二四）

這樣的寫法，自己的生平要透過和一千多年前的劉峻比較，才呈現出來。他
既以自己的生平和劉峻的生平相提並論，更效法劉峻寫作自傳的方式。但劉
峻〈自序〉第一段記傳主姓名、籍里，和簡單的幼年經歷、任官等；和普通
傳記沒有大差異。而汪中〈自序〉卻從開始就是比較，甚至連傳記最基本的
姓名、籍貫都沒有記載。而且，有些事蹟因爲和劉峻的生平不相對應，而沒
有寫進來；譬如孫星衍〈汪中傳〉、劉台拱〈汪君傳〉、江藩〈汪中記〉（三文
見清錢儀吉編《碑傳集》卷一三四）都記載他小時候家貧，沒有能力讀書，
只好由母親教他認字，後來幫書商在市場賣書（又見《清史列傳》卷六八），
與書商熟悉，常常借書來看，學問因而日有進境。從記事可知〈自敘〉作於
晚年，但其中「二異」說自己不得賞識，交遊來往之中，沒有什麼達官貴人，
連縣官這樣起碼的做官朋友也沒有；但上舉數文記載朱筠、朱珪、翁方綱、
畢沅、杭世駿、謝墉等都對他青眼有加；諸人之中有官至總督、侍郎的。此
外，孫星衍〈汪中傳〉還說他「能鑑別彝器、書畫，得之售數十倍，家漸豐
裕。」如果屬實，則自序中極言自己貧窮，恐怕也是爲了和劉峻對比同異而
有點過甚其詞了。

　　和汪中（1744～1794）同時的楊芳燦（1753～1815）也有類似的〈自敘〉，

不過他比較的對象不是劉峻，而是唐代詩人李義山：

> 昔劉孝標慕馮敬通，有三同四異之論，傳之藝林，以爲故實。余髫
> 齡向學，即慕義山，綜厥平生，亦有同異，竊比有志，不能無述。……
> 天稟所近，亦由人力，神合貌似，俱無足言。義山早因孤貧，夙標
> 名譽，……此四同也……此三異也。爰撰茲敘，誌厥景行，世有知
> 己，或不以爲妄云。（張相《古今文綜》冊六，頁五五至七。）

楊芳燦也用比較四同三異的方式，透過另一生平來敘述自己，但同樣爲了把
自己生平納入如此格範之中，放棄了不少值得記載的事。譬如他在甘肅回亂
時的處置得宜，《清史列傳》卷七二記他：

> 由拔貢補廷試，得知縣，補甘肅伏羌縣。回民田五爲亂，起石峰堡，
> 回民馬稱驥應之。未發，芳燦先期募鄉勇設防。會馬映龍以賊謀告
> 芳燦，立捕殺稱驥，賊遽至，與映龍等登陴守五日，圍解。映龍，
> 稱驥甥也。初，蘇四十三之亂，獄詞連伏羌人，皆大恐。芳燦請於
> 提刑，曰：「馬得建饋銀在蘇四十三未爲亂以前，與從逆者有間。」
> 於是家屬得免緣坐。及石峰堡事平，賊首張文慶子泰憾映龍泄其謀，
> 曰：「映龍故與文慶通，共助守城，欲於五日後獻城也。」阿桂逮映
> 龍至靜寧，芳燦曰：「映龍果欲獻城，曷爲以謀告？且伏羌無兵勇，
> 皆烏合眾，亦無俟五日後力始竭。」阿桂曰：「彼非馬得建子耶？」
> 芳燦曰：「彼固以得免緣坐，思得當以報公也。」阿桂悟，立出之獄。

由此事可見他應變敏決，絕非自敘所謂的「少無吏幹」；此事亦見《碑傳集》
卷一〇八趙懷玉替他寫的墓誌銘。自敘之作，在此事之後〔註12〕，但爲了和
李商隱比較同異，這件事便省略爲「余早乘邊障，迭經盤錯，重圍鼓鼙，危
堞烽火，虎尾甘蹈，鯨牙幸脫。」幾句話，和其他同同異異的事等量齊觀了。
但此事應是他一生最大事功，在《清史列傳》本傳中就佔了主要的篇幅。

　　楊芳燦與汪中同時，彼此自序之作是否互見，不得而知；而清末民初的
李詳（1859～1931）則明顯受汪中的影響，他在〈自序〉中說：

> 梁劉峻孝標，遭世坎壈，嘗爲自敘，謂比馮敬通，同之者三，異之
> 者四。吾郡汪容甫先生，追擬孝標，其辭尤戚；當時大雅，咸爲嗟

〔註12〕回亂之後，他因爲「會仲弟揆授甘肅布使，例迴避，顧不樂外吏，入貲爲員
　　　　外郎。」（《清史列傳》卷七二）回到京師任戶部郎官，而自敘「此三同也」
　　　　一段云：「老愛郎潛」，可見此序作於由甘肅回到北京之後，已經歷過回亂。

憫。余單門後進，羈居異所，流俗不容，方寸輒亂。鑽仰先達，復

有繼作，不敏之誚，無所逃罪。(《歷代自敘傳文鈔》頁八一)

接著他就以自己和汪中逐項比較。從他文中所提到的汪中的事蹟看來，如：「母子相依，賣履爲生，傭書自給。」「容甫君火爲祟，絕意仕宦。」「容甫交遊漸廣，羔雁成群。」「容甫晚善治生，不虞懸罄，室有圖史，門接賓客。」都不見於汪中的〈自序〉，而見於他人寫的傳中(孫星衍〈汪中傳〉、劉台拱〈汪君傳〉、江藩〈汪中記〉)，可見李詳的比較並不是以汪中〈自序〉所載爲準。最後他寫道：「嗟乎！容甫比於孝標，已謂不逮，余於容甫，又愈下焉！是知九淵之深，未及劫灰；餐荼之苦，劣於含鳩。久病初起，俯仰無能，攬筆龍鍾，薄言胸臆，好事赤子，或其許乎？」(《歷代自敘傳文鈔》頁八三) 似是競以際遇轗軻爲勝了。以上這些自傳作者在書寫自己一生事蹟時，所面對的不僅是自己未經處理的生命歷程，更是前人用文字構造的一生；自己筆下的生平，已經被其他的自傳、其他生平所介入了。

　　汪中和李詳的自序，都以駢文撰寫。駢文規格嚴密，而且好用典，敘事頗受束縛，容易流於因文立事之弊；用典不加節制，往往引喻失義，敘事反而隱晦；比較楊芳燦用駢文寫的〈自敘〉和《清史列傳》中別人爲他寫的傳、或《碑傳集》裏的墓誌銘就很明顯了。此外，又如洪亮吉《南樓憶舊詩‧序》「又或蘇季上書，全家盡返(謂舅氏曙齋先生)。桓姬索米，半舫爰來(謂適楊氏從母)。中外則雙丁二到，不乏奇童；兄弟則羯、末、封、胡，並饒道蘊。」(《卷施閣文乙集》卷七，頁十三至十四) 用事、對仗使文字工整，但卻不得不用注來補充說明，可見敘事落入駢文窠臼中，被格式所束縛，沒有辦法清楚的敘述事件。而且注裏還是不免用散文，可見以駢文敘事是有時而窮的。自傳之中，頗有一些是用駢文敘述的，但敘事都不免籠統隱晦〔註13〕。

〔註13〕當然這種現象不僅出現在駢文方面，也不限於自傳如此，他傳也有同樣情形，胡適就曾指責說：「傳記寫所傳的人最要能寫出他的實在身份，實在神情，實在口吻，要使讀者如見其人，要使讀者感覺眞可以尚友其人。但中國的死文字卻不能擔負這種傳神寫生的工作。我近年研究佛教史料，讀了六朝唐人的無數和尚碑傳，其中百分之九十八九都是滿紙駢儷對偶，讀了不知道說的是什麼東西。直到李華、獨孤及以下，始稍稍有可讀的碑傳。但后來的『古文』家又中了『義法』之說的遺毒，講求字句之古，而不注重事實之眞，往往寧可犧牲事實以求某句某字之似韓似歐！硬把活跳的人裝進死板板的古文義法的爛套裡去，于是只有爛古文，而決沒有活傳記了。」(《胡適書評序跋集》頁三二九〈南通張季直先生傳記序〉)

　　除了像劉峻〈自序〉這一類的自傳，有明顯的前人作品的影子之外，如陶淵明〈五柳先生傳〉及其眾多繼作（上一章第一節曾引述），都可看見前人作品介入的情形。而就〈五柳先生傳〉本身而言，他的贊語：「黔婁有言；『不戚戚于貧賤，不汲汲于富貴。』其言茲若人之儔乎？酣觴賦詩，以樂其志；無懷氏之民歟？葛天氏之民歟？」（《全晉文》卷一一二）就不是直接論自己，而是引出另外的人物。李有成先生就曾指出：文章的末尾，已經不能確指所敘述的真正傳主/主體（subject）是誰了〔註14〕；因為五柳先生被各種姓名（無懷氏、葛天氏）介入了。類似的情形，如陸龜蒙〈甫里先生傳〉篇末云：「不傳姓名，世無有得之者，豈涪翁、漁父、江上丈人之流者乎？」（《甫里先生文集》卷十六）又如清邵長蘅〈青門老圃傳〉：「贊曰：青門老圃者，莫測其何如人也。或曰，『老圃隱居灌畦，有以自樂，古鹿門漢陰之儔非耶？』」（《青門簏稿》卷十五，頁十一）傳主的平生之樂，也要參考其他的人物，這些記錄自己生平的文字，卻依涉於前人的自傳了。

　　其實，曾習作過古文的人應該都有這樣的經驗：有時下筆為文之際，湧上心頭的不是絕對清新的文思，而是一篇一篇自己曾經熟讀過、尤其是背誦過的文章，裏面一些精采的成分，常常左右我們構思和表達，我們會不知不覺地去模仿、修改，使合所需；但還是有一些話沒有恰當位置可以安排。至於如上述幾篇，刻意用三同四異等比較方式來寫，讓自己的生平通過這樣的章法，自然就免不了剪裁割捨、放大（汪中之窮）縮小（楊芳燦的吏才），使我過去的生命歷程就範。而無數自傳名篇橫亙在書寫的我（現在）和被敘述的我之間，起著介入的作用；執筆的我和過去事件中的我之間，不僅記憶可能不忠於事實，文學的成規也左右著紙上的生平，正如同賴恩（Ryan）所指出：「我-生命」不斷被「我-書寫」所干擾和介入（The desire for auto-biology is always interrupted and mediated by auto-graphy.）〔註15〕。

〔註14〕Yu-ch'eng Lee," Textualising the Autobiography Subject: Description,　Narrative, Discourse," diss., National Taiwan U, 1987, 75.

〔註15〕Michael Ryan,　"Self-Evidence," Diacritics　（June 1980）：6. 這篇文章是針對 Philip Lejeune 論自傳的法文專著 Le Pacte Autobiographique 所作的書評，賴恩立足於馬克思主義與解構文學理論的基礎上，對一些自傳的基本觀念提出有力的質疑，很有參考價值。在此之前，他的博士論文亦研究自傳。

第四章　自傳的眞實與虛構

第一節　虛實的對立與求眞

　　自有文獻記載以來，先哲都一致認爲：無論爲學做人，都應該眞實與眞誠。這樣的信念被歷來的讀書人奉爲圭臬；而就文章而言，我們則要求作者態度誠懇、所言不虛。無論王充的《論衡》或是劉知幾的《史通》，都大力主張撰文要眞實；至於自傳（或傳記）的寫作，更視眞實爲最基本、最重要的原則。

　　近代極力鼓吹傳記文學、提倡寫自傳的胡適，就屢次提到傳記寫作的這個原則，他在〈南通張季直先生傳記序〉中說：

> 傳記的最重要條件是記實傳眞，而我們中國的文人卻最缺乏說老實話的習慣。對於政治有忌諱，對於時人有忌諱，對於死者有忌諱。聖人作史，尚且有什麼爲尊者諱，爲親者諱，爲賢者諱的謬例，何況後代的諛墓小儒呢！……後來的碑傳文章，忌諱更多，阿諛更甚，只有歌頌之辭，從無失德可記。偶有誹謗，又多出于仇敵之口，如宋儒詆諆王安石，甚至于僞作《辯奸論》。這種小人的行爲，其弊等于隱惡而揚善。故幾千年的傳記文章，不失于諛頌，便失于詆諆，同爲忌諱，同是不能紀實傳信。（《胡適書評序跋集》頁三二八至九）

雖然這段話對傳統傳記的批評不免激切，但他認爲傳記必須要說老實話，是符合傳統的。不只傳記要說老實話，自傳更應該說老實話；他稱讚沈宗瀚的自傳《克難苦學記》，也在於覺得作者能說老實話：「這本自傳的最大長處是

肯說老實話。說老實話是不容易的事；敘述自己的家庭、父母、兄弟、親戚，說老實話是更不容易的事。」（《胡適書評序跋集》頁四八三）他又說：「總而言之，這本自傳的最大貢獻在于肯說老實話，平平實實的老實話，寫一個人，寫一個農村家庭，寫一個農村社會，寫幾個學堂，就都成了社會史料和社會學史料、經濟史料、教育史料。」（頁四九二）而這篇序的標題是「介紹一本最值得讀的自傳」，此文作於一九五四年，當時已有不少自傳出版，可見他雖然看到很多自傳，卻一直認爲自傳最重要的就是眞實。因爲如果不眞實，就不足以作爲史料了。

眞實既被奉爲圭臬，虛構當然被大肆抨擊；而自傳作者也極力強調自己所寫的都是眞實，如周作人寫回憶錄，就說：「我寫這回憶錄，也同從前寫『魯迅的故家』一個樣子，只就事實來作報導，沒有加入絲毫的虛構；除了因年代久遠而生的有些遺忘和脫漏，那是不能免的，若是添加潤色則是絕對沒有的事。」（《知堂回想錄》頁五七七）力求眞實、排斥虛構的觀念，普遍深植，並不只是周作人個人的想法；虛構與眞實的對立，無形中成了不可跨越的鴻溝。

其實，就自傳而言，眞實所依賴的，往往只是記憶而已，尤其是早年的事蹟，很少會有人童年就詳盡的寫日記，而且能保留到寫自傳時參考的。而眞實所賴的記憶，不見得是很可靠的。晚年寫自傳的時候，記憶尤其不易掌握，錢賓四先生晚年寫《師友雜憶》時，就曾感歎說：「惟余所欲追憶惜者乃遠從七十年前開始。逃避赤禍來港臺，亦已有三十年之久。古人以三十年爲一世，以今思昔，皆已恍如隔世。而況憂患迭經，體況日衰，記憶銳退，一人名，一地名，平常自謂常在心中，但一臨下筆，即渺不可尋。有時忽現腦際，未即寫下，隨又忘之，苦搜冥索，終不復來。而又無人可問。」（《師友雜憶》序）

遠在一甲子以前，法國的著名傳記作家莫洛亞（Maurois）就認爲：我們很會忘記事情；一旦我們試圖去寫自傳，大都會發現自己已經忘記了過去生活的大部分，童年往往是一片完全的空白。他說以他自己爲例：從一歲，一直到七歲或八歲，他只能回憶起少數出奇的事情。這些少數的事情像是一些孤立的小圖畫，兩邊都被黑暗的「遺忘」深淵所包圍。（《傳記面面觀》中譯本頁一一四）「而且，記憶有時是二手的。我們的雙親或祖父母告訴我們有關自己童年的故事，所以我們的回憶實際上是對他們的敘述所做的回憶。」（頁

一一六）不過，「『遺忘』這種心理過程，在一個人的整個一生中都在發生作用。我們對於其他時期的遺忘，並不像我們對於童年時期的遺忘那樣完全，因爲成年人是固置在一種社會體制之中，所以，他的回憶是連結在環繞他和吸引他的的一些固定現實情況上。」（頁一一八）

他又指出：故意的遺忘往往「基於美學理由」，「如果一位自傳作者也是一位有天賦的作家，那麼不管他願意不願意，他都容易把自己一生的故事寫成一件藝術品。」（頁一二〇）他認爲「赫伯特・史本塞（Herbert Spencer）說得好，在我們的一生之中，記憶力會遺棄、加強、省略以及改變眞實，因爲記憶無法容納每日的生活、簡單的事件，以及不曾發生意外事情的安靜時期，但不曾發生意外事情的安靜時期卻形成人類生活的基本要素。」（頁一二〇）他還引述了史本塞的話：「一位傳記作家，或一位自傳作者，不得不從自己的敘述之中省去日常生活的平凡事情，幾乎完全只限於明顯的事件、行爲、以及特性。如果不這樣，就需要卷帙浩繁的篇幅來容納，而寫作和閱讀這樣的篇幅也是不可能的。但，生活中平凡的部分卻是主角和其他人的生活所共同具有的極大的部分，如省略這部分，只敘說顯著的事物，結果就使人認爲他的生活和其他人不同，但實際上卻並不如此。這個缺陷是不可避免的。」（頁一二〇至一二一）

他更進一步說：「『遺忘』不是自傳藉以改變眞實的面孔的唯一方法。另一個方法是：心智對於任何不滿意的事物會施加完全自然的壓制。」（頁一二一至二）至於「另一種壓制的形式是由一種羞恥感所導致的。很少人有勇氣說出有關自己性生活的事實。」（頁一二三）而且，「我們有一種完全正當的慾望，想在我們所描寫的事件中保護我們的同伴。」（頁一二七）莫洛亞的論述，不僅指陳了記憶的不可靠，也說明自傳作者不可能和盤托出一切事實。

自傳作者之中，對記憶最警覺，談得最多的，可能是語言學家趙元任先生，他在《趙元任早年自傳》中，開篇就談到人的記憶經驗：

> 人人大概都有這種經驗：回想到最早的時候兒的事情，常常兒會想出一個全景出來，好像一幅畫兒或是一張照相似的，可是不是個活動電影。比方我記得清清楚楚的我四歲住在磁州的時候兒，有個用人抱著我在祖父的衙門的大門口兒，滿街擺的都是賣瓷器的攤子，瓷貓、瓷狗、瓷枕頭、瓷鼓——現在一閉眼睛——哪怕就不閉眼睛——磁州的那些磁器好像就在眼前一樣。可是這一景的以前是什麼事情，後來又怎麼樣，就一點兒影子都沒有了。

如果這確是普遍的經驗，那麼，當自傳作者寫到自己最早的經驗時，他所根據的可能只是靜態似的照片，但他卻描寫出有來龍去脈的活動，中間可能已加上自認爲合理的推想。他又說：

> 我講了半天小時候兒的回憶，有的是一景一景的不動的景緻，有的
> 是一幕一幕的有點兒變動的事情，有的是常常兒有過好些回的事兒
> ——不管是那一種，都是些零零碎碎的接不起頭兒來的。除了我生
> 在光緒十八年九月十四——那是後來人家告訴我的——還有二十四
> 年十一月十六看月蝕——那是人家新近才給我查出來的——別的事
> 情不管是哪件是什麼年月日都說不上來，連誰先誰後有的也弄不清
> 了。（頁十六）

不僅自己的出生日期要靠父母告訴、不是自己能意識，甚至自己的先世、父母（自己是誰的兒女），都不是自己經驗中的眞實，而是被告知的。趙元任又提到記憶的不可靠：

> 我害小腸疝氣大概是我六歲的時候兒。我就光記得老肚子疼。……
> 我父親帶著我到天津去看大夫。那回上路是坐車呀，是坐什麼，我
> 一點兒不記得了。帶著那樣兒病動身，不像是能禁得起坐驟車裏那
> 麼顛的，可是我又不記得坐什麼船來著，就記得天津地方樣樣兒都
> 新的很。這是我第二次到天津——要是可以管頭一次叫「到」的話，
> 可是我這次才記得一點兒那地方。這是我第一次記得看見自行車
> 兒。說到記得事情的話，一個人的記性眞靠不住。我這回看了自行
> 車兒過後啊，我老記得一個自行車兒拐彎兒的時候兒就像一張紙牌
> 似的，一翻就翻到左邊兒，一翻就翻到右邊兒，老是一閃一閃的很
> 快的那麼變。後來好幾年沒看見自行車兒，我就老記著他是那麼樣
> 兒拐彎兒的——一直回到南邊在上海再看見自行車兒才看出來自行
> 車兒拐彎兒跟別的車一樣，是彎彎兒的慢慢兒的那麼拐的。我還記
> 得那麼清楚，你瞧！（頁二五至二六）

這個例子說明了兒時記憶有時是通過當時觀察而來，事後年歲漸長，再有機會重新觀察同一對象，會發覺兒時印象不對；但如果不是自行車這麼容易再看到的東西，則記錄下來的兒時印象可就被作者堅持是事物的眞相了。此外，他又說到一種記憶的經驗：

> 我還記得我們在保定住的房子第一回是在元寶胡同，第二回是在扁
> 擔胡同——不對！眞的第一回在保定的是穿心樓東，那還在磁州以

前，我一點兒也不記得，是許多年以後大姊告送我的。磁州以後在
保定住的鐵面五道廟，然後下一回住的才是扁擔胡同。元寶胡同是
常走的地方，可是軋根兒沒住過，我想。我老記著從前住的房子有
多大，街道有多寬，兩頂轎子對面兒來都很容易過得去的。可是小
時候兒記得的東西的大小趕長大了再看見啊，就完全不是那麼回事
兒了。後來有一年——是在一九二〇也不一九二一——我陪著羅素
到保定去演講。我想我這回非得想法子找找我小時候兒認得的地方
兒了。元寶胡同、扁擔胡同找倒是都找著了，可是我簡直不信。街
怎麼這麼窄啊？牆怎麼這麼矮啊？這難道就是我從前常站得門口兒
看他們做冰糖葫蘆兒轉糖人兒的那個大寬街嗎？這種經驗自然是許
多人都有過的——沒準兒人人都有過的，後來我經過這樣兒事情也
不止一次。可是我在保定看見扁擔胡同變成了那麼小不點兒的一個
街堂，我又詫異又失望的簡直說不出話來。（頁二一）

趙元任這段話說明了：兒時的記憶、感覺，往往迥異於成年後的觀感。留在
兒時記憶中的物像大小，當時對自己所處身的空間的感覺、大小的比例，多
年後再次處身其中，往往訝異和原有記憶中的印象相去甚遠。其實不僅小時
候個子還小、覺得東西大的時候會如此，長大以後久別家園也可能有這樣的
經驗〔註1〕。再者，這段引文也提醒我們：兒時記憶並不完整固定，也不盡是
自己直接觀察所得，有些「當時」的記憶可能是事後「聽」來的。而且，記
憶也經過他人的修改，不純粹是我自己的。這並非獨有的經驗，我們只要回
想自己過往的經驗和感覺，應該不難發現類似的情形。但是，我們閱讀自傳
時很容易忽略這一點，因為很少人會像趙元任這樣敘述。

　　趙元任寫作自傳，儘量用口語，而且刻意想再現寫作時候的情形（如果
依照本論文上一章第一節所說的故事與言談的分別，則此書的言談情況非常
明顯。）我們卻因此看到他修正自己的錯誤記憶，如：「我祖父教我的大學跟
小學——想起來了！——小學是我四叔教的，不是我祖父或是父親教的。」（頁
四四）在一般的自傳中，不用這種文體（style），讀者所看到的只是作者最後
認為正確無誤的事實，而在構思和屬稿過程中，作者因為自覺記憶不確而作
的不斷修改，並不會呈現在讀者眼前，因而很容易給人錯覺，以為記憶是相

〔註1〕　十四年前撰者離家上大學，過了十六個月才第一次回家，一踏入家門就覺得
　　　　桌椅、走廊、店面、甚至門前的馬路，都比記憶中要小得多。

當牢固的。而張瑞德先生也曾引證記憶會被自己修改：

> 記憶除了會遺漏外，也會修正。一般人總認為能夠記得住的東西應
> 該是正確可靠的，但是事實上並非如此。我們在回想的時候，常會
> 誇大某些事件，並且依照後來的經驗和現在的需要重新加以解釋。
> 例如人們在回想戰時的經驗時，就常會不自覺的加以修改，以符合
> 社會所認可的行為規範。像一九三九年二次大戰爆發，當時有個住
> 在倫敦附近的小女孩，由於當時正在家彈鋼琴，因此沒有聽到英國
> 首相張伯倫（Neville Chamberlain）的對德宣戰廣播，也沒有聽到警
> 報聲。但是她後來回憶時，卻說她當時是和父母聚集在客廳裏收聽
> 廣播，並且還被警報聲驚嚇了。這些事後的說辭，和她當時所留下
> 的原始文件完全不符。〔註2〕

他接著還進一步說明：「至於說我們在回想的時候，常會依照後來的經驗和現
在的需要重新加以解釋，這個問題需要較為詳細的討論。我們所作的這類重
新解釋，看起來似乎是不對的，但是事實上卻是很正常的現象。一般人和史
家一樣，每個人都不斷的重寫他自己的歷史，因為在某一特殊事件發生當時，
很難預測這個事件對未來會有怎樣的影響，或是有多大的影響。例如一個人
在宗教信仰改變後，對於他整個過去的看法，或許就會有很大的不同之處。」
在他之前，莫洛亞也曾指出：「記憶不僅會由於簡單的時間過程或由於故意的
壓制而有錯失，並且它尤其會自圓其說；它會在事件發生之後創造出感覺或
想法，這些感覺或想法可能是事件的原因，但事實上卻是我們在事件發生之
後所虛構的。實際上，事件是偶然造成的。在很多情況中，我們雖然無意中
以及無意識地做出一些事情，但我們卻為它們找出高尚而振振有詞的動機。」
（《傳記面面觀》中譯頁一二四至五）

　　縱然不容易證明某個自傳作者對自己有前後不符的看法，而自傳總是事
後的說明，很多兒時感覺在當時恐怕只是混混濛濛的，自傳中有條理的敘述
只是後來智慧增長之後的描述。牟宗三先生《五十自述》對自己童年的感覺
有驚人的精采敘述，而他提醒讀者說：「以上是對於混沌而迷離的昏沈之感之
事後的說明，我當時自然不知道這些。」（頁一一）而其實他在篇首就說過：
「生命原是混沌的。只是每一人衝破其混沌，透露其靈光，表露其性情，各

〔註 2〕 張瑞德〈自傳與歷史〉第九頁（原文與無頁碼），張玉法、張瑞德合編《中國
　　　　 現代自傳叢書》代序，台北，龍文出版社，民國七十八年。

有其特殊的途徑與形態。這在當時是不自覺的。惟不自覺，乃見眞情，事後反省有足述焉。」

　　而周作人爲了證明他所說的不是虛構，常常強調所寫的事有根據。譬如《知堂回想錄》第三卷的〈三沈二馬〉，提到馬幼漁在上課時談及內人，結果下次上課時爲女學生所窘，有兩個女學生提出請求說：「這一班還請老師給我們講講內人的事吧。」（頁三六六）爲了有別於道聽塗說之言，他特別強調來源可靠：「……那搗亂的學生就是那有名的黃瑞筠，當時在場的她的同學後來出嫁之後講給她的『先生』聽，所以雖然是間接得來，但是這故事的眞實性是十分可靠的——。」其實如此輾轉傳聞，已經不易保證「十分可靠」了。不過，他總是一再強調眞實和虛構的對立：

> ……關於自敘傳裏的所謂詩與眞實的問題的。這「眞實與詩」乃是歌德所作自敘傳的名稱，我覺得這名稱很好，正足以代表自敘傳裏所有的兩種成分，所以挈來借用了。眞實當然就是事實，詩則是虛構部分或是修飾描寫的地方，其因記憶錯誤，與事實有矛盾的地方，當然不算在內，唯故意造作的這才是，所以說是詩的部分，其實在自敘傳中乃是不可憑信的，應該與小說一樣的看法；雖然也可以考見著者的思想，不過認爲是實有的事情那總是不可以的了……自敘傳總是混合這兩種而成，即如有名的盧梭和託爾斯泰的懺悔錄，據他們研究裏邊也有不少的虛假的敘述，這也並不是甚麼瑕疵，乃是自敘傳性質如此，讀者所當注意，取材時應當辨別罷了。因爲他們文人天性兼備詩才，所以寫下去的時候，忽然觸動靈機，詩思勃發，便來它一段詩歌的感嘆，小說的描寫，於是這就革實並茂，大著告成了。也有特殊的天才，如伊大利的契利尼者，能夠以徹頭徹尾的誑說作成自敘傳，則是例外不可多得的。我這部回想錄根本不是文人自敘傳，所以夠不上和他們的並論，沒有眞實與詩的問題，但是這裏說明一聲，裏邊並沒有甚麼詩，乃是完全只憑眞實所寫的。（頁七二三至四）

他堅稱自己所記的都是眞實，而且爲了避免記憶有誤，還時時抄出自己舊的日記作爲佐證，自己的日記有時而窮，則使用哥哥魯迅的日記，不直接適用時，甚至再加以考據：

> 我在杭州的月日，因爲那時沒有寫日記，所以無可考查，但我查魯

迅的壬子日記，卻還可以找到一點資料。五月項下有云：『二十三日，
下午得二弟信十四日發，云望日往申，迎羽太兄弟。又得三弟信云，
二弟婦於十六日分娩一男子，大小均極安好，可喜，其信十七日發。』
上面所說因為私事不曾往杭州去，但是這事情，又因分娩在即，要
人照管小孩，所以去把妻妹叫來幫忙；這時她只有十五歲的樣子，
由她的哥哥送來，但是到得上海的時候，這邊卻是已經生產了。六
月項下記云：『九日，得二弟信，三日杭州發。』這時大概我已到了
教育司，可見是六月初前去到差的。隨後在七月項下記云：『十九日，
晨得二弟信，十二日紹興發，云范愛農以十日投水死，悲夫悲夫，
君子無終，越之不幸也！於是何幾仲輩為群大蠹。』這樣看來，那
麼我到杭州去的時期，說是從六月一日以後，七月十日以前，那大
概是沒有大差的吧。（頁二六九至七十）

這一大段話，為的是推考出他自己是什麼時候去杭州的。如果這是他傳裏頭
的文字，無足為奇，頂多覺得作者有考據癖罷了；但是出現在自傳裏，就令
人覺得奇怪了。因為自己當時在那裏，自己當然比別人清楚，而且自己也可
以說是資料的來源。如果執筆時已經不能僅憑記憶寫出往事，要借助日記和
略作考證功夫，只要把結論直接寫出來就可以了，實在不必把考證的材料羅
列出來。他連自己的日記也羅列出來作為證據，彷彿這樣才是有真憑實據似
的，日記雖是舊日所寫，不虞記憶有誤；其實也不過是他自己寫的。他如此
徵引，除了出於求真的信念，或者也為了撐篇幅賺稿費〔註3〕。

　　周作人雖然堅信自己的自傳（他認為自敘傳有虛構成分，所以不稱作自
傳，而名之為「回想錄」，即回憶錄。）全是真實而沒有虛構，但他其實並不
願意讓讀者真的了解他，除非那是經過他細心剪裁過的自我形象。下一節將
討論這一點。

〔註3〕　從錢理群著的《周作人傳》看來，他晚年經濟情況不佳，要靠奔走借債度日，
　　　　後來雖然有中共的按月預支四百元稿酬（這在一九六〇年時算是相當高的月
　　　　薪了），但家用支出甚大，一直不斷靠香港友人接濟金錢和日用品。在這種情
　　　　形之下，他顧不得當年的矜持，寫了不少關於魯迅的文章。魯迅在中共的偶
　　　　像地位固毋待辭費，研究魯迅已成顯學，但關於他早年生活的資料卻不多，
　　　　周作人自然知道最多第一手的資料；為了稿酬和微妙的攀緣自保，於是寫了
　　　　二百餘篇談魯迅生活與創作的文字。到了一九六一年底，甚至把秘不示人的
　　　　日記也拿出來賣了。（頁二六〇至二六三、二六九至二七三、二七八至二八〇、
　　　　二八九至二九一）

第二節　修剪過的事實

　　周作人寫《知堂回想錄》，一再強調他所說的是實話。為了證明他所言有本，他引用了大量的資料，包括自己的日記；也引別人的書信，如九十四章記范愛農，收錄了范愛農和魯迅的通信、魯迅的日記，佔了大半的篇幅。寫到日本時更引了很多黃遵憲的詩註。他屢次強調真實與虛構的對立，除了上述所引之外，在頁六三八、頁六四○也重申這一點。雖然撰者不打算去考證他有無說謊，但卻可以明顯的看出，他所呈現在讀者眼前的事實，是他剪裁布置過的。雖然選擇過的事實還是透露了不少的訊息，但更隱瞞了不少重要的事實，或關係他一生大節，或有關他個人生活的重要部份。

　　周作人一生最大的污點，就是他在日本侵略我國時，在淪陷的北平出任偽職，被目為漢奸。但他對於這經過不多說及，卻在〈從不說話到說話〉一章中說：「我不想寫敵偽時期的個人行事，那麼寫的是那時候的心事麼？這多少可以這樣的說，因為在那個時期的確寫了不少文章，而且多是積極的有意義的；雖然我相信教訓之無用，文字之無力，但在那時候覺得在水面上也只有這一條稻草可抓了。其實最初我是主張沈默的，因為正如徐君所說在淪陷區的人都是俘虜，苦難正是應該，不用說什麼廢話。」然後又引了自己一九三八年寫的〈讀東山談苑〉：「《東山談苑》卷七云，倪元鎮為張士信所窘辱，絕口不言，或問之，元鎮曰，『一說便俗。』此語殊佳。」（頁五七九）似乎他的作為有不得已的無奈；其實他投向敵偽之前，胡適等人曾勸阻他，但他沒有接受規勸，而且故弄玄虛，甚至還聲言留平的是蘇武，而不是李陵（見錢理群《凡人的悲哀——周作人傳》頁一三九至一四九）。其實在投敵之前，他已有種種跡象，令人擔心他會失節：他主和不主戰，並為文肯定秦檜等人（前引書頁一二四至一三一）。

　　不過，在他說「一說便俗」的前一節裏，他卻對發生在後的被刺事件（一九三八年元旦）先行仔細敘述：

> 那天上午大約九點鐘，燕大的舊學生沈啓無來賀年，我剛在西屋客室中同他談話，工役徐田來說有天津中日學院的李姓求見，我一向對於來訪的無不接見，所以便叫請進來。只見一個人進來，沒有看清他的的面貌，只說一聲，「你是周先生麼？」便是一手槍。我覺得左腹有點疼痛，卻並不跌倒。那時客人站了起來，說道「我是客。」這人卻不理他，對他也是一槍，客人應聲仆地。那人從容出門，我

也趕緊從北門退歸內室，沈啓無已經起立，也跟了進來。這時候，聽到外面槍聲三四響，如 放鞭炮相似，原來徐田以前當過偵緝隊的差使，懂得一點方法，在門背後等那人出來時跟在後面，一把將他攔腰抱住，捏槍的手兜在衣袋裏，一面叫人來幫他拿下那兇人的武器。其時因爲是陽曆新年，門房裏的人很多，有近地的車夫也來閒談，大家正在忙亂不知所措。不料刺客有一個助手，看他好久不出來，知道事情不妙，便進來協助，開槍數響，那人遂得脫逃，而幫忙的車夫卻有數人受傷，張三傷重即死，小方肩背爲槍彈平面所穿過。（頁五七三）

他還進一步解說沒有受傷的原因：「我的傷一看似乎很是嚴重，據醫生說前年日本首相濱口雄幸在車站〔遇〕刺，就是這個部位，雖然一時得救，卻終於以此致命。我自己覺得不很痛，以爲重傷照例是如此，乃在愛克斯光室裏，醫生卻無論（論）如何總找不著子彈，才知道沒有走進去，這時候檢查傷口，發現肚臍左邊有手掌大的一塊走黑色，只是表面擦破而已；至於爲什麼子彈沒有打進去，誰都不能解說得出來。到了第二天早上起來穿衣服，這才一下子省悟了，因爲穿一件對衿的毛線衫，扣鈕子到第三顆的時候，手觸到傷處覺得疼痛，這時乃知道是這顆鈕子擋住了那子彈，卻也幸虧那時鈕鈕穿得偏左了一點，如果在正中間的話那也無濟於事。」（頁五七四）他又說：「這案始終未破，來源當然無從知悉，但這也是可以用常識推理而知的。」他認爲是日本人主使的：

日本軍警方面固然是竭力推給國民黨的特務，但是事實上還是他們自己搞的，這有好幾方面的證據。第一，日本憲兵在這案件上對於被害者從頭就取一種很有惡意的態度。一日下午我剛從醫院裏回家，就有兩（個）個憲兵來傳我到憲兵隊問話，這就是設在漢花園的北京大學第一院的。當時在地下室的一間屋裏，仔細盤問了兩個鐘頭，以爲可能國民黨認爲黨員動搖，因而下手亦未可知。以後一個月裏總要來訪問一兩次，說是聯絡，後來有一次大言治安良好，種種暗殺案件悉已破獲，我便笑問，那麼我的這一件呢？他急應道，也快了。但自此以後，便不再來訪問了。第二，刺客有兩個，坐汽車來到後面的胡同，顯然是大規模的。但奇怪的是，到家裏來找我，卻不在我到海甸去的路上，那是有一定的日子和時刻的，在那路上

等我可以萬無一失，也不必用兩個人，一個人就儘夠用了……現在
卻大舉的找上門來，不用簡單直捷的辦法，豈不是爲避免目標，免
得人聯想到燕大去的事情麼？這安排得很巧，但也因此顯露出拙來
了。我到燕大去當了客座教授，就可以謝絕一切別的學校的邀請，

這件事情第一觸怒了誰，這是十分顯而易見的事情。(頁五七四至五)

他對被刺的事寫得很詳細，彷彿他是日本侵華的障礙，日人要除之而後快；
光看這事的敘述很難令人想到他後來會任僞職，接受要暗殺他的敵人的保護。

　　至於他繼漢奸湯爾和出任敵僞華北教育總署督辦之事，在回想錄中卻輕
描淡寫，看不到他熱中僞官、患得患失的心情。其間他曾一度被朱深排擠，
日記中意氣消索；不久他輾轉運動靠攏汪精衛，謀得新職國府委員，又喜不
自勝，馬上向朱深示威，得意之情，溢於言表；數月後朱深病逝，還在日記
中幸災樂禍，餘恨未了。他又爲了鞏固在僞政府中的地位，先爲文對背叛師
門的弟子沈啓無（曾經同時挨槍，後因所謀文學院長之位不遂，僅得國文系
主任，心存怨懟而被人利用，匿名替反對周作人的日人爲文攻擊他。）致命
一擊，繼而以辭職要脅日本方面，迫使撰文攻擊他的日本作家道歉。在此之
前，一九四一年他曾赴日開會，謁見日皇並參拜軍國主義者的聖殿靖國神社，
還訪問日本海軍醫院，更捐贈五百元慰問日本傷兵。一九四二年他又作汪精
衛的隨員，謁見僞滿洲國傀儡皇帝溥儀；對照他當年著文慶祝溥儀成爲平民、
勉勵他讀書上進，將來出洋留學，周作人的態度判若兩人。他又曾三次南下，
視察各地治安強化運動，拜見當地日本憲兵隊及特務機關，慰問日本傷兵，
發表各種訓示。而日記顯示他的佣人愈來愈多，光是一九四一年至翌年之間，
僕人就從十三個增加到二十三個（可參考錢理群著《凡人的悲哀——周作人
傳》頁一五二至一七二、一七九至一八六）。我們讀修剪過的《知堂回想錄》，
卻完全看不到這些事：這不是一句「一說便俗」就可以迴避的。自傳作者縱
然沒有無中生有的虛構事實，也可以移前挪後，去瑕存菁，變造出自己的美
好形象。

　　他大概也知道讀者會不滿他隱瞞重要的事情，所以預爲說辭，在書後加
以說明，告訴讀者不能因爲看不到想知道的事而怪他，因爲他本來就不打算
和盤托出：

可是假如有人……以爲所有的事情都眞實的記錄在裏邊，想來一切
疑難事件的說明，那未免是所願太奢了，恐怕是要失望的。……我

寫的事實，雖然不用詩化，即改造和修飾，但也有一種選擇，並不
是凡事實即一律都寫的。過去有許多事情，在道德法律上雖然別無
問題，然而日後想到，總覺得不很愉快，如有吃到肥皂的感覺，這
些便在排除之列，不擬加以記錄了。現在試舉一例。這是民國二年
春間的事，其時小兒剛生還不到一週歲，我同了我的妻以及妻妹，
抱了小兒到後街咸歡河沿去散步。那時婦女天足還很少，看見者不
免少見多怪，在那裏一家門口，有兩個少女在那裏私語，半大聲的
說道，「你看，尼姑婆來了。」我便對她們搖頭讚嘆說，「好小腳呀，
好小腳呀！」（他）〔她〕們便羞的都逃進門去了。這一種本領，我
還是小時候從小流氓學來的手法，可是學做了覺得後味很是不好，
所以覺得不值得記下來。此外關於家庭眷屬的，也悉不錄；上邊因
為舉例，所以說及。其有關於他人的事，有些雖是事實，而事太離
奇，出於情理之外，或者反似天方夜談裏頭的事情，寫了也令人不
相信，這便都從略了。〔註4〕

我們不知道他省略了多少這樣的例子，其實如果是長篇的傳記，這樣的軼事
倒可以看出傳主性情的一個側面，是值得記載的。他舉這個例子，倒是有避
重就輕之嫌，其實他所略而不談的事，並非盡是如此無傷大雅的瑣事。除了
任偽職的一切之外，另一避而不談的是他和哥哥魯迅由非常友愛的兄弟而一
夕失和的事。

關於兄弟反目成仇的過程，他在回想錄中幾乎全未提及，只一再強調以
不辯解作為解說；更沒有提到關鍵人物——他的妻子，甚至全書沒有提到她
是日本人。雖然他自己不肯說明此事，但從各種不同來源的資料看來，雖不
能斷定確切的內情如何，卻一致認為這對和諧兄弟之所以一夕反目，是周作
人的日本妻子信子一手造成的；而且很可能是她持家太揮霍所埋下的禍因（兄
弟兩人同住時，二人的收入都交給她作大家庭的家用。）加上周作人懼內和
糊塗所釀成的（可參考錢理群著《凡人的悲哀——周作人傳》頁四二至五一
所引資料）。不過，回想錄倒曾記載他把兄弟失和時的日記剪去：

〔註4〕《知堂回想錄》頁七二四至五。他喜歡天足：「……我相信日本民間赤腳的風
俗總是極好的，出外固然穿上木屐或草履，在室內席上便白足行走，這實在
是一種很健全很美的事。我所嫌惡中國惡俗之一是女子的纏足，所以反動的
總是贊美赤腳，想起兩足白如霜不著鴉頭襪之句，青蓮居士畢竟是可人。」（《知
堂回想錄》頁一七八）他妻子是日本人。

關於那個事件，我一向沒有公開的說過，過去如此，將來也是如此，
在我的日記上七月十七日項下，用剪刀剪去了原來所寫的字，大概
有十個左右，八月二日記移往塼塔胡同，次年六月十一日的衝突，
並說徐張二君來，一總都不過十個字。（一四一節〈不辯解說〉下，
頁四二四）

他斬釘截鐵的說永遠不會透露此事；但是他也一再強調，他所剪去的只有十
個字而已。不過他雖則屢次說：「一說便俗」（此語最先是針對兄弟失和之事
而說的，後來才又用以指任僞職之事。）並非眞的恪守諾言，在提到日記曾
經剪掉十字之後，緊接著他糾正好友許季茀（壽裳）對此事的敘述：

這裏我要說明，徐是徐耀辰，張是張鳳舉，都是那時的北大教授，
並不是什麼「外賓」，如許季茀所說的，許君是與徐張二君明白這件
事的內容的人，雖然人是比較「老實」，但也何至於造作謠言，和正
人君子一轍呢？不過他有一句話卻是實在的，這便是魯迅本人在他
生前沒有一個字發表，他說這是魯迅的偉大處，這話說的對了。魯
迅平素是主張以直報怨的，併且還更進一步，不但是以眼還眼，以
牙還牙，還說過這樣的話，（原文失記，有錯當改，）人有怒目而視
者，報之以罵，罵者報之以打，打者報之以殺。其主張的嚴峻有如
此，而態度的偉大又如此，我們可不學他的百分之一，以不辯解報
答他的偉大乎？（頁四二四至五）

因爲這不利的說法，是出於他們兄弟的共同朋友，又是頗有名望的人，很容
易爲不明內情的人所接受，變成定論；所以他就不能等閒視之，非得解說不
可了。而且，從這段文字可以看出，他對魯迅猶有餘憾，而字裏行間暗示哥
哥之所以不提這事，並非他寬宏大量，因爲他一向是以牙還牙的；言外之意，
暗指哥哥理虧，所以才保持沈默。

　　這本回想錄超過兩百節，約三十八萬字，讀者自然會預期如此長篇，應
該會對他個人的事敘述得相當詳盡，同時也會涉及他的親人，如大名鼎鼎的
魯迅（他在大陸有極崇高的聲望，受到歌頌和崇拜。）但他卻聲明說：

還有一層是凡我的私人關係的事情都沒有記，這又不是鄉試硃卷上
的履歷，要把家族歷記在上面。……此外有些不關我個人的事情，
我也有故意略掉的，這理由也就無須說明了，因爲這既是不關我個
人的事，那麼要說它豈不是「鄰貓生子」麼？（頁七一八至九）

這「鄰貓」恐怕是指魯迅。不過，他並非眞的不談他人之事；事實上，二百多節之中，有不少就全談他人之事。而且在敘述童年之事時，他常指出某個長輩就是魯迅小說中的某人。至於個人私事，大概首當其衝是有關他太太之事，周作人絕少提及他的太太，讀者甚至不能由此知道她不是中國人。寫回想錄時，他太太已經去世，夫婦晚年，關係異常惡劣。在一九六〇和六一年的日記中，有以下的記錄：「擬工作，因不快而止。」「晨……極不快……晚不快。」「終日不快。」「下午又復不快，無故生氣有似病發，又不得工作矣。前得和解才有十二日耳，殆亦業也……四時後仍如讕如嚲，不可理喻。晚復和解。」「又復不快。宿業殆無已時。回顧一生，受損害侮辱徒爲人作犧牲，恐至死才能結束也。」「幾不可與語，動輒得咎」老夫妻不只爭吵，甚至打架：「殆已近末日矣，臨老打架，俾死後免得想念，大是好事」以致他覺得生不如死：「苦甚矣，殆非死莫得救拔乎」「眞唯祈速死，但未知死法耳」（轉引自錢理群著《凡人的悲哀——周作人傳》頁二九二至二九四）

他不記自己和妻子相處之事，並非他的回想錄體例不記男女之情，因爲他就曾經記載別人的夫妻感情：

> 說到這裡，聯想所及不禁筆又要岔了開去，來記劉半農的一件軼事了。這些如敎古舊的道學家看來，就是「談人閨閫」，是很缺德的事，其實講這故事其目的乃是來表彰他，所以乃是當作一件盛德事來講的。當初劉半農從上海來到北京，雖然有志革新，但有些古代傳來的「才子佳人」的思想還是存在……後來出洋留學，受了西歐尊重女性的敎訓，更是顯著的有了轉變了。歸國後參加「語絲」的工作，及張作霖入關，「語絲」被禁，我們兩人暫避在一個日本武人的家裏……有一天半農夫人來訪，其時適余妻亦在，因避居右室，及臨去乃見其潛至門後，親吻而別，此蓋是在法國學得的禮節，維持至今者也。此事適爲余妻窺見，相與歎息劉博士之盛德，不敢笑也。（頁三六六至三六七）

親吻而關乎「盛德」，眞是牽強之至。縱然扯上法國、禮節、尊重女性等等，不過爲了談別人夫妻接吻的飾詞而已。只因爲有趣而記載，而又恐怕有揭人陰私之嫌，才強爲之詞。除此之外，他還談叔叔的私事；他母親替他叔叔伯升（庶祖母所出，和他年齡接近，友愛如兄弟）娶婦，「伯升見不能躲避，於壬子十一月廿四日結了婚，帶到武昌去，不久卻回來了，當初不敢抗爭，後

來想要離婚，這明明是不可能的了。到了伯升死後，家裏有一個傅氏太太，當地又有一個徐氏太太，和一個小孩據說還有遺腹，撫恤費除還債餘剩只有二百五十元，四六分得，有小孩的多得了五十元，就是那樣了事了。我在這裡詳細的把這事寫出來，意思是給伯升作個供養，說明他的善良成爲他的缺點，而尊長的好意乃反是禍根，想起來時是很可歎息的。」（頁二九九）所謂「供養」，恐怕亦是藉口而已。可見他並非眞的認爲不應談私事，只是不想談自己夫妻間的事罷了。

　　當然，自傳經過剪裁的情形，並非僅限於《知堂回想錄》，只不過他刻意迴避，而其人又曾天下知名，所以欲蓋彌彰，有不少旁的資料可以對比出他所謂的眞實，已經裁掉了他曾經熱中名利，不惜屈身事敵的一面了。此外，有的自傳則因爲忌諱而不談某些事。如錢穆《師友雜憶》序中就說：「亦有心中極明白極清楚之事，不敢放筆。」又如龔德柏在回憶錄裏也說：「但人事是複雜的。我有些事情，頗有涉及他人不利的地方，甚而涉及權要。我雖願寫，但卜君或不願發表。所以我與卜君當面約定，關於某人某事，現在是不能發表的。所以我在這裏所寫的，不是我的自傳全部。」（《龔德柏回憶錄》之〈開場白〉頁二）而沈從文的《從文自傳》也說：「后一部分寫離開家庭進入大社會后的見聞和生活遭遇，體力和精神兩方面所受災難性挫折和創傷，個人還是不免受到些有形無形限制束縛，不能毫無顧忌的暢所欲言。」（《從文自傳》頁一三四〈附記〉）類似的例子並不罕見，不一一細舉。

第三節　不同版本的眞實

　　自傳敘述到傳主自己個人的事時，如果不是和當時社會有大關係，不易有他人的記載可資參考，往往就被接受爲事實，但這種事實，並非一定正確；以下將舉出夫婦二人的自傳中，對同一件事——二人相識至結合的經過，的不同敘述。其中可見出對事情著眼的差異，而更重要的，是藉此指出：有些事彼有此無，或同載數事，先後次序相矛盾。足以令人省察，「眞實」竟可以有不同的「版本」。

　　撰者要援引的是《沈怡自述》和《沈應懿凝自述》，男方沈怡先生是沈亦雲女士（黃膺白夫人、著名回憶錄《亦雲回憶》作者）之弟，留德工程博士，曾任上海工務局長（時黃膺白任市長）、南京市長、交通部長。據二人自傳所

記，從相識至金婚，白首偕老，相親相愛；則對於當初相識至結婚經過，應該印象深刻，所以撰者針對二人對這一段經過的記載，舉例論述。

首先，沈怡記述當初認識經過：「〔叔雍夫人〕受我大姊之重託爲我作伐，她立即屬意於凝，蓄意要爲我們介紹。」「我第一次見到凝是極偶然的在某一場合一瞥而過，僅僅點首而已……這一擱就是三個月……」「其時趙家老太爺已知道叔雍夫人在爲我們介紹，他對凝素來十分愛護器重，他唯恐他的兒媳不夠仔細老當，他表示必須親自見我一談，才能放心……當時作何問答，我已不復記得……」「後來我再次晤凝是在戈登路大華飯店，那是叔雍的三十歲生日……凝淡妝而至，秀色照人，儀態大方，使人亦敬亦愛，但無機會與之交談。」（《沈怡自述》頁一三五至六）

這裡敘述戈登路大華飯店生日宴在趙老太爺「面試」傳主之後，但同書頁二七三卻記載此宴在前。這次是媒人的丈夫趙叔雍生日，也是二人第一次正式見面；雖然以前沈怡曾「極偶然的在某一場合一瞥而過」（沈傳頁一三五），但應氏在這次才開始對他留意（幾個月前只在報紙上看過照片），兩人都用了不少筆墨來寫這件事，但重點、詳略各有不同。沈氏注意的是：「只見她那溫文儀態，雅淡服裝，襯著她白皙雋秀的姿容，眞是清麗出俗。她的一雙白嫩的纖手帶了一隻翠綠戒子，儘是握著杯子左顧右盼，目光從不來和我相接觸。」（沈傳頁二七二）而應氏對這後來成爲夫婿的男子的外貌，並無什麼描寫；但對於處身眾多生人之中，深刻印象的是自己的舉動：

> 這時便有人宣佈今天是男主人的三十華誕，於是來賓起立敬酒，我注目一看，所有的座位都是夫婦相對，而我的對面卻正坐著這位博士局長那眞使我窘極了，舉杯時，我祇略一向主人擎杯領首，以後我對誰也不作招呼。（應傳頁三一八）

飯後眾人跳舞，應氏又面臨難題：

> 翩翩起舞者愈來愈眾，我的神經便不由自主的緊張起來，怕的是萬一有人來邀我共舞，我將如何應付？幸而季淑很懂得我的心理，她笑指著舞池中的那些如醉如癡的舞侶，臨空地自言自語笑嘻嘻的說：「今天我們這桌，祇是觀舞，而不跳舞的。」這句話當然是有所示意。我暗暗地注意一下這位唯一的年輕人，他倒眞是正襟端坐，含笑不言。我想他必然能懂得女主人這句話是對誰而發。（應傳頁三一八）

但沈怡完全沒有提到當時有邀舞的企圖，由此可見應氏敘述中，得意的先發
制人免除窘境的做法，可能有點想當然耳。後來好不容易宴會結束：

> 席終時間已是不早，大家都是一握而散。我當然仍是由叔雍夫婦送
> 我回家，那知我正在上車時，這位博士局長竟走來和我們握手道別，
> 而且還替我們關上車門，我覺得這個人倒很有禮貌，無形中我對他
> 已有了一種微妙的好感。（應傳頁三一八）

給她深刻印象的是男士的社交禮貌；而男生念茲在茲的是她「白皙雋秀的姿
容」，和「一雙白嫩的纖手」。由此可見二人雖然同時參與一事，男女著眼之
處卻可大不相同。

後來沈怡的舅父母想一見應氏其人，於是由沈怡姊姊出面設宴，出席的
有沈家幾位親友，《沈怡自述》記他逗笑對方：

> 這次的請客和那天大華飯店，則不相同了，大家都很隨便，所以我
> 和應小姐也略有交談的機會，但她總是十分矜持寡言，我思索了半
> 天想和她多談談，可是她恒以微笑答一二語即止。後來自然而然的
> 說話慢慢的多起來，我只覺得我們間談話時的稱呼很是彆扭，我便
> 聲明要改稱她懿凝姊，她聽了很自然地禁不住笑了出來，她那樣子
> 十分天眞而帶稚氣，但一下子就斂笑，正經的說：「我比你小，怎樣
> 稱起我『姊』來，你就叫我名字好了。」（頁二七三）

此事卻不見於《沈應懿凝自述》中。又沈怡記述席間鬧酒，應氏受窘：

> 〔她〕勉強的說：「我是不會吃酒的。」這一下大家便嘩然的叫起來
> 說：「這杯應讓君怡來代！」這個使命我當然樂於接受，立刻把酒杯
> 接過來，也是一飲而盡，還把空杯在應小姐面前稍稍晃了一晃，這
> 時她的怒容似已消除，對我微微頷首一笑，彷彿表示她的謝意。（沈
> 傳頁二七四）

此事在《沈應懿凝自述》中，卻如此記載：

> 但我是不會吃酒，大家便齊聲主張要沈君怡來代吃，這一提議更使
> 我明白了他們的醉翁之意，但我卻淡然不作表示。再看看這位被大
> 眾推舉出來的代飲者，卻態度十分從容持重，他彬彬有禮的拿了一
> 杯酒站起來向我問道：「應小姐可同意？」我窘得不知何以爲答，但
> 他不待我的是與否，已含笑舉杯，一飲而盡。（頁三二〇）

應氏回憶當時情形，自己並沒有所謂「微微頷首一笑」；含笑的是對方。至於

「彷彿表示她的謝意」，可能只是一廂情願而已；女士回憶之中，是自己當時矜持得體的表現，洞悉眾人起哄意圖，起初對眾人鬧酒，「淡然不作表示」，只是對沈氏的請示，窘於回答而已。

這次宴會之後不久，又由沈怡的大姊、姊夫出面（沈怡父母早逝）宴請女方家長。沈怡對此次宴會沒有描述細節，但應氏卻對他的送客舉動印象深刻：

> 當我隨同父親母親出內門時，我正要去掛衣間拿外套，誰知這位沈君怡已站在那裏等候，雙手提著我的外套，見我一出去，就立刻替我披上，使我爲之窘極，於是他便和每一個人鞠躬如也的握手送別。
>
> （應傳頁三二一）

據《沈怡自述》敘述，雙方家長見面之後，好事多磨。首先，「應府方面竟是消息寂然，一無反應。」原來女方家長正在多方面打聽他的家世及爲人。通過這一關之後，總以爲「婚事就可以有個分曉。豈知正在此時，凝的外祖母忽告重病，急電來叫凝的母親趕速去杭。」「議婚的事又停頓下來。」他沈不住氣，想去對方家裏拜訪，但介紹人叔雍夫人以對方家規嚴格爲由，認爲未妥，遂不敢造次。不久有一天晚上，介紹人家中曇花盛開，請了雙方來欣賞，才又得以見面。直到中秋過後，女方父母才回到上海，男方大姊去提親，情辭動人，一說即合。（頁三七五至六）

但在《沈應懿凝自述》中，雙方家長見面，「及到散席卻無一人提及議婚之事，雖則如此，但人人都是心照不宣，盡歡而散。」「過了幾天，沈怡的大姊特地專誠來拜訪母親，並且明白地表示她此來的目的是專誠爲其弟正式求婚。」這中間行動緊湊，並無打聽對方之事；這或者是應氏父母暗中進行，她本人並不知情。但外祖母病重，父母歸省之事，隻字未提；趙府賞曇花，亦不見記載；從雙方家長認識至提親，其間不過數日而已（頁三二一至二）。顯然夫妻所記，至少有一方記憶有誤。

而據《沈怡自述》，女方家長回杭州探病期間，男方礙於對方家規嚴格，不得往訪；苦候之際，媒人曾設法邀得佳人來共賞曇花，讓二人得以會面。事隔半世紀，沈怡金婚回憶，還記得應懿凝出現時的深刻印象：

> 只見凝翩然而至，但她一進門臉上顯然露出一種驚訝之色，及至我急忙進前去和她握手，更是使得她局促不安，看樣子她是很急匆匆而來的，頭上鬢髮蓬鬆絕無修飾，穿一件黑綢隱花旗袍，顯得她更是玉立亭亭，秀色照人。（沈傳頁二七六）

「鬒髮」、「秀色」，與「玉立亭亭」，也和前述的「白皙雋秀的姿容」、「白嫩的纖手」有同樣的份量，美好的影像長留腦海之中，雖然在五十年後，猶歷歷如在目前；但在應氏自述中，卻完全沒有說及賞曇花之事。大概此事在二人的回憶之中，份量大不相同。

後來沈怡大姊出面爲弟提親，應氏說她「動之以情，喻之以理。」終於完成任務。翌日沈怡親來道謝，她記述當時情形：

> 我母親也是一個能言者，借此就對怡也說了許多相當客氣而極有份量的話，連我聽了也覺得懍然肅然。這位沈君怡受德國禮節的薰陶確是十分到家，當他一得到我父親母親的親口允可，便立刻雙足跨前一步，連連道謝，一面向我父母親深深的一鞠躬，於是又轉身與季淑握手稱謝，感謝她作伐的美意。最後他走到我身邊笑嘻嘻地注目凝視了一會，頗想有所動作的樣子，但又踟躕不前的猶豫了一下，似乎覺得不甚相宜，於是便含笑伸出雙手握住了我的兩手說：「我們也該說聲恭喜恭喜！」（應傳頁三二二）

應氏說她母親的訓誨，連她這旁聽者「也覺得懍然肅然」，可見她以爲受訓者沈怡當然比她更感肅然，印象更爲深刻。然而，在《沈怡自述》之中，根本沒有提到她母親的訓話；甚至沒有提到親自到應府向未來岳父母道謝一事。（由這一段引文也可再次看出：應氏對男子的禮貌，印象特別鮮明。）

此外，二人從認識到結婚的短暫期間，還有幾件事見於《沈怡自述》，但在《沈應懿凝自述》中，並沒有敘述。其一：女方訂婚宴當晚，他去女家邀對方和大夥同看茶花女電影，往接對方時未有入內，「只在車中坐候，因是時凝家正在大讌親友，後被堂上得知，對此一舉動大不以爲然，當場雖不拒絕，但訂婚以後有相當長的一時期對我很不諒解，凝在其間更是爲難，一直經過好久好久方才冰釋。」（沈傳頁一三七）其二：沈氏訂婚之後，天天到應家談天到夜深，但苦無二人單獨出遊的機會，一次邀約未婚妻去看賽狗，不料「竟遭凝母親峻然拒絕」，而且還隱隱然給了他「一頓極溫和客氣而含有教訓的意見。」（沈傳頁二七七至二七八）其三：訂婚之後，有一天沈氏大姊沈亦雲與姊夫黃郛結婚週年紀念宴客，沈氏終於得到準岳母的批准，可以和未婚妻一同出行赴宴，而主人餐後倡議遊園，故意與來賓一一溜走，讓二人得以獨對：

> 這下我們二人在樹間花下，並肩緩走，細語喁喁，大談心曲，這是我們訂婚以來從未有過的甜蜜的片刻！當正在要步出園門時，凝忽

然從衣袋裏取出一個信封納入我手中，含羞微笑輕輕的說：「等回再看！」她那倩兮盼兮的情態是爲我第一次領略，未免使我心旌搖搖，……自從有了這次交信的辦法，從此我們便每次到臨別之時必然會交換一封短牋以盡未盡之言。當在交換信的時候，我們總是手中各挾一信緊緊的把手互相握住做出猶如臨行握手的狀態，這時只覺從手中到心中彷彿有著一股電流交相奔駛，這種滋味，眞是只可意會，而無以言傳。（沈傳頁二七八）

這情節頗有《浮生六記》的餘韻，男士溢於言表，形諸筆墨；女士則含蓄蘊藉，不見於自述之中了。不只是遊園、換信（據《沈怡自述》一三八頁所記，他們天天寫信）兩事不見於應氏自述，關於訂婚後沈氏天天到女家談天的情形，《沈應懿凝自述》還省略了以下有趣的一事：

我們二人總是在前廂房凝的母親的書房裏談話，而凝的母親總不時地要叫凝的大哥來作陪片刻，老人家認爲這是應有的禮貌，而我卻覺得十分殺風景，因此我把這種感覺在我和凝交換的信中說了出來。不料某次在交換信時竟被凝的二哥看到了，第二天他趁凝不在的時候偷偷的到她的臥房去搜索，竟被他在凝的枕畔看到了這封信，於是他便拿去挖苦凝的大哥說他太不識相，大哥不禁大怒，從此他就再也不肯來擔任這個任務了。（沈傳頁二七九）

沈怡還記載未婚妻每次都給他準備零食：

凝知道我喜歡吃新鮮的橄欖，那時正在冬天，我每次去總有滿滿一碟青翠照眼的新鮮橄欖放在書桌上，於是我就邊談邊吃，旁若無人，別人看了常在背後竊竊私議，說我們怎麼會有這許多的話好談，我就笑和凝說：「那種味道只有喜歡吃橄欖的人才懂得。」在當時我不知道我每天吃的橄欖核有多少，凝的大嫂卻暗中收著，後來到我們快結婚時，她送凝一大包東西，打開一看，原來是一包橄欖核，這玩笑開得倒怪有意思的。（沈傳頁一三七至一三八）

這應該是令人印象深刻的玩笑，可是在應氏自述中完全沒有提及；但下列一事，她費了很多筆墨來寫，而沈氏卻不記載：

但怡一再苦勸要我的長髮剪去，……我便同意在結婚前一天由季淑陪我去一家外國美容院把我的頭髮剪短，但回來一看簡直弄成奇形怪狀，不成樣子，我怒極而不禁大哭，堅決表示明天取消結婚，父

親到處叫人去找理髮師想要把我的頭髮設法接長，但沒有人能有這種本領，那末我便說明天我一定不結婚了。母親急得只好去把怡叫了來，我仍是堅決的說：「不結婚了。」他異常緊張，便自己去到跑馬廳一家上海最著名的俄國美容院 Record 和他們商量，老闆居然滿口答應，那天雖是星期日，他們說一定可以特別專爲我去把他們最著名的一位理髮師請來替我整理，準可弄得盡善盡美，怡接洽妥當後，立即來報告母親，明天上午八時由怡親自陪我同去，於是我的怒火才算平下來。（應傳頁三二四至三二五）

下文還敍述這是一家最高貴的美容院，設備前所未見；而且因爲知道準新郎的身份，所以準備得十分妥貼。又說到沈怡如何哄小孩似的哄她，還買了各式糖果西點放在梳妝檯上給她當早餐，讓她破涕爲笑，「一切整理完畢後，我都掛著笑容上車。這是我第一次緊挽了怡的手腕，步入車中，並肩而坐，這一種親暱的情態，我們之間還是破題兒第一次！」（應傳頁三二五）但這一切全不見於《沈怡自述》。此外，新娘臨離開女家時忽然大哭，上車以後因爲新郎一句上海話而破涕爲笑（沈傳頁二八二），卻不見於《沈應懿凝自述》。

又如寫婚後同遊西湖，風光與心情俱佳，如入夢境：

在湖心中盤旋來去，不覺漸有涼意，我們只好緊緊的偎倚在一起相顧而笑，偏是這個倚老賣老的舟子面對著我們有說不完的山海經，滔滔不絕的越講越起勁，叫人眞是奈何他不得。後來他發現凝原來是杭州人，而且又是忠清里應道臺家的小姐，他更是興致勃勃的大講其應府的故事，我們無法攔阻得住，只好讓他去唱獨腳戲，無奈他坐的地位偏偏正貼對著我們，使我們的行動很受拘束，二人僅能緊握雙手作會心的目語，倒也別有滋味。（沈傳頁二八四）

這一段湖上風情，卻不見於應氏自述中。

以上所舉，是二人從相識到結婚經過，只要比對兩傳就可以發現此有彼無；此外，有時雖然兩書均有記載，但細細領會，仍有不同。譬如敍述長子夭折一事，兩人的說辭表面上雖然大同小異，但細看字裏行間，輕重頗有不同。沈怡記此事如下：

壹志是一個極壯實的孩子，白晳清秀十分可愛，……誰知剛到十八個月，一天去外婆家傭人們給他吃了一小片西瓜，回家就瀉肚，發高燒，總不得治，終至夭折。我和凝的哀傷悲痛，互難相慰……（《沈怡自述》頁二八五）

而應懿凝則敘述說：

> 不幸，我們的兒子壹志如此健實可愛的一個孩子，他的小生命竟只
> 有十八個月的壽命，其致命之由，就祇因吃了小小一薄片的西瓜，
> 忽然腹瀉，我們也算得小心，立即去看醫生，他絕未說有痢疾之可
> 能，豈知拖延了四星期之久，竟至不治，豈不痛哉！（《沈應懿凝自
> 述》頁三三〇）

兩相比較，二人回憶傷痛往事，下筆之際，應氏暗示小兒之死，醫生或有未
盡其職之處；而父母「算得小心」，並無疏忽之責。沈氏則明言致病之由，是
「外婆家傭人給他吃了一片西瓜」，對岳家疏忽似不能無憾；而應氏則不提是
在外婆家吃的，只強調西瓜不過是「小小一薄片」而已。

　　從以上所述，可見縱然是印象深刻的往事，自傳所述，也會有如此出入；
則他事可以想見。撰者所舉例子，雖無關歷史，僅是二人私事；但由此可見，
自傳對於一事之敘述，先後可能有異，輕重亦有不同。如果其中只有一人作
自傳，則很多事都可能不見記載，但那卻會被認為就是真相；因為他人若有
不同記錄，往往不易為人接受，讀者和史家會相信自傳所述個人私事。上舉
之例因為一事異說皆見於第一手資料的自傳，而且二人是和諧夫婦，沒有攻
訐的動機，所以才令人重視。其實儘管剛好有相對的自傳可資對照（如上文
所舉沈、應二人對相識經過的敘述。）可以多一項參考，也是難斷二人所記
孰是。而通常根本沒有完整的相當資料可對比，則自傳所述，往往就是唯一
第一手的記載。上例所言雖小，卻可以喻大，足以令人深思：自傳所傳達的
真實，亦難以確然無疑。

第四節　自傳的虛構性

　　周作人寫自傳（《知堂回想錄》）的時候多次強調真實，排斥虛構。雖然
他也不能（而且未必願意）傳達純粹真實的生平，不過，他的話倒透露了自
傳的真實性值得懷疑；他說：

> 古來許多名人都曾寫過那些名稱懺悔錄，自敘傳或是回憶的文章，
> 裏邊多是虛實淆混，例如盧梭、託爾斯泰、析里尼、歌德都是如此。
> 那是藝術作品，所以它的價值並不全在事情的真實方面，因為讀者
> 並不是當歷史去看，只是把它當作著者以自己生活為材料的抒情散
> 文去讀，這也是很有意味的。歌德將他的自傳題名為「詩與真實」，

這是很有意思的事。在這裏，詩與眞實相對立，詩是藝術，也就是
理想或幻想；將客觀的眞實通過了主觀的幻想，安排了敍述出來，
結果成爲藝術的作品，留供後世人的鑑賞。但那是藝術名人的事情，
不是我們平凡人所可學樣的。我平常不懂得詩，也就不能贊成這樣
的做法，我寫這回憶錄，也同從前寫「魯迅的故家」一個樣子，只
就事實來作報道，沒有加入絲毫的虛構；除了因年代久遠而生的有
些遺忘和脫漏，那是不能免的，若是添加潤色則是絕對沒有的事。（頁
五七七）

他察覺到自傳中無可避免的有虛構的成分，所以他在強調自己所說的是事實
時，一再重申他所寫的回想錄不是自傳，因爲自傳除了有眞實的記載之外，
也含有詩的成分，而詩的本質難免是虛構的、不眞實的。其實，換了一個名
稱，並不能把虛構變成眞實，而且他的回想錄也和回憶錄一類的自傳無異。

　　自傳之中，有些敍述可以明顯的看出是虛構之詞，譬如黃周星的自撰墓
誌銘〈笑蒼道人墓誌銘〉說到他的死：

至今年庚申春道人行年七十而顏色猶兒也。言念世事，四顧寂寥，
忽感愴傷心，仰天歎曰：「嘻，吾今不可以死乎？」遂爲解蛻吟，與
妻孥親朋訣別，慷慨引醇酒盡數斗，一夕竟大醉不醒。於是人以道
人爲眞死矣。或曰道人故有仙緣，特假此以解蛻去耳；蓋至今未死
云。（《潯溪文徵》卷十五，頁九。作者明亡隱居，年七十投水，越
數日傷病死。）

讀者既然知道這是他的自傳，當然曉得所謂眞死未死，不過是遊戲之言。而
在他之前的陳繼儒有自撰墓誌銘〈空青先生墓誌銘〉，所述更爲怪誕：

先生生於年月日時，卒於年月日時。未歿之前，召子孫賓朋曰，汝
曹逮死而祭我，不若生前醉我一杯酒。於是子孫賓朋雁行洗爵，而
以次第獻先生如俎豆狀。先生仰天大嚼，叱曰，何不爲哭泣之哀。
於是左右皆大慟。或爲薤歌以佐觴，歌愈悲，酒愈進，酒愈進，歌
愈合。先生喜而起舞，簪帽以花，婆娑挑達若小兒狀，必令人人盡
醉乃罷歸。將瞑之日，呼左右而告之曰，人皆言死而有鬼物，有金
銀臺召者，有笙歌幡幢縹緲從雲端而來迎者。吾皆不見。若見皆幻
也。言迄鼓掌大笑而逝。時堂中有白虹一道，印首飛指青天而去，
眾莫不奇之。（《明人自傳文鈔》頁二五三至二五四）

這段文字，縱然不是見於自傳，而是出自他傳之中，恐怕還是會被斥爲荒誕不經。有的敘述，雖然不是寫自己死亡情形，還是令人難以置信，如清汪价〈三儂贅人廣自序〉，就說到他和老虎打交道的事：

> 余於行路，凡三遇虎。壬申⋯⋯庚子⋯⋯甲辰遊富春山，登子陵釣處。因訪桐君，見山門絕巘，一白額虎坐瞷溪流，余與眾客方側行巖下，虎張爪豎尾，欲來撲人。眾客噤戰俯地。余拱手語之曰：「山君山君！聞聲久矣，今日得瞻神采，幸勿妨我去路！僕所攜三寸弱管耳，當揮斥成長律奉獻。」虎點首者三。一嘯跳入叢莽。與眾客越宿樵子之廬，燃燈疾書五排六十韻。天方曙，以詩焚故處，祝之曰：「一言相贈，余不爽約。君有英神，能無印可乎？」是夜，夢虎頭人來謝教，持鹿酒共酌。興正酣，爲役夫催起，乃驚失之。（《虞初新志》卷二十，頁一至二）

他的文章竟然可以賄賂撲人的猛虎，簡直是匪夷所思了。而陳中州有自傳〈太鶴山人傳〉，亦有非常可怪之事：

> 好鬥蟋蟀，擘雨窾柳根取之。暴雷擊柳，點跳先雷去柳幾步，得不死。雷火烈膚，神色自若。夜出走，大蛇當道，殺之。歸寢，一蛇登床，觸其頸，驚覺。火出，蛇伏於被，同舍兒將殺之。山人曰：前蛇我殺之，今蛇報復，義蛇也，舍之。（《明人自傳文鈔》頁二三七）

雷電迅速，小孩無論如何慧黠，也不可能「點跳先雷去柳幾步，得不死。」而「雷火烈膚」尚能「神色自若」，則唯不知痛癢者能之。至於不殺登床尋仇之大蛇，並義而釋之，簡直是超凡入聖了。這些作者可能爲文略帶遊戲態度，但下舉一個現代人的例子，則不得不令人重視：

> 嗣德奎又告余園中有狐魅作怪之事，繪形繪聲，疑神疑鬼，如有其事，如在目前。而余此後亦確曾遭遇到。姑舉一例。某夕深夜，余欲起床小解，開亮電燈，忽見床前地上兩鞋，只賸一隻。明是關著寢室門纔上床，望寢室門依然關著，但床前那隻鞋卻不翼而飛，不見了。清晨遍覓不獲，後見此鞋乃在帳頂之上。是必有啣之而上者，但究不知是何怪物。寢室既門窗緊閉，此怪物又何由而來。此類事，曾三數見。余告德奎，我二人講狐魅並未開罪於他，但他卻來作弄，余遂寫一文，責狐不是。命德奎買些錠箔，余用黃紙硃筆恭寫此文，

命德奎焚之園中，以後此等事遂絕。（錢穆《師友雜憶》頁六八）
這段文字如果出現在司馬中原的鄉野傳奇故事中，不足爲奇，但出自史學巨
擘的錢賓四先生的自傳，就令人不敢遽斥之爲無稽之談了；尤其是作者全書
無半點遊戲態度，平常又是不妄語的長者。不過，如果撇開作者不管，就文
論文，實在和韓愈爲文退鱷魚，汪价以詩賄猛虎同科。

　　要分析一本自傳中眞實與虛構的成分，並不容易。如果就「有沒有這回
事？」這個層次來談眞實與虛構的話，除了大人物的自傳之外，很多情形都
不適用。因爲只有歷史上的重要人物，才會有豐富的傳記（自傳以外的）資
料可資比較，尤其是自傳作者提到歷史大事時，我們可以從史書、他人的記
載中，檢對此事是否無誤；特別是其他材料都一致與自傳所記相異時，我們
就比較能確定是自傳所記有問題。而如果自傳所記自相矛盾的話，就更輕易
斷定是自傳記載有誤，或是其中有虛構之詞。

　　但很多時候，情形並不如此明顯，因爲自傳的傳主並不必然是歷史上的
大人物，不一定有相關的歷史記載可資對勘。曾經有人寫回憶錄自稱參加過
一九二七年的八一南昌暴動，「文章一開始就描寫八月一日當天月亮是如何的
明亮美麗。經過編輯的檢查，發現八月一日那天陰曆是七月初四，月亮不會
是明亮美麗的，只好退他的稿子。」〔註5〕這其實是很巧的例子，作僞的人不
見得都那麼不小心，會露出如此明顯的破綻。而且如果作者不以大事爲個人
事蹟的背景，就更難定其誠僞了。默默無聞的傳主，所關涉的人與事可能都
難以參考其他材料，譬如清汪价在自傳〈三儂贅人廣自序〉中毫不忸怩的談
到自己的種種德行：很會賭博，每賭必大贏，但卻能一念斬斷惡習。甚至爲
狎斜之遊，每遇名姝，對方對他都非常好，不僅不受酬，還要捐錢給他作助
學金；而雖然對方對他如此厚意，他竟然能夠一嘗而止，斷然便不復爲，絕
不陷溺。（《虞初新志》卷二十，頁一）他的文筆冠絕群倫，自然不在話下，
雖然考運不濟，但文章之美，已出神入化，竟能安撫試場裏哀鳴的文鬼（頁
十）。而允文允武，甚至武功也非比尋常，曾得異人傳授，「能練臂爲鐵」，任
由大力士拳擊，若無其事，而大力士則「拳痿繭不能舉矣。」（頁三）儘管他
的自傳文長萬餘字，卻幾乎沒有任何其他傳記資料可以參考所記之事，方志

〔註5〕　張瑞德〈自傳與歷史〉頁八至九（原文無頁碼）引榮孟源〈關於史料的鑑別〉
　　　　（收於高默、江溶編《怎樣學習和研究歷史》，北京，中國青年出版社，一九
　　　　八五年。），張玉法、張瑞德合編《中國現代自傳叢書》代序，台北，龍文出
　　　　版社，民國七十八年。

中也只有寥寥四行提到他〔註6〕。

　　縱然是歷史人物，他的童年瑣事也是不能考證的。本紀記傳主生時充滿禎祥，固然為現代讀者所譏，以為必無其事；但列傳中的幼時「異於常兒」，「少有大志」，或種種不凡舉動，與及足以見其後慷慨志節的童年軼事，又何嘗能夠有其他資料斷定必有其事？一般論述傳記或自傳，常以是否真實作為衡鑑的標準。事實上，說一篇自傳某些成分是虛構，往往所憑藉的是另一些資料，但所作為標準的材料是否就一定確然無誤呢？很多時候根本就沒有確實可靠的標準，已如上述；可見這方法有時而窮。再者，有一種記載是不可能得到旁證的；錢賓四先生的自傳曾記載了一個有應驗的夢：「時余雖在小學任教，心中常有未能入大學讀書之憾。見報載北京大學招生廣告，投考者須先讀章學誠《文史通義》，余亦求其書讀之，至形於夢寐間。一夕，夢登一小樓，所藏皆章氏書，有世所未見者。後二十餘年，余在北京大學任教時，果得見章氏書之為世未見者。亦異事也。」（《師友雜憶》頁七五）歷代自傳之中，不乏夢的記載。有的富含象徵意義，如劉勰的自傳只有兩則個人事蹟，都是夢，其中一則是他「夢執丹漆之禮器，隨仲尼而南行。」（《文心雕龍・序志》）但是傳主有沒有做夢？怎樣的夢？所述的夢有沒有經過清醒之後的變造？只有說夢的人自己才知道，我們怎樣去考證夢的真偽呢？

　　其實，在「無中生有」這個層次之外，書寫行為（writing）本身就無可避免另一層次的虛構（fiction）。首先，可舉膾炙人口的《從文自傳》為例，作者在書後有兩段話：

> 讓讀者明白我是在怎樣環境下活過來的一個人。特別在生活陷于完全絕望中，還能充滿勇氣和信心始終堅持工作，他的動力來源何在。……書中前一部分學生生活占分量過多。雖著重在反對教「子曰」老塾師頑固而無效果教育方法，一般讀者可能只會得到些「有趣」印象，不可能感到有什麼積極意義。因為到他們讀我的作品時，時代已不同了……后一部分寫離開家庭進入大社會後的見聞和生活遭遇，體力和精神兩方面所受災難性挫折和創傷。（《從文自傳》附記）

一本自傳不是漫無目的什麼都寫，而往往是有主題、有重點的，只不過不是

〔註6〕　Pei-yi Wu, The Confucian's Progress: Autobiographical Writings in Traditional China（Princeton: Princeton UP, 1990）166.

每本自傳都會有序跋來說明罷了。賦予自傳主題，猶如寫文章有主線、有重點，是寫作時賦予，而不是與生俱來的。縱然我們認爲自己的一生都在爲一個崇高的目標而奮鬥，但從理論上來說，那只不過是對往事的解釋。一個成年人一生中做過無數的事，說過難以計算的話，還有眾多離奇的夢；一旦認定自己的生命歷程有一個明確的主題，就會以此解釋過往的事，選擇事實時也會無形中忽略和這主題無關的材料。自傳如果完全沒有主題，根本就難有取捨的標準，面對浩大無際的記憶，只有望洋興嘆，無從篩選有用的材料，使連貫在一起的事實產生意義。

但是，主題是抽象的；主題和那一年出生，住那裏，念甚麼學校，到過甚麼地方等等這些具體的事實不同，主題只是自己對過去的舉動劃出一條明顯的軌跡。儘管信誓旦旦的矢言自己一直遵循這軌跡，排除萬難的朝著這目標邁進，也不過是回顧過去時，以一個現在的觀點來檢視繁複的一生，把散漫的、零碎的印象予以整理，使之井然有序，即有情節、有發展、有因果關係。但在這貫串事實成一生命歷程的編輯過程中，固然使不相連屬的點滴回憶獲得意義，但無可避免的，這中間一定有所剪裁取捨。從無意義到有意義，從混沌到事出有因，構成一可閱讀的生平；這從無到有、從零散到建構成篇，呈現出意義明朗的一生，就是書寫的虛構。書寫上的虛構雖然不是捏造事實，和內容的虛構不同，但卻有其相通之處。下一章還會再進一步論述這問題。

此外，所有用第三人稱敘述的自傳，敘述傳主如何如何，用的稱謂不是「予」、「吾」等自稱之詞，談的不是「我」而是他人之事。然而傳主既和作者同名，被認爲是同一人（譬如五柳先生就是陶淵明），則在傳中向讀者介紹五柳先生的人（敘述者）就不能等於作者陶淵明，因爲文章的人稱設計使得說故事的人（敘述者）和故事主角（傳主）不是同一個人，而陶淵明既然已經是傳主，他就不能夠又是敘述者；所以敘述者不是一個眞實存在的人物，只是爲方便行文而虛構的。

第五章　自傳、小說與歷史

第一節　史書中的虛構

　　歷來論傳記或自傳失實，每以史書爲準；然而，史書之中，誇張失實之處，亦往往有之，孟子於《尚書・武成》「血流飄杵」，就認爲「盡信書不如無書，吾於〈武成〉，取二三策而已矣。」（《孟子・盡心》下三）雖然他這麼說主要爲了強調「仁人無敵於天下」，以仁伐不仁，不必有慘烈戰爭就可致勝；但可以肯定：他認爲這史書的敘述太誇張了。《史記》爲歷代正史之祖，其中亦多有「髮盡上指冠」「目眥盡裂」「膝行而前，莫敢仰視。」等誇張之詞（見〈項羽本紀〉）。〈高祖本紀〉種種怪異，固然因爲他是皇帝，有各種當時造作與事後附麗之詞。但本紀之外，也頗有受人懷疑的敘述，如〈留侯世家〉載黃石老人授他兵法，其間曲折，只有他們二人知之，而黃石固然不能言語，恐怕還是張良故神其事以堅眾將之心。至於商山四皓出爲儲王定是非，司馬光更認爲其事不足信：

> 高祖剛猛伉厲，非畏縉紳譏議者也，但以大臣皆不肯從，恐身後趙王不能獨立，故不爲耳；若決意欲廢太子，立如意，不顧義理，以留侯之久故親信，猶云：非口舌所能爭，豈山林四叟片言遽能桅其事哉！借使四叟實能桅其事，不過污高祖數寸之刃耳，何至悲歌云：羽翮已成，繒繳安施乎？若四叟實能制高祖，使不敢廢太子，是留侯爲子立黨以制其父也，留侯豈爲此哉？此特辯士欲夸大四叟之事，故云然；亦猶蘇秦約六國從，秦兵不敢窺函谷關十五年，魯仲

連折新垣衍，秦將聞之卻軍五十里耳。凡此之類，皆非事實。司馬
遷好奇，多愛而采之，今皆不取。(《新校資治通鑑注》卷十二，頁
四○○附考異)

司馬光的話是否完全正確，姑置不論；但其中他說「高祖剛猛伉厲，非畏縉
紳譏議者也。」卻是沒有疑問的。這些事未必是司馬遷杜撰，但他採入史書
中，亦可見他不以爲非。其餘如〈趙世家〉等，亦多神奇怪異之事。《史記》
全書之中，類似的記載，並不罕見。

或者以爲司馬遷撰史富於文學手法，所以《史記》多有想像之詞。但後
世史書，亦不乏難以置信之事；如《晉書‧郭璞傳》所載，傳主能起死馬復
生，能撒豆成兵，能以柏樹代人，解王導之厄；又能未卜先知，種種怪異，
不一而足。而〈藝術傳〉所載死而復蘇，種種預卜休咎，災異神怪之事，衡
諸小說，其不可思議之處，實不遑多讓。

神怪誇張之外，亦有失實之處，趙翼曾論《梁書》多失載或失實之處：

> 如昭明太子，以其母丁貴嬪薨，武帝葬貴嬪，地不利於長子，昭明
> 聽墓工言，埋蠟鵝等物以厭之。後事發，昭明以憂懼而死（事見《南
> 史》及《通鑑》），而本傳不載。臨川王宏，統軍北伐，畏魏兵不敢
> 進，軍政不和，遂大潰，棄甲投戈，塡滿山谷，喪失十之八九。此
> 爲梁朝第一敗衄之事（見《南史》及《通鑑》），而本傳但云：「征役
> 久，有詔班師，遂退還。」絕無一字及潰敗之跡。他如郗皇后之妒，
> 徐妃之失德，永興公主之淫逆，一切不載。(《二十二史箚記》卷九，
> 頁一一八〈梁書悉據國史立傳〉)

又有回護之處，如《宋史》：

> 元修宋史，度宗以前，多本之宋朝國史：而宋國史又多據各家事狀、
> 碑銘，編綴成篇，故是非有不可盡信者。大奸大惡，如章惇、呂惠
> 卿、蔡確、蔡京、秦檜等，固不能諱飾。其餘則有過必深諱之，即
> 事蹟散見於他人傳者，而本傳亦不載。有功必詳著之，即功績未必
> 果出於是人，而苟有相涉者，亦必曲爲牽合。此非作史者意存忠厚，
> 欲詳著其善爲本傳，錯見於他傳，以爲善善長而惡惡短也。蓋宋人
> 之家傳、表、誌、行狀，以及言行錄、筆談、遺事之類，流傳於世
> 者甚多，皆子弟門生，所以標榜其父師者，自必揚其善而諱其惡。
> 遇有功處，輒遷就以分其美，有罪則隱約其詞以避之。宋時修國史

> 者，即據以立傳。元人修史，又不暇參互考證，而悉仍其舊，毋怪
> 乎是非失當也。（《二十二史箚記》卷二十三，頁三〇九至三一〇，〈宋
> 史各傳回護處〉）

這兩則都是因爲後代修史時只用了原來的國史（幾乎與傳主同時的記載），而
國史又多用了紀念性的私家傳記所致。所以顧炎武就認爲替人寫傳，一定要
讀他的著作：

> 誌狀在文章家爲史之流。上之史官，傳之後人，爲史之本。史以記
> 事，亦以載言。故不讀其人一生所著之文，不可以作。其人生而在
> 公卿大臣之位者，不悉一朝之大事，不可以作。其人生而在曹署之
> 位者，不悉一朝之掌故，不可以作。其人生而在監司守令之位者，
> 不悉一方之地形土俗，因革利病，不可以作。今之人未通乎此，而
> 妄爲人作誌，史家又不考而承用之，是以牴牾不合。子曰，蓋有不
> 知而作之者，其謂是與？名臣碩德之子孫不必皆讀父書。讀父書者
> 不必能通有司掌故。若夫爲人作誌者必一時文苑名士，乃不能詳究，
> 而曰子孫之狀云爾，吾則因之。夫大臣家可有不識字之子孫。而文
> 章家不可有不通今之宗匠。（《原抄本日知錄》卷二一〈誌狀不可妄
> 作〉，頁五六二）

他的主張是很合理的，不過，實際上很多史官仍只據現成的家傳、行狀、墓
誌銘等有褒無貶的文章作傳，所以寫出來的史傳便不盡可信。因爲這些私家
傳記除了家族紀念外，基本上就是爲了被採用爲國史而作的（上文引用趙翼
〈宋史各傳回護處〉亦可看出這種情形），所以他的形式很接近史傳；推及特
（Twichett）說：

> 在形式上，官方傳記和墓誌銘中敘述身世的起首一節通常是相同
> 的。首先是姓名和字號，然後是籍貫，以辨明他的家系，然後是關
> 於他近祖諸代足以稱述的事跡，偶而在其父親早死而母親特別艱苦
> 扶養他成人時，也可能記一點關於她的細節，但在正常的情形之下，
> 則只有關於父系祖先的細節──這在一項爲家族祭祀而作的文件來
> 說，是想當然的。
> 這些細節後面常記載著一件或數件公式化的，但不一定是事實的項
> 目，以證明主角的性格在孩童時代就顯得很清楚了。這些公式是用
> 來表示歷史家指派給他的主角的性格典型的，它們並且象徵性格及

> 行為的終身的一致性，這是歷史家所亟欲建立的。〔註1〕

這段話出自英國史家但尼斯推及特（Denis Twichett），雖然是在比較官史和墓誌銘等私人傳記，但他的敘述也正好歸納了大部分傳記的一般記事特色。他又進一步說：

> 我們在唸傳記時也要切記，不論那個傳記是包括在多麼具有權威性的史書之中，它們所根據的事實則很可能是為家族目的而編寫的記錄。拿來和那些史書的其他部份比較，它們在年月日的記載方面也比較不精確，並且是沒有經過太多的評閱的。再者，它們所涉及的祇是傳主生平的一面——往往是公務方面的……（同上，頁四三）

他又指出《史記》以後的史家往往以私人性紀念銘文作為唯一的傳記資料，而「《史記》裏的列傳大體都不是由實際的紀念銘文推演出來的。在這方面《史記》是特殊的，因為它所記述的是一段很長的時期，而其資料——尤其是列傳中的——是出名的混雜，包括了許多歷史的傳奇與傳統，其可靠性少說也是可疑的。在後世這一類的材料只有被納入歷史小說，或那些界於歷史和小說之間的『稗史』中去的資格。」（同上，頁二九至三〇）這裡已經隱然觸及史書和小說之間的共通之處了。不過，他並沒有更進一步揭發兩者的共同虛構性。他把重點放在典型的塑造方面：

> 史家建立主角的基本性格的方法，是把他歸類於……標準角色之一。為了維持一致性，歷史家往往把不適合這角色的事件寫在同書的其他部份，通常是在「紀」或旁人的傳記之中，這樣便一方面保持了這個角色形象的完整，同時也保持了傳記作者的職業道德。（同上，頁三六至三七）

這和傳統學者論《史記》互見之法相近。而他則補充說明典型的塑造，要付出歪曲的代價：

> 歪曲的主要原因在於資料的採用與否，有些資料之被擯棄可能是因為它們對主角不利，或者因為作者將主角的性格描繪成了一個特定明確的典型，而這些資料卻與作者的描繪不符。（同上，頁三四）

因為要剪裁原料，使符合明確的典型，就不得不裁掉多餘的資料。而被裁掉的資料，可能以不同解釋可以串連出不同的結論。

〔註1〕推及特（Twichett）〈中國傳記的幾個問題〉，見《中國歷史人物論集》頁三二。台北，正中書局，民國六十五年。

　　此外，也有研究傳記文學的學者，指出傳記雖要求真實，但也常不免有想像、推演和夸張：

> 我們強調指出傳記文學寫實的特點，并不是說傳記作品不能作必要的藝術加工。在人物、情節總的符合歷史真實的前提下，對某些細節作一定的想像、推演甚至夸張，是容許的。當然，它們必須遵循生活和人物性格的邏輯，不能任意編造。它們如果運用得當，不會損害作品的真實可信性，只會加強其藝術感染力量。……許多傳記中寫到的人物獨白、耳語等，當然誰也不可能聽見，都是作者按照當時具體情況推想出來的。要之，傳記文學必須真實，不能虛構，但也并不排斥合理的藝術處理，這是古代優秀傳記文學家們給我們留下的一條成功經驗。〔註2〕

這段文字的作者執守真實與虛構的對立，但又不得不承認無可避免的「藝術加工」；強調不能虛構，但也妥協說：「也並不排斥合理的藝術處理」。雖「不能任意編造」，但若能「遵循生活和人物性格的邏輯」，也並「不會損害作品的真實可信性」。這樣依違兩可，也沒有說明怎樣才能兼容並蓄，什麼程度的加工是超過真實的界限，只顯出對此問題進退維谷的窘態。下列文字也觸及史書中的虛構：

> 如果說，《史記》中的歷史性、真實性主要得之于「實」的，那末，《史記》中的藝術性、生動性就主要得之于「虛」了。一般說來，史傳散文中的憑實構虛與后世小說創作的純憑虛構是不同的，而就其都離不開虛構這一點來說，又是相似的，所以錢鍾書先生說：「史家追敘真人真事，每須遙體人情，懸想事勢，設身局中，潛心腔內，忖之度之，以揣以摩，庶幾入情合理。蓋與小說、院本之臆造人物、虛構境地，不盡同而可相通：記言特其一端。《韓非子‧解老》曰：『人希見生象也，而得死象之骨，案其圖以想其生也；故諸人之所以意想者，皆謂之象也。』斯言雖未盡想象之靈奇酣放，然以喻作史者據往跡、按陳編而補闕申隱，如肉死象之白骨，俾首尾完足，則至當不可易矣。」〔註3〕

〔註2〕　呂薇芬、徐公持〈中國古代傳記文學淺論〉頁三二至三三，《文學遺產》一九八三年四期，北京。

〔註3〕　吳汝煜〈論史記散文的藝術美——兼談司馬遷的審美觀〉見劉乃和編《司馬

其中說史傳和小說「而就其都離不開虛構這一點來說，又是相似的。」的確道出二者共通之處。不過，大體言之，史傳的「虛構」只是設身處地去想像，不是完全憑空捏造；而小說家則可無中生有，較自由地想像、虛構。錢鍾書先生說二者「不盡同而可相通」，是很中肯的。

史書中無可避免會有想像的成分，而史家撰史時運用想像，亦有其必要。杜維運先生就曾指出：「歷史上有很多地方是割裂的，是不連貫的。資料的殘缺不全，促使這種情勢出現。所以一部上下數千年綿延不絕的連貫性的歷史，實際上不存在，其連貫是出於史學家的想像。這種想像，在史學上是一種建設。」「歷史以想像而有了連貫性。」〔註4〕可見史家雖然大致上不會虛構事實，仍然會以想像來填補資料不足之處，就運用想像這一點而言，卻是和小說一致的；兩者都在撰文時運用想像，書寫上的虛構情形是相通的。

本章第三節還會詳論這問題。

第二節　自傳體小說與小說體自傳

自傳和小說的分別，似乎一向是涇渭分明的，不過，近代頗有自傳曾試用小說的寫法，最著名的例子要算胡適之先生的《四十自述》了，他在序中說：

> 關於這書的體例，我要聲明一點。我本想從這四十年中挑出十來個比較有趣味的題目，用每個題目來寫一篇小說式的文字，略如第一篇寫我的父母的結婚。這個計劃曾經得死友徐志摩的熱烈的贊許，我自己也很高興，因為這個方法是自傳文學上的一條新路子，並且可以讓我（遇必要時）用假的人名地名描寫一些太親切的情緒方面的生活。但我究竟是一個受史學訓練深於受文學訓練的人，寫完了第一篇，寫到了自己的幼年生活，就不知不覺的拋棄了小說的體裁，回到了謹嚴的歷史敘述的老路上去了。〔註5〕

遷和史記》頁二九四至二九五。北京，北京出版社，一九八七年。所引錢鍾書先生的話見《管錐編》冊一，頁一六六。

〔註4〕　杜維運《史學方法論》頁一九五，作者自刊本，台北，三民書局經銷，民國七十二年。六十八年初版。其後又曾增訂，加入〈傳記的特質和撰寫方法〉一章（此文最初刊於香港《明報月刊》一九八四年十月號，十一月轉載於台灣《傳記文學》月刊第四十五卷五期）。

〔註5〕　他接著說：「這一變頗使志摩失望，但他讀了那家庭和鄉村教育的一章，也曾

他這自傳的〈序幕〉即〈我的母親的訂婚〉，費了十五頁的篇幅（全書百頁）去細說這經過。首先，序幕掀開，場景是家鄉的廟會，先描寫熱鬧的情形，說廟會本來更如何如何，但因爲怕三先生講話，所以大家都收斂節制了，漸漸引出鄉人如何敬畏三先生，布置好三先生未出場前的氣氛，使讀者知道他是有道之士，同時爲後來年齡相差三十歲的婚姻預留線索。接著焦點轉到女主角馮順弟身上，這個十四歲的鄉下女孩，因爲大家你一句、我一句都是三先生，「她心想，三先生一定是一個了不得的人，能叫賭場煙館不敢開門。」三先生的德行與爲人在鄉人和她姑姑口中道出，她（和讀者）因而曉得。第二節說到她的家和父親（奇怪的是她父親既然全家死於洪楊之亂，只剩一個男孩子，則她何來姑姑？），父親每天努力辛苦工作，最大的心願是要把毀於兵亂的祖屋重建起來，而她自恨不是男子，不能分勞，但時時夢見自己做官、父親的願望能夠實現。

　　第三節的時間已是三年後，寫提親、合八字。她父親覺得抄個八字合合看無妨，但母親反對她嫁老頭子，人家兒女都比她大，而且別人會說他們貪圖對方有勢力。這幾點大概正是作者要解釋的，藉著小說對話可以自由發揮，把這些疑慮和解答都放在對話中，便會讓人不覺得敘述者要說服自己。如果用概括敘事（如史傳式的自傳）就比較不易爲讀者所接受。既然夫婦意見分歧，只好問女兒自己的意思。因爲前文已經有了夢的伏筆，此時暗示女主角出於孝順之心而答應，便顯得順理成章了。母親還是不願意，故意報錯日和時，沒料到算八字的正是月吉先生，他三年前在廟會見過她和她姑姑，覺得她是貴人，要過她的八字來算過，而且留有底稿，更正後一算很合適，母親也覺得是天意，於是就衷心答應了。他在〈序幕〉的最後說：「馮順弟就是我的母親，三先生是我的父親鐵花先生。在我父親的日記上，有這樣的幾段記載……」日記上簡單記著迎親之事。

　　他這小說體自傳的構想在當時是很新穎的。以前的自傳若寫自己父母結婚的經過，充其量只用概括的敘述，因爲當時根本不可能有傳主在場，而胡適用目擊其事經過的寫法，的確是別開生面。這樣的寫法當然是深具虛構性

　　　表示贊許：還有許多朋友寫信來說這一章比前一章更動人。從此以後，我就爽性這樣寫下去了。因爲第一章只是用小說體追寫一個傳說，其中寫那『太子會』頗有用想像補充的部分，雖經董人叔來信指出，我也不去更動了。但因爲傳聞究竟與我自己的親見親聞有別，所以我把這一章提出，稱爲『序幕』。」《四十自述》頁二至三，台北，遠東圖書公司，民國七十三年。

的。敘述者是虛擬的，不存在於事件中，只是借助他來說故事。但正如他在序中所說，「寫完了第一篇，寫到了自己的幼年生活，就不知不覺的拋棄了小說的體裁，回到了謹嚴的歷史敘述的老路上去了。」這原因除了他所說的「但我究竟是一個受史學訓練深於受文學訓練的人」之外，也可能是這時已經不需要用小說方式了，當初要用小說寫母親的訂婚，恐怕也爲了方便解答這樣的問題：爲什麼一個十七歲的鄉下女孩要嫁給四十七歲的官宦當塡房（和當比她大的兒子的後母）？所以才要從廟會開始描寫，並有種種安排和伏筆。他沒有貫徹小說的手法，而下述另一本自傳就比較徹底。

　　謝冰瑩的《女兵自傳》也是以一個場景開始，所不同的是她已經在場了。這裡用老祖母的話來說她母親懷她時候的情形，以及她母親雖然討厭她，其實心裏很愛她。最異於尋常自傳之處的是：連傳主的出生年、祖先、父母姓名都沒有。每一節都有一個標題，卻沒有明顯的連繫，也常沒有明確的年份。在〈飢餓〉一節的開始，甚至會出現這樣的敘述：「說出來，有誰相信呢？我已經四天不吃飯了。」（頁二一四）這不是自傳常有的回顧性敘述，因爲這裡的時間是現在式（雖然中文沒有時態變化），所透露的是說話時（寫作的時候）已經四天沒有吃飯，而不是指事件發生的當時（過去某一段時間），通常會用「曾經」取代文中的「已經」（「了」可以不用）。廣泛使用對話和泛濫的感情、隱約的人名（通常都沒有姓）、時間的斷裂（譬如詳寫戀愛、沒有明顯說到結婚，一跳就是產子。）事件發生時（如當兵）的年齡也沒有明顯說及；這些特徵都使得這本書和大部分的自傳大相逕庭。

　　此外，有些自傳裏的某些段落似乎也接近小說的敘述方式；例如蔣夢麟在《西潮》中寫到孫中山先生去世的情形：

> 忽然客廳裏的人都尖起耳朵，諦聽臥室內隱約傳來的一陣啜泣聲，隱約的哭聲接著轉爲嚎啕痛哭——這位偉大的領袖已經撒手逝世了。我們進入臥室時，我發現孫先生的容顏澄澈寧靜，像是在安睡。他的公子孫哲〔生〕先生坐在床旁的一張小凳上，呆呆地瞪著兩隻眼，像是一個石頭人。孫夫人伏身床上，埋頭在蓋被裏飲泣，哭聲悽楚，使人心碎。汪精衛站在床頭嚎啕痛哭，同時拿著一條手帕擦眼淚。吳稚暉老先生背著雙手站在一邊，含淚而立。（頁一四九至一五○）

這一段描寫很特別，敘述者本身好像異常冷靜，對死者的去世沒有反應，還

可以從容去觀察記錄別人的舉動。縱然是他傳，似乎也很少這樣的寫法，要不是單寫遺孀一人的動作，就是籠統寫大家很悲傷，鮮有一一描寫各人反應，而敘述人自己又能如斯冷靜，彷如置身事外。但如果這是全知觀點的小說敘述，敘述者不是人物之一，那就不足爲奇了。

以上的幾個例子，都是自傳而或多或少用了小說的寫法，至於小說而貌似自傳的，則近代寫日常生活的第一人稱小說都可說是自傳體的小說。不過，若進一步討論這個問題，就會發現答案相當複雜。

論傳記與自傳的學者，除了以眞實與虛構對立之外，亦每每以自傳（或傳記）與小說對舉，認爲寫自己的故事，內容眞實的是自傳，虛構的就是小說，劃然判分，不相混淆。但從形式上看，二者並無必然的分野；因爲有的小說也會用第一人稱「我」來敘述，例如有名的唐傳奇小說中的〈遊仙窟〉，就是第一人稱的小說。不過，這樣的例子在古代似乎不太多；但近代就非常之多了，如臺靜農先生早年就寫了不少精采的第一人稱小說。另一方面，自傳也常會用第三人稱，和第三人稱的小說相似。

再者，小說也常會細說主角很多年的生活，也提到他的父母、家人、工作、學歷、籍貫、年齡、朋友，還有所處的時間、所在的城市等。縱然小說大多不記主角完整的一生資料，但反觀自傳，亦多有只記其人生活一面，更有很多不說傳主姓名的自傳。如〈五柳先生傳〉等一系列的自傳，只寫傳主生活一個側面，而且多不記姓名；而一般史傳，最基本的應該就是傳主的姓名，而且幾乎都在篇首就敘述〔註6〕。雖然有學者把〈五柳先生傳〉排除在自傳範圍之外〔註7〕，但恐怕沒有人會連同〈妙德先生傳〉、〈無心子傳〉、〈五斗先生傳〉、〈醉吟先生傳〉、〈甫里先生傳〉、〈江湖散人傳〉、〈東郊野夫傳〉、〈退士傳〉、〈六一居士傳〉、〈無名君傳〉、〈一是居士傳〉等等所有類似的傳都否認是自傳，而這些自傳和陶淵明的自傳都有共通之處，不是只寫生活一面，就是連姓名都沒有〔註8〕；當然還有既只有議論或生活一面，而又沒有姓名

〔註6〕　陳寅恪先生曾指出：「大凡爲人作傳記，在中國典籍中，自司馬遷班固以下，皆首述傳主之姓氏名字。若燕北閒人之《兒女英雄傳》，其書中主人何玉鳳，至第壹玖回『恩怨了了慷慨捐生，變幻重重從容救死。』之末，始明白著其姓名。然此爲小說文人故作狡獪之筆，非史家之通則也。」（《柳如是別傳》頁十七）

〔註7〕　卞孝萱《唐代傳記選粹·序》頁九，見孫致中《唐代傳記選粹》，天津，天津教育出版社，一九八七年。

〔註8〕　也有認爲：「至於『托名自傳』，文中主人公雖係自況而代以他名，然則矯飾

的。除此之外，唐人傳奇小說不大部分是用傳記體裁、並以傳爲名嗎？這和第三人稱自傳在形式上有什麼分別？

其實，一般對自傳與小說的劃分，就是站在眞實與虛構二分法的基礎上的。換言之，重點不在形式，而在內容方面：眞的是自傳，假的是小說。但小說故事是否眞有其事？這並不容易去考證。如果小說人物和歷史上或當代名人同名，讀者固然可以參照小說以外的資料；但如果主角名不見經傳，所涉不是有記錄的大事（譬如二人戀情），既沒有同時提到時間和地點（只有一項很難考證），所述又合情合理，沒有神奇鬼怪等難以置信之事的話，就很難從內容眞假來辨別一篇故事是小說抑或是自傳。

有西方學者從意圖（intention）來辨別自傳與小說的，曼德爾（Mandel）認爲：當然自傳作者會用小說的技巧，但這樣不至於把自傳變成小說。因爲兩者有不同的意圖，這是關鍵所在。任何眞正的自傳（不包括自傳性小說），作者的意圖都是在傳達這個觀念：「這發生在我身上」；而正因爲這樣的意圖使得結果不同於小說。儘管自傳作者用了小說技巧，但他的意圖還是很清楚的。他認爲批評家們常常忽略了：雖然一個小說家可以用自傳的方式去寫作，譬如用第一人稱，敘述者就是故事的主角，裏頭有的事實來自歷史，並且有地方色彩（可以指認背景在那裏）。但是，在絕大部分小說中，他的意圖仍然是很清楚的：小說家只是用自傳的手段（autobiographical devices）去爲一個純粹是虛構的結果服務（serves an end that is purely fictional）；沒有人會認爲《魯賓遜漂流記》（Robinson Crusoe）是自傳。讀者如果把小說誤以爲是自傳，他會覺得被欺騙；他會想知道這本書是自傳抑或是別的，這關係到這本書被人用不同的方式去閱讀〔註9〕。

曼德爾的說法其實對分辨自傳與小說沒有幫助。所謂「去爲一個純粹是虛構的結果服務」，不能作爲二者的分野。因爲小說也可以完全說一件眞事，尤其是很多人的第一篇小說會寫發生在自己身上的眞事。至於作者的意圖如何，誰知道呢？縱然尚健在的作者，他的說辭也不見得爲人所採信。或者本來寫的是自傳，因爲不知忌諱，雖然相關的人已用 A 君 B 小姐等代號，仍被

已存，應視爲小說範疇中的自傳體小說。」（見鄭明娳《中國散文類型論》頁二八三，台北，大安出版社，民國七十七年。）照這樣的說法，則上述一系列自傳都變成小說了：這當然是有待商榷的。

〔註 9〕 Barrett J. Mandel, "Full of Life Now," Autobiography: Essays Theoretical and Critical, ed. James Olney （Princeton: Princeton UP, 1980） 53.

有心的讀者識破（恐怕作者也希望如此），終因涉及到太多關係人的聲譽與利害，被逼宣稱本來要寫的只是小說，書中人事「全屬虛構；如有雷同，純屬巧合。」這個時候因為破解「密碼」而猶在自喜的讀者（或喜歡把故事和真人對號入座的考據迷），一定不肯改認這作品的身份。而且，被認為是自傳的書，可能會被人發現和作者身分不符，而被改認為是小說，卻不必經過作者的首肯，最近就有這樣的例子〔註10〕。不過，如果拿版稅的作者能舉證說書封面上題的作者（筆名）雖不是他本人，卻是真的另有其人，而且和敘述者身分相符，則又當如何？

　　下一節還要再綜合論述自傳與小說、歷史的問題。

第三節　共同的虛構性

　　真實與內容虛構的分別，仍然常被學者用來討論傳記、歷史和小說，認為傳記和歷史代表真實，小說則以虛構為原則：「當然，並非所有的傳記都遵循真實這一原則的。這裏有兩種情況。一種是僅僅根據歷史上的一點緣由，大事夸飾，敷演成篇，如《穆天子傳》、《漢武帝內傳》等，雖然所取人名是真的，事跡卻多系虛構，根本上就失去了傳記的性質，只能歸入小說一類。另一種雖然大體上還保持著傳記的面目，但由于對史料掌握不確，或者寫作態度不夠客觀、謹慎，而在描寫中出現一些有乖史實處。這方面的例子，如碑誄文字多溢美之詞，已如前述；又如皇甫謐寫《帝王世紀》，多采六經圖讖，其虛妄亦不待言；范曄作《後漢書》，其中王喬、鳧履、左慈、羊鳴等傳，基本上也是些不可靠的傳說。這種問題，多少也會影響其作為傳記文學的價值。」〔註11〕這仍然只是就內容來論虛構〔註12〕，沒有觸及書寫行為的虛構。清章

〔註10〕葉洋〈假自傳撈大錢〉：「紐約時報書評最近首開先例，將一本原來被列入非小說類的暢銷書，改列為小說類。這本一九七六年出版的《幼木的教育》，作者佛瑞斯卡特原稱是印地安人，自幼父母雙亡，《幼》書是他兒時奮鬥的真實經過。前陣子，這書鹹魚翻（身）〔生〕，連續列名紐約時報非小說暢銷書榜單十九週，結果引出對作者身分的質疑。有位教授出面指責他並非印地安人，而是本名艾薩卡特的白人，還是種族優越主義者。此說最近獲得卡特遺孀（卡特已經在一九七九年逝世）證實。」中國時報一九九一年十一月十三日二十七版。

〔註11〕呂薇芬、徐公持〈中國古代傳記文學淺論〉頁三二，《文學遺產》一九八三年四期，北京。

〔註12〕縱然如此，其實個別例子的認定，仍會見仁見智：深信有上帝的人可能認為

學誠〈與陳觀民工部論史學〉曾分辨文士和史家之文:

> 論史而止於文辭,末也;然就文論文,則一切文士見解,不可與論
> 史文。譬之品泉鑒石,非不精妙,然不可與測海嶽也。即如文士撰
> 文,惟恐不自己出;史家之文,惟恐出之於己,其大本先不同矣。
> 史體述而不造,史文而出於己,是爲言之無徵,無徵且不信於後也。
> 識如鄭樵而譏班史於孝武前多襲遷書,然則遷書集《尚書》、《世本》、
> 《春秋》、《國策》、楚漢牒記,又何如哉?……夫文士勦襲之弊,與
> 史家運用之功相似,而實相天淵;勦襲者惟恐人知其所本,運用者
> 惟恐人不知其所本。(《章氏遺書》卷十四,頁二三至二九)

這段文字固然是針對文辭而言,卻可以看出史家貴乎言必有據,有所本則無
杜撰虛構之嫌,但問題是,所根據的材料是否就沒有杜撰呢?司馬遷記載了
神怪的傳說,或許是得自徵文考獻,但這些耆老的故事難保沒有以訛傳訛,
或源自祖先的創作。難道只要不是自己一手杜撰,而是由別人虛構,自己記
錄下來就變成有根據的事實嗎?

再者,史家面對史料,必須經過解釋,才能撰寫歷史。但沒有一個解釋
是標準答案,縱然符合前人的解釋,不等於就是符合眞相。前人對某事的解
釋,傳註的根據,其實亦沒有必然可靠的優先性。海德格(Heidegger)就曾
剖析解釋的本質:

> 解釋可以從有待解釋的存在者自身汲取屬於這個存在者的概念方
> 式,但是也可以迫使這個存在者進入另一些概念,雖然按照這個存
> 在者的存在方式來說,這些概念同這個〔存〕在者是相反的。無論
> 如何,解釋一向已經斷然地或有所保留地決定好了對某種概念方式
> 表示贊同。解釋奠基于一種先行掌握之中。
>
> 把某某東西作爲某某東西加以解釋,這在本質上是通過先行具有、
> 先行見到與先行掌握來起作用的。解釋從來不是對先行給定的東西
> 所作的無前題的把握。準確的經典注疏可以拿來當作解釋的一種特
> 殊的具體化,它固然喜歡援引「有典可稽」的東西,然而早先的「有
> 典可稽」的東西,原不過是解釋者的不言自明、無可爭議的先入之
> 見。任何解釋工作之初都必然有這種先入之見,它作爲隨著解釋就

種種神蹟都是非常眞實的。信鬼神的人不但不以正史中的鬼神記載無稽,還
會援引來支持他的信仰。氣功迷也可能會把左慈等人解釋爲古代氣功大師。

> 已經「設定了的」東西是先行給定了的，這就是說，是在先行具有、
> 先行見到和先行掌握中先行給定了的。〔註13〕

這段話提醒我們：認知與解釋過程中，我們並不是完全一無所知、毫無前提的認知，而是根據已經有的一點知識、一些假設去解釋未知的部分〔註14〕；解釋者雖然並非故意偏袒，卻無法擺脫他的先入之見；如果真的完全沒有先入之見，又根本無法去解釋，而實際上又不存在沒有先入之見的解釋。所以，儘管同時代人的解釋，也不等於真相。張漢良先生也有類似的看法：

> 有純粹、透明、客觀、未被解釋的史實嗎？傳記作者有他（她）的
> 詮釋視域，一切史料都經過這詮釋視域的過濾，他（她）的敘述，
> 描寫已然是有成見的了，唯有透過這詮釋視域，他（她）才能與被
> 頌傳的對象同步（synchronized），否則任何敘述都是不可能的。也
> 唯有如此，一個對象……才會有無數的傳記出現。〔註15〕

傳記的寫作既無可避免解釋史料，則縱然是正史的傳記，亦不可視為絕對真實的標準，以衡量其他的傳記或小説。

　　而西方學者論虛構，重點不僅在於內容的虛構，更強調書寫上的虛構。馬丁曾從敘事的觀點指出歷史和小説的共通之處：「歷史敘事和小説敘事都面

〔註13〕 海德格（Martin Heidegger）《存在與時間》頁一八四，陳嘉映、王慶節德文中
　　　　 譯，北京，三聯書店，一九八七年。「存」字是撰者據英譯本校補，見 Martin
　　　　 Heidegger, Being and Time, Trans. John Macquarrie and Edward Robinson（New
　　　　 York: Harper & Row, 1962） 191.這段話對詮釋學有重大的影響。
〔註14〕 這就是詮釋循環（hermeneutical　circle），可參考 Richard E.Palmer,
　　　　 Hermeneutics（Evanston: Northwestern UP, 1969） 87～8.王建元先生〈詮釋循
　　　　 環〉對此亦有簡要的說明：「早在十九世紀，史萊亞馬赫（Schleiermacher）
　　　　 與狄爾泰（Dilthey）兩位現代詮釋學先驅，就已經提出詮釋循環這概念。他
　　　　 們強調讀者在閱讀和瞭解過程中，個別部分與整體的交互連涉性。我們（主
　　　　 體）若要瞭解作品（客體）時，沒有一個完全天真（innocent）的起點。我們
　　　　 一定有一個預先的整體觀念為瞭解的基礎。例如在一句話中，它的整個意義
　　　　 的構成得靠其中每一個字單獨的字義；但每一個字的意義之得以成立，卻又
　　　　 不得不以整句説話的脈絡為依歸。故此，意義的獲得過程，必然發生在這整
　　　　 體由部份構成，部份又得賴整體而存在的循環中……故此，瞭解文學意義並
　　　　 沒有真正的起點，讀者與作品之間也絕不能有全無預先假設
　　　　 （presuppositionless）接觸的可能。這點在文學理論而言，可以說是給新批評
　　　　 家之輩一當頭棒喝。」（見《文訊》十八期，頁二九一，台北，民國七十四年
　　　　 六月。）
〔註15〕 張漢良〈傳記的幾個詮釋問題〉頁三四，《當代》五十五期，一九九〇年十一
　　　　 月，台北。

對同樣的問題：闡明一個時間系列的開始的局面怎樣導致該時間系列終端的不同局面。」(《當代敘事學》頁七八至七九)他又引述路易斯‧明克(Louis Mink)的看法：「我們現在沒有什麼標準甚至意見來判斷小說敘事中的事件聯繫如何不同于歷史中的事件聯繫。」（同前，頁七九）然後他更近一步論述：

> 敘事是關於過去的。被講述的最早的事件僅僅是由于後來的事件才具有自己的意義，並成爲後事的前因。絕大多數科學包含預言，而敘事則包含「後向預言」(retrodiction)。是時間系列的結尾——事情最終演變的結果——決定著是哪一事件開始了它：我們是因爲結尾而知道它是開端。如果一次偶然相遇或一個周密計劃毫無結果，那它就不是一個開端，無論在小說中或是現實中。因此歷史、小說、傳記都基於一種逆向的因果關係。知道一個結果，我們在時間中回溯它的原因；這一結果就是使我們去尋找原因的「原因」(它們又是我們尋找的「結果」)。(《當代敘事學》頁八○至八一)

而自傳中，過去事件的意義和因果關係都是後加的：

> 自傳是有關個人如何成長或自我如何演變的故事。回顧過去，作者發現一些事件具有當時不曾料到的後果，另一些事件則是作者寫作之際思考它們時才顯示出意義。即使是那些最少自我反思的自傳作者也記錄自我從童年到青年到壯年的變化。當回顧往事時，觀點的徹底改變……甚至可以全盤改變被回顧的事件的意義……因此，自傳中有兩個變量，它們使自傳無法將作者的一生表現爲一幅不會改變圖畫。事件的意義在被回顧時可能會改變；描寫事件的自我在經歷這些事件之後也可能已經改變。(《當代敘事學》頁八二至八三)

過往事件發生時可能根本不覺得有何意義，但今之視昔就可能產生出意義和因果關係。張瑞德先生則指出自傳和歷史都有這種特質：

> 一個人在寫自傳時容易犯的錯誤，其實和一個史家在寫歷史時所面對的問題並沒有太大的不同。一個世紀以前的史家們，相信蘭克（Leopold von Ranke）的名言「敘述事情事實上是如何」……是可以實現的，但是現在卻沒有史家會相信這句話可以作得到。史家湯普森（William Thompson）就曾說過：「我們是在自己的磁場內吸引史實。」由此可見，寫自傳和寫歷史的區別已經日漸縮小，兩者都很容易犯從現在看過去（presentism）的毛病。史家所寫的歷史，

難道不也是史家所作的一種解釋？歷史著作不也和自傳一樣，都是過去和現在的一種互動？〔註16〕

因為作者只能立足於現在，過去是不可掌握的。歐爾尼（Olney）更舉證論述，在寫作自傳時，我們僅能從現在的複雜觀點（complex perspective）回憶過去，往往召喚（recall）出未曾存在過的過去〔註17〕。

此外，楊周翰先生亦引述西方史學史的研究成果指出：西方古代史家撰寫歷史，就常受希臘悲劇程式的支配，或是抱著黨派精神寫歷史〔註18〕。他又提到上個世紀已有史家認為歷史和小說就寫作而言沒有分別：

> 十九世紀英國最重要的史家應當算是麥考利（Macaulay）。他的歷史敘事方法越來越接近當代的有關歷史敘述的理論。他可能是第一個把寫歷史完全看成和寫小說一樣的史家，而且他還明白地申明這一看法。他在他的〈論歷史〉一文中說：一個完善的史家「應當使真實性具有吸引力，這種吸引力一向被虛構的小說（fiction）所篡奪了。」
> （同上，頁三九）

這裏所強調的寫歷史和寫小說一樣，應是針對二者在敘事時，所運用的想像力而言，亦即兩者在書寫上的虛構是沒有多大分別的。同時，馬丁也指出：在西方，直到十八世紀末，歷史一直被認為是廣義的「文學」的一部分，與小說一起分享著古典修辭學的遺產。（《當代敘事學》頁七七）

楊周翰又指出小說和歷史都共同擁有議論的特徵：「也許有人會提出反對，說歷史著作不僅是純粹的敘述，其中也有議論，而文學是形像性的（imaginative）。反對作者在小說中直接進入敘述，議論人物和事件，或發表

〔註16〕 張瑞德〈自傳與歷史〉第十至十一頁（原文無頁碼），他又說：「不過，即使如此，自傳作者和史家還是有不同之處。自傳作者由於本身就是利害關係人，所以較難客觀，而史家雖然也會受到他所處時代的影響，但是由於和他的研究對象距離較遠，所以可以較為公正。這是史家的長處，不過同時也是短處。因為和研究對象的距離較遠，往往就容易喪失脈絡感（a sense of context）。」見張玉法、張瑞德合編《中國現代自傳叢書》代序，台北，龍文出版社，民國七十八年。

〔註17〕 James Olney, "Some Versions of Memory / Some Versions of Bios: The Ontology of Autobiography," Autobiography: Essays Theoretical and Critical, ed. James Olney（Princeton: Princeton UP, 1980）241.他以賴特（Richard Wright）的自傳 Black Boy 為例，見頁二四四至二四八。

〔註18〕 楊周翰〈歷史敘述中的虛構：作為文學的歷史敘述〉頁三五至三六，《當代》二十九期，一九八八年九月，台北。

不相干的感想,是西方現代才出現的禁忌。從荷馬史詩到十九世紀小說,作者的介入是正常的。所謂「議論」,有直接的和暗含的,小說家在敘述過程中,在人物的描繪中,都在暗中議論。有的小說……不僅有人物的議論,隨處都有作者的議論。」〔註19〕他又就功能論文學與歷史二者相同之處:

> 從社會功能講,歷史著作多半是教諭的功能,作爲今天活動的參考。
> 文學當然也是:不過大家公認文學還有娛樂的作用。歷史著作又何嘗沒有娛樂作用呢?當然那些斷爛朝報、統計數字等不成其爲連貫的敘述的東西,不可能成爲欣賞的對象。但連貫性的歷史敘述,具備故事的結構以及人物的描寫,完全可以成爲欣賞的對象。
> 歷史學和文學有差異的一面。歷史學努力靠攏科學,要找出人類活動的某些規律……文學當然不是(知)〔如〕此。不過歷史學的這個特點,和歷史敘述是兩回事,雖然對敘述有一定影響。其次一個差異,是歷史敘述受材料的限制大於文學,文學家從生活中選擇材料有更大的自由。但這不影響兩者作爲敘述有共通之處的。
> 如按後結構主義的理論,結構主義主張的二元對立是不存在的,那麼文學和非文學的界限也不復存在了。在後現代主義的文學裡,嚴肅文學和通俗文學的界限日趨模糊,是否可以以此類推,歷史和文學也不應該有明確的界限呢?(同上註)

他接受當代西方文學理論的新典範,否定文學與歷史的區分,認爲兩者的確有共同的虛構性:「我們稍加研究,就會發現歷史敘述的虛構和文學虛構是同一類的問題。歷史作品和文學作品在虛構這點上可以類比。過去,我們談歷史著作的文學性,如《史記》的文學性,只限於把它看成傳記文學,而藝術特點也只限於人物刻劃的生動。如果從虛構這個角度插手進去,也許歷史敘述的文學性可以更充分地建立起來。」(同上註,頁三〇)他所指的虛構,和下文馬丁和懷特(White)所指的歷史虛構性,也是偏重書寫上的虛構,而不是針對無中生有、捏造事實而言。

馬丁更強調:事實與虛構之間的明確差異已被歷史哲學家所削減。依據一條廣被接受的哲學原理,一個事實或事件只是一個「描述之下」的事件,而任何現象都可以用不同的方式來描述,于是現象就進入不同的解釋性假設之內。(《當代敘事學》頁七九至八〇)而海登・懷特(Hayden White)也指出:

〔註19〕同上,頁四六。

在歷史中，是尾巴搖狗；是敘事成規決定著一個被描述的事件是否「事實」。他在《後設歷史》（Metahistory）中論稱：歷史著作往往體現出人們所熟悉的文學情節（喜劇的、悲劇的、傳奇的、諷刺的），而歷史與很多現實主義小說也共享著某些語言成規：敘述者從不用自己的聲音說話，而僅僅是記錄事件，從而給讀者這樣的印象：形成這一正被講述的故事的不是任何主觀判斷或具體個人。（《當代敘事學》頁八○）

　　懷特指出：在法國大革命之前，歷史寫作慣被認作文學藝術，甚至會被認為是修辭學的分支，而且，歷史寫作的虛構本質也被普遍地體認。到了十九世紀初，史家才視事件（fact 或譯作事實）與真相（truth）為一，而認為虛構和真相相反，這樣就非徒無益、反而有害於對真實（reality）的了解。德國史學家蘭克（Ranke）和他同時的人界定歷史是研究事實而小說是想像的表現，這根本就是成見。他們沒有體會事實本身不會替自己說話（the fact do not speak for themselves），而是史家替事實說話（speaks on their behalf）。當把事件連結成整體時，史家已經用了喻詞的策略（tropological strategies）和文字表現的方法，這些策略和方法都和詩人或小說家所用的沒有兩樣，也是把想像的片斷合成完整有序的世界。〔註 20〕

　　王德威先生認為，懷特的研究，「帶來兩種啟示：第一，它讓我們瞭解到歷史寫作實際及認知上的力量，可能不是出於過去實事存在，而是出於其敘述的形式所引發的『功能』；第二，歷史寫作不單是一種將經驗組織成形的方法，同時也是一種『賦予形式』的過程。」〔註 21〕「懷特最重要的貢獻厥在他重新提醒我們，不論史實素材真實性多寡，歷史敘述（history as account）畢竟是『書寫』出來的『作品』，也必然具有敘事特徵以及修辭技巧。歷史與文學陳述間的關連因而不言自明。以往我們多視歷史為實際經驗與文獻所淘鍊出的記錄，相對的文學則於事實之外多涉幻想。殊不知歷史學者一樣須具備文學式想像力及駕馭語言的能耐，方纔能呈現『史實』。」〔註 22〕

　　經由以上的論述，可見西方學者對於虛構的意義比較偏重撰者所謂的「書

〔註 20〕 Hayden White, Tropics of Discourse: Essays in Cultural Criticism （Baltimore: Johns Hopkins UP, 1978） 123～5.

〔註 21〕 王德威〈歷史／小說／虛構〉頁二六九，見於《從劉鶚到王禎和──中國現代寫實小說散論》，台北，時報出版社，民國七十五年。

〔註 22〕 王德威〈現代文學史理論的文史之爭〉頁三○一，見於《從劉鶚到王禎和──中國現代寫實小說散論》，台北，時報出版社，民國七十五年。

寫上的虛構」。而傳統中國學者所抨擊的，其實偏重在「內容的虛構」，亦即是無中生有、捏造事實這一方面；對於連綴事實時，無可避免的運用了想像，則未予注意。而撰者雖然指出這兩者有所不同，但其實二者亦有相通之處，並不能完全判然劃分。尤其是沒有相關的資料可資對比時，根本很難分別：可疑之處到底是合理的想像，抑或是無中生有，純粹出於虛構？如果不是熟悉三國史事，恐怕就不容易一一斷定《三國演義》之中，除了神怪之事以外，何處已經超過連綴事實所必須的想像（書寫上的虛構），而屬於內容的虛構了。再者，就理論上而言，一旦追本溯源到一事的最早記載，就沒有更原始、更權威的史料可以定其虛構成分了。所以，不僅書寫上的虛構與真實的二分法難以立足，小說、歷史、自傳等都有共通之處，他們在書寫過程中，都在賦予情節和因果關係。更進一步而言，書寫上的虛構與內容的虛構，這兩種分別也只是權宜性的；有時兩者之間並不是涇渭分明的。

第六章　自傳與他傳

第一節　動機的比較

在自傳中，作者往往自述寫作的動機，比較明顯的大致有三種情形：一是與其由別人來寫自己，倒不如夫子自道，由自己執筆來寫；二是恐怕身名俱滅，不甘就此與草木同腐，而藉自傳以留跡，讓後人得知有我；三是教訓子孫，以己身作榜樣垂訓後世。當然，仔細觀察，應不只這三種動機，而且三者也非互相排斥，反而常是兼具的。以下列舉自傳文中自述的這三種動機，然後再比較寫作自傳的動機，和寫他傳是否有所不同。

有的自傳作者覺得，自己來寫本人的事，會比較存真，如錢世揚〈畸人傳〉：「令其出于他人之手而失真，不若自傳之為真也。迺論次其生平作畸人傳。」（《明人自傳文鈔》頁三五二）又如楊循吉〈自撰生壙碑〉：「愧無寸長，不欲勞他人之筆，所貴以自述為不誣，故撰其碑云爾。」（《國朝獻徵錄》卷三五，頁六八）又孫艾〈西川居士自為生誌〉亦云：「世人多於身後子孫好事者求顯人，為之志表，詞多失實，以欺後世。予竊陋之。若吾之生也無聞於人，無補於世，生平行履，不若自知之為審，故於墓石不假之他筆，而用以自述焉。」（《明人自傳文鈔》頁一七九）

有些自傳作者則謙稱自己沒有什麼值得記載的大事，不敢勞煩名家大手筆，如方鵬〈矯亭先生生壙誌〉：「其為人如此，不足以當名筆之銘，謹自述履歷如右，他日納之壙中足矣。」（《國朝獻徵錄》卷三五，頁六八）又如清王侃〈棲清山人墓誌并序〉篇首曰：「山人行年六十有七，取精用物，不可謂

不多且宏；而無益於人。自祝早世，擬擇不食之地，量身穴石，以代正命。
又念虛身人世，未能立德立功，豈可以污大人先生之筆？古人往往自爲墓誌；
亦用以自述，以告來茲。」（《歷代自敘傳文鈔》頁三七五至三七六）又如羅
欽順〈羅整庵自誌〉云：「緣素無功業可記，將來不敢以碑銘爲大手筆累，乃
自誌其生卒之概，刻而藏之。使後世子孫，由是而知有我足矣。」（《困知記》
末二頁）此傳作於逝世前九日（見篇後家屬附記）。他不僅是理學大家，也是
明代的顯宦，曾觸劉瑾之怒，奪職爲民，又曾有吏部尚書之命，而恥與張璁、
桂萼等同列，屢詔不起；並非全無事蹟可記。權臣嚴嵩亦曾爲之作神道碑（見
《國朝獻徵錄》卷二五）。

又如周瑛的〈自撰蒙中子壙志〉云：「故莆倅張公哲過臨汝，謂在莆田嘗
禱雨壺山絕頂，見有地可卜藏，……因遣人經營其地。且先自敘邑里世系履
歷，以授諸子曰：『我他日棄諸子，諸子無妄費金帛，粉飾吾事，以誣天下後
世，但納此諸幽，使他日與吾戚者，有以掩吾之遺可也。』」（《明人自傳文鈔》
頁一三五至一三六，與羅欽順並見《明史・儒林傳》）亦是不欲他人誇張己事
而自作。又如王彥強《明故元朝列大夫松江府知府王公墓志銘》：「每念幼而
失怙，中歲遭時多虞，備嘗險艱，今既得其壽，又全而歸之，遂首丘之願，
所幸多矣。無事業託諸名公，姑自敘本末如此。」（《吳下冢墓遺文》頁九四
至九五）皆屬此類。

至於近代梁啓超〈三十自述〉曰：「『風雲入世多，日月擲人急；如何一
少年，忽忽已三十。』此余今年正月二十六日在日本東海道汽車中所作，三
十初度口占十首之一也。人海奔走，年光蹉跎，所志所事，百未一就，攬鏡
據鞍，能無悲慚？擎一既結集其文，復欲爲作小傳，余謝之曰：『若某之行誼
經歷，曾何足有記載之一値？若必不獲已者，則人知我，何如我之自知？吾
死友譚瀏陽曾作〈三十自述〉，吾毋寧效顰焉。』作〈三十自述〉。」（《飲冰
室文集》之十一，頁十五）除了覺得別人不如本人了解自己之外，當初寫作
的動機亦爲了附見於文集、讓讀者可以知其人。

第二種動機則是爲了人死留跡，以求不致速朽，因而寫作自傳。如梁蕭
繹《金樓子・自序》云：「人間之世，飄忽幾何？如鑿石見火，窺隙觀電，螢
睹朝而滅，露見日而消。豈可不自序也？」（《金樓子》卷六，頁十九，知不
足齋叢書本。）又如元顧仲瑛《金粟道人顧君墓志》：「當今兵革四起，白業
成丘，家無餘糧，野有餓莩，雖欲保首領以沒，未知天定如何耳。今年四十

有九，恐一旦傾逝，泯沒無聞……故先自志云。」（《吳下冢墓遺文》頁七二）
又楊廷楨〈自狀文〉篇首云：「歲在戊辰，楊子年三十二於茲矣。多病無賴，
無有名譽，又無妻子，愴然朝露之溘至也，乃自爲狀，略述其概。庶幾當世
之人感而弔之，雖死之日，猶生之年，或未即云沒爾。」（《晚明小品選注》
頁二五九。《明人自傳文鈔》根據《晚明小品選注》，但篇題從郭登峰《歷代
自敘傳文鈔》題爲〈自傳〉，而郭登峰根據的是《傳記文選》，未詳細說明出
版資料。然文中既曰「乃自爲狀」，應以《晚明小品選注》所題爲是。）

又如明楊循吉〈自撰生壙碑〉云：「堪輿上下，元化處中，是生萬物，予
得爲人。其所居距大海十舍許，蓋宇內東南之陋夫也。今則素餐于世，八十
有五年，行將奄歸玄宅，返乎太初。相彼廬右有丘焉，我之永歸，庶幾在是。
恐一旦先朝露，無人紀述，乃自爲文，琢石而鐫之。」（《國朝獻徵錄》卷三
五，頁六六）而姚舜牧〈自敘歷年〉說得更直率：「此不自敘，誰知牧前事而
爲之敘哉！」（《明人自傳文鈔》頁一六一）解胤樾〈拙史生自誌墓文〉則云：
「其感事抒忠，見之吟詠者，未嘗一息忘君父也。復悢然謂猝有不測，誰章
吾苦者。命管城疏行略以竣蓋棺。」（《明人自傳文鈔》頁三二二）已不免略
帶哀傷了。

而黃鞏〈獄中自敘〉云：「明年上將南巡，獨與同官陸員外震疏陳六事。
危言觸禍，且夕得罪死矣。念無（籍）〔藉〕手以見乎古人，未免抗顏以俟乎
後世，故敘列之耳。」（《明人自傳文鈔》頁三〇一）則因命在旦夕，欲留跡後
世而作。又如清王韜〈弢園老民自傳〉曰：「生而作傳，非古也；老民蓋懼沒
世無聞，特自敘梗概如此。」（頁六，見《蘅華館詩錄》卷首）更直言「懼沒
世無聞」，所以作自傳；不過，亦有可能藉此說明他在洪楊亂時的經過，辯明
自己當時和太平天國之間的關係。

此外，有的自傳作者則希望藉著自己的自傳，引起別人替自己寫傳，如
邵經邦〈弘齋先生自傳〉：「門生故舊既無一人相知，徒爲古人作傳千百，而
反吝區區一（已）〔己〕傳乎？以生既無爵，死又無諡，所列皆尋常實事，故
無文采。倘遇後世作者，採輯一二，以備草莽之數，雖九淵重泉，曷勝感哉！」
（《弘藝錄》卷三二，頁四至五。）其企盼之情，真是溢於言表了。又如林大
春〈自敘述〉：「林生曰：『嗟乎，夫明鏡者，所以照形也。往跡者，所以紀過
也。予雖不佞，亦嘗側聞長者之風，列於士君子之林矣。乃其身所經歷，數
十年事，至今已爲陳跡，又何足以忝載記。顧惟世莫我知，其亦已矣。猶幸

有徑跡在，萬一後有知我者出，亦足以考見其得失，而爲同志者之鑒也。是以不得不詳之乎其言之也。」（《明人自傳文鈔》頁一四六）可能亦有類似期望，但較爲含蓄。至於鄭舜臣〈自敘〉：「此余生平之大概，恐百年後，諸兒不能悉知余行之顛末，今雖老，尚能拭目手書自述狀略如右。」（《國朝獻徵錄》卷一〇一，頁九九）則除了擔心一己事蹟湮沒無聞之外，或亦有垂訓子孫之意。

欲垂訓子孫而作的自傳，最明顯的要算項忠的〈自敘〉，他官至兵部尚書，有將略，數平寇亂而每被流言。他在篇首說：「賴祖宗之垂裕，師友之薰陶，以沾爵寵。此心夙夜祗懼，不遑寧處，其能望功高譽重，如古之人乎？但慮子孫晏安，豢養而不知創繼之難，驕奢浮佚，將由惡終，以貽世祿之玷。不得不述其立身之顛末，以垂訓于後焉。」在篇末又說：「爲予子孫者，觀予幼學之勞，當思惕勵。觀予壯行之勤，當思致身。觀予遭讒落職之危，當思忠信。觀予復官蔭祿之榮，當思報國。觀予成立之難，當思覆墜殊易。庶可繼述於前，以永世祿，垂範於後，以免終譴，則予生順死安，無復遺恨矣。」（《明人自傳文鈔》頁二七四、二八三）毫不忸怩的要子孫以自己作爲立身行己的典範。

其他的自傳就含蓄得多了，如被譽爲三楊三賢相之一的楊士奇的自撰墓誌銘〈東里老人自志〉云：「輒循杜牧之故事，聊述平生，用藏幽室，亦以示於子孫。」（《明人自傳文鈔》頁三〇二）又如曾任吏部尚書，歷事五帝六朝（英宗復辟，一人二朝）的王直〈自撰墓誌〉亦僅曰：「因倣白樂天自述壙誌，俾實之墓中，錄之家乘，後世子孫，由是而知有我足矣。」（《明人自傳文鈔》頁三二）

此外，如繆昌期〈自敘〉云：「就逮須臾，諸子皆疏劣，不知吾之本末，隨筆謾記，都無文字，粗具公私之概而已。須日久事定方出示人，毋徒取滅門也。余行眞而未篤，口直而多躁，心慈而色厲，爲文有筆而無學，爲學有志而無養。種種欠缺，人所共見，而不敢營私背君，欺心賣友，一念亦天地神明所共鑒也。禍至於此，豈非往因？聞報之後，了無怖戀，但義不屑以三朝作養之軀，辱於狗奴獰賊之手耳。」（《明人自傳文鈔》頁三六六）篇末自署「天啓六年丙寅三月五日書」。而據《明史》卷二四五〈繆昌期傳〉：「忠賢……令緹騎逮問……下詔獄。昌期慷慨對簿，詞氣不撓。竟坐贓三千，五毒備至。四月晦，斃於獄。」則此傳作於遇害前一月，觀其文辭，揣測他作此文的動機，除了讓子孫知道他的事蹟，引以爲訓外，同時亦欲紀其事原委，使後人

了解他獲罪就義的經過。

　　有的自傳雖然沒有說是給子孫作榜樣，但提供讀者作爲借鏡的意味很濃厚，甚至明白道出其寫作動機的，如穆湘玥的《藕初五十自述》，作者在序中說：「一生事業，幾等浮雲；半世精神，悉成幻影。余之學識才能甚平常，第覺事事不如人，又何事實之可足記耶？……回想五十年個人經歷，萬一可爲後人考鏡之資，爰不揣譾陋，筆之於書，公之於世，所願讀者知所鑒戒，而不復蹈余覆轍，此即余自述之微意也。」他在文中又說：「余性遲鈍，當時不解吾父之期望，卒至青年失學，老大鮮成，迄今猶引爲大憾。但願青年之讀是書者，毋蹈余之覆轍也可。」（頁三）而附於著作的自傳，又往往是讓讀者了解作者而寫的。

　　自傳的寫作動機也可能出於爲自己辯護，譬如清王韜〈弢園老民自傳〉敘述了不少他和太平天國之間的事，郭登峰就說他「對其偏袒太平天國事，多所剖白。」（《歷代自敘傳文鈔》頁三二七）劉禹錫的〈子劉子自傳〉，《新唐書》也說他：「其自辯如此」（見《新唐書》卷一六八〈劉禹錫傳〉）可見《新唐書》作者亦認爲他利用自傳來辯解。有的自傳不見得全出於自辯而作，但文中不忘替自己洗脫嫌名，如馮友蘭的自傳《三松堂自序》談到他的《詠史》二十五首中有兩句說武則天：「則天敢於作皇帝，亙古中華一女雄。」在四人幫垮臺後，大受批評。他解釋只是從批儒出發，認爲女人作皇帝是和儒家三綱五常相反，所以加以稱贊，不是捧江青，因爲他根本不知道江青有作皇帝的企圖；而且他在書房聽不到小道消息，也不信小道消息；只信報紙上所說的。（頁一九五至一九六）

　　以上所述，多爲見於自傳自述中的寫作動機，當然眞正的寫作動機不只上述幾種而已。而在他傳中，縱然是同時代的人，除非傳主和作者關係非常密切，否則作者儘量不讓自己出現在正文之中；至於後人撰寫的他傳，更不會於文中看見作者，作者不能以記錄書中人物說話的方式自道其寫傳動機。再者，他傳往往用客觀不帶議論的敘述方式（評傳除外），敘述者避免介入敘述傳主生平的文字中，以免插入的自白讓人覺得突兀、而破壞了只敘事實的狀態；如此自然也不易於正文中考見他傳的各種寫作動機。

　　他傳的寫作動機，一般認爲是紀念偉人，胡適批評中國缺乏好的傳記，他所列舉的諸種原因之中，有一項就是指中國人欠缺英雄崇拜〔註1〕。不過，

〔註 1〕　〈南通張季直先生傳記序〉篇首：「傳記是中國文學裏最不發達的一門。這大

傳記的好壞不易有一定的標準，史傳中其實有不少引人入勝的作品，不可一筆抹煞。史傳的寫作動機，應該是教育、借鏡、記錄一國一族的文化活動等等兼而有之，當然就官修正史而言，不少撰者是奉命行事，不見得有何個人的動機。正史之外，有些體裁的傳記本來就是作史傳或墓誌銘等的準備，譬如顯宦的行狀、家傳等，就是以待名家撰作墓誌銘或傳記之用，而上諸國史，往往也根據這種傳記為藍本。如果作者和傳主有交情，則多為了紀念而作。家人為家長寫傳，除了紀念、以備國史所採、也有藉此為後世子孫榜樣之意，有教育的意味。這又和他傳與歷史的功能有關，大致而言，歷史和傳記都被賦予教育的功能。所以有些學者認為歷史上於大節有虧的人物，不可為之撰傳（儘管可以研究他）。不過，功能並不必是與生俱來，而往往是視使用者而定的。

其實，無論自傳或是他傳的寫作動機，都不可能僅有整齊劃一的幾種，而是有很多種的可能性，甚至因人因事而異；而且這些動機又不必在同一層次。作者會為了傳主和自己有某些相似而撰傳，「將他一生的故事敘說出來，就某種程度而言將是對自己的一種解脫。」〔註2〕少年時讀某一偉人的傳記，感動得泫然流涕，可能就是他多年之後撰寫這偉人傳記的潛伏動機，而促成其事的直接動機卻可能是稿費。或許析而言之，後者是撰寫動機，前者則是選擇這個傳主的動機。不過，一個慣寫小說的人之所以選一個傳記材料很少的對象作傳，可能僅僅為了不必看大量的資料，就可以自由發揮其想像力，來填補史家罕至的廣大空間。利其潤筆的作者也會選一個當紅的偶像歌星作傳，因為估計會有不少歌迷會買這本書。這些都可能是寫作他傳的動機。

如上所述，儘管自傳中有不少地方可以看見寫作的動機，但不見得只有這些動機。而他傳的動機則更為龐雜，而且可能是很偶然的；二者都很難歸納出簡單的項目。

第二節　敘述的差異

自傳和他傳在敘述上的差異，最明顯的是自傳所敘述的生命歷程比較短

概有三種原因：第一是沒有崇拜偉大人物的風氣。」見《胡適書評序跋集》頁三二八。長沙，岳麓書社，一九八七年。

〔註2〕莫洛亞（André Maurois）自述他寫雪萊傳的動機，見《傳記面面觀》（Aspects of Biography）頁九二。陳蒼多譯，台北，商務印書館，民國七十五年。

小，有些著名的自傳，如胡適四十歲寫的《四十自述》和沈從文三十餘歲時寫的《從文自傳》，都只寫到二十歲。而且，作者既然健在，自傳就不可能是一生完整的記錄。此外，還有一些特點可以觀察出來：自傳敘述傳主幼年的生活，往往能夠寫到傳主的內心想法，而他傳雖然也常寫進傳主的內心，但較少是在傳主的童年。自傳有直接的心理剖白，而且往往長篇大論，他傳要對心理有所措辭，就沒有那麼自由、奔放。比較兩者在敘述上的分別，另有不少值得進一步論述之處，以下將逐一舉例說明。

　　自傳常常直接訴諸讀者，是明顯的言談（discourse）狀態（本論文第三章第一節曾稱引言談與故事──即歷史敘述的分別），有不少古代的自傳，都有長篇的議論，尤其是以「傳」為名的自傳；而不以傳為名的自傳，如自述、自序等，議論也不罕見，甚至有通篇議論，全無生平的，在本論文第二章論自傳體裁時曾舉例論述。現代的自傳，亦不乏這種情形，尤其是教訓意味濃厚的自傳，（客氣的說法是提供借鏡，以免後人重蹈覆轍。）往往迫不及待、毫不含蓄的要說服讀者接受自己的看法；如穆湘玥《藕初五十自述》敘述他和蔣夢麟遊喇嘛廟時，曾「至誠膜拜」，各得一籤，不覺「毛骨悚然」，事後竟皆應驗。於是，他就議論說：

> 宇宙之間，一切處所，無往不為萬靈所寄託，人秉此靈機以生，其
> 實息息與萬靈相感通……喇嘛廟中兩紙籤書之靈應，實從肅然起敬
> 之一真心中來，及各各胸中懷抱唯一之待決疑寶，而並無第二三歧
> 念之一心中來。有此真心，方不涉兒戲；有此一念，方不涉游移，
> 故所叩者如鏡取影，無稍差忒。此明明導人研求唯心之學之一大路
> 徑也；故詳記之。世有以留學界不應提倡迷信之說進者，夫亦太輕
> 視自家本具之靈知甚矣。故敬附片言以告來哲。（頁七十）

因為他覺得神明所預言者竟然應驗不爽，所以深切體悟到冥冥之中，確有感應，其說不誣，於是不畏迷信之譏，力言其靈。

　　與穆湘玥《藕初五十自述》相反的則是軍人出身的黃紹竑，他的自傳《五十回憶》很多地方都提倡科學、抨擊迷信，並且直接向讀者說教。例如說到家鄉曾流行鼠疫（他大哥死於鼠疫），同時談到家鄉治鼠疫的方法，只是以種種方式驅除疫鬼：疫鬼怕白色，所以遍地滿灑石灰；疫鬼不敢上樓，所以有疫人家，必居樓上，晚上把梯子抽去；更在屋柱上綑以有刺之樹葉，則疫鬼更不敢來。病重者隔離，死則即行埋葬。作者認為疫鬼就是疫鼠疫蚤，這些

迷信的措施暗合現時防疫方法,「舉凡種種防疫辦法,雖皆以鬼神爲對象,而實多合乎科學的道理。想神道說教之用意,無非爲使愚民易知易行耳。但不知此種方法,爲何時何人所發明,而當時更無人能以科學的道理解釋而充實之,這實在是一件可惜的事情。」(頁一一)

他又說到在民國十四年春,他要攻擊南寧滇軍前,曾找一占牙牌的人預卜此役勝敗,卜語是先遭遇很大的艱難,最後會在山窮水盡時,柳暗花明,得以逆轉獲勝。他本來充滿戰勝的信心,所以初時不信,但後來竟然應驗。他認爲:「其實這種占卦或扶乩,所得的迷信詩句,都含有正反兩面的意義,而模稜其詞,使適合於任何事件。人們事後推詳,往往斷章取義,以彰其靈異。即就上面的卦辭而論,前兩句是正面的意思,後兩句是反面的意思。不過這次戰時的經過,恰巧與這個詩意差不多,故事後頗覺其靈驗。其實任何一次戰事,何嘗不是先難後勝呢!」(頁一二六)

後來他在四川搭飛機,「偶而俯首鳥瞰,忽見映在潔白的雲海面有一個飛機的影子,襯托著紫紅的圈圈,隨著機影而移動。」因此他對峨嵋山有名的捨身崖(人在崖上往下望雲海,如果和佛有緣,會看到一個紫紅圈圈,是佛像和仙境。)得出一個解釋:那不是什麼異像,只是人在崖上看到自己的倒影,被自己的錯覺迷惑,跳下去而喪命;是不明自然現象的迷信而已。因爲四川雲海水份多,所以有此景象。(頁三六八)他又認爲舍利子不足貴:「其實這有甚麼稀奇呢!三稜的玻璃和貓眼石,不是照樣可以發出不同的光彩麼?就科學的觀點說,總不過是很顯淺的折光道理而已。」(頁三七四)他長廣西省政時,通令全省搗毀寺廟神像(孔子、關帝除外);不過,反諷的是:他回鄉省親,母親對他說,他之所以出生入死多年而能逢凶化吉,全賴她在菩薩前燒香,要他一齊去叩謝,令他既爲難又尷尬。(頁一六一)

雖然這兩本自傳一主張萬物有感、神道不誣,另一主張破除迷信,對奇異現象輒以他認爲的科學原理去解釋,但從敘述的角度去看,其爲明顯的言談狀態,敘述者直接想要說服讀者的情形則並無二致。此外,也有言辭近乎激昂的,如蘇雪林的回憶錄:

> 以上所述,許多讀者,定不相信,以爲我在造謠,不知在我們那個
> 時代社會正被一種強大無比的勢力籠罩著、壓制著,統制著,壓得
> 人氣也喘不過來。那股勢力就是所謂「舊禮教」。它彌天際地,無所
> 不包,使受之者反抗無從,動彈不得,若非親自經歷過的人,誰能

知道，無怪都視爲天方夜譚了。又有人謂我母親對祖母之所爲，只是愚忠愚孝，不足爲訓，不知那個時代，忠孝標準原以爲「眞」，並不以爲「愚」。譬如胡適博士之母馮太夫人曾割股療弟病，大軍事家蔣百里也曾割股療親病，你能稱之爲「愚」嗎？一代有一代的道德標準，能出於至誠之心踐履之者便是好人。我們決不能以現代繩墨衡量上一代人。這話我在別處談過，現不贅述。（《浮生九四──雪林回憶錄》頁九）

這段引文之前，她說到「母親從小服從慣了的，稟性又太善良。一心要做個賢孝媳婦，祖母便」欺善怕惡，百般虐待她母親。她敘述了其中辛酸，怕讀者笑她母親愚孝，所以不惜大聲疾呼，用第二人稱的「你」來逼問讀者，咄咄之氣，凌於紙上。

　　現代的自傳，固然絕大部分用第一人稱「我」來敘述，但古代的自傳則不然，往往有用第三人稱來敘述的，尤其是〈五柳先生傳〉、〈醉吟先生傳〉等一系列側寫性情的自傳，都不用「我」。除此之外，在接近史傳寫法的一些自傳裏，也有放棄第一身敘述，而用「他」、「其」或直接稱傳主之名的第三身敘述方式，在第二章中曾論及。

　　自傳的敘述，多爲言談的狀態，所指涉的時間定位是現在（本論文第三章曾論述）。至於他傳則屬於故事的範圍，指向過去。更進一步考察，還可以發現，他傳在陳述傳主做了那些事；而自傳則常在解釋今日的「我」是怎樣形成的〔註3〕，敘述者常在說明「我」的某一特質其來有自，在過去就可看出端倪。譬如胡適的《四十自述》說他父親遺囑中教他好好努力讀書，在他一生中「很有重大的影響」（頁十九）。他提到小時候好讀小說：「這一大類都是白話小（話）〔說〕，我在不知不覺之中得了不少的白話散文的訓練，在十幾年後於我很有用處。」（頁二八至二九）又說受母親極大的影響，「如果我學得了一絲一毫的好脾氣，如果我學得了一點點待人接物的和氣，如果我能寬恕人，體諒人，──我都得感謝我的慈母。」（頁三五至三六）

　　他又說到十一歲時，曾嘗試編一部《歷代帝王年號歌訣》，「這也可算是我的『整理國故』的破土工作。」（頁四二）並提到讀了《資治通鑑》所引范

〔註 3〕　史特羅賓斯基（Starobinski）就曾指出：敘述者不僅是在敘述往日發生在他身上的事，更在說明他是怎樣從過去的我變成現在的我。見 Jean Starobinski, "The Style of Autobiography," Autobiography: Essays Theoretical and Critical, ed. James Olney　（Princeton: Princeton UP, 1980）78〜79.

縝〈神滅論〉的話,「從此以後,我不知不覺的成了一個無鬼無神的人。」「我只讀了這三十五個字,就換了一個人。」「他決想不到,八百年後這三十五個字竟感悟了一個十一二歲的小孩子,竟影響了他一生的思想。」「《通鑑》又記述范縝和竟陵王蕭子良討論『因果』的事,這一段在我的思想上也發生了很大的影響。」(頁四三)

他還說到梁啓超的文章對他的影響:「這一年之中,我們都經過了思想上的一種激烈變動,都自命為『新人物』了。二哥給我的一大籃子的『新書』,其中很多是梁啓超先生一派人的著述;這時代是梁先生的文章最有勢力的時代,他雖不曾明白提倡種族革命,卻在一班少年人的腦海裏種下了不少的革命種子。」(頁五三)「我個人受了梁先生無窮的恩惠。現在追想起來,有兩點最分明。第一是他的《新民說》,第二是他的《中國學術思想變遷之大勢》。」(頁五五)「這一部學術思想史中間闕了三個最要緊的部分,使我眼巴巴的望了幾年。我在那失望的時期,自己忽發野心,心想:『我將來若能替梁任公先生補作這幾章闕了的中國學術思想史,豈不是很光榮的事業?』我越想越高興,雖然不敢告訴人,卻真打定主意做這件事了。這一點野心就是我後來做《中國哲學史》的種子。」(頁六一)作者不斷的解釋,今日的胡適是怎樣形成的。

此外,也可以就記事內容來比較自傳和他傳的敘述情形,以東晉高僧法顯的自傳《法顯傳》和後人寫的〈法顯法師傳〉為例,下述事件就見於他傳而不見於自傳中:

> 至北天竺,未至王舍城三十餘里,有一寺,逼暮仍停。明旦,顯欲詣者闍崛山。寺僧諫曰:「路甚艱嶮,且多黑師子,亟經噉人,何由可至!」顯曰:「遠涉數萬,誓到靈鷲,寧可使積年之誠既至而廢耶?雖有嶮難,吾不懼也。」眾莫能止,乃遣兩僧送之。顯既至山中,日將曛夕,遂欲停宿,兩僧危懼,捨之而還。顯獨留山中,燒香禮拜,翹感舊跡,如睹聖儀。至夜,有三黑師子來蹲顯前,舐脣搖尾。顯誦經不輟,一心念佛。師子乃低頭下尾,伏顯足前,顯以手摩之,咒曰:「汝若欲相害,待我誦竟;若見試者,可便退去。」師子良久乃去。明晨還反,路窮幽深,榛木荒梗,禽獸交橫,正有一逕通行而已。未至里餘,忽逢一道人,年可九十,容服麤素,而神氣俊遠。雖覺其韻高,而不悟是神人。須臾進前,逢一年少道人,顯問:「向逢一老道人,是誰耶?」答曰:「頭陀弟子大迦葉也。」顯方悵慨良

久。既至山前，有一大石橫塞室口，遂不得入，顯乃流涕致敬而去。

（《法顯傳校註》頁一八六附《出三藏記集》卷十五〈法顯法師傳〉）

假如不是後來替他寫傳的人增飾其事，而是傳主自認真有其事的話，這件事在中國只有傳主本人知道，一定是他自己透露，後人才會曉得。但他卻不記在自傳裏，可能就是怕讀者不相信，而自動刪除了。

比較自傳和他傳，有些事雖然不牽涉神佛，也詳略有異，如明王恕的自傳〈石渠老人履歷略〉（自署作於弘治五年，當時他八十七歲，致仕在家。）和《明史》卷一八二的〈王恕傳〉相比較，可以發現，在敘述方面，有些不同之處。在自傳中，詳述祖先所得封贈，也在意父母遲得敕命；在史官眼中，這些都無關要緊，所以不提。他對自己任內政績，記載詳細（文長四千餘字，有足夠的篇幅。）有時跡近流水帳，如：

奏免蘇、松、常、鎮、應天、太平六府秋糧六十五萬四千八百九十
餘石，馬草二十七萬餘包，又免蘇州府停徵銀九萬兩，布九萬足，
秋糧九千餘石，湖州府秋糧二十六萬六千九百八十餘石，馬草一十
九萬餘包，又包補嘉興府秀水、嘉善二縣水災糧一萬二千餘石。又
行令蘇、松、常、鎮等府減價糶糧，以平米價。又令開倉賑濟饑民，
煮粥給食乞丐行間，又奉敕令其賑濟，復備榜曉諭，措置賑濟，共
賑濟過缺食人戶以戶計者一百九十九萬三千五百四十一，以口計者
二百五十二萬二百一十九，共放過糧八十八萬五千三十五石，銀五
萬二千五百四十兩，銅錢二百一十四萬五千三百三十九文。煮粥食
過乞食男婦二十二萬六千三百四十六口，用米四百五十二石六斗有
奇。勸給過無牛具種子人戶九萬四千一百三十八戶，每戶牛一具，
稻五斗。（《王端毅公文集》卷六，頁十九至二十）

但在史傳中（近四千字，篇幅相去不遠。）就經過選擇剪裁，不毛舉細數。但記事也不一定詳於自傳而略於他傳，如他巡撫雲南之事，自傳中只說：「授敕巡撫雲南，不帶家人，隻身自去。」而《明史》則有較詳細記載：

十二年，大學士商輅等以雲南遠在萬里，西控諸夷，南接交阯，而
鎮守中官錢能貪恣甚，議遣大臣有威望者為巡撫鎮壓之，乃改恕左
副都御史以行，就進右都御史。初，能遣指揮郭景奏事京師，言安
南捕盜兵闌入雲南境，帝即命景齎敕戒約之。舊制，使安南必由廣
西，而景直自雲南往。能因景遺安南王黎灝玉帶、寶絛、蟒衣、珍

奇諸物。灝遣將率兵送景還，欲遂通雲南道。景懼後禍，紿先行白
守關者。因脫歸，揚言安南寇至，關吏戒嚴。黔國公沐琮遣人諭其
帥，始返。而諸臣畏能，匿不奏。能又頻遣景及指揮盧安、蘇本等
交通干崖、孟密諸土官，納其金寶無算。恕皆廉得之。遣騎執景，
景懼自殺，因劾能私通外國，罪當死。詔遣刑部郎中潘蕃往按之。
能又以其間，驛進黃鸚鵡。恕請禁絕，且盡發能貪暴狀，言：「昔交
阯以鎮守非人，致一方陷沒，今日之事殆又甚焉。陛下何惜一能，
不以安邊徼。」能大懼，急屬貴近請召恕還。而是時商輅、項忠諸
正人方以忤汪直罷，遂改恕掌南京都察院，參贊守備機務。能事立
解，蕃勘上得實，置不問。（《明史》卷一八二，頁四八三二）

此外，《明史》又載：「中外劾大學士劉吉者，必薦恕，吉以是大恚。凡恕所
推舉，必陰撓之。」細舉其事。而且還記載了丘濬忌恨、陷害他的事：

劉吉已罷，而丘濬入閣，亦與恕不相能。初，濬以禮部尚書掌詹事，
與恕同為太子太保。恕長六卿，位濬上。及濬入閣，恕以吏部弗讓
也，濬由是不悅。恕考察天下庶官，已黜而濬調旨留之者九十餘人。
恕屢爭不能得，因力求罷，不許，太醫院判劉文泰者，故往來濬家
以求遷官，為恕所沮，銜恕甚。恕里居日，嘗屬人作傳，鏤板以行。
濬謂其沽直謗君，上聞罪且不小。文泰心動，乃自為奏草，示除名
都御史吳禎潤色之。訐恕變亂選法，且傳中自比伊、周，於奏疏留
中者，概云不報，以彰先帝拒諫，無人臣禮，欲中以奇禍。恕以奏
出濬指，抗言：「臣傳作於成化二十年，致仕在二十二年，非有望於
先帝也。且傳中所載，皆足昭先帝納諫之美，何名彰過。文泰無賴
小人，此必有老於文學多陰謀者主之。」帝下文泰錦衣獄，鞫之得
實，因請逮濬、恕及禎對簿。帝心不悅恕，乃貶文泰御醫，責恕沽
名，焚所鏤版，置濬不問。恕再疏請辨理，不從，遂力求去。聽馳
驛歸，不賜敕，月廩、歲隸亦頗減。廷論以是不直濬。及濬卒，文
泰往弔，濬妻叱之出曰：「以若故，使相公齮王公，負不義名，何弔
為！」（頁四八三七）

其事在作自傳之前（丘濬卒於弘治八年，王恕自傳作於弘治十五年。）但他
全不提及二人不相能之事；而史傳則不必忌諱。

自傳載論救林俊之疏較詳，史傳則略。史傳載他任南京兵部尚書時，剛

巧宦官「錢能亦守備南京，語人曰：『王公，天人也，吾敬事而已。』恕坦懷待之，能卒斂戢。」但自傳中既不提及錢能在雲南胡作妄爲，亦不言在南京再度共事。史傳又說：

> 恕侃侃論列無少避。先後應詔陳言者二十一，建白者三十九，皆力阻權倖。天下傾心慕之，遇朝事有不可，必曰「王公胡不言也？」則又曰「公疏且至矣。」已，恕疏果至。時爲謠曰：「兩京十二部，獨有一王恕。」於是貴近皆側目，帝亦頗厭苦之。（頁四八三四）

這兩事大概採用了王世貞所撰的傳裏的記載，他在自傳之中，就不好意思自伐己善了。王世貞〈吏部尙書王公恕傳〉（《國朝獻徵錄》卷二十四，頁五九）還記載了以下一事：

> 又平湖廣劉千斤、石和尙之亂，既捷而大將欲搜山，盡取其首以徼功賞；恕持不可，久之，乃聽，念所從將卒必有乘間爲讎者，乃下令曰：「擅殺一人即抵死。」衆肅然無敢犯，因榜諭流民各使復業，後流民聚貲立生祠祀恕，仍家繪一像。（頁五九至六十）

自傳則僅言平亂，沒有記他戒殺和流民感激立祠。而不著撰人的〈太宰王公傳〉也記載他的體貌：「軀幹偉大，貌豐而見骨，微鬚，音如洪鐘。」（《國朝獻徵錄》卷二十四，頁六八）通常，會描寫傳主狀貌的都是他傳，第一人稱的自傳不描寫傳主的體貌；有之都是第三人稱的自傳，如宋濂的〈白牛生傳〉：「生軀幹短小，細目而疏髯。」（《宋學士集》卷十一，頁三七六）胡應麟〈石羊生小傳〉：「生疏眉秀目長身，望之臞然野鶴姿。」（《明人自傳文鈔》頁一七三）釋大善〈谿巢自述〉：「世不知其何許人也。形臞而晰，頎然清勁。」（《西谿梵隱志》卷四，頁三三。）大概從「我」的觀點，不宜描述傳主的外表，而要從外在來寫傳主的相貌，就非用第三人稱的從旁觀察不可。

大致上，似史傳的自傳（其大相逕庭者如〈五柳先生傳〉等則難以比較），多詳述先世、家風、自己幼時教育，以及讀書科舉經過等，而史傳對此則較省略，只載其中有關行誼大節的部份，換言之，個人軼事而無關其大者，多不書。例如黃鞏〈獄中自敘〉一千百餘字，歷述父母、曾祖、祖父，以及考試、任官、政績、所選拔的人才和所教的佳子弟，自己以聖人自期等等；篇末云：「是年冬復除武選郎中，明年己卯春，上將南巡，獨與同官陸員外震疏陳六事。危言觸禍，且夕得罪死矣。」（《明人自傳文鈔》頁三〇一）但在《明史》的傳中（卷一八九），幾乎是從自傳的結尾寫起，傳首在介紹過他的姓名、

籍貫、中進士的年份、曾任官職（約五十字）之後，直接就登錄他諫武宗南
巡的上疏，超過全傳的三分之二篇幅。史家認爲他一生最足稱者，就在冒死
直諫，所以不憚煩的抄錄諫章，至於其他一切，在歷史上是無關宏旨的；這
正好反映了自傳和史傳的不同之處。

　　自傳作者自述其事，與史傳作者敘述他人之事，往往著眼、措辭都有所
不同，以下將以〈子劉子自傳〉爲例，舉例說明；劉禹錫一生事業，與王叔
文相關，他自傳中提到這件事時，有如下的敘述：

> 貞元二十一年春，德宗新棄天下，東宮即位。時有寒雋王叔文以善
> 弈棋得通籍博望〔指東宮〕，因間隙得言及時事，上大奇之。如是者
> 積久，眾未之知。至是起蘇州掾，超拜起居舍人、充翰林學士，遂
> 陰薦丞相杜公爲度支鹽鐵等使。翌日，叔文以本官及内職兼充副使。
> 未幾，特遷戶部侍郎，賜紫，貴振一時。愚前已爲杜丞相奏署崇陵
> 使判官，居月餘日，至是改屯田員外郎，判度支鹽鐵等。按初叔文
> 北海人，自言猛之後，有遠祖風，唯東平呂溫、隴西李景儉、河東
> 柳宗元以爲言然。三子者皆與予厚善，日夕（遇）〔過〕言其能。叔
> 文實工言治道，能以口辯移人。既得用，自春至秋，其所施爲，人
> 不以爲當非。時上素被疾，至是尤劇，詔下内禪，自爲太上皇。後
> 諡曰順宗。東宮即皇帝位。是時，太上久寢疾，宰臣及用事者都不
> 得召對。宮掖事秘，而建桓立順，功歸貴臣。於是叔文首貶渝州，
> 後命終死。宰相貶崖州。予出爲連州。途至荊南，又貶朗州司馬。（《劉
> 禹錫集箋證》頁一五〇二）

這段文字，對當時政壇上的一件大事，雖有講述，卻隱約婉轉，未能暢所欲
言。《箋證》的作者瞿蛻園先生曾就傳文加以箋釋：「其言王叔文爲『寒雋』
者，首明叔文之爲南人，與中原士族無淵源。次言『如是積久，眾未之知』
者，復明在貞元中叔文未嘗與政也。」（《劉禹錫集箋證》頁一五〇九至一〇）
而自傳中說「愚前已爲杜丞相奏署崇陵使判官，居月餘日，至是改屯田員外
郎，判度支鹽鐵等。」則表示自己前已受知於杜佑，不盡由叔文所汲引。他
這篇自傳，多少有爲自己辯解的用心；《新唐書》卷一六八的〈劉禹錫傳〉引
述他的〈子劉子自傳〉之後說：「其自辯如此」，可見此傳作者亦認爲他利用
自傳來辯解。

　　瞿蛻園又指出：「即『建桓立順』一語觀之，禹錫泚筆至此，亦若隱詔後

人以此中情事矣。憲宗既爲順宗所立之太子，由監國而即位，名正言順，何用舉東漢之順帝，桓帝爲喻乎？順帝者，先爲太子而被廢爲濟陰王，安帝之死，不得立，立北鄉侯，北鄉侯又死，閻顯、江京等欲別有所立，而中常侍孫程等十九人擁立濟陰王，顯、京等皆誅，而閻太后以幽死。桓帝則於質帝死後，由梁冀定策，以蠡吾侯入承大統。而太尉李固、司徒胡廣、司空趙戒初皆主立清河王蒜者。此二事皆於帝統傳授爲非常之舉也，豈非憲宗之立有名不正而言不順者耶？」（《劉禹錫集箋證》頁一五一一）劉禹錫敘述當代之事，自己又是處境艱難之人，自然不敢放筆而書了；姑勿論瞿蛻園的解釋是否確當無疑，而〈子劉子自傳〉敘述此事時，確是隱約其詞的。

　　寫他傳時則已有時間距離，又不涉及作者本人，不用婉轉其詞，而務求來龍去脈清楚分明。在史傳之中，敘述劉禹錫與王叔文之事時，盱衡全局，著眼的範圍比較大，而且對傳主頗有批評：

> 貞元末，王叔文於東宮用事，後輩務進，多附麗之，禹錫尤爲叔文知獎，以宰相器待之。順宗即位，久疾不任政事，禁中文誥，皆出於叔文，引禹錫及柳宗元入禁中，與之圖議，言無不從。轉屯田員外郎、判度支鹽鐵案，兼崇陵使判官。頗恃威權，中傷端士。宗元素不悅武元衡，時武元衡爲御史中丞，乃左授右庶子。侍御史竇群奏禹錫挾邪亂政，不宜在朝，群即日罷官。韓臯憑藉貴門，不附叔文黨，出爲湖南觀察使。既任喜怒凌人，京師人士不敢指名，道路以目，時號二王、劉、柳。（《舊唐書》卷一六○，頁四二一○。）

另一王指王伾。叔文帶學士，能入內供職，然僅止於翰林，而伾則因素與帝褻狎，能出入無間，往來傳遞於中官李忠言、美人牛昭容與叔文之間（見《舊唐書》卷一三五〈王叔文傳〉，頁三七三四至三七三六）。在武元衡的傳中也提到劉禹錫：「順宗即位，以病不親政事。王叔文等使其黨以權利誘元衡，元衡拒之。時奉德宗山陵，元衡爲儀杖使。監察御史劉禹錫，叔文之黨也，求充儀杖判官，元衡不與，其黨滋不悅。」（《舊唐書》卷一五八，頁四一六○）《新唐書·劉禹錫傳》中也說他「頗憑藉其勢，多中傷士。」「凡所進退，視愛怒重輕。」（《新唐書》卷一六八，頁五一二八）在傳末的評論與贊語中，也對他有所批評〔註4〕。《舊唐書·劉禹錫傳》還記載：「初禹錫、宗元等八人

〔註4〕　《舊唐書》卷一六○：「史臣曰：貞元、大和之間，以文學聳動搢紳之伍者，宗元、禹錫而已。其巧麗淵博，屬辭比事，誠一代之宏才。如俾之詠歌帝載，

犯眾怒，憲宗亦怒，故再貶。制有『逢恩不原』之令。然執政惜其才，欲洗滌痕累，漸序用之……諫官十餘人論列，言不可復用而止。」（頁四二一○）此不見於自傳。《舊唐書·劉禹錫傳》又云：

> 元和十年，自武陵召還，宰相復欲置之郎署。時禹錫作〈遊玄都觀詠看花君子詩〉，語涉譏刺，執政不悅，復出為播州刺史。詔下，御史中丞裴度奏曰：「劉禹錫有母，年八十餘。今播州西南極遠，猿狖所居，人跡罕至。禹錫誠合得罪，然其老母必去不得，則與此子為死別，臣恐傷陛下孝理之風。伏請屈法，稍移近處。」憲宗曰：「夫為人子，每事尤須謹慎，常恐貽親之憂。今禹錫所坐，更合重於他人，卿豈可以此論之？」度無以對。良久，帝改容而言曰：「朕所言，是責人子之事，然終不欲傷其所親之心。」乃改授連州刺史……大和二年，自和州刺史徵還，拜主客郎中。禹錫銜前事未已，復作〈遊玄都觀詩序〉……其前篇有「玄都觀裏桃千樹，總是劉郎去後栽」之句，後篇有「種桃道士今何在，前度劉郎又到來」之句，人嘉其才而薄其行。禹錫甚怒武元衡、李逢吉，而裴度稍知之。大和中，度在中書，欲令知制誥，執政又聞〈詩序〉，滋不悅，累轉禮部郎中、集賢院學士。度罷知政事，禹錫求分司東都。終以恃才褊心，不得久處朝列。（頁四二一一至二）

在《舊唐書·柳宗元傳》中也記載了柳宗元不忍他高年母親遠涉蠻荒，願意用自己將要被貶往的柳州和他對調。而最早的記載，可能見於韓愈所寫的〈柳子厚墓誌銘〉。但自傳完全沒有提及此事。

　　他傳當然不僅止於史傳。事實上，唐以後，史傳以外的傳記，佳作迭出〔註5〕，面貌亦不一致，沒有一個固定的模式（縱然說正史傳記特色如何如

繡藻王言，足以平揖古賢，氣吞時輩。而蹈道不謹，昵比小人，自致流離，遂隳素業。故君子群而不黨，戒懼慎獨，正為此也。」贊語又說：「僻塗自噬，劉、柳諸君。」（頁四二一五至四二一六）在《新唐書》中，王叔文與劉禹錫、柳宗元等合傳。其贊曰：「叔文沾沾小人，竊天下柄，與陽虎取大弓，《春秋》書為盜無以異。宗元等橈節從之，徼幸一時，貪帝病昏，抑太子之明，規權遂私。故賢者疾，不肖者媚，一償而不復。宜哉！彼如不傅匪人，自勵材猷，不失為名卿才大夫，惜哉！」（《新唐書》卷一六八，頁五一四三）《舊唐書》是引以為戒的口吻，《新唐書》則是惋惜之意。

〔註5〕卞孝萱就指出：「中唐以后，傳記文學的重心，不在史傳而在雜傳。」見卞孝萱《唐代傳記選粹·序》頁十，見於孫致中《唐代傳記選粹》，天津，天津教育出版社，一九八七年。

何，也難免有點籠統。）而自傳的敘述方式更是五花八門，相去甚遠，從第二章所舉例子就可見一斑。以上論述自傳與他傳在敘述方面的差異，只能就自傳中較接近史傳寫法的作品與史傳相比，亦不過發其大端而已；若逕以上述差異為兩者不可逾越的鴻溝，就會忽略其他自傳的敘述特色，不能領會自傳寫作的變化多端了。

第三節　相互的影響

他傳的寫作，往往以自傳為底本。雖然一個認真的傳記作家會細讀傳主的著作，並盡可能搜集有關的資料，但無論他擁有多麼豐富的材料，也不敢忽略傳主的自傳。因為儘管是令人不滿意的自傳，總能透露有價值的事實，尤其是童年及出仕之前的生活。正史之中，不少的列傳就收錄了傳主的自傳；不過不一定是未經刪節的（《全上古秦漢三國六朝文》中有不少的自傳就是從正史中抄錄下來的，常較文集所載為短，大概史家並不收錄全文。）但整體而言，自傳對他傳的影響遠不如他傳（主要以史傳為代表）對自傳的影響。

在中國，傳統上並沒有把自傳視作獨立的體類，吳百益在他論自傳的英文專著《儒者的歷程：傳統中國的自傳性作品》中就曾指出：在本世紀以前的中國是不會有人提出「自傳和傳記有何不同？」這個問題的。在文集之中，自傳和傳常放在一起，沒有什麼分別。（序頁十）而且，中國和西方一樣，傳記先於自傳；自傳一詞就字源而言，是來自傳記的。兩者有大體一致的旨趣，是人生平的真實記錄〔註6〕。

他又認為有兩個難題阻礙了古代中國自敘文學（self-literature）的發展：第一是缺乏一個適合的文學形式，第二是直到四百年前，不在宗教脈絡（religious　context）裏的自我表現（self-presentation）仍然是普遍而強烈的禁忌。而中國的傳記卻提供了方法給自傳作者去克服這兩個難題。它提供自傳現成的說故事格式（format），用此格式，自傳作者可以宣稱他只是追隨一

〔註6〕　他又認為自傳和他傳分享某些共有的特色：單一、明顯而又嚴肅的敘述者，多少是編年順序的。中國自傳對傳記的模仿幾乎是盲目的。幾乎每種自傳的次文類都可溯源於傳記，找到對應物（counterpart）。兩者在語調（tone）、文體（style）和敘述態度（narrative stance）方面，時常是難以劃分的。而中國自傳作者視此為理所當然。見 Pei-yi Wu, The　Confucian's　Progress: Autobiographical Writings in Traditional China（Princeton: Princeton UP, 1990）iii. 他這樣的論斷強調了部分自傳的共同特色，卻未免不夠重視自傳的多樣性。

久被尊崇的前例（precedent），他和合法的事業掛鉤之後，就可以得到保護，免於被指責是自大狂和離經叛道（unconventional）。（頁三）

他更進一步說：中國的自傳屈從（subservience）傳記是無可避免的，傳記的勢力龐大，是散文中佔最大數量的，又和歷史寫作關係密切，更加深了權威氣息。而用傳作為訓誡的教材更使他大為普及。難怪他為各種形式所模仿，最明顯的是早期中國民族學的論述也被描述成種族和國家的「傳記」，甚至小說也被描述成男女的「傳記」。從中國早年缺乏第一身的敘述如遊記、戰役或任務目擊記、自傳小說等這些現象，也可以看出最初階段自傳倚賴傳記的情形（因為傳記用第三身，不是用第一身的）。（頁四）中國傳記的屈從於歷史寫作（historiography），更可從傳記的最重要的次文類「傳」不被認為是文學這一事實看出來。當撰史者（historiographers）總是關注「傳」時，早期的文學批評家——他們實際上是文類理論家和選家——排除「傳」於文學之外；陸機文賦、蕭統文選都不考慮「傳」。（頁五）

吳百益又說：傳記常有意無意引導自傳作者。如果自傳作者意識自己是史家，他就很難脫離狹窄的歷史觀點，只會記錄檔案般的生平履歷，或有警世意義可公諸於世的事，而忽略了僅有自己才能記錄的內心世界。因為那是難以拿出證據來的，所以常被忽略掉。內心世界只好表現於詩歌之中——抒情詩，所以本世紀以前受過教育的中國讀書人都沈迷於詩歌創作之中（頁六）。李又寧也認為，與西方歷史和文學相比，中國傳統自敘文是貧乏的。其中的一個原因就是：「中國古典文學重含蓄，情感多委婉地發之於詩詞。」直到晚近，才有轉機：「清末民初，西方史學傳入中國，自由主義和個人主義逐漸抬頭，梁啓超和胡適等人又極力提倡傳記和自傳的寫作，許多自敘傳文相繼問世……廿世紀以來，國人所寫的自敘傳文，可能比歷朝在兩千多年間所寫的還要多，這成績是很可觀的。」（《近代中華婦女自敘詩文選・導言》頁三）

自傳過度靠攏史傳，放棄了第一身敘述具有的特權，是很可惜的。在小說中使用第一人稱「我」有親和力〔註7〕，而古代自傳卻往往想要消弭我的痕

〔註 7〕 樂蘅軍老師分析臺靜農先生的小說，就曾指出：「在讀者聽覺效果上，故事中不斷出現『我』的絮絮之語（因為當我們閱看一篇小說時，它的文字是以一種默音流瀉在我們內心的）也會讓讀者產生一種感應，讀者下意識中可能與這『我』認同，而將故事變成讀者自己的經歷，或者這不停出現的『我』的聲音，至少使讀者感覺，說故事的人在將讀者視為可信賴的知己，與他分享一個獨特的人生祕情，於是讀者和敘述者的『我』之間自然就有了『親和力』。

跡，而轉用第三人稱的敘述方式，使得看起來不像是我的故事。史特羅賓斯基（Starobinski）也看出：第三身敘述的自傳在形式上，沒有辦法和傳記作出區別；一定要憑外在的資料，才能斷定敘述者就是主角（即傳主）〔註8〕而這種自傳最明顯的就是〈五柳先生傳〉等一系列的自傳；其實〈五柳先生傳〉之所以被稱爲自傳，是參考此傳以外的資料（譬如《宋書》卷九三〈隱逸〉說：「潛少有高趣，嘗著〈五柳先生傳〉以自況，曰……其自序如此，時人謂之實錄。」）才知道的。

　　再者，對自傳的閱讀和接受，往往受到他傳的左右。譬如馮道有〈長樂老自敘〉，用概括的敘述把自己說成儼然是官吏和儒者的模範；但自從歐陽修在《新五代史‧馮道傳》中特別指出，馮道是那時期道德淪亡的表徵之後，他對馮道的批評廣被接受，因爲以氣節自重的明末大儒顧炎武，曾在他《日知錄‧廉恥》一文（卷十三）中引用歐陽修在《新五代史‧馮道傳》中論廉恥的話，而顧炎武的文章在現代常被教科書選錄。雖然顧炎武並非針對馮道一人，但教師講解時一定會提及馮道；所以縱然沒有讀過《五代史》的人，通常在閱讀馮道〈長樂老自敘〉之前，就已經對傳主有了先入爲主的印象。但在歐陽修之前的百多年間，閱讀馮道〈長樂老自敘〉的觀感就很可能不同。王賡武先生指出：

> 馮道在他與同時代的許多人心目中是一個有操持的儒者，一個有節制的人，甚至是一個模範的丞相。在他死後幾近一百年間，這樣的美名仍有人傳誦，雖然大家都公認他並沒有做出什麼事值得那些帝王那麼信任他。那些認爲他好的人裏面有范質（九一一———六四），他是五代第一個史學家。薛居正（九一二———八一），以及其他幾個《舊五代史》的編纂者。以後還有吳處厚（活躍於一〇六〇———八六年），是一個和歐陽修，司馬光同時代的人。但是佔上風的是宋代兩位大史學家的反面之論，從那時開始，馮道便成了典型的貳臣，

　　——因在『我』這個敘述者在故事中所造成的效果，定有它特殊之處，甚至是難以用概念或理論來完全歸納的，譬如像郁達夫不少『我』述體小說，那些主觀、浪漫、直感的語言和心靈圖像簡直是絕不可能以『他』或『某某』來代替敘述的，即使用『他』，在要緊處，還是得換成『我』的戲劇性場面的。」（樂蘅軍〈臺靜農先生小說中「我」的影像〉頁一九七，見於臺靜農《建塔者》附錄一，台北，遠景出版社，民國七十九年。）

〔註8〕 Jean Starobinski, "The Style of Autobiography," Autobiography: Essays Theoretical and Critical, ed. James Olney（Princeton: Princeton UP, 1980）76.

和許多有關忠貞的笑話中被嘲笑的對象。〔註9〕

王賡武又進一步說：「馮道的詳細列述確然是史無前例的，他列舉了他事奉過的所有皇帝，所有的官階、職務、頭銜，所有賜給他祖先的榮譽，以及他兒子們的一切官職。自傳的傳統本來一向都是鄙夷高官厚爵的，但馮道並沒有追隨這種趨勢，走向那自鳴清高的路子。他反而寧願記錄他與一個顯貴家庭的關係，並且詳細地述說他怎樣履行了他儒者的義務：對祖先（死後的榮耀），對家庭（兒子們的成就），及皇上（他的官職可表明皇帝們對他的感激）。」（頁一八七）

歐陽修在《新五代史》卷五四〈馮道傳〉前論曰：「予讀馮道〈長樂老敘〉，見其自述以爲榮，其可謂無廉恥者矣，則天下國家可從而知也。」接著他說：

> 予嘗得五代時小說一篇，載王凝妻李氏事，以一婦人猶能如此，則知世固嘗有其人而不得見也。凝家青齊之間，爲虢州司戶參軍，以疾卒于官。凝家素貧，一子尚幼，李氏攜其子，負其遺骸以歸。東過開封，止旅舍，旅舍主人見其婦人獨攜一子而疑之，不許其宿。李氏顧天已暮，不肯去，主人牽其臂而出之。李氏仰天長慟曰：「我爲婦人，不能守節，而此手爲人執邪？不可以一手并污吾身！」即引斧自斷其臂。路人見者環聚而嗟之，或爲彈指，或爲之泣下。開封尹聞之，白其事于朝，官爲賜藥封瘡，厚卹李氏，而笞其主人者。嗚呼，士不自愛其身而忍恥以偷生者，聞李氏之風宜少知愧哉！（《新五代史》卷五四，頁六一一）

他竟然引用如此的例子作引子。其實，李氏亦太過。不僅以現代人的觀點看來，難以認同烈女的做法，縱然從古代的道德標準來衡量，李氏的舉動也應該不是普遍能夠實行的經常之道，否則也不致於「路人見者環聚而嗟之，或爲彈指，或爲之泣下。開封尹聞之，白其事于朝。」可見希望讀者認同這樣的行爲標準，只是理想而已，其實在日常生活中是罕見的；不然歐陽修也不會大書特書。而他舉不出史實，只能舉「小說」，亦可見其時如李氏之節烈者，實鳳毛麟角，在有無彷彿之間而已；則五代士風，實不可以宋代之標準衡量。到了司馬光的《資治通鑑》，先引了歐陽修論馮道的一段話，又全引了烈女斷

〔註9〕 王賡武〈馮道：論儒家的忠君思想〉頁一六三，見於中央研究院中美人文社會科學合作委員會編譯《中國歷史人物論集》，台北，中山學術文化基金董事會出版，正中書局印行，民國六十五年；六十二年初版。

臂的故事（略改動一二字），不過他不說這是「小說一篇」，只說「予嘗聞五代時有王凝者……」。敘述完之後，他論曰：

> 天地設位，聖人則之，以制禮立法，內有夫婦，外有君臣。婦之從夫，終身不改；臣之事君，有死無貳；此人道之大倫也。苟或廢之，亂莫大焉！范質稱馮道厚德稽古，宏才偉量，雖朝代遷貿，人無間言，屹若巨山，不可轉也。臣愚以為正女不從二夫，忠臣不事二君。為女不正，雖復華色之美，纖紝之巧，不足賢矣；為臣不忠，雖復材智之多，治行之優，不足貴矣。何則？大節已虧故也。道之為相，歷五朝、八姓，如逆旅之視過客，朝為仇敵，暮為君臣，易面變辭，曾無愧怍，大節如此，雖有小善，庸足稱乎！或以為自唐室之亡，群雄力爭，帝王興廢，遠者十餘年，近者四三年，雖有忠智，將若之何？當是之時，失臣節者非道一人，豈得獨罪道哉？臣愚以為忠臣憂公如家，見危致命，君有過則強諫力爭，國敗亡則竭節致死。智士邦有道則現，邦無道則隱，或滅跡山林，或優游下僚。今道尊寵則冠三師，權任則首諸相，國存則依違拱默，竊位素餐，國亡則圖存苟免，迎謁勸進。君則興亡接踵，道則富貴自如，茲乃奸臣之尤，安得與他人為比哉？或謂道能全身遠害於亂世，斯亦賢已。臣謂君子有殺身成仁，無求生害仁，豈專以全身遠害為賢哉！然則盜蹠病終而子路醢，果誰賢乎？（《資治通鑑》卷二九一）

這段話辭嚴義正。歐陽修和司馬光的看法似乎少有人反對，倒是清代的趙翼提供了值得參考的不同意見，而他在史學界的份量又差可比擬二人；他在《二十二史箚記》卷二十二〈張全義馮道〉條曰：

> 道死年七十三，論者至謂與孔子同壽（本傳）。此道之望重一世也。以朝秦暮楚之人，而皆得此美譽，至身後尚繫追思，外番亦知敬信，其故何哉？蓋五代之亂，民命倒懸，而二人獨能以救時拯物為念……馮道在唐明宗時，以年歲頻稔，勸帝居安思危；以春雨過多，勸帝廣敷恩宥（唐紀）。對耶律德光，則言此時百姓，佛出救不得，惟皇帝救得。論者謂一言而免中國之人夷滅（《通鑑》）。在漢祖時，牛皮禁甚嚴，匿者死；有二十餘人當坐，道力爭得免（《洛陽縉紳舊聞記》）。且秦王從榮敗時，其僚屬俱應坐罪，道獨以任贊、王居敏等，素以正直，為從榮所惡，力言出之（唐紀）。史圭以銓事與道不協，

> 道反薦圭爲刑部侍郎（圭傳）。韓惲性謹厚，道爲相，嘗左右之（惲
> 傳）。是道之爲人，亦實能以救濟爲心，公正處事，非貌爲長厚者。
> 統核二人之素行，則其德望爲邇邇所傾服，固亦有由；止於歷事數
> 姓，有玷臣節，則五代之仕宦者，皆習見以爲固然無足怪。

撰者無意要爲馮道打抱不平，對歷史人物的評價不是本文的重點；撰者所關
注的是，歐陽修所撰的他傳對於後人讀馮道的自傳時，所產生的影響。馮道
之所以受到以儒家正統自居的史家激烈的攻擊，很可能和馮道亦以儒者自命
有關；王賡武暗示：如果馮道不是以儒家自命的話，他或者不會受到那麼猛
烈的抨擊。王賡武指出：

> 因爲他竟持有著那可怕的異端想法，以爲高官厚爵是值得驕傲的
> 事。這樣做的時候還要扯上儒家的道德原則眞是非常下流。況且馮
> 道還說到他對國家的忠忱和「三不欺」，更壞的是，他還把自己之得
> 以在他所事的皇帝一個個死去之後仍然健在的幸事歸諸於天祐……
> 他說起自己可能得到的官方葬禮，歌功頌德的墓誌銘，祀奉及死後
> 的諡號等等。儘管他並不要求這些，但甚至去想到這些也就是俗氣
> 的妄自尊大。最後，他竟還覺著稱心遂意和躊躇自滿。他以顯然自
> 鳴得意的口氣寫道：「時開一卷，時飲一杯，食味，別聲，被色，老
> 安于當代耶？老而自樂，何樂如之？」（頁一八七至八）

歐陽、司馬二人不齒馮道僭居儒者之列，才是他們貶斥馮道的主要原因。二
人撰史，都有踵武春秋之志，而《通鑑》更可視爲帝王教科書，有任重道遠
的教育使命，所以對於不能忠君死節，而又竊得美譽的大臣，下筆之際，不
稍假借，先後一致的大張撻伐。

　　自傳固然一直受到他傳、尤其是史傳的影響，但並不至於完全在史傳的
籠罩下、不能稍有逾越。最明顯的是有大量的自傳只寫傳主某一方面，而故
意省略史傳常記的項目。令人印象最深刻的，要算五柳先生和醉吟先生的好
酒；而六一居士歐陽修（和《新五代史》的作者大異其趣）、江湖散人陸龜蒙、
無名君邵雍等，都是引人入勝的。除了這些爲人所熟知的名篇外，類似的自
傳尚多，這些作品或敘述傳主的閒情逸志，或理直氣壯地滔滔議論，全無史
傳神貌。序著作而兼述生平的自傳，始自司馬遷的〈太史公自序〉，固然是《史
記》百三十篇之一，但也和其他史傳不同；而這一類之中，也有著名的《典
論・自敘》，通篇無片言隻字及於其書，在同類之中又復異軍突起。再者，《典

論‧自敘》鋪敘一時擊劍遊戲之事，罕言其餘的生平，亦和史傳的取材趨捨異路。至於單篇獨立的自序，又有汪价〈三儂贅人廣自序〉長篇累牘的伏虎吹牛之作；自撰墓誌銘則有陳繼儒等生前自紀死後升天化虹的戲謔之詞，更與史傳嚴肅其事大相逕庭。以上所舉，在第二章都曾論述。要之，若逕謂自傳全受史傳左右、唯有亦步亦趨尾隨史傳，無異一筆抹煞歷代自傳作家求新求變的努力；忽略自傳寫作深具各種可能性的特色。

第七章　結　論

　　經由以上的論述，可得出如下的結論：首先，雖然大家都知道自傳是什麼，卻沒有一致同意的定義和範圍。學者也曾不斷努力嘗試給自傳下精確的定義，但迄今仍沒有得出令人滿意的答案。無論看起來怎樣周延的定義，總可以發現有例外的情形。換言之，很難讓大多數的學者對自傳的定義有一致的共識。所以權宜之計，毋寧暫時接受「自傳就是自己寫的傳」這樣籠統的定義。

　　第二章論自傳的體裁。自傳這一文類的界限既不固定，其下所細分的體裁更難有明確不變的分界；因此，為自傳分類並非本論文的重點。為了方便論述，只是在郭登峰原有的分類基礎上，加以整理，分為四大類：一、以「傳」名篇的自傳。二、自序（敘）、自述等，其下又可細分為單篇獨立的和附於著作的兩種。三、自撰墓誌銘。自傳的形式五花八門，仍有不少作品不能歸入這三大類，則另為第四組。這樣的分類和郭登峰原來的分類相通，而能夠容納他未收的《浮生六記》等作品。

　　分析各類自傳，可以得出以下結論：以「傳」名篇的自傳，又可分為兩小類，一種題為「自傳」，寫法最接近一般的史傳；有姓名、籍貫、具體的事蹟，和明顯的生命歷程。另一種僅名為傳的，如「某某先生傳」、「某某居士傳」、「某某子傳」、「某某生傳」等，雖然也有少數敘述情形和史傳相去不遠，但多數的作品卻和史傳的寫法大相逕庭。不僅輕描淡寫，甚或避而不談自己的任官經歷，更缺乏明顯的生命歷程，對於傳主行為的記載，往往是靜態的描寫多過動態的敘述，亦不透露明確的時間背景；甚至連傳記最基本的傳主姓名都不說。這種自傳以陶淵明的〈五柳先生傳〉為代表，其後繼作不迭，蔚然成風。而且，在敘述觀點方面，這種自傳都用第三人稱敘述，彷彿不是

在寫自己的生平，而是替他人立傳。所述則偏重傳主的性情，亦藉此抒懷述志，甚至議論不休，或是通篇反覆論述傳主別號的由來。所有以「傳」名篇的自傳，除了有點像遊記的《法顯傳》之外，其餘的篇幅都短小。

名爲自序（敘）、自述的自傳，比較常見到直接用「余」、「予」、「我」等自稱之詞。單篇獨立的自序，其中有篇幅相當長的，如汪价〈三儂贅人廣自序〉，文長近萬字，全篇充滿有趣的軼事。附於著作的自序，固然除了生平事蹟之外，主要論自己的著作，然而亦非毫無例外，如曹丕《典論・自敘》，通篇不言其書，亦不細敘生平大事，卻仔細敘述一場遊戲擊劍，有如小說；在芸芸眾作之中，非常特出。而且他直接用「余」敘述，除了班昭的《女誡・序》之外，可能是最早一篇用第一人稱的自傳。有的自序多論著作而罕談生平，或可不必視爲自傳；但個別作品的判定，仍是見仁見智的。

自撰墓誌銘的敘述方式，一般而言和非自撰的墓誌銘沒有大差別，通常有比較明顯的生命歷程。除了以上三大類的自傳之外，還有不少其他的體裁。和尚的塔銘就文章而言，其實也可算作墓誌銘。而出家人的自傳，也可以寫得和失意狂生一樣馳騁激昂。上文第二章第四節列舉了不少可以視爲自傳的作品，其中沈復的《浮生六記》是民國以來很受注意的自傳，這樣的體裁設計，把生平分題敘述，無形中把史傳慣常記載的先世、祖籍、個人事業等等的敘述位置都取消了；因爲從六記的標題看來，沒有一章適合講述這些事。而且，在〈閨房記樂〉裏，對於男女之愛的描寫，在歷代自傳之中，無出其右。

前人認爲大人物才配寫自傳，而用自序（敘）、自述爲名似乎比較謙遜。直到近代，仍有作者覺得自傳之名不勝負荷，而喜用自述、回憶錄之名。民國以來，名爲自傳的已愈來愈多，敘生平的自序則少見，至於自撰墓誌銘，更是罕爲流傳了。

第三章論述自傳的寫作和敘述情形。首先援引語言學家邦維尼斯特（Benveniste）對法文動詞的分析，以故事（history，法文 histoire 兼有歷史和故事之意，包括給小孩子講述的虛構故事。）和言談（discourse）的分別來檢視中國的自傳作品，指出很多自傳意圖用史傳式的客觀敘述，不讓「我」出現在敘述文字中，但仍或顯或微的露出自述的口吻。而且，一旦由敘事轉入議論，或抒發個人的感歎時，就明顯的偏離了客觀敘事。有時雖然是敘述事件，但在行文之中，有意無意的插入解釋或論斷，企圖引導、說服讀者，形

成了有「你/我」關係的言談狀況。而這種情形，使得敘述往事的自傳，文字時時透露出時間定位是寫作時的現在，而不是事件發生時候的過去。

作者固然都關心自己的作品，但鮮有如自傳般時時在文中溢於言表的。作者顧慮讀者可能有的疑問，而介入正文讓敘述者預作回答和解釋。而這些文字使得自傳的正文形成了雙重層次，縱然是首尾一貫用「我」來敘述的自傳，也可以發現文中有了兩個「我」；一個是執筆的「我」，時間指涉的定位是現在；另一個是被敘述的「我」，時間指涉的定位在過去。自傳文並不完全在說過去，更時時指向現在，文中的「我」分裂爲二。不用「我」來敘述故事的自傳，仍然透露出過去與現在兩種時間，每當敘述者要左右讀者接受他的解說、判斷時，就顯露出現在的時間定位，不能貫徹史傳式客觀的、不介入的敘述。

寫作自傳，用文字重現往事時，文章的敘述陳規會形成敘述格式，左右事實就範。一系列用三同四異比較方式來寫的自傳，通過和他人的比較來寫自己的一生，自然就免不了剪裁割捨、放大（如汪中之窮）縮小（楊芳燦的吏才），使我的生平能夠和前人的相提並論，結果自己的自傳常有前人作品的影子。

第四章論自傳的眞實與虛構，所處理的雖然僅及於自傳範圍，其實觸類旁通，關乎文學上眞實與虛構、文學與歷史的分別等基本問題。前人每以能否寫實傳眞作爲衡鑒自傳的標準，然而，寫作自傳時，所憑藉的主要是我們對往事的記憶，但記憶是不可靠的，而且自己立足於現在，會不斷修改過去的記憶。第二節舉周作人《知堂回想錄》爲例，指出不必竄改捏造事實，就可以隱瞞劣跡，剪裁出一個較爲滿意的形象。第三節以一對夫婦的自傳爲例，比對二人從相識到結婚經過的敘述，可看出二人同敘一事，詳略輕重、甚或事件先後都會有所不同。縱然沒有不良動機，而事件又是最令人印象深刻者，敘事仍會有出入；至於兩個政敵的自傳，就更難定二者誠僞了。所謂眞實，竟會有不同的「版本」；由此亦可見絕對眞實之難以企及。第四節論自傳的虛構情形，其實所有第三人稱的自傳，敘述者都是虛構的。這一節除了舉例說明很多情形難分眞僞之外，又指出西方文論中虛構（fiction）一詞，可以分別爲兩種情況，一是內容的虛構，一是書寫上的虛構。前者是無中生有，捏造事實；後者是連綴事實、賦予情節時無可避免的想像。

第五章指出西方學者對於虛構的觀念比較偏重「書寫上的虛構」，而傳統

中國學者所抨擊的，其實偏重在「內容的虛構」，即無中生有、捏造事實這一方面；而二者亦有相通之處，不能判然劃分。尤其是沒有相關的資料可以對比時，根本很難分別到底是合理的想像，抑或純粹出於虛構？除了神怪之事以外，實難以確指何者無中生有。再者，最早的記載就沒有更原始、更權威的史料可以定其虛構成分了。

其實，一般對自傳與小說的劃分，就是站在眞實與虛構二分法的基礎上的。換言之，重點不在形式，而在內容：眞的是自傳，假的是小說。但小說故事是否眞有其事？這並不容易去考證。假如小說人物和歷史上或當代名人同名，讀者固然可以參照小說以外的資料；但如果主角名不見經傳，所涉不是有記錄的大事（譬如二人戀情），既沒有同時提到時間和地點（只有一項很難考證），所述又合情合理，沒有神奇鬼怪等難以置信之事的話，就很難從內容眞假來辨別一篇故事是小說抑或是自傳。所以，很多寫實小說和自傳難以劃分。

一個小人物的自傳，根本不能考訂其眞僞；題爲自傳，難保不是小說。而有的作品不符「傳」的常見形式，也被認定爲自傳，沈復的《浮生六記》就是最明顯的例子。若純粹就理論而言，如果一旦發現作者的完整生平資料，竟然與《浮生六記》所述大相逕庭，則其自傳身分便馬上動搖。而〈五柳先生傳〉的自傳身分，亦由讀者據其他資料斷定；可見一篇作品是否自傳，不全由作品本身決定（和詩歌、戲劇等不同），而牽涉到其他的文章。

絕對的眞實既不可能掌握，眞實與虛構的對立，不適合作爲衡鑒自傳好壞的標準；因爲很多文字的記錄，內容難分眞僞，沒有可憑藉的最高、最可靠的標準。閱讀以往文獻或實地觀察人與事，都必須有自己的解釋，才能夠理解當前的事物；而解釋是不可能超然獨立、絕對客觀的。自傳作者只是對自己往事作解釋，但所根據的記憶既不盡可靠，而事過境遷，回顧往事也常有不同的解釋，最可靠的傳記或歷史也只是對前事的解釋而已。再者，無論歷史、小說、自傳都在賦予事件以情節與因果關係，在連綴事實的過程中，無可避免的用了推測、想像與虛構，使零碎的材料產生意義。文學與歷史，在書寫上都有共同的虛構性，縱然仍要堅持文學與歷史有別，虛構也不易作爲分判二者的試金石。

第六章比較自傳與他傳的寫作動機、敘述的差異，和相互的影響，得出以下的結果：無論自傳或是他傳的寫作動機，都不可能僅有整齊劃一的幾種，

而是有很多種的可能性，甚至因人因事而異；而且這些動機又不必在同一層次，很難歸納出簡單的項目。他傳固然多參考自傳，受到傳主自述的影響；但有時他傳給讀者先入為主的印象，亦會影響讀者閱讀個別的自傳時，對傳主的看法；馮道的〈長樂老自敘〉就是一個明顯的例子。

　　敘述方面，透過比較同一人的自傳和他傳，可看出二者敘述的重點詳略不一；往往在自傳中頗費筆墨敘述的事，在他傳中一筆帶過，甚或隻字不提。反之，自傳則會對某些事心存忌諱，不敢放筆直書。此外，第三人稱的自傳在形式上和他傳沒有甚麼差別，要依據傳外的其他資料來判定。自傳是不必處處模仿史傳寫法的，特別是自傳每多議論，又喜發抒一己的感歎，若勉強用第三身寫法，不免進退失據。不過，寫自己狀貌和幼年聰慧、事母至孝，或視民如傷等善行時，用旁述卻比較能令人接受。如果用史傳作標準來衡量自傳，會發覺有不少的自傳作品和史傳南轅北轍，趨捨異路。由此一方面看出史傳並不能完全控制自傳的寫法，歷代作家曾不斷努力創新；另一方面，可見自傳寫作有很多種方式，沒有牢固的規範。自傳多姿多采的面貌令人難以歸納出這一文學體類的基本特質；亦因此使得自傳的疆界變動不居，定義和範圍莫衷一是，提供了讀者不斷討論的餘地。

徵引書目

（按以時代先後排列，同時代則以作者姓氏筆劃爲序）

1. （周）孟軻《孟子》，見（宋）朱熹《四書集注》，台北，世界書局，民國六十七年。

2. （漢）司馬遷《史記》，瀧川龜太郎《史記會注考證》本，台北，宏業書局翻印，民國六十六年；一九三四年（昭和九年）初版。

3. （漢）班固《漢書》，台北，鼎文書局，民國六十八年。

4. （齊）江淹《江文通文集》，《四部叢刊初編》第三十四冊，商務印書館。

5. （梁）王筠《王詹事集》，見於（明）張溥編《漢魏六朝百三名家集》第八十冊，台北，新興書局，民國五十七年。

6. （梁）沈約《宋書》，台北，鼎文書局，民國六十五年。

7. （梁）劉峻《劉戶曹集》，見於（明）張溥編《漢魏六朝百三名家集》第八十冊，台北，新興書局，民國五十七年。

8. （梁）蕭繹《金樓子》，知不足齋叢書本。

9. （唐）李延壽《南史》，台北，鼎文書局，民國六十五年。

10. （唐）房玄齡《晉書》，台北，鼎文書局，民國六十五年。

11. （唐）姚思廉《梁書》，台北，鼎文書局，民國七十五年。

12. （唐）陸龜蒙《甫里先生文集》，《四部叢刊正編》第三十七冊，商務印書館。

13. （後晉）劉昫等《舊唐書》，台北，鼎文書局，民國六十五年。

14. （宋）司馬光《資治通鑑》，民國楊家駱編《新校資治通鑑注》本，台北，世界書局，民國五十一年。

15. （宋）呂祖謙《宋文鑑》，台北，商務印書館，民國五十七年。

16. （宋）柳開《河東先生傳》，《四部叢刊初編》四十九冊，商務印書館。

17. （宋）程珦〈太中自撰墓誌〉，見《二程全書》之《伊川文集》卷八，《四部備要》本，中華書局。

18.（宋）歐陽修、宋祁等《新唐書》，台北，鼎文書局，民國六十五年。

19.（宋）歐陽修《新五代史》，台北，鼎文書局，民國七十四年。

20.（宋）戴表元《剡源戴先生集》，《四部叢刊初編》第七十三冊，商務印書館。

21.（宋）薛居正《舊五代史》，台北，鼎文書局，民國七十四年。

22.（金）王鬱〈王子小傳〉，見《金文最》卷七，蘇州書局，光緒二十一年。

23.（明）王恕《王端毅公文集》，台北，文海出版社，民國五十九年。

24.（明）宋濂《宋學士全集》，《叢書集成》初編第二一一六冊，商務印書館。

25.（明）李昱《草閣文集》，見《武林往哲遺箸》第三十二冊，嘉惠堂丁氏刻本。

26.（明）邵經邦《弘藝錄》，見《武林往哲遺箸》第五十三冊，嘉惠堂丁氏刻本。

27.（明）徐師曾《文體明辨序說》，香港，太平書局，一九六五年。

28.（明）徐紘編《皇明名臣琬琰錄》，台北，文海出版社，民國五十九年。

29.（明）徐渭《徐文長三集》，台北，國立中央圖書館編印，民國五十七年。

30.（明）袁黃《了凡四訓》（封面有于右任題字：「尤註袁了凡先生家庭四訓」，版權頁則逕題爲「了凡四訓」）台北，吳馥麟印贈，民國六十一年。

31.（明）張岱《陶庵夢憶》，台北，開明書店校點本，民國四十六年。

32.（明）都穆編、民國葉恭綽續編《吳下冢墓遺文》，台北，學生書局，民國五十八年。

33.（明）焦竑編《國朝獻徵錄》，台北，學生書局，民國五十四年。

34.（明）黃周星〈笑蒼道人墓誌銘〉，見周慶雲輯《潯溪文徵》卷十五，夢坡室刊本，民國十三年。

35.（明）劉大夏〈壽藏記〉，見羅汝懷編《湖南文徵》卷十八，同治十年刊本。

36.（明）羅欽順《困知記》，《中國子學名著集成》第四十一冊，台北，中國子學名著集成編印基金會印行，民國六十七年。

37.（明）釋大善〈谿巢自述〉，見於《武林掌故叢編》第十九冊，吳本泰《西溪梵隱志》卷四，光緒七年武林丁氏八千卷樓刊。

38.（明）釋眞一〈自製塔銘〉，見於《武林掌故叢編》第十九冊，吳本泰《西溪梵隱志》卷四，光緒七年武林丁氏八千卷樓刊。

39.（明）釋景隆〈空谷隆禪師景隆自製塔銘〉，見於《雲棲法彙》所收《皇明名僧輯略》，光緒二十五年金陵刻經處刊。

40.（明）顧炎武《原抄本日知錄》，台北，明倫出版社（據張繼所藏抄本排印），民國五十九年。

41.（清）毛奇齡《西河合集》，清乾隆三十五年蕭山陸凝瑞堂刊本。

42.（清）王曇《煙霞萬古樓文集》，《叢書集成》初編二五三〇冊，商務印書館。

43.（清）王韜〈弢園老民自傳〉，見《蘅華館詩錄》卷首，光緒九年排印本。

44.（清）沈復《浮生六記》，台北，正文書局，民國六十七年。

45.（清）汪中《述學》，《四部叢刊初編》第九十八冊，商務印書館。

46.（清）汪价〈三儂贅人廣自序〉，見於《虞初新志》（清張山來編）卷二十，載《筆記小說大觀》第二十三編四冊，台北，新興書局，民國六十七年。

47.（清）邵長蘅《青門麓稿》，見《邵子湘全集》，康熙年間刊，光緒二年印本。

48.（清）段玉裁〈八十自序〉，見於《段玉裁遺書》之《經韻樓集》卷八。台北，大化書局，民國七十五年再版。

49.（清）浦起龍《史通通釋》，上海書店，一九八八年影印一九三七年版。

50.（清）袁枚《南樓憶舊詩·序》，見於《洪北江詩文集》之《卷施閣文乙集》卷七；《四部叢刊正編》第八十七冊，商務印書館。

51.（清）張廷玉等《明史》，台北，鼎文書局，民國六十四年。

52.（清）章學誠《章氏遺書》，台北，漢聲出版社（影印吳興劉承幹嘉業堂本），民國六十二年。

53.（清）董誥等編、陸心源補輯拾遺《全唐文及拾遺》，台北，大化書局，民國七十六年。

54.（清）趙翼《二十二史箚記》，台北，洪氏出版社，民國六十二年。

55.（清）譚嗣同《譚瀏陽全集》，台北，文海出版社，民國五十一年。

56.（清）嚴可均校輯《全上古三代秦漢三國六朝文》，京都，中文出版社，一九八一年。

民　國

1.（不著撰人）《清史列傳》，北京，中華書局，一九八七年。

2. 中央研究院中美人文社會科學合作委員會編譯《中國歷史人物論集》，台北，中山學術文化基金董事會出版，正中書局印行，民國六十五年；六十二年初版。

3. 卞孝萱〈唐代傳記選粹·序〉，見於孫致中《唐代傳記選粹》，天津，天津教育出版社，一九八七年。

4. 卞孝萱《劉禹錫叢考》，成都，巴蜀書社，一九八八年。

5. 王〔名〕元《傳記學》，台北，牧童出版社，民國六十六年；作者題為王元。初版約在一九四八年。

6. 王利器《耐雪堂集》，北京，中國社會科學出版社，一九八六年。

7. 王建元〈詮釋循環〉，《文訊》十八期，頁二九一，民國七十四年六月，台北。

8. 王靖宇〈中國敘事文的特性——方法論初探〉，見於《左傳與傳統小說論集》，北京，北京大學出版社，一九八九年。

9. 王德威《從劉鶚到王禎和——中國現代寫實小說散論》，台北，時報出版社，民國七十五年。

10. 王賡武〈馮道：論儒家的忠君思想〉，見於中央研究院中美人文社會科學合作委員會編譯《中國歷史人物論集》，台北，中山學術文化基金董事會出版，正中書局印行，民國六十五年；六十二年初版。

11. 朱東潤〈論自傳及法顯行傳〉，《東方雜誌》三十九卷十七號，民國三十二年十一月，重慶。

12. 朱金城《白居易集箋校》，上海，古籍出版社，一九八八年。

13. 朱劍心《晚明小品選注》，台北，商務印書館，民國五十八年。民國二十五年初版。

14. 牟宗三《五十自述》，台北，鵝湖出版社，民國七十八年。

15. 余英時〈年譜學與現代的傳記觀念〉，《傳記文學》四十二卷五期，民國七十二年五月，台北。

16. 吳汝煜〈論史記散文的藝術美——兼談司馬遷的審美觀〉，見劉乃和編《司馬遷和史記》。北京，北京出版社，一九八七年。

17. 呂薇芬、徐公持〈中國古代傳記文學淺論〉，《文學遺產》一九八三年四期，北京。

18. 岑仲勉〈白集醉吟先生墓誌銘存疑〉，〈中央研究院歷史語言研究所集刊〉第九本，民國三十六年。

19. 李又寧《近代中華婦女自敘詩文選》，台北，聯經出版社，民國六十九年。

20. 李有成〈論自傳〉，《當代》五十五期，一九九〇年十一月，台北。

21. 杜維運《史學方法論》，作者自刊，三民書局經銷，民國七十二年。六十八年初版。

22. 杜聯喆《明人自傳文鈔》，台北，藝文印書館，民國六十六年。

23. 沈怡《沈怡自述》，台北，傳記文學出版社，民國七十四年。

24. 沈從文《從文自傳》，重慶，重慶出版社，一九八六年。

25. 沈應懿凝《沈應懿凝自述》，台北，傳記文學出版社，民國七十四年。

26. 周作人《知堂回想錄》，香港，聽濤出版社，一九七〇年。

27. 胡適《四十自述》，台北，遠東圖書公司，民國七十三年。民國二十二年初版。

28. 胡適《胡適書評序跋集》，長沙，岳麓書社，一九八七年。

29. 范文瀾《文心雕龍注》，台北，宏業書局翻印，民國六十四年。

30. 海德格（Martin Heidegger）《存在與時間》，陳嘉映、王慶節譯，北京，三聯書店，一九八七年。

31. 馬丁（Wallace Martin）《當代敘事學》，伍曉明譯，北京，北京大學出版社，一九八九年。

32. 張大可《史記全本新注》，西安，三秦出版社，一九九〇年。

33. 張相編《古今文綜》，台北，中華書局，民國五十一年。

34. 張景樵〈談浮生六記佚篇〉，《古今文選》新第三〇〇號附錄二，民國六十二年七月二十七日，台北，國語日報社。

35. 張瑞德〈心理學理論應用於中國傳記研究的一些問題〉，《歷史學報》第九期，台北，國立臺灣師範大學歷史研究所、歷史學系合編，民國七〇年五月。

36. 張瑞德〈自傳與歷史〉，張玉法、張瑞德合編《中國現代自傳叢書》代序，台北，龍文出版社，民國七十八年。

37. 張漢良〈傳記的幾個詮釋問題〉，《當代》五十五期，一九九〇年十一月，台北。

38. 張漢良《比較文學的理論與實踐》，台北，東大圖書公司，民國七十五年。

39. 推及特（Denis Twichett）〈中國傳記的幾個問題〉，見於中央研究院中美人文社會科學合作委員會編譯《中國歷史人物論集》，台北，中山學術文化基金董事會出版，正中書局印行，民國六十五年：六十二年初版。

40. 梁啓超《飲冰室合集》，台北，中華書局，民國四十九年；民國二十一年初版。

41. 莫洛亞（André Maurois）《傳記面面觀》（Aspects of Biography），陳蒼多譯，台北，商務印書館，民國七十五年。

42. 郭登峰《歷代自敘傳文鈔》，台北，商務印書館，民國五十四年。民國二十五年初版。

43. 陳寅恪《柳如是別傳》，上海古籍出版社，一九八〇年。

44. 章巽《法顯傳校註》，上海古籍出版社，一九八七年。

45. 馮友蘭《三松堂自序》，台北，谷風出版社，民國七十六年。

46. 黃紹竑《五十回憶》，台北，龍文出版社，民國七十八年；據杭州風雲出版社三十四年版排印。

47. 黃暉《論衡校釋》，台北，商務印書館，民國五十三年。

48. 楊步偉《一個女人的自傳》，台北，傳記文學出版社，民國七十二年再版。

49. 楊周翰〈歷史敘述中的虛構：作為文學的歷史敘述〉，《當代》二十九期，一九八八年九月，台北。

50. 楊勇《世說新語校箋》，台北，宏業書局翻印，民國六十年。

51. 葉洋〈假自傳撈大錢〉，台北，中國時報一九九一年十一月十三日第二十七版。

52. 趙元任《趙元任早年自傳》，台北，傳記文學出版社，民國七十三年。

53. 齊益壽〈養生記逍註譯〉，《古今文選》新第三〇〇號，民國六十二年七月二十七日，台北，國語日報社。

54. 劉汝明《劉汝明回憶錄》（原名《一個行伍軍人的回憶》），台北，傳記文學出版社，民國五十五年。

55. 樂蘅軍〈臺靜農先生小說中「我」的影像〉，臺靜農《建塔者》附錄一，台北，遠景出版社，民國七十九年。

56. 蔣夢麟《西潮》，台北，中新書局，民國六十七年。中文版民國四十六年初版；英文版民國三十二年初版於重慶。

57. 蔡廷鍇《蔡廷鍇自傳》，台北，龍文出版社，民國七十八年；據香港自由旬刊社民國三十五年版排印。

58. 鄭明娳《中國散文類型論》，台北，大安出版社，民國七十七年。

59. 錢理群《凡人的悲哀──周作人傳》，台北，業強出版社，民國八十年。

60. 錢穆《八十憶雙親、師友雜憶》，台北，東大圖書公司，民國七十二年。

61. 謝冰瑩《女兵自傳》，台北，東大圖書公司，民國六十九年。

62. 謝思煒〈論自傳詩人杜甫──兼論中國和西方的自傳詩傳統〉，《文學遺產》一九九〇年三月，北京。

63. 瞿蛻園《劉禹錫集箋證》，上海古籍出版社，一九八九年。

64. 蘇雪林《浮生九四：雪林回憶錄》，台北，三民出版社，民國八十年。

65. 龔德柏《龔德柏回憶錄》，台北，龍文出版社，民國七十八年；據民國五十四年作者自刊本重排。

徵引英文書目

1. Benveniste, Emile. Problems in General Linguistics. Trans. Mary Elizabeth Meek. Coral Gables: U of Miami P, 1971.

2. de Man, Paul. "Autobiography as De-Facement." Modern Language Notes 94 （December 1979）: 919-930.

3. Hart, Francis R. "Notes for an Anatomy of Modern Autobiography. " New Directions in Literary History. Ed. Ralph Cohen. Baltimore: Johns Hopkins UP, 1974. 221-248.

4. Heidegger, Martin. Being and Time. Trans. John Macquarrie and Edward Robinson. New York: Harper & Row, 1962.

5. Lee, Yu-ch'eng, "Textualising the Autobiography Subject: Description, Narrative, Discourse." Diss. National Taiwan U, 1986.

6. Mandel, Barrett J. "Full of Life Now." Olney 49-72.

7. Nadel, Ira Bruce. Biography: Fiction, Fact and Form. London and Basingstoke: Macmillan, 1984.

8. Olney, James, ed. Autobiography: Essays Theoretical and Critical. Princeton: Princeton UP, 1980.

9. --- "Autobiography and the Cultural Moment: A Thematic, Historical, and Bibliographical Introduction." Olney 3-27.

10. --- "Some Versions of Memory / Some Versions of Bios: The Ontology of Autobiography." Olney 236-267.

11. Palmer, Richard E. Hermeneutics. Evanston: Northwestern UP, 1969.

12. Ryan, Michael. "Self-Evidence." Diacritics （June 1980） : 2-16.

13. Starobinski, Jean. "The Style of Autobiography." Trans. Seymour Chatman. Olney. 73-83.

14. White, Hayden. Tropics of Discourse: Essays in Cultural Criticism. Baltimore: Johns Hopkins UP, 1978.

15. Williams, Raymond. Keywords: A Vocabulary of Culture and Society. New York: Oxford UP, 1976.

16. Wu, Pei-yi. The Confucian's Progress: Autobiographical Writings in Traditional China. Princeton: Princeton UP, 1990.

後　記

廖卓成

　　《梁啓超的傳記學》和《自傳文研究》分別是我 1987 年和 1992 年在臺大中國文學研究所的碩、博士畢業論文，指導教授都是楊承祖老師。碩士的口考委員除了楊老師，還有師大國文系汪中老師和中研院近史所的張朋園教授。博士的口考委員有本系的羅聯添老師、齊益壽老師；校外委員是李田意教授、杜維運教授。

　　碩士論文之後，很多年沒有接觸梁啓超的資料，搬離學生宿舍時，丟棄了兩大箱有關的書籍。一直到 2005 年暑假，兼職的語文教育系主任和臺灣文學研究所長任滿，才有機緣重理舊業，花了將近半年，為三民書局編注導讀梁啓超文選。

　　除了學位論文之外，我也寫過書評，評論 Leon Edel 的 Writing Lives 和 Ira Bruce Nadel 的 Biography: Fiction, Fact and Form，文刊臺大中文研究生學報《中國文學研究》第三輯（1989）。後來也評論過王名元的《傳記學》、韓兆琦編的《中國傳記文學史》和楊正潤著的《傳記文學史綱》，也評論過郭沫若的自傳，和分析古代傳記文的雙重文本，文章都收在我的《敘事論集：傳記、故事與兒童文學》中（臺北大安出版社 2000）。

　　我從 1994 年由世新大學轉到國立臺北教育大學之後，因為開始講授兒童文學，研究的重心也漸漸轉移，出版了《童話析論》（臺北大安出版社 2002）和《兒童文學批評導論》（臺北五南出版社 2011）。有時偶遇臺大的師長，對我今日致力兒童文學的教學研究，荒疏昔時學業，似有惋惜之意。其實，幼時在澳門把零用錢省下來買連環圖傳記的興味，並未消失；近三年我受國科會獎勵的研究計畫，都是研究臺灣兒童文學傳記類作品，發表過多篇相關論

文，也注意和評論近年新出的研究成果。往日的興趣，在臺大當學生十四年的學習，和現今的教學責任，還是結合在一起。

回顧二十五年前的習作，記憶彷彿既遠亦近，有種莫名的感覺。昔日兩岸圖書流通不易，朱東潤的幾種著作都搜尋無著，相關論著稀少。今日出版舊作，只改正了筆誤，沒有補充新材料和新見解。近年英文論著相當豐富，中國大陸論傳記的專書和論文也絡繹不絕，2009 年楊正潤六百多頁的《現代傳記學》達到顛峰。但回顧舊作，好些意見仍可供參考，偶爾還會有兩地的研究生和我通信。希望如今論文出版，更方便和讀者交流；如有賜教，我服務的單位是臺北市和平東路 2 段 134 號國立臺北教育大學語文與創作學系，電郵地址是：lcs@tea.ntue.edu.tw。